U0920503

夏目漱石

NATSUME
SOUSEKI

明暗

[日] 夏目漱石——著
章蓓蕾——译

江苏凤凰文艺出版社
JIANGSU PHOENIX LITERATURE AND ART PUBLISHING, LTD

图书在版编目（CIP）数据

明暗 /（日）夏目漱石著 ；章蓓蕾译．-- 南京 ：江苏凤凰文艺出版社，2020.7
ISBN 978-7-5594-4882-8

Ⅰ．①明… Ⅱ．①夏… ②章… Ⅲ．①长篇小说－日本－现代 Ⅳ．①I313.45

中国版本图书馆 CIP 数据核字 (2020) 第 080320 号

明暗

【日】夏目漱石 著　章蓓蕾 译

责任编辑　刘洲原
特约编辑　刘可
责任印制　刘巍
出版发行　江苏凤凰文艺出版社
　　　　　南京市中央路 165 号，邮编：210009
网　　址　http://www.jswenyi.com
印　　刷　北京亚通印刷有限责任公司
开　　本　880 毫米 ×1230 毫米 1/32
印　　张　13.5
字　　数　340 千字
版　　次　2020 年 7 月第 1 版　2020 年 7 月第 1 次印刷
书　　号　ISBN 978-7-5594-4882-8
定　　价　49.80 元

江苏凤凰文艺版图书凡印刷、装订错误可随时向承印厂调换

译者的话

《明暗》二三事
——漱石之死及其他

章蓓蕾

《明暗》是夏目漱石生前最后一部作品，于日本大正五年（1916年）5月26日至12月14日在《东京朝日新闻》和《大阪朝日新闻》连载。可惜这部被誉为日本“真正的近代小说”还没写完，作者就因胃溃疡恶化而离世。漱石之死象征明治文学时代告终，是日本文学史上令人瞩目的大事。

漱石之死

大正五年11月21日，夏目漱石跟平时一样，写完《明暗》第一八八回之后，为了提醒自己，他又在另一张稿纸的右上角写下“189”三个小小的数字。

这天晚上，漱石虽然身体不适，还是跟妻子镜子一起到筑地的“精养轩”，参加帝大后辈辰野隆的婚礼。不巧的是，婚宴准备了漱石最喜欢的花生米，而他的宿疾胃溃疡始终不曾痊愈。数年前，漱石去修善寺旅行时，曾因吐血不止而差点变成不归之人。

第二天早上，漱石起床后感到腹中不适，但还是继续伏案书写直到中午。他强忍着头痛、胃痛趴在桌上，一个字也没写出来。家人帮他把被褥铺在书桌旁边，劝他暂时休息。

“死这玩意也不算什么。我刚才就在忍痛构思自己的辞世诗呢。”

说完，漱石午饭也没吃，就直接钻进棉被躺下。妻子镜子听了这话，心里觉得奇怪，却也没有多问。只是她做梦也没料到，丈夫的辞世诗就这样永远失去了公之于世的机会。

当天下午，漱石不断呕吐，无法进食。呕吐物混杂着黑色的胃液和鲜红的血丝，显然是胃溃疡恶化的征兆。但当时对胃溃疡的治疗法只有绝食一途，除了等待胃肠自愈，没有更好的办法。

漱石连续饿了三天，体力全失，形容憔悴。到了11月28日晚上，漱石陷入昏迷，三位主治医生都束手无策，只能不断注射樟脑磺酸铜液，企图唤醒患者。这种状况一直拖到12月8日，漱石的心脏变得极度衰弱，尽管医师把注射的间隔缩短为三小时一次，漱石仍然没有任何反应。

下午5点左右，漱石状似十分痛苦，不停嚷着："水！葡萄酒！""快给我胸膛浇点水！"最后说完"我现在还不能死"这句话，他再度失去意识。到了下午6点45分，一代文豪夏目漱石在亲人、旧友与学生的环绕下，离开了人世，终年四十九岁。

漱石之死为明治文学的时代画下句点。他去世前一年才收的弟子芥川龙之介，在随后掀起序幕的大正文坛绽放异彩。昭和二年（1927年）芥川龙之介自杀，短暂的大正文学时代告终，昭和文坛正在逐渐成形。

"明暗"的含义是什么

夏目漱石病倒那天完成的第一八八回，在丧礼结束后的第三天（12月14日）见报。这是他生前留下的最后一回存稿。这一天，大家终于深刻体认这位勤奋努力的大作家真的已经走了。

漱石生前从未明确解释将小说命名为《明暗》的理由。但在小说连载期间，他给芥川龙之介等门人的信中提到"明暗双双三万字"的诗句。他解释说，《明暗》的总字数超过十八万字。因受七言绝句的字数限制，他才用"三万字"代替"十八万字"。

漱石还在信中补充说明,“明暗双双”原是禅家用语。参禅者追求悟道,必须悟得深切、通透,明暗双双,了然于胸。因此,有人认为书名的“明”与“暗”,是指“看得见”和“看不见”的东西。譬如第一八四回里提到“昼与夜的区别”,研究者便把“明”与“暗”引申为“隐藏在夜间暗处的东西”与“白天阳光照耀下的世界”。

关于“明暗”的含义,日本诺贝尔文学奖得主大江健三郎认为,“明”是指明亮的地方,也就是现实世界,或小说人物平日活动的领域;“暗”则指阴暗的地方,也就是死亡世界,或小说人物在特定状况下进行暂时活动的领域。

大江健三郎深入分析指出,作者处理这种“明”“暗”之间转换的技巧近乎完美,显示作者对小说的结构别具匠心。小说里拥有正能量的角色从“明”的世界转入“暗”的世界时,必定承受某种负能量的压迫。譬如,女主角阿延就是“明”的世界里的正能量人物,她拥有积极的意志,坚信自己能经由努力,获得丈夫的爱情;跟阿延站在对立面的吉川夫人则是负能量人物,她身处“暗”的世界,企图利用社会地位的优势向阿延施压。

小说接近尾声时,“明”与“暗”的变动突然转趋激烈。尤其是第一七二至一七五回的叙事方式,从日常生活的描述转变为梦境的描写。这或者也可以说,小说的描绘方式突然从写实跃向非现实,呈现一种气氛诡异的变化,男主角津田从“明”的世界(现实世界)跨过纵轴,横向滑进“暗”的世界(死亡世界)。大江健三郎认为这种表现方式无懈可击,令人激赏。

小说结构精致,处处皆有巧思

漱石对他精心设计的小说结构其实也很自豪。《明暗》刚开始连载不久,当时极有名气的贵族作家武者小路确实曾在杂志发表文章批评。

他认为《明暗》不如漱石以往的作品，因为读者始终等不到精彩的场景。然而，漱石听说后很得意地对学生说，武者小路先生可能只读过俄国小说，以为小说的结构都是从正三角形的顶点往下发展，“其实小说的构成也可以由下往上，就像挖地瓜一样，一个连一个，连成长长的一串”。[①]

相对于漱石提出的“挖地瓜说”，更多日本学者认为《明暗》的结构貌似不断向上回旋的螺旋体。明治晚期出生的文学评论家伊藤整在《小说的方法》中指出，日本近代作家当中，唯有漱石拥有这种功力，也唯有漱石曾经试图在作品的冰山水面下，将人类生命中的最低音阶以“圆形平面渐次向上延伸成为螺旋状”的方式描绘出来。[②]

值得一提的是，《明暗》还有许多含义深远的隐喻与暗示，也是作者细心策划的文字游戏。芥川龙之介曾以“老辣无双”形容《明暗》作者的写作功力。譬如，在小说开头的场景，小林医生告诉男主角津田，治好他痔疮的根本疗法就是“动手术，把患部切开”。这段对话被许多学者公认是在呼应小说的后半部，津田想要忘掉弃他而去的前女友清子，唯一的办法就是去找清子问个明白，才能去除心结。

大江健三郎在岩波文库版《明暗》的“解说”里，建议读者阅读时不要错过这些有趣的部分，并提供实例详加说明。譬如，小说总共出现三个男孩，每当他们出场，必定也会出现跟狗有关的描述。第一个男孩是津田工作场所的门童，津田看到他在玄关逗弄一只褐色长毛狗；第二个男孩是藤井叔父的儿子真事，他穿了一双颜色奇怪的皮鞋，同学讥笑他那双鞋子是长毛狗皮做的；第三个男孩是阿延姑母的儿子阿一，小说形容他能“像狗一样张大嘴巴，一口咬住放在鼻尖前面的点心”。大江健三郎推测，漱石或许想以“狗”的形象，暗示男孩的“纯真无邪”。

---

① 松元让《漱石的印税帖》，朝日新闻出版社，1955。

② 伊藤整《小说的方法》，岩波文库，2006。

结局——呼之欲出的谜底

夏目漱石骤逝，《明暗》的结局从此成为永远的谜题。当读者念到第一八八回最后一行“清子露出微笑”的瞬间，相信大家都跟男主角津田一样，非常渴望弄懂那微笑的含义吧。但不可否认的是，直到一百年后的今天，清子的笑容仍像“蒙娜丽莎的微笑”一样令人不解。

大江健三郎在上述“解说”里阐述“明”与“暗”的关系时，也提到小说的结局。他认为第一八八回已是《明暗》走向终结的前奏。女主角阿延迟早会紧随丈夫津田的脚步，一起跨进“暗”的世界，并跟这个世界的强者清子进行正面对决。事实上，大多数日本学者对《明暗》的结局得出的结论，也跟大江健三郎的看法相去不远。

知名文学评论家桶谷秀昭在《夏目漱石论》中预想，津田跟清子重逢后，清子的丈夫不久也会来到温泉旅馆。接着，阿延、阿秀、吉川夫人，或许还有小林，也都会相继赶来。[①] 小说的第二场高潮戏预料将在这时出现，精彩程度应不亚于津田、阿延、阿秀三人在医院舌战的第一场高潮戏。

桶谷秀昭认为，第二次高潮会把《明暗》的结局带向毁灭。原因在于，“小说的舞台移向温泉旅馆之后，作者的描写手法出现了微妙的变化，令人隐约感到作者心中的某种急迫，使他无法像第一次高潮时那样，悠然自得地操纵故事人物”。如果这项推断是事实，那么《明暗》的最后几回，应该就是第二次高潮的序曲。

令人好奇的是，众多学者主张的“毁灭式”结局究竟精彩到什么程度？

日本战后文坛旗手大冈升平在《小说家夏目漱石》里大胆指出，津田跟清子在那间温泉旅馆共处数日，极有可能发展出“某种事件”。[②] 大冈引用战前作家山岸外史的《夏目漱石》证明自己的推断：“……反正，

---

① 桶谷秀昭《夏目漱石论》，河出书房新社，1972。

② 大冈升平《小说家夏目漱石》，筑摩书房，1992。

漱石至今从没写过不伦小说，若说他想在自己最后一部作品里，不顾一切地描写‘某种行为’，我真的觉得无可厚非……”①

文学评论家江藤淳在《夏目漱石》中预测，津田见到清子后不仅无法获得救赎，甚至还会因为清子的存在，遭到阿延与阿秀的激烈抨击，最后因宿疾发作身亡。②

著名电影评论家吉村英夫在《爱的不等边三角形——漱石小说论》中指出，《明暗》里的阿延跟漱石其他作品中的女性不同，她具有自我意识，也有主见，更有旺盛的生命力，所以她肯定能勇敢直面清子、津田，甚至吉川夫人或小林，努力争取属于自己的幸福。③

不过，日本女作家水村美苗在她模仿漱石笔调写成的《续明暗》里，却设定阿延在发现丈夫欺骗自己之后，受不了沉重的打击，决定投水自尽。④水村美苗于平成三年（1991 年）因《续明暗》荣获日本文化厅颁发“艺术选奖新人赏”，这部作品也被公认是最接近漱石思路的续集。

不论如何，未完成的《明暗》已让后人讨论了一世纪，夏目漱石的名字也被人们传诵了一百年。这一切是偶然，还是天意？或许只有漱石笔下的“伟大的自然”才知道答案。总之，应该不是出于作家的本意吧……

---

① 山岸外史《夏目漱石》，弘文堂，1941。

② 江藤淳《夏目漱石》，新潮社，1979。

③ 吉村英夫《爱的不等边三角形——漱石小说论》，大月书店，2016。

④ 水村美苗《续明暗》，筑摩书房，1990。

めいあん
明暗

一

医生做完检查，让津田从手术台下来。

“那个瘘管还是连到肠管了。上次检查的时候，因为在半途看到突起的瘢痕，我以为瘘管底部就在那儿，才那样向您说明。可是我今天花了点功夫，想检查得更深入一点，所以来来回回刮掉一些瘢痕，这才发现瘘管很长，已经延伸到很里面了。”

“就是说瘘管连到肠道了？”

“是啊。原以为长度只有一厘米多，没想到竟有三厘米呢。”

津田露出苦笑，笑中隐约可见逐渐显露的失望。医生双臂抱在宽松的白衣胸前，脑袋微微歪着，那姿势似乎表示：“很抱歉，但这是事实，我也没办法。做医生的不能拿自己的职业骗人啊。”

津田默默把腰带重新系好，拿起刚才随意搭在椅背上的和服长裤，转脸看着医生说：“既然连到肠管了，也就是说，没法医治了？”

“倒也不是。”

医生轻快直爽地否定了津田的疑问，似乎也想同时否决他的心情。

“如果一直像以前那样，只靠冲洗瘘管是不行的。因为不管怎么洗，新肉不会再长出来了。所以我觉得应该换一种疗法，得采取根治性的疗法才行。”

“所谓根治性疗法是什么？”

“就是动手术。切开患部，让瘘管跟肠道连成一体。这样，切开的患部两侧才能自然愈合。嗯，这才能彻底痊愈吧。”

津田安静地点点头。他身边的南窗下方有张桌子，桌上放着一台显微镜。刚才走进诊察室的时候，津田就对那台显微镜感到好奇。恰巧医生是熟人，就让他把玩了一番。在那放大八百五十倍的镜片后面，染色的葡萄状细菌看得很清晰，简直就像相机拍出来的照片一样。

津田穿上长裤之后，从桌上拿起皮夹。这时，他突然想起刚才看到的细菌。这种联想令他升起一阵不安。他把皮夹收进怀里，正要踏出医院的瞬间，却又犹豫地收回脚步。

“如果瘘管是结核造成的，就算照您刚才所说，进行根治性手术，把那条细细的凹管全部切开翻向肠道，我这个病还是不能根治吧？”

“如果是结核造成的，可就没办法了。因为瘘管不断向深处发展，光治疗管口的部分并没有用。”

津田不由自主皱起眉头。

“我这毛病不是结核菌造成的吗？”

“不，不是结核菌造成的。”

津田瞪着医生看了几秒，想弄清对方的回答里究竟有几分真实性。医生的表情毫无改变。

“您怎么知道？只靠检查就能断定？”

“对啊。检查时一看到患部，就知道了。”

这时，护士走到诊察室门口呼叫下一位患者的姓名。那位早已等得心焦的患者立刻跑过来，站在津田的身后。津田只好快步走出诊察室。

“那您什么时候帮我做根治手术呢？”

“什么时候都行。看您方便吧。”

津田打算仔细考虑之后再做决定。他把自己的想法告诉医生后，走出诊察室。

二

踏进电车的瞬间，他的心情极为消沉。车厢里拥挤万分，乘客多到令他无法动弹，津田用手抓着吊环，脑中想的全是自己的事情。去年生病时的疼痛，现在又清晰地浮上记忆的舞台，他清楚看到自己躺在白色病床上的惨状，耳中明确听到自己发出阵阵呻吟，像一只无法挣脱锁链逃走的狗儿，正在不断惨叫。他又想起刀刃的寒光，器械彼此碰撞的声音，他感到一股恐怖的压力，像要把两片肺叶里的空气全都挤出去似的。接着，他又感到一阵剧痛，似乎是因为受到挤压的空气无法收缩……当时那一切痛苦的记忆，现在又回到脑中。

他觉得很不愉快，突然很想忘掉那件事，便把视线转向四周。周围的乘客全都面无表情，好像谁也没注意到自己。他又把思绪拉回刚才那件事。

“当时怎么会痛成那样啊？”

那是去荒川河堤赏花回来的路上，病来得很突然，事前毫无任何征兆，突发的疼痛令他不解，也无法想象剧痛的理由。当时的感觉与其说是讶异，不如说是恐惧。

“我这副肉体，随时可能遭遇不测。不，说不定现下正在发生什么变化呢。我却一无所知。真是太可怕了。”

转念至此，他觉得脑中的活动已经无法停下来了，就像背后有一股什么力量推着他，拼命向前冲。霎时，他在心底呐喊起来：“精神方面也是！精神方面也是啊。不知什么时候就会发生变化。而我，现在就看到那种变化了。”

他不自觉地紧闭嘴唇，转动着一双自尊受伤的眼睛望向四周。不过车上的乘客根本不知道他心里想些什么，更没人在意他的眼神。

津田的脑子就像他现在搭乘的这辆电车，只知顺着自己的轨道向前奔驰。他想起两三天前，一位朋友向他提起庞加莱①说过的话。当时那位朋友是为了解释“偶然”的意义才跟他说：“所以你想想看，世人整天左一句偶然、右一句偶然，按照庞加莱的看法，所谓的偶然是指那些原

① 庞加莱（Jules Henri Poincaré，1854—1912，或译为“彭加勒”）：法国最伟大的数学家之一，同时是理论科学家和科学哲学家。庞加莱被公认是19世纪末和20世纪初的数学家领袖，是继高斯之后对数学及其应用具有全面知识的最后数学家。

因过于复杂、完全无法说明的事情。譬如拿破仑诞生这件事，必须让特定卵子与特定精子互相结合，才能生出拿破仑。而在什么条件下，精子才能跟卵子结合呢？如果进一步思考这类问题，几乎无法找到答案吧？”

听了朋友的意见，津田并未把这段解说当成断章取义的新知丢到一边，而是把这段话完完整整地套用到自己身上。之后，他感到一种隐约又奇异的力量开始控制自己，原本想要向右的他，被迫转向左方；原本想要向前的他，被迫往后退。但奇怪的是，他完全不觉得自己的行动受到了外力的控制。他自始至终都坚信，自己的言行正完全被自己掌控着。

“为什么她会嫁给那个人呢？显然是因为她愿意，才会嫁过去吧。可我怎么想，都觉得她不可能嫁给那家伙啊。这且不说，为什么我又会跟那女人结婚呢？显然也是因为我想娶她，才会完婚吧。可我从来都不觉得自己想要娶她呀。这就是偶然？就是庞加莱所谓‘复杂的极致’？真是费解呢。”

津田下了电车，一面思索一面往回家的路上走去。

三

津田走到街角，拐弯踏进小巷，立刻看见站在自家门前的妻子，她也正朝着自己这里张望。不过，就在他从转角现身的瞬间，妻子又立即把脸转向前方，并把雪白纤细的手掌搭在额前，一面遮住光线一面又像在专心探视什么。她就那样保持着不动的姿势，直到津田走到身旁。

“喂！你在看什么？”

女人听到丈夫的声音，马上转头，露出吃惊的表情。

“哎哟！吓我一跳……你回来了。”

妻子边说边尽可能集中眼里所有的光辉投向丈夫，又微微欠身，向丈夫行了一礼。

津田停步站在原处，他想响应讨好自己的妻子，却又不知该怎么做。

“你干吗站在那儿？”

“等你啊，等着你打道回府呢。”

“但你刚才好像拼命盯着什么看，不是吗？”

“对呀。我在看麻雀啦。那只麻雀正在对面二楼的屋檐下筑巢呢。”

津田抬起头，朝对面的屋顶看了一眼，却没看到麻雀的踪影。妻子很快把手伸到丈夫面前。

“干吗？”

“手杖。”

津田这才如梦初醒似的把手里的东西交给妻子。女人接过手杖，亲手拉开玄关的木格门，让津田先进去，这才紧随丈夫身后，踩过脱鞋处的石阶踏入房间。

进门之后，女人帮着丈夫换上和服。津田才刚在长方形火盆桌前坐下，女人马上从厨房拿来一个用手巾包着的肥皂盒，递到丈夫手里。

“趁现在先去洗个澡吧。要不然，你在那儿坐定了，就懒得动了。”

津田无奈地伸手接过手巾，却不肯立即站起来。

“今天就不洗澡了吧。”

“为什么呢……洗完身上多清爽，还是去洗吧。等你洗完回来，就可以吃晚饭了。”

津田没办法，只好站起来。刚要踏出房门，他回头看着妻子说：“今天回家的路上，我到小林医生那里，请他帮我检查过了。”

“是吗？结果怎么样？检查结果说你的病大致痊愈了吧？”

“哪里，还没好呢。反而愈来愈糟糕了。”

说完，津田便不顾妻子的追问，转身走向门外。

夫妻两人再度谈起这件事，是在晚饭之后。这时华灯初上，夜色未浓，津田也还没躲进自己的房间。

“哎哟！说什么开刀，听起来好可怕！不能像从前那样不管它吗？”

“照医生的说法，像这样放任不管，可能会有危险。”

“哎哟，你真是的，好讨厌。万一开刀失败的话……”

说着，妻子微微皱起那对美丽的浓眉，抬眼望着丈夫。津田没说话，脸上露出笑容。妻子像是突然想起什么似的问道：“如果要做手术，大概得把日子订在星期天才行吧？”

津田的妻子已跟亲戚约好，夫妻俩下星期天要跟大家一起去看话剧。

“反正还没订位，不要紧吧。就算回绝他们也没事……”

“可是，那样不太好吧。人家好心邀我们，却被拒绝……”

“没关系啦。如果因为有要事才回绝的话……”

“可是我很想去。”

“你想去的话，就自己去啊。”

“我是说，你也一起去吧。好吗？你不愿意去吗？”

津田望着妻子的脸孔露出了苦笑。

四

妻子是个皮肤白皙的女人。也因此，她那双形状秀美的眉毛在雪白肌肤的衬托下，就更加引人注意。女人没事就喜欢挑动几下眉毛，这动作好像早已变成她的习惯。唯一令人惋惜的是，她那双眼睛太小，单眼皮也缺乏魅力。不过包在单眼皮里的一对眸子倒十分乌亮，颇能发挥传达心意的力量。有时，她会露出近似专横的任性表情，就连津田也不得不受制于那双小眼睛冒出的光芒。但在另一种情况下，他又可能不明就里地被光芒拒于千里之外。

津田不经意地抬眼望向妻子，在一瞬间，他发现妻子眼中隐含着一股诡异的力量。那是一种难以形容的光芒，跟她刚才一直挂在嘴上的甜言蜜语完全无法连接。他原想开口响应妻子，现在却因为她的眼神而打消念头。不料，妻子却又立刻露出美丽的贝齿向他微笑，同时，眼中的光芒也已消失得无影无踪。

“骗你的啦！我才不想看什么话剧呢。刚才只是跟你撒娇啦。”

津田沉默不语，目光却紧盯妻子不放。

“干吗那么严肃地看我……话剧我已经决定不去了，下星期天，你到小林医生那里去做手术。这样可以了吧？我这两三天就给冈本那里寄张明信片，或者我亲自跑一趟好了。”

“你去看戏也行啊。难得人家开口邀请我们。”

“不，我不去了，跟看戏比起来，还是你的健康重要。”

津田不得不把即将接受的手术内容，更详细地向妻子解说一遍。

“我这次虽只是做手术，可不像把脓包里的脓血挤出来那么简单喔。开刀之前必须服用泻药，把肠里的东西完全排净，然后才能切开。而且开完刀之后，也可能发生大出血的危险，所以伤口里面要塞满纱布，安安静静躺在床上休养五六天才行。所以说，就算我星期天去开刀，光休息一天也不够。如果开刀从星期天延到星期一或星期二，也无妨；甚至不等到星期天，提前几天，明天或后天就去开刀，结果也都一样。总之，我这病并没那么严重。”

“但也不像你说的那么轻松吧。不是说要静养一星期，不能随便乱动吗？”

说着，妻子的眉头又微微挑动几下。津田仿佛视而不见地兀自思索着。夫妻之间摆着一张长方形火盆桌，津田的右肘靠在桌边，眼睛望着摆在火盆里的水壶盖。红铜的壶盖里，开水沸腾的声音愈来愈响。

“办公室那边，最少也得请假一个多星期吧。”

“所以我正考虑找吉川先生谈一谈，再决定开刀的日子。虽说不跟他商量，我也能自己敲定，但这样还是不太好。”

“当然啦，你还是问问他的意见比较好。他平时那么关照你。”

“我要是把开刀的事告诉吉川先生，他说不定叫我明天就去住院呢。”

妻子听到“住院”这两个字，立刻把一双小眼睛睁得大大的。

“住院？不会住院吧？”

“喔，要住院呢。”

“可是你以前说过，小林医生那边不是医院。到他那里看病的，不都是门诊患者吗？”

“他那里倒也不像医院，不过二楼诊察室是空的，住院患者可以住在那里。”

“干净吗？”

津田苦笑起来。

“可能比我们家干净一点吧。”

听了丈夫的话，这下轮到妻子露出了苦笑。

五

不一会儿，津田从座位站起来。平时他有个习惯，睡前总要在书桌前静坐一两个小时。妻子抬头仰望丈夫，身子依然保持轻松的姿势靠在火盆桌边。

“又要去用功啦？”妻子看着坐立不安的丈夫问道。

每次她都用这种语气发问，津田听在耳里，总感到话中隐含着几分不满。有时他想积极讨好妻子，有时又觉得反感，希望马上从妻子身边逃走。但不论感觉如何，心底总会若隐若现地升起一丝蔑视：“我还有自己的事儿要做呢，可不能跟你这种女人一起瞎混。”

津田没说话，拉开纸门向隔壁房间走去。这时，妻子的声音从他背后传来。

“那就不去看戏喽。我去回绝冈本他们吧。”

津田微微回头说：“所以我叫你去看啊，如果你想去的话。至于我，刚才已经跟你说了，我自身难保呢。”

听了这话，妻子低头看着下方，不再看丈夫，也没说话。津田不再理她，径自踏着极陡的楼梯，吱吱咯咯地走上二楼。

书桌上放着一本大型外文书，他在桌前坐下，立刻翻动书页，翻到夹着书签的那页，低头读了起来。只可惜那页已经丢下了三四天，现在根本想不起前因后果。为了帮助自己回想，他只好把前面的部分重翻一遍。他心虚地瞪着手中“哗啦哗啦”翻动的书页，似乎正为了书厚而烦恼，一种前途茫然的感慨随即从他心底升起。

他突然想起，这本书是在婚后三四个月的时候开始读的，现在两个多月都过去了，却连三分之二都没念完。平时他总在妻子面前发表评论，认为很多人一踏进社会，就抛开了书本，简直是无药可救的蠢货。但妻子只把他的责难当成一种口头禅。所以他必须多花点时间待在二楼，这样妻子才会认为他是个真正的读书人。然而，现在他不仅感觉前途渺茫，心底还不知从哪儿冒出一股惭愧，这两种感觉都不怀好意地戳痛他的自尊心。

一本大书摊在眼前，他努力想从其中吸取知识，但书中的知识不是他目前日常工作所需。跟他的工作职业比起来，这本书里的知识实在太专业也太高深了。其实以他目前的工作来看，就连从前在教室里学到的东西，都很难派上用场。而这本书的内容则可说是一点边也沾不上。他开始阅读这本书，只是想把书里的知识当成一种自信累积起来，另外，他也想习得这些知识，用来当作一种引人注目的装饰。但在此刻，他已隐约感到计划很难达成，忍不住怀着自负的心情问自己：“就这么困难吗？”

他默默地吸着烟。过了半晌，他像突然想起什么似的把书本覆在桌上，站起身来。接着，只听见木制楼梯传来一阵吱吱咯咯的响声，他已快步走向楼下。

六

“喂，阿延！”

他隔着纸门呼唤妻子，迅速拉开门扉后，伫立在起居室的门口。妻子坐在火盆桌边，面前不知何时摊开一堆和服与腰带，鲜亮的色彩猛地一下跃入他的眼帘。尤其因为他刚从昏暗的玄关走进灯火辉煌的室内，这堆衣物看来比平时更显华丽。看到这一切的同时，他的脚步犹豫了几秒，视线则在妻子的脸庞与鲜艳的花纹之间来回游移。

“现在这个时间，你把这些拿出来干吗？”

阿延从远处瞥了津田一眼，绣着桧扇[①]花纹的筒状腰带仍然摊在她的膝上。

“只不过拿出来看一下啊。这条腰带，我一次都没系过呢。”

“你的意思是这次打算穿这套衣服去看戏吧？”

津田的语气里隐含嘲讽，还带着几分冰冷。阿延没有回答，低下了脑袋，两道漆黑的眉毛跟平时一样微微挑动了几下。她这种特别的举动有时会让津田很在意，有时甚至让他感到很不愉快。他不发一语地从回廊边走到院内，拉开厕所的门。不一会儿，从厕所出来后，他打算重回二楼。谁知妻子竟从背后呼唤他：“老爷，老爷。”

说着，女人起身走向丈夫，像要拦阻似的挡在他面前。

“你上楼有事？”

对津田来说，他要上楼去办的事情，比妻子的腰带或襦袢[②]都重要千百倍。

“父亲还没来信吧？”

---

① 桧扇：一种鸢尾科植物，也叫射干、夜干、翼吹、凤翼、尾蝶花。

② 襦袢：和服的内衣，形状跟和服相仿，尺寸较为贴身。当时洋服已传入日本，但一般人还是习惯穿和服，却喜欢把洋服的高领白衬衣当成和服内衣穿在里面。

“没有，如果收到了，会像平时一样放在你桌上。”

津田正是因为刚才没在桌上看到那封期待的书信，才特地下楼。

“我去看一下信箱吧。”

“如果寄来的话，一定是用挂号，应该不会丢进信箱。”

“是呀。不过，我还是去看看吧。以防万一。”

阿延边说边拉开玄关的木格门，往阶梯下的脱鞋处走去。

“不用啦。挂号信不可能丢在信箱的。”

“可是，信箱里就算没有挂号信，也可能有平信啊。请你等我一下。”

听了这话，津田才转身返回起居室。刚才吃饭时坐过的坐垫，依然放在火盆桌前，他在坐垫上盘腿坐下，呆呆地注视着深色友禅[①]和服上灿烂缤纷的色彩

眨眼之间，阿延已从玄关回到房间，手里果然拿着一个信封。

“有喔，有一封信。说不定就是父亲寄来的。”

说着，她把白色信封对着电灯耀眼的光芒照了一下。

“哎呀！果然不出所料，就是父亲寄来的喔。”

“什么？不是挂号信啊？”

津田接过信，立即撕开信封读了起来。读完之后，他又把信纸重新卷好收进信封，这时，他的两手只是机械性地卷动，视线既未望向自己的手边，也没投向阿延的脸孔。只见他茫然注视妻子那套做客和服上的宽幅条纹，像在自语似的说道：“这可糟了。”

“怎么了？”

“没有，没什么。”

津田生性好强又爱面子，他不想把信里的内容告诉新婚不久的妻子。

---

① 友禅：日本最具代表性的染色技法。“友禅”一词最初是指京都扇绘师宫崎友禅绘制扇子的技巧，后来他将扇绘风格应用在和服的纹样设计。这种染色技法称为“友禅染”。用缤纷的色彩将动植物、器物、风景等纹样简略化的图案设计则称为“友禅模样”。

然而，信里写了一件非得告诉妻子不可的事。

七

“信里说，这个月不能把例钱寄过来了，叫我们自己想办法。老人就是这样，叫人为难！既然如此，为什么不早点说呢？在急着用钱的关键时刻，突然说这种话……”

“到底怎么回事？”

津田把刚才收进信封的信纸重新掏出来，摊在自己膝上。

“信上说，上个月底有两间租出去的房子空出来了。还有，租出去的房子也没收到房租。另外再加上修整庭院，找人修理篱笆，临时的支出增加了很多，所以这个月不能寄钱给我们。”

说完，他把摊开的信纸原封不动地递给坐在火盆桌对面的阿延。阿延又是一言不发地接过去，连看都懒得看上一眼。津田当初认识她的时候，就对她这种冷漠的态度感到畏惧。

“老实说，就算没有那笔房租可收，如果真心想给我寄钱，总是会有办法吧。说什么修理篱笆，那又花得了多少钱？根本连砖墙的一块红砖都买不到。”

津田说得没错，他父亲虽不算什么富裕阶级，但手头也不至于拮据到拿不出钱给儿子和媳妇贴补家用。但他是个俭省度日的人，按照津田的说法，简直就是过分节俭。换成比津田更崇尚奢华的妻子来看，他父亲几乎可算是不通人情的吝啬鬼。

“父亲肯定觉得我们过得太浪费，没事就随便花钱。一定是这样的。”

“嗯，上次去京都，父亲好像也这么说过。老人哪，只记得自己年轻时代的生活，觉得现在的年轻人也该按照自己当年的方式过日子。当然啦，三十岁的父亲跟三十岁的我，或许年纪一样，但我们的生活环境跟从前完全不同了，怎么可能活得跟从前一样。记得有一次父亲去参加什么聚会，到那儿打听会费的价格，一听要缴五块钱，他立刻露出惊恐的表情呢。”

津田平时就担心阿延看不起自己的父亲，但他还是忍不住向妻子说了许多埋怨父亲的想法。这些都是他的肺腑之言，更重要的是，因为他抢先在阿延开口前批评了父亲，这段话等于也是替他们父子打圆场。

“那这个月怎么办呢？本来就已经不够开销了，现在你又要动手术，需要住院一周，也不知又得花多少钱呢。”

做妻子的不敢在丈夫面前批评公公，直接把话题切入现实问题。津田心里找不到答案，过了半晌，他才像在自语似的低声说：“我觉得藤井叔父手边比较宽裕，想去找他帮忙……”

阿延紧盯丈夫的脸孔说：“你就不能再写封信给父亲吗？顺便把你生病的事也提一下。”

“倒不是不能再写信，只是写了之后，他又要跟我啰里啰唆，太麻烦了。我父亲那个人，要是被他抓到什么把柄，他会跟你没完没了。”

“不过，要是没有其他门路可走，也只好这样啦。”

“所以我也没说不写啊。本来是想好好报告一下自己的情况，让父亲容易理解，但现在已经来不及啦。”

“是呀。”

说到这儿，津田抬眼看着阿延好一会儿，才用毅然决然的语气说：“这样好不好？你去冈本家那里借点钱吧？”

“我才不要呢。”

阿延当场表示反对。她的语气坚决，毫无转圜余地。津田对她这种不含一丝客套与犹豫的语气，感到非常意外。他受到相当的震撼，就像飞速前进的汽车突然刹车时造成的冲击一样。面对毫不同情自己的妻子，津田还来不及对她产生厌恶，他首先感到的是震惊，所以只能望着妻子的脸孔发愣。

八

“我才不要呢。叫我到冈本家去说那种话。”

阿延又把刚才那句话在丈夫面前重复了一遍。

“是吗？那就不勉强你。只是……”

津田才说了一半，阿延就打断了丈夫，冷漠（却很沉着）地发言。

“因为我实在太没面子了。每次到他们家去，大家总是说，阿延真幸福，找到一门好婆家当媳妇，既没遇过灾难，也不愁吃穿，现在突然叫我到他们家提起借钱的事，肯定会被大家耻笑的。”

原来，阿延当场回绝丈夫的拜托，并非因为她不同情丈夫，而是担心自己不能在冈本面前维持虚荣的形象。津田这时总算明白了阿延的想法，他眼里的冷峻也不见了。

“那样吹嘘自己的优越可不太好喔。别人看得起你，当然是好事，但这种推崇，谁也不能保证不会变成困扰啊！”

“我可从来都没吹嘘过什么，都是他们自己凭空想象罢了。”

津田没再继续追究下去,阿延也懒得多做说明。两人的谈话暂停片刻，接着,又把话题重新拉回现实问题。津田以往从没操心过自家的经济状况，因此也不知如何是好，想了半天，只说了一句：“父亲还真难应付呢……”

阿延像是突然想起什么似的，把视线转向自己那套一直丢在旁边的华服与腰带。

“拿这东西去想想办法吧！”

说着，她用手抓起腰带的一端，分量沉重的腰带是用纯金丝线混织而成的。阿延把腰带放在灯光下，好让丈夫看得一清二楚。津田一时没听懂阿延的意思。

“你说拿去想想办法，想什么办法？”

“拿到当铺去，可以当点钱吧。”

津田大吃一惊。用这种方式筹钱应付难关，自己可从没经历过，反而是刚进门的年轻妻子早已熟知个中门路，难怪他觉得这是惊人的重大发现。

“你以前当过自己的和服？”

“没有啊，当然嘛。”阿延一面笑一面用不屑的语气否决了津田的疑问。

“那就算把东西送进当铺，也不知道怎么当呀！”

“没错！可是，这又有何难呢？只要下定决心要当东西的话。”

津田可不想叫自己的妻子去干那种抛头露面的差事，除非遇到了特殊状况。阿延继续解释说：“阿时知道啦。那丫头说她从前在家的时候，家里经常派她抱个包袱去当东西。还有啊，听说最近只要寄张明信片，当铺就会上门来收东西呢。”

对津田来说，妻子肯把贵重的和服和腰带拿出来为他解决问题，当然是件值得高兴的事，但若真的接受妻子的好意，却只会给他带来莫大的痛苦。倒不是因为他对妻子感到不忍，而是这种做法有损做丈夫的颜面。从这个角度深入细想的话，津田不免踌躇再三。

“喔，让我再考虑一下吧。”

说完，筹钱的事还没找到任何对策，他便又回到二楼去了。

九

第二天，津田跟平日一样去上班。这天上午，他在楼梯上碰见了吉川。但他当时正要下楼，吉川则要上楼，两人擦肩而过时，津田很有礼貌地向吉川行了个礼，对方什么话也没说。后来到了快吃午饭的时候，津田又悄悄来到吉川的门外。他先敲敲门，再把半张充满戒慎表情的脸孔探进房间。吉川正在跟客人抽烟谈话。津田当然不认识那位客人。房门刚打开一半，原本谈得热闹的宾主二人突然中断交谈，一起转头望向门口。

“有什么事吗？”

吉川主动开口发问。听了这话，津田只能伫立在门口。

“有点事……”

“是私事？”

津田原本是没资格进出这个房间的。他露出羞愧的表情答道：“是，我有点事……”

“那还是请你稍等一会儿。现在我不太方便。”

“是！我太鲁莽，失礼了！”

津田安静地拉上房门，走回自己的办公桌前。

这天下午，他又两度来到同一扇门前，但是两次都没在座位上看到吉川的身影。

“请问吉川先生出去了吗？”

津田走到楼下时，顺便又向玄关内负责跑腿的门童打听一下。那少年长得鼻眼端正，正伸出手臂逗弄睡在石阶下方的褐色长毛狗，又像表演魔术似的吹出一阵口哨声，想吸引狗儿上楼。

“是啊，刚才跟客人一起出去。今天可能不回来了。”

少年整天都守在玄关观察行人进出，至少从这个角度来看，他的预测会比津田的准确得多。那只褐色狗儿也不知是谁带到办公楼，门童想尽办法想跟狗儿交朋友，津田不再理会他们，兀自返回自己的办公桌前。这天一直到下班之前，他都跟平时一样坐在桌前办公。

下班之后，津田等别人都离开了，才从办公大楼走出来。他跟平日一样朝着电车站前进，一面走一面突然想起什么似的，从上衣内袋里掏出怀表打量一番。其实他这个动作，倒不是为了弄清准确的时间，而是为了决定自己该往哪个方向迈进。究竟要不要在回家的路上顺道经过吉川家，还是放弃算了？他就这样盘算了半天，简直就像在跟怀表进行无意义的讨论。

津田思索再三，终于跳上一列跟自家方向相反的电车。尽管心中深知吉川经常不在，就算到了吉川家，也未必能见到他，或者吉川刚好在家，却不方便接见，说不定当场就把自己打发出门。但对津田来说，他却必须经常到吉川家走动一下。既是出于礼貌，也为了人情，以及利害关系，另外，还有最后一个理由，是单纯出于他的虚荣心。

“津田跟吉川的交情非比寻常。”

有时，他希望这项事实像个包袱，背负在自己的背上；他也希望别人看到自己背着这个包袱。不仅如此，他更希望自己这种姿态，不会对他向来自尊自重的态度产生丝毫影响。也就是说，他一面拼命想把宝物藏在一个最秘密的地方，一面又很想让大家都来瞧瞧这个秘境。而现在，他就是出于这种心态站在吉川家的大门前。但他却自我解释说，我可是为了公事才大老远跑到这里的。

十

那扇庄严的大门平日总是深锁，门扉上半部的厚重木格看起来很像镂空雕花，津田若无其事地从木格间偷窥了门内一眼。院内玄关前的地上，一块巨型花岗岩做成的脱鞋石静静放在那儿，玄关的天花板中央吊着一顶乌黑的金属灯罩。津田以往从未来过这里，今天他特地绕到正屋旁边的书生[①]房，拜托房内的书生带他从紧邻的正屋玄关进门。

“老爷还没有回府。”

一名身穿小仓织[②]和服裙裤的书生走过来，跪坐在津田面前。他回答得非常简短，一副预料津田马上就会离去的神情。津田有些为难，但

---

① 书生：原意是指读书人，但是从明治、大正时期以后，“书生”一词专指在大户人家借宿的大学生。他们一面读书一面帮忙做些家事、杂务，借此代替食宿费。

② 小仓织：江户时代丰前小仓藩（现为福冈县北九州岛市）的特产棉布，用良质棉线织成，通常都是单色或纵向直线条纹的，质地坚韧，不易磨破，愈洗愈有光泽。

还是开口反问："夫人在家吗？"

"夫人在的。"

老实说，津田觉得夫人比吉川更亲近。刚才一路走来，他心里更想见的，其实是吉川夫人。

"那就拜托向夫人通报一声。"

津田拜托新来的书生去通报一声。书生似乎刚来不久，对津田的脸孔还很陌生，不过他丝毫没有露出厌恶的表情，转身走进屋内。待那书生再度从屋内出来的时候，他的语气变得更客气了："夫人说要见您，请跟我来。"说完，书生便领着津田走进洋式装潢的客厅。

津田才在椅子上坐下，不等下人送上茶水和香烟，夫人就从里面走了出来。

"现在才下班吗？"

津田刚刚坐下，听到夫人发问，不得不站起身来。

"你太太可好啊？"

夫人看到津田起立，只是轻轻点头还礼，便弯腰坐在椅上，然后立刻问起津田妻子的近况。津田露出一丝苦笑，不知该如何回答。

"你最近都不来我们家了，好像是因为娶了老婆的关系啊。"

夫人说起话来毫不造作，眼前这个男人在她眼里，只是个小弟弟罢了。而且从前这个小弟弟还是她的晚辈。

"现在还过得很甜蜜开心吧？"

津田静坐不语，像在等待一阵夹带砂石的微风拂扫而过。

"不过，你结婚很久了嘛。"

"是啊，已经半年多了。"

"日子过得好快啊。感觉你才结婚不久呢……最近怎么样了？"

"您是指哪方面？"

"就是你们夫妻关系啊。"

“没怎么样啊。”

“就是说，甜蜜的劲头已经过了？别骗人啦！”

“什么甜蜜的劲头？从开头就没体验过。无奈啊。”

“马上就会有了。如果开头没有的话，就看今后了。甜蜜劲儿马上就会开始。”

“谢谢。那我就欢欣期待喽。”

“你今年几岁啦？”

“别开我玩笑了。”

“不是开玩笑，我只是想了解一下。你就爽快地告诉我嘛。”

“那我就据实以告喽。不瞒您说，我今年三十了。”

“如此说来，明年就三十一了。”

“按照顺序来说，就是那样。”

“阿延呢？”

“二十三。”

“明年吗？”

“不，是今年。”

十一

吉川夫人经常这样戏弄津田，尤其碰到心情不错的时候，她就更喜欢跟津田开玩笑。津田有时也会反过来调侃夫人，但他有时会在她的态度里，看到一种既非玩笑亦非认真的东西闪过。每当遇到这种情况，尽管两人正在聊天，生性保守的津田就变得相当拘谨。其实如果情况许可，他也想追根究底，弄清对方的真意。但有时必须表现节制，不能随便追问，于是就只能闭嘴静观对方的脸色。津田碰到这种状况，眼中必然笼上一层淡淡的疑惑，使他看来既胆小又警戒，或全身神经都仿佛散发着自卫的光芒，甚至最后还会让他露出“充满深思的不安”。吉川夫人每回见到津田，总会再三把他逼到这种境地。而津田虽然心知肚明，却也总会不知不觉地被夫人拖下水。

“夫人真会欺负人。”

“怎么会呢？问你年纪，就是欺负你吗？”

“倒也不是。因为您提问的方式，既像意有所指，又像并无所指，其中含义又故意不告诉我。”

“没有什么其中含义呀。你这个人，终究是个做学问的书呆子，所以才这么麻烦。做学问或许需要钻研，与人交际却绝对不可钻研哦。你要是能把这毛病改一改，肯定会成为更受欢迎的男人。”

听了这话，津田感到一阵痛楚，不过这股疼痛直袭胸中，而非脑门。面对这种露骨的进攻，他决定采取冷漠鄙视的态度。吉川夫人却露出微笑。

“你要是怀疑我在说谎，可以回家问问你老婆呀。阿延肯定跟我想法一样。喔！也不会只有阿延一个人吧。应该还有另一个人呢。”

津田脸上的肌肉突然变得僵硬，嘴唇也微微颤动，视线落在膝头，嘴里说不出一句话。

“知道了吧？那个人是谁。”吉川夫人盯着他的脸孔问道。

那个人是谁，津田心里本来就非常清楚，但他不愿承认夫人所说的内容。他重新抬起头，默默地转眼望向夫人。那无言的目光似乎正在倾诉什么，但吉川夫人看不懂他的心思。

“要是让你觉得不愉快，请你多多包涵。我并不是有意的。”

“不，完全没有不愉快。”

“真的？”

“真的一点也没有。”

“那我就放心啦。”

吉川夫人马上恢复了刚才轻松的语气。

“这样跟你聊一聊，觉得你有些地方好幼稚。所以说啊，有时男人看起来吃了亏，其实还是占便宜。看看，你不就是这样吗？还有，阿延今年二十三，如果要论年龄，她的确跟你相差悬殊，但从外表来看，你老婆反而比较显老。喔，说‘显老’可能有点失礼，可我该怎么说呢？哎呀……”

吉川夫人似乎暂时忘了津田，兀自斟酌着形容阿延的字眼。津田怀着几分好奇，耐心等她说下去。

“啊，应该说是‘老成’啦。她真是个聪明人哪。像她那么聪明的，可不多见。你要珍惜她喔。”

吉川夫人虽然嘴里说着“你要珍惜她”，但是听那语气，其实就跟“你得小心她”的意思差不多吧。

十二

这时，挂在两人头顶的电灯忽然亮了。刚才负责接待的书生悄悄进房来，无声无息地放下百叶窗之后，又安静地走出去。津田发现瓦斯暖炉的炉火愈烧愈红。他无言地目送书生的背影离去，心中意识到，谈话必须告一段落，自己也该告辞了。他端起面前的红茶喝了几口，除了沉在杯底的那片柠檬外，杯中的茶被他喝得一干二净。紧跟着这暗号似的动作之后，他才开始向夫人说明来意。事情本来很简单，却不是夫人一个人说好就行的。他向夫人表示希望请假一周，但这七天究竟安排在月初、月中，还是月底比较好？夫人也没有任何概念。

“什么时候都无所谓吧？只要把事情都安排妥当。”

夫人轻松地响应，借此表达她对津田的善意。

“当然，我会事先安排一下的……”

“那不就好了？就算你明天开始放假也行呀……”

“但我还是得请示一下。”

“那等他回来，我替你说一声吧。你可以放心了。”

吉川夫人立即答应帮忙，而且显得十分开心，似乎是因为自己又获得帮助他人的机会。津田看到面前这位富有同情心的夫人如此欣喜，他也跟着高兴。尤其在暗自忖度夫人的反应之后，他认为显然是自己的态度和行为带来的效果，不免更加洋洋得意。

从某种意义上来说，他很喜欢夫人把自己当成小孩对待。因为夫人若想把他当成孩子，他就能获得某种属于他们之间的亲密感。再深入剖析就会发现，这种特殊的亲密感只会存在于男女之间。举例来说，这种感觉跟茶屋女[①]突然在某人背上轻拍一下时造成的快感有点类似。

但同时，津田也拥有强烈的自我意识，所以吉川夫人根本无法把他当成孩子对待。不过他在夫人面前，不会忘记有意地隐藏自我。所以就算当面受到夫人毫无顾虑的戏弄，他背后也永远有一道自己筑起的厚墙可供倚靠。

津田把重要任务托付给吉川夫人之后，正要从椅子站起来，夫人突然对他说："你可不准又像孩子似的哭闹不休喔。个子倒是长得这么高大……"

津田不禁想起了去年的痛苦回忆。

"那时我真的受不了了。就连开关纸门都会震动到患处，每次有人开门关门，我都痛得全身发抖，几乎要从床上跳起来。不过，这次应该不会那样了。"

"是吗？这次是哪位医生帮你开刀啊？这种事可是很难说的。你现在信口开河乱吹牛，到时候我会去检查喔。"

"那里可不是您去探病的地方。简直不像病房，又小又脏。"

"我可不在乎。"

---

① 茶屋女：在茶屋伺候顾客喝酒取乐的女性服务人员。茶屋最早出现在古代重要道路指定的休息点附近，只向旅人提供茶水等服务，后来也有兼营色情的茶屋，这类茶屋的正式名称为"色茶屋"。江户时代所谓的茶屋，几乎全都是"色茶屋"。

津田从夫人的表情看不出她究竟是当真还是开玩笑。而且那位医生的专长是其他方面的疾病，并不是自己这种疾病的专科医生，津田很想告诉夫人，女性最好还是不要跑去那种病房，但又踌躇着说不出口。谁知夫人这时又乘虚而入向前逼近一步。

“我会去探病的，因为还有些话要对你说。在阿延面前不方便谈的事情。”

“那我过几天再来看您。”

说完，津田像逃走似的从椅子站起来，接着，夫人发出一阵笑声，将他送出客厅。

十三

走上大街之后，津田的脚步虽然逐渐远离吉川家，但他的脑袋没法赶上双脚的速度，无法立即离开刚才待过的那间客厅。夜幕低垂，他在昏暗无人的街头踽踽前行，眼中仍然不时闪现明亮的室内情景。

灿烂的景泰蓝花瓶闪耀着冷光，光滑的花瓶表面布满华丽的花纹，桌上的镀银圆托盘里放着同色的方糖罐和牛奶罐，窗上挂着厚重窗帘，深蓝为底的布料上绘着褐色蔓草花纹，利用三个金箔挂钩固定的装饰相框……尽管他已离开那明亮的灯光，来到昏暗的室外，但那些极具刺激的影像仍在他的眼里来回乱晃。

至于那位坐在缤纷色彩当中的女主人，他当然不会忘了她的幻影。现在他一面迈步向前，一面回忆刚才跟她聊天时的点点滴滴。脑中浮起某些片段的瞬间，他觉得自己好像嘴里嚼着炒豆，愈嚼愈香。

“夫人可能还是对那件事有点意见吧。老实说，我才不想听呢。不过，其实我还是很想知道啦。”

他偷偷承认这种矛盾的想法时，脸色立刻在昏暗中变得通红，就像自己的弱点突然被人发现似的。为了掩饰脸红，他故意加快脚步向前走去。

“假设夫人为了那件事想对我说些什么，到底打的是什么主意呢？”

眼下的津田绝对想不出答案的。

“为了戏弄我吗？”

他无法回答这个问题。夫人本来就是个喜欢笑闹的女人，而他们俩的关系，又让她能够随意开玩笑。不仅如此，她的地位更在不知不觉中，让她放纵成现在这样。她看到津田被逼得发急，会感到一种单纯的快感。或许她就是为了获得这份快感，才那么轻松随意地跨过了客套的壁垒。

“如果不是为了戏弄，难道是因为同情？或是对我怀有过分的好感？”

这个疑问也令他难以作答。事实上，她至今都对他非常亲热，也宠爱有加。

走到宽敞的大路之后，他从那儿搭上电车。车子顺着城河沿岸向前奔驰，从玻璃窗望向车外，只能看到黑漆漆的河水、黑漆漆的堤防，还有弯身盘踞在堤防上的黑色松林。

他在车厢的角落找个座位坐下，视线越过车窗，看了一眼窗外凄凉的秋季夜景，却不得不立刻思考另一个问题。昨晚因为想不出办法，只好暂时把筹钱的事情丢到一边，但是现在已到了必须拿出对策的时刻了。想到这儿，他又立刻想起吉川夫人。

“刚才要是主动提起这件事，现在就没事了。”

接着他又觉得，那么急着告辞，只为了表现自己懂事，实在有点可惜。不过事已至此，他也无法鼓起勇气光为那件事，单独再去见夫人一趟。

下了电车后，正要越过陆桥，他看到昏暗的栏杆下，有个乞丐蹲在那儿。乞丐像个会动的黑影似的向津田低头致意，他身上只穿了一件薄大衣。其实按照季节来说，有些过早点燃瓦斯暖炉的人家，现在已可看到他们的炉中燃起了暖焰。乞丐跟他的处境相差了十万八千里，但落入他现在的眼里，这种差异几乎完全不存在。他觉得自己已走到山穷水尽的绝境了。而这一切，都得怪父亲不肯按时寄来每月的生活费。

十四

津田一路怀着相同的心情走回自家门口，正要伸手去拉玄关的木格门，谁知门还没开，旁边的落地纸窗却哗啦一声被人拉开了。不知何时，阿延的身影已出现在他眼前。津田露出吃惊的表情望着妻子略施脂粉的侧面。

自从结婚以来，这类状况总会让他对妻子大感惊讶。阿延的这种行为，有时因为抢先丈夫而遭嫌弃，有时却又成为她伶俐体贴的例证。日常生活里处理琐事的时候，她也经常发挥这种特长。津田有时也在一旁观察妻子的行为，就像欣赏闪亮餐刀上的灿烂光点。刀上的光点虽小，但是非常耀眼，也令他觉得有点恐怖。

有时津田甚至突然生出错觉，以为阿延具有某种神力，能够预知自己回家的时间。不过他懒得去问阿延。如果问起来，她一定会笑着把话岔开，这样反倒显得做丈夫的输了。

津田面不改色地从玄关走进屋内，换上居家和服。起居室的火盆前方摆着黑漆矮脚小膳桌，桌上覆着一块干净抹布，仿佛正在等他归来。

“今天下班后又逛到哪儿去啦？”

每次津田没有按时回家，阿延一定会提出这种质疑。听那语气，似乎丈夫非得给个交代不可。然而，津田并不是每次都因为有事才迟归，所以他有时便含糊地应付过去。碰到这种情况，他就故意不看阿延那张专为丈夫化了淡妆的脸蛋。

“那我来猜猜看？”

“嗯。”

津田今天倒是显得很沉着。

“你到吉川家去了吧？”

“这么会猜！”

“看你的表情，大概就知道了。”

“是吗？一定是因为我昨晚说要去找吉川先生，跟他商量之后，再决定开刀的日子，所以被你猜中啦。”

“就算没告诉我那件事，我也能猜到。”

“是吗？好厉害！”

接着，津田只把拜托吉川夫人的过程，重点式地跟阿延说了一下。

“你什么时候开始接受治疗呢？”

“所以说，嗯，什么时候请假都没问题吧？……”

然而，津田的心底有一件事放不下。因为做手术之前，他必须筹到治疗费才行。当然，这笔花费并不大。但就因为数目不大，他才想不出简便的筹钱方法，因而感到十分焦急。

他曾有一瞬间想起那个住在神田的妹妹，但他实在不愿去找妹妹帮忙。因为结婚之后，他曾以家用支出增加作为借口，要求住在京都的父亲每月补贴一点生活费。而他承诺从自己的中元节和新年奖金里拿出大部分补偿父亲。但后来因为各种因素，直到今年夏天，他都没有履行过这项承诺。父亲也因为这件事，对他很不谅解。而妹妹获知详情后，对父亲比较同情。津田原本就不屑在妹夫面前向妹妹借钱，现在又因为父亲的缘故，就更难向妹妹开口了。想来想去，他只好安慰自己，还是听从阿延的劝告，再给父亲写封信吧，除了这样，也没别的办法了。津田心想，何不把自己目前的病状写得严重点，这总是个好办法吧。稍微把实际状况添油加醋一番，只要不使父母操心，不受自己的良心谴责，任何人都可能会采取这种投机的手段吧。

“阿延，就照你昨晚说的，我再给父亲写封信吧。”

“是吗？可是……”

“可是”说了一半，阿延停下来望着津田，津田却不理阿延，径自上了二楼，在书桌前坐下。

十五

向来惯用西式信纸的他，从书桌抽屉拿出浅紫色信纸和信封，随意用钢笔写了两三行，又突然想起，父亲平日收到儿子寄来这种钢笔或自来水笔写的白话文书信，一点也不会高兴。他想起了远方的父亲，脑中浮现父亲的脸孔，不禁苦笑着放下钢笔，继而转念一想，老实说，给父亲写这种信，大概也不会有什么效果吧。那究竟如何是好呢？他一面思索一面在一张用剩的废纸上画起素描。那是一张表面粗糙的厚纸，很像炭笔画专用的画纸。他漫无目的地在纸上描绘父亲留着山羊胡的瘦长脸。

过了半晌，他终于做出决定，从椅子站起来，拉开纸门。他走到楼梯口，朝着楼下呼叫妻子的名字。

"阿延，你有日本的卷轴信纸和信封吗？有的话，借我用一下。"

"日本的？"

这个形容词听在妻子的耳中，实在令她忍俊不禁。

"如果是女性用的信纸，倒是有的。"

不一会儿，津田把那印着雅致花纹的和纸信笺摊在面前打量一番。

"这种的，你觉得可以吗？"

"只要内容写得清楚易懂，什么信纸都可以吧。"

"那可不行喔。父亲对这些事情可啰唆了。"

津田依旧满脸严肃地端详着信纸。阿延的嘴角浮起一丝浅笑说道："叫阿时去买吧。"

"嗯。"津田不置可否地答道。因为他觉得，就算有了白色卷轴信纸和素色信封，自己的愿望也未必能够达成。

"等一下啊，马上就来。"

阿延说着立刻跑下楼去。不一会儿，楼下传来侧门被拉开的声音，随即听到女佣出门的脚步声。津田无聊地坐在桌前抽烟，等待自己需要的物品送到面前来。

他脑中一直挥不掉父亲的影子。父亲生在东京，长在东京，整天开口闭口都在批评上方[①]，但奇怪的是，父亲后来不知为何，搬到京都去定居了。津田的母亲并不喜欢京都，他对母亲很同情，也向父亲略微表达过反对之意。结果，父亲指着他花钱购入的土地和亲手建成的房子问儿子："那这些东西怎么办？"津田那时比较年轻，不明白父亲的话中含义。他心想，怎么办都行啊！"我可不是为了别人，这一切，都是为了你。"父亲总是这样对他说。"可能你现在还不懂得感激，哪天我死了，你等着瞧吧。那时你一定会懂的。"父亲也说过这种话。他想起父亲说过的那些话，还有父亲说那些话的表情。那时父亲看起来就像一位崇高无比的预言家，脸上充满自信，好像儿子将来的幸福都已掌握在他手里。津田很想对想象中的父亲说："与其父亲作古之后才明白您的恩情，还不如趁您健在的时候，每个月都让我一点一滴真实感受您的恩情，那才叫作痛快呢。"

大约过了十分钟，津田终于在那不能讨好父亲的卷轴信纸上，写出一堆艰涩难读的文言文，字里行间净是祈求父亲尽快汇款的字句。他怀着满腹的羞愧与不安，好不容易写完信，重新读过一遍时，他看到自己写的那一手烂字，觉得既惭愧又绝望。姑且不论信里的文字如何，就凭这种蹩脚的字迹，他就觉得自己根本没资格获得资助。就算计划成功了，汇款也不会在期限以内寄来。津田呼唤女佣把信寄出之后，安静地钻进棉被，同时在心底告诉自己："船到桥头自然直啦。"

① 上方：江户时代对以京都、大阪为中心的京畿地区的称呼。

十六

第二天下午，吉川把津田叫到面前。

“听说你昨天去过我家？”

“是的。您不在的时候去拜访，见到了夫人。”

“听说你的病还没好？”

“是的，还有点……”

“糟糕啊，这么多病。”

“不瞒您说，其实是上次的病还没好。”

吉川显得有点讶异，吐掉饭后一直叼在嘴里的牙签，把手伸进西装胸前的内袋，掏出烟盒。津田连忙抓起烟灰缸上的火柴擦燃。不料他表现得太过卖力，又过于性急，第一根火柴竟完全没派上用场，就立刻熄灭了。他慌张地擦燃第二根，戒慎恐惧地递向吉川的鼻前。

“既然生病了，也没办法。你请几天假，好好休养一下，应该就没事了吧？”

津田向吉川道谢后，刚要走出房间，吉川又从烟雾中向他问道：“已经跟佐佐木说过了吧？”

“是的，不但跟佐佐木先生说过，跟其他人也都打过招呼，拜托大家帮我代班了。”

佐佐木是津田的上司。

“既然要请假，就早点请吧。早点休养，快点痊愈，然后努力工作，一定要这样才行啊。”

吉川的话把他的性格充分表现了出来。

“如果可能的话，你明天就休假吧。”

“好的！”

听了吉川的吩咐，津田心里明白，明天无论如何也得住院。

他跨出房门，半个身体还在门内，身后的声音又叫住了他。

“喂！令尊最近可好？身体还是那么硬朗？”

津田回过头，一阵雪茄的香味突然飘进鼻中。

“是的，多谢！托您的福，家父身体很好！”

“大概还是天天吟诗作乐吧？好逍遥！真羡慕啊！昨晚我在一个地方见到冈本，刚好谈起令尊。冈本也很羡慕他呢！那家伙最近好像闲下来了，可又不能像令尊那样。”

津田绝不认为他们会羡慕自己的父亲。假设他们碰到他父亲的境遇，肯定会苦笑地哀求，拜托让我留在现在的位子上吧，至少等到十年以后再说。这种看法当然是按照他的性格观察而来，同时也是根据他们俩的性格而得出的结论。

“家父早就跟不上时代，只能那样生活罢了。”

不知何时，津田又重新走回去，站在刚才的位置上。

“怎么这么说？那不叫跟不上时代。而正是因为令尊领先时代，才过着那种生活呢！”

津田一时不知如何回答。跟对方的伶牙俐齿比起来，自己的笨头笨脑反而变成重负。他呆呆地盯着逐渐飘散的雪茄烟雾。

“可不能让令尊操心喔。你做些什么，我没有不知道的，要是你做了坏事，我会告诉令尊喔。知道了吗？”

这段话听起来就像在教训孩子，他搞不清吉川究竟是说笑还是训斥。好不容易苦笑着听完，这才逃出房间。

十七

这天回家的路上，津田在半途下了电车，从车站顺着繁华大街走了一段，然后拐进一条小巷。他一边走一边打量左右，沿途看到当铺的暖帘、围棋聚会所的招牌，还有一栋木格门房舍，仿佛街道内消防队长正在里面待命……走到小巷中段的部分，他推开一扇毛玻璃门走进屋内。门上的电铃立刻发出尖锐的铃声，这时，玄关对面的小房间里立刻射出四五个人的视线，一起集中在津田身上。那个小房间没有窗户，面积极为狭窄，而且昏暗无比。尤其像他刚从外面突然进来，感觉就像一下子走进了地窖。他颤抖着在长椅角落坐下，抬眼看了一下那些刚才在暗中打量自己的人。大多数人都围坐在房间中央的大型陶瓷火炉周围，其中两人抱着手臂，另外两人分别伸出一手，放在炉上烤着；还有一人坐得远远的，周围地面散落了一堆报纸，那人把脸孔凑近报纸，看得十分专注；另一个人坐在津田同一张长椅的另一端，跷着二郎腿，身子微微歪向一边。

每当门铃响起，这些人就不约而同转脸朝门口瞥一眼，然后又不约而同地陷入沉默。大家都在思考什么似的静坐不语。那模样倒不像是忽视津田的存在，而像是避免被津田盯上。不，也不仅是针对津田，大家似乎都畏惧彼此注视的痛苦，所以故意把视线转向别处。

这群气氛阴郁的家伙毫无例外地全都拥有相似的过去。像这样坐在昏暗的候诊室里，静候轮到自己看诊的这段时光，仿佛在他们从前缤纷灿烂的人生片段突然笼上一层阴影。他们根本没有勇气望向亮处，只能发呆似的一直躲在黑影里。

津田将一只手肘靠在长椅的扶手上，举手覆着额头。他一面维持这个酷似求神默祷的姿势，一面想起去年年底，曾在这间医院偶遇到的两个男人。

其中一人不是别人，正是他的妹夫。当他在这个昏暗的房间里，猛然认出自己的妹夫时，心里着实吃了一惊。而对方虽是个不拘小节的人，但是看到他那惊讶的模样，也不免受到影响，几乎不知该如何跟他打招呼。

另一人是津田的朋友。他以为津田跟自己患了相同的疾病，所以心情轻松地过来搭讪。那天，他跟那位朋友一起走出医院，又一起去吃晚饭，用餐时，他们还针对爱与性的议题，进行了深入的讨论。

碰到妹夫那件事，除了让他吓一跳之外，倒是没有出现后续问题，而那位被他视为今后不会再见的朋友，后来却跟他产生了不寻常的关联。

他想起朋友那天说过的话，又想起朋友现在的处境，不得不把两者连起来细细咀嚼一番。突然，他像受到冲击似的睁开眼，覆在额上的手也放了下来。

这时，一名身穿深蓝哔叽呢西服的男人从诊察室出来，男人大约三十岁，出了诊察室之后，立刻走向药房，从上衣内袋掏出皮夹，正要付钱的瞬间，一名护士从诊察室出来站在门槛上。津田刚好认识这位护士，等她呼叫了下一位患者，正要转身返回诊察室，津田连忙叫住了她。

“我这样排队等候太麻烦了，请帮我问问医生，就说我明天或后天来做手术，可以吗？”

护士转身进去。很快地，白衣身影又出现在昏暗的房间门口。

“二楼现在刚好空着，医生说随时都没问题。请你方便的时候过来吧。”

津田逃跑似走出那个昏暗的房间，当他匆匆穿上皮鞋，伸手向内拉开毛玻璃大门时，刚才显得十分黑暗的候诊室，哗的一下点亮了电灯。

十八

津田到家的时间比昨天早一些。但最近秋阳西斜的脚步加快，白昼的时间也突然变短了。刚才他在大路上还能看到饱含凉意的夕阳余晖，一转眼就消失无踪。

他在二楼的房间当然还没点灯，玄关也是一片漆黑。刚刚还在小巷转角处的人力车休息站看到明亮的檐下吊灯，现在，他的双眼不免有些失望。“哗啦”一声，他拉开木格门，却不见阿延出来迎接。昨天的这个时候，阿延像个伏兵似的守在这儿，害他吓了一大跳，根本开心不起来，但是跟现在无人迎接的漆黑玄关比起来，或许还是昨天比较令人欣喜吧。

“阿延！阿延！”他站在门口叫了几声。“来了……”没想到响应的声音竟从二楼传来。紧接着，耳边又传来阿延下楼的声音。同时，女佣也从厨房跑了出来。

“在干什么呀？”

津田的话里隐含着几分不满。阿延一句话也不说。但他抬头望向她的脸孔时，却发现那沉静如常的脸上浮现了令他牵肠挂肚的微笑。最先跃入眼帘的，是她那口雪白的牙齿。

“二楼怎么一片漆黑？”

“是啊，因为我想事情想得入神，所以没发现你回来了。”

“睡着了吧？”

“没有啊。”

刚说完，女佣发出一阵大笑，打断了两人的对话。

不一会儿，津田要出门洗澡，他跟往常一样，从阿延手里接过肥皂和手巾，正要从火炉边站起来，阿延却制止了丈夫：“等一等。”说完，她转身从双层衣柜最下面的抽屉里，拿出一件衬着法兰绒内里的铭仙布①棉袍放在丈夫面前。

“你先穿穿看。可能加压的时间还不够，衣型还没压出来。”

津田露出疑惑的表情看着那件宽幅直条花纹的棉袍，衣襟的包布是八丈岛黑硬绸。这件衣服既不像他自己买的，也不像外面店里定做的。

“这是哪里来的？”

“我做的啊。准备让你带去住院的。医院那种地方啊，要是穿着不得体，会很没面子的。”

“什么时候做的？”

---

① 铭仙布：大正、昭和时代流行的一种纺织品，先将棉线或丝线染色之后再织成布匹。丝线采用质量较差的蚕茧纺成，所以铭仙布的价格比较便宜，特征是结实牢固，无正反面之分，多用来制作实用的衣物。

他已把动手术的计划告诉了阿延，同时还提及，自己必须离家一个多星期。但这消息是在两三天之前才说的。而且从告诉妻子直到今天，这段日子里，他从没看见过妻子拿着针线坐在缝纫板前面，因此他当然非常讶异。但阿延似乎觉得丈夫这种惊讶的表情，就是对自己的辛劳付出的谢礼，所以有意地不做任何说明。

“这衣料是你买的？”

“不是，是我的旧衣服。本想留着冬天穿，但拆开浆洗之后没做成衣服，就直接收起来了。”

原来是年轻女孩穿的布料，怪不得直条花纹太粗，配色也显得过于花哨。津田觉得自己穿上棉袍的模样有点像个小奴风筝[①]。他略显羞赧地打量了一会儿，才转脸对阿延说：“总算决定了，刚刚才说好，明天或后天帮我我动手术。”

“是吗？那我该做些什么？”

“你什么都不用做啊。”

“不能陪你一起去医院吗？”

看阿延的神态，似乎对钱的事一点也不操心。

十九

第二天早上，津田醒来的时间比平时晚了很多。家中一片寂静，打扫工作似乎已告结束。他从客厅穿过玄关，拉开起居室的纸门，看到妻子姿势端正地坐在火盆桌边，正在阅读手里的报纸。壶中的沸水正在翻滚，发出阵阵象征家庭美满安泰的声响。

“放松心情睡着了，本来没打算睡懒觉的，竟还是睡过头了。”他

---

① 小奴风筝：古代日本武士家中身份最卑微的奴隶，“小奴”是这类奴隶的戏称。他们平时负责打杂、跑腿等工作，整天穿着衣袖宽大的和服短外套。这种宽大衣袖的图像便成为传统中小奴的象征。模仿这种图像制作的风筝，就叫作“小奴风筝”。

像是要为自己辩解似的。说完，瞥了日历上方的挂钟一眼，时针已快要指向十点。

洗完了脸，他重新回到起居室，轻松自如地坐在平日的黑漆小膳桌前。那张膳桌看起来不像在等他，而像有点等得不耐烦了。他正要动手拉开覆在桌上的抹布，却突然想起一件事。

“这不行！”他想起医生曾提醒过手术前一天的注意事项，但现在完全想不起来。他突兀地对妻子说：“我去问一下。”

“现在跑去问吗？”

阿延惊讶地看着丈夫的脸。

“怎么可能？打电话问啊。怎么可能跑去？”

说完，他立刻站起来，像要一脚踢散起居室的寂静似的跑出了玄关。他沿着电车路面向前跑，一直跑到大约五十米外的公用电话亭。这时，他又突然转身，匆匆往回跑，到了家门口，也不进门，只站在玄关前面大叫妻子。

“你到二楼把我的皮夹拿来。要不然，把你的钱包给我也行。”

“要做什么？”

阿延完全猜不透丈夫要干什么。

“不论谁的都行，快拿来吧。”

他从阿延手里接过钱包，塞进怀里，立刻转身走回大路，搭上电车。

大约过了三四十分钟，津田才夹着一个很大的纸袋回来，这时已经快到午餐时间了。

“你那个钱包里没装多少钱嘛！我还以为装了更多呢！”津田一面说，一面把夹在腋下的纸袋丢在起居室的榻榻米上。

“不够吗？”阿延抬头望着丈夫说，那眼神像在宣告，就算只是琐碎的小事，她还是得聊表关心。

“不，倒也不至于不够。”

“因为我不知道你要买什么。刚才还以为你要理发呢。”

津田这才想起已经两个多月没理发了，接着又想起，昨天早上才发现，太久不去剪发的话，每次戴上那顶已经有点嫌小的帽子，总是觉得帽子愈来愈紧。

“再说，刚才为了赶时间，就没能上二楼去拿你的皮夹。”

“其实我的皮夹里也没装多少钱。哎，反正不论哪个钱包，都一样啦。”

他觉得自己并没资格一直批评钱包。

阿延动作迅速地拆开包装纸，从袋里掏出一堆罐装红茶、面包和牛油。

“哎哟，你要吃这些？那叫阿时去买就行啦。”

“什么，那家伙哪里懂。不知会买什么回来。”

不一会儿，阿延端来了亲手准备的烤面包和乌龙茶，面包散发着诱人的香气，乌龙茶冒着袅袅的轻雾。

这顿极简单的西餐也不知该算早餐还是午餐，吃完之后，津田像在自语似的说：“今天本来想趁早上到藤井叔父家去一趟，一方面报告一下病情，一方面也因为很久没去问候了。谁知竟然拖到这时候。”

听那语气似乎是说，既然晚了，也没办法，只好下午再去尽一尽拜访的义务吧。

二十

这位姓藤井的叔父是津田父亲的弟弟。津田的父亲是一名官员，他的官吏生涯就是到处外派，三天两头忙着搬家，在广岛住了三年之后，又到长崎住了两年，津田则像陪同巡视似的，跟着父亲在他上任的地方到处游走。从教育的角度来看，这种生活带来了极大的不便与不利，也使父亲大为头痛。最后，他终于决定把孩子托给藤井，请他帮忙照料孩子。也因此，津田自然而然地变成了叔父的孩子。而他跟叔父的关系也比一般叔侄更亲近，虽然两人的性格与职业不同，但事实上，他跟叔父反倒不像叔侄，而更像一对父子。如果要用最适当的文字来形容他们，或许可以称他们是“另一对父子”吧。

叔父跟津田的父亲不同，几乎从未离开过东京。津田的父亲却是半生都在外头奔波。光从这点来看，叔父跟父亲之间的差异真的很大。至少在津田眼里看来，他们是完全不同的两个人。

“蹒跚的人生过客”，叔父从前曾用这个字眼评价津田的父亲。津田当时虽在无意中听到，却立刻就把父亲跟这个名词画上了等号。直到今天，他都牢牢记着这个名词。只是，当时他头脑不够发达，不了解叔父这句话究竟是什么意思，而直到现在，他还是跟当时一样弄不明白。但他现在看到父亲的面貌时，都会想起这句话。父亲的面貌瘦削细长，腮边垂着几缕貌似算命先生的稀疏胡须，外形完全符合叔父那句话描述的形象。

大约在十年前,父亲像一名厌倦了四处云游的苦行僧,突然退出官场，改行走进实业界。他退休前的最后八年都住在神户，当时先在京都购入土地，后来又找工人在那块地建了新屋。两年前，父亲终于搬到那块土地定居。在津田发现那些变化之前，父亲已经选定那座幽静的古都作为自己隐居的地方，同时也把那里建成将来养老送终之地。叔父那时曾经皱着眉头对津田说：“看来我那兄长的手里大概是存了点钱。像他那种泡泡胶吹成的泡泡，若是肯落在一处，不随便乱动，那肯定是因为银子够重。”

然而，从不了解金钱价值的叔父，却自始不曾移过位置。他一直住在东京，也一直很穷，从没当过月薪族。与其说他厌恶薪水，不如说是因为他过于任性,所以根本没人肯付薪水雇他。叔父反对所有的条文规定。后来虽然随着年纪渐长，修正了想法，但他往日那种倔强脾气，却毫无改变。因为他深深了解，就算现在修正自己的信念，最后只会遭人轻视，对他自己一点好处也没有。

叔父完全欠缺在现实世界跟世俗直接周旋的经验，所以理所当然地，他既是一位个性豁达的人生评论家，也是一位感觉敏锐的观察者。他的敏锐全都来自豁达的性格。说得更简单一点，就是因为生性豁达，他才有那些特立独行的表现。

叔父肚子里装着的不是丰富的知识，而是凌乱的杂学，他对很多事情都想发表意见，却又绝对不愿抛弃旁观者的态度。这种特质不仅是环境所逼，也因为天生性格的推波助澜，才会发展至此。叔父虽然有脑，却没有手。不，或许有手，但他不想用，所以整天只把双手揣在怀里到处闲逛。虽然他天生喜爱读书，却又生性懒散，以致最终只能落得卖字维生的命运。

二十一

最近六七年，藤井始终住在城区西北部高地的一角，过着他这类人最喜爱的城郊生活。这块等同于郊区的高地上，近来建起了各种大大小小的房舍，也让他感到眼前的绿色正在逐年减少。每当这种感慨从心底升起时，他就忍不住停下疾书的钢笔，深入思考他哥哥的处境。有时，他也会一时冲动，想向哥哥借笔钱，给自己盖栋房子。但是，哥哥似乎不会借他，而他的性格也不许自己随便向人借钱。他虽给哥哥冠上“蹒跚的人生过客”的头衔，事实上，他却是一名不安于物质生活的人生过客。而且他跟大多数人一样，物质生活带给他的不安，只不过是某种程度的精神不安罢了。

津田家到叔父家很方便，其中一半的路程可以搭乘沿河的电车。就算全程步行，距离也很近，不需一小时光景。津田也觉得偶尔散散步，反而比搭乘喧闹的公共交通工具更自在。

中午快到一点，津田走出家门，一路悠闲地沿着河岸朝向终点出发。天气非常好，晴空万里、阳光普照，远处可见浓密的绿荫遮天，轮廓清晰鲜明。

走到半途，津田想起早上忘了买蓖麻油。医生指示他在今天下午四点左右服用这种泻药，所以他得先绕到药店去，把药品准备妥当。平时这条路走到终点时，他都先向右转，然后上桥，但他今天朝着反方向的闹市走去。不一会儿，只见大路尽头的部分街道已被挖得四分五裂，惨不忍睹，似乎是新的线路延长计划造成的结果。路边原有的房屋已被残酷地拆除，地面起伏不平，废墟似乎已强制搬迁，他站在坑坑洼洼的新马路转角，凝视着聚在角落里的群众。那群人的数目虽然不多，却也围成了三五层的半圆形，人群中央站着一个男人，年纪大约跟津田相仿。

男人的身材微胖，身披双子织[①]粗布和服外套，腰系窄幅角带，脚踏砧板木屐[②]，头上没戴斗笠，也没戴帽子。身子靠在背后仅剩的一棵柳树干上，两手举起一个内衬法兰绒的大口袋，环顾着周围看热闹的人群。

“各位！各位！我现在要从这口袋里掏个鸡蛋出来。就是从这个空袋子！保证能掏得出来。可别大惊小怪！因为秘密就在我的怀里。”

说完这段跟他身份不太相称的吹嘘之词后，男人把一只手放在胸前握成拳头，又用拳头碰了一下口袋，然后立即摊开手掌。“看！鸡蛋丢进去啦！”男人装出一副故弄玄虚的模样。不过，他没有要弄花招。原来，他把手伸进口袋的那一刻，鸡蛋早已稳妥地放进袋里。男人用拇指和食指捏起鸡蛋，让围成半圆形的观众仔细检视，再把鸡蛋放在地上。

津田的脸上露出既赞叹又不屑的表情，歪着脑袋思索片刻。这时，他感觉背后有什么东西撞到腰部。那阵轻微撞击之后，他立刻反射动作似的转过头去。不料竟看到叔父的儿子站在那儿，只见他嘻嘻地笑着，简直像个淘气鬼。男孩的头上戴着一顶绣着校徽的学生帽，身穿短裤，背着书包，光看这身打扮，就已明白他从哪里来。

---

① 双子织：经线、纬线皆用双股棉纱织成的粗厚棉布。

② 砧板木屐：鞋底像砧板一样厚重的男性木屐。

"现在刚放学？"

"嗯。"

男孩既不答"是"，也不答"不是"。

二十二

"你父亲好吗？"

"不知道！"

"还是老样子？"

"谁知他怎么样啊。"

津田已经忘记自己十岁左右的心态，听到男孩的回答令他有点意外，好在他立刻醒悟年龄不同，脸上露出了苦笑，跟男孩一起陷入沉默。男孩重新把注意力转向变戏法的男人。男人的服装看起来很像昨晚花了一夜时间赶做出来的。这时，他又高声大嚷起来："各位！各位！我再变一个出来，大家看着喔！"

说完，他用单手将那个布袋用力勒紧，装出一副动作灵巧的手势，把什么东西抛向布袋。然后，便像在夸耀似的从袋中掏出第二颗鸡蛋。这时，他发现观众似乎还没看够，便又翻出布袋的衬里，大胆地展示袋内脏兮兮的直纹法兰绒衬布。但是接下来，他的手法还是跟前面完全一样，毫无新意地掏出第三颗鸡蛋，并把鸡蛋当成什么宝贝似的小心翼翼排列在地上。

"怎么样？各位看官，照这样下去，不知还能掏出多少呢。不过，老是掏些鸡蛋出来，没有什么意思。所以啊，接下来，我要掏一只活鸡给大家瞧瞧。"

听到这儿，津田回头看着叔父的儿子说："喂！真事，我们走吧。

小叔[1]正要去你家呢。”

但是真事觉得活鸡比津田重要多了。

“小叔，那你先去吧。我还要再看一会儿。”

“他是骗人的啦。不管你等多久，也等不到活鸡的。”

“为什么呢？不是已经变出那么多鸡蛋了吗？”

“鸡蛋变得出来，活鸡是变不出来的。他那样吹牛，是为了留住观众啊。”

“然后要干吗？”

然后要干吗？津田也不知道那人之后要干吗。他觉得有点烦，就想把真事留下，自己先到叔父家去。不料真事一把抓住他的袖子说：“小叔，给我买点礼物吧。”

每次在叔父家被真事逼得没法，津田总是用“下次吧，下次再买”当借口蒙混过去。但是等到下次再到叔父家，他就忘了自己的承诺。譬如现在，他又顺口应道：“嗯，给你买吧。”

“那我要买汽车，好吗？”

“汽车太大了吧。”

“不是啦。我要买小的。七块五那种。”

就算只要七块五，这数目对津田来说，还是太大。他没说话，兀自迈步向前。

“而且你上次，还有上次的上次，不是说要给我买吗？小叔比那个变出鸡蛋的人更会骗人吗？”

“那家伙变得出鸡蛋，可变不出活鸡喔。”

---

① 小叔：真事是藤井叔父的儿子，按照辈分来说，应该是津田的堂弟。不过日本人对亲戚的辈分并不那么讲究，堂兄弟或表兄弟之间年龄相差过大的话，年纪小的也可以按照一般社会习俗，称呼年纪较大的哥哥为叔叔。小说里介绍藤井叔父是津田父亲的弟弟。但是作者后面又说，以津田的条件，不论娶哪个堂妹都没问题。由此可知，藤井叔父跟津田的父亲并不是亲兄弟。但究竟是姻亲或结拜的兄弟，作者没有交代。

“为什么呢？”

“不为什么，反正就是变不出来。”

“所以小叔就买不起汽车？”

“嗯……喔，对啊。所以说，还是给你买点别的东西吧。”

“那我要小山羊皮做的皮鞋。”

津田不知如何回答，沉默地走了三四米，才把视线落在真事的脚上。他的皮鞋看起来还不错，只是颜色很怪，既不像褐色也不像黑色。

“爸爸在家把我的红皮鞋染成这样了。”

津田笑了起来。藤井竟把儿子的红皮鞋染成黑色。这件事实在可笑。听了真事解释才知道，原来藤井事先不知道学校的规定，给儿子准备了红皮鞋，后来才按照规定把鞋子染成黑色。津田听完这番解释，忍不住想取笑叔父的急中生智。于是他露出讥讽的表情，盯着那双被迫改造的杰作来回打量。

二十三

“真事，那是很好的鞋子喔。”

“可是没人穿这种颜色的鞋子。”

“颜色算什么。能穿到爸爸亲手染色的皮鞋，可不容易喔。你应该怀着感恩的心情穿它才对。”

“可是大家都笑我，说这是长毛狗皮做的。”

一想到藤井叔父被人跟长毛狗皮连在一起，津田重新感到另一种滑稽。只是这种可笑的感觉也在他心头撩起一丝哀伤。

“才不是长毛狗皮呢。小叔向你保证。没问题的，这是比长毛狗更贵重的……”

说了一半，津田说不下去了，他不知该说那是贵重的什么才好，真事却不放过他。

“贵重的什么啊？”

“贵重的……皮鞋嘛。”

如果自己的口袋里有钱，津田倒是很想给真事买一双他想要的小羊皮短靴，这样也算对叔父的养育之恩聊表心意。他在心底数了数怀中钱包里的钞票，可惜现在连买双皮鞋的余裕都没有。如果京都那边把汇款寄来的话……津田心中升起一丝期待，但又立刻浮起另一个庸俗的念头，现在连汇款会不会寄来都不知道，何必打肿脸充胖子去表达这份诚意呢。

“真事，你那么想买鞋的话，下次到我家来，让小婶买给你吧。小叔穷得很，今天就饶了我，让我买个便宜的东西吧。”

他连哄带劝地拉起真事的手，在宽阔的马路上闲逛着。这条路距离电车终点很近，乘客乘车、下车都得经过这里。行人川流不息，不断地从这条路上踏过，把路面踏得既平坦又坚实。所以才过了四五年工夫，这里的街市景观就像重新改造过似的，变得美观宏伟。每家商店的橱窗都装饰得五彩缤纷，店里全是偏乡难得一见的商品。两人正在街上逛着，真事忽然奔向马路对面，在朝鲜人经营的糖果店门口停了几秒，又立刻转头跑回来，伫立在金鱼店的屋檐下。他开始向前跑的时候，身上发出一阵“咔啦咔啦”的声音，可能因为衣袋里装着弹珠吧。

“我今天在学校赢了这么多喔。”

真事把手用力插进口袋，抓出一大把弹珠捧在手心给津田看。不料，那些浅蓝色、紫色的圆形玻璃珠突然蹦出手掌，全都滚到马路中央去了。真事连忙赶上去捡弹珠，又回过头来对津田说：“小叔你也来捡呀。”

折腾了半天，津田最后还是被叔父家这个头脑机灵的儿子拖进一家玩具店，无奈地花了一块五，给真事买了一支空气枪。

“这东西用来打麻雀应该没问题，但你不准随便朝别人开枪喔。”

“这么便宜的枪，打不到麻雀吧。”

“那是因为你技术太差。技术不行的话，就算枪再好，你也打不到猎物啦。”

“那小叔用这支枪帮我打麻雀，好吗？等我们回家以后。”

津田不置可否，岔开了话题。因为他发现，自己如果随口允诺，真事就会立刻逼着自己实践诺言。真事这时开始诉说起自己对朋友的不满，什么户田、涩谷、坂口……逐个发表评论，全都是津田没听过的名字。

“冈本那家伙，他可狡猾了。他家给他买了三双皮鞋喔。”

话题又被扯回皮鞋。阿延跟冈本家那孩子的关系倒是非常密切，津田不禁将那孩子和自己面前正在批评那孩子的真事，暗自在心底对比一番。

二十四

“你最近到冈本家玩过？”

“不，我没去。”

“又跟他吵架了？”

“没有，才不跟他吵架呢。”

“那你为什么不去？”

“不为什么……”

听真事的语气，似乎还有其他原因。津田很想知道那是什么。

“到他家去玩，他会送你很多东西吧？”

“没有，也没有很多。”

“还会请你吃好吃的吧？”

“上次在冈本家吃了咖喱饭，好辣哟。”

咖喱饭太辣这种事，不太可能成为不去冈本家的理由。

“不会因为太辣，就不想去他家吧？”

“不是，因为我爸叫我不要去了。可是我还想去冈本家玩秋千。”

津田心底升起一丝疑惑。叔父为何不让儿子去冈本家呢？他不免暗自猜测，脑中立即浮起几项因素：性格不合、门户不对、生活不同……叔父整天沉默地埋首在书桌前，凭他笔下文字的气焰影响世间，但在现实的社会生活里，叔父却不像自己笔下的人物那么强势。叔父心中也明白现实与理想之间的距离。这种自觉使他变得顽固，甚至有些排外。在金权本位的社会里，他不仅害怕被人看轻，似乎也从未放松警惕，因为他知道，自己的特长若遭到些微侮辱，后果将不堪设想。

“真事为什么没问你爸呢？为什么不许你去冈本家？”

“我问啦。”

“问了，那你爸说什么……什么都没说吧。”

“不是，他说了。”

“说了什么？”

真事露出有点害羞的表情。过了半晌，他才用沉重的语气结结巴巴地说：“嗯，因为啊，每次到冈本家去，只要看到阿一有了什么，我回家就吵着叫爸爸给我买、给我买，所以爸爸说，不准我再去了。”

津田这才弄明白，两个孩子不仅家境有贫富之差，这种差别甚至延伸到彼此拥有的玩具，就连玩具也必须有贵贱的分别。

“所以，你这家伙就拼命逼我买什么汽车啦、小羊皮短靴啦……净挑贵的买，都是因为你看到阿一有这些东西吧？”

说着，津田半开玩笑地举起手，佯装要打真事的背脊。真事的表情就像大人干了见不得人的糗事，被人揭露了真相似的。但是大人那种自我辩解的托词，他却一句也没说。

“乱讲！你乱讲。”

说完，真事扛着津田刚才花了一块五买的空气枪，咚咚咚地踏着脚步，朝自家方向逃走了。衣袋里的弹珠发出被人用力揉搓的声音，背包里的便当盒、教科书之类的物品也在互相碰撞，发出乒乒乓乓的声音。

津田走到小巷尽头，正要跨进巷底的藤井家院门时，前方大约两米处，突然听到“砰”的一声枪响。原来真事一本正经地躲在右侧树墙里向他发动突击。他看到真事的黑影时，不禁露出苦笑。

二十五

津田听到叔父在客厅里跟人说话的声音，又从木格门缝看到一双客人的鞋子。于是他故意不从玄关进屋，转身朝向起居室的回廊走去。前院从前虽然请植木屋[①]打理过，却没在前后院之间安装木板门或竹篱，把两边隔开。所以津田绕过院里那栋新屋的后门，立刻就到了叔父家的回廊尽头。那栋房屋是叔父家为了出租，最近才建的。回廊尽头的地上种着两三棵茶树，树身颇高，但要当作影壁却又嫌太矮。津田从茶树前走过，又低头钻过那棵永远都在记忆中的柿子树之后，果然不出所料，他立刻看到婶母的身影。透过镶在纸门上方的玻璃，婶母的侧面映入眼帘的瞬间，他从门外呼唤一声：“婶婶！”

婶母很快地拉开纸门。

“你今天怎么了？”

她没提起津田给儿子买空气枪，也没向津田道谢，只用讶异的眼神望着津田。婶母已经四十三四岁，她的态度里几乎毫无矫揉造作，有时甚至根据时机或场合的需要，表现出一种超越世俗客套的纯真。但她那种自然的纯真却跟性感完全扯不上关系。津田经常暗地把婶母跟吉川夫人放在一起对比。而每次对比之后，他总是惊讶于两个女人的差异。首先令他产生疑问的是，同样都是女人，年龄又相近，怎么给人的感觉会差这么多呢?

“婶婶还是跟以前一样缺少女人味嘛。”

“这把年纪还有女人味的话，岂不成了花痴。”

---

① 植木屋：类似花匠或园丁的职人，具有造园的专业知识与技术。

津田在回廊边坐下，婶母也不请他进屋，兀自拿着一把炭火熨斗烫着铺在膝上的红绸布。这时，一个叫作阿金的女孩从隔壁走进来，手里拿着一段拆开的和服布匹。她向津田行个礼，津田立刻向她搭讪道："阿金，还没选好婆家吗？没有的话，我帮你介绍一户好人家吧？"

阿金善良地发出一阵"呵呵呵"的笑声，脸上浮起些许红晕，转身想帮津田拿个坐垫过来，但津田做了一个制止的手势，便自行登上回廊走进客厅。

"我说，婶婶啊。"

"干吗？"

婶母随口含糊地应了一声。等到阿金把变凉的番茶敷衍地倒进津田面前的茶杯时，婶母才把脸抬起来说道："阿金，你好好拜托一下由雄吧。他这个人比较热心，而且从不骗人。"

阿金并没有落荒而逃，而是像刚才一样忸怩作态了一番。这下津田不能不开口说话了。

"婶婶可不是特意赞美我喔。她说的是事实。"

婶母却不理会津田。真事这时正在里屋玩空气枪，不断传来砰砰砰的枪声。婶母立刻留神听了一会儿。

"阿金，你去看一下。要是里面装了霰弹乱打，很危险的。"

婶母脸上的表情似乎在说：你干吗买这种多余的东西呢。

"没关系。我已经跟他说清楚了。"

"不，不行！照他那样玩法，肯定会拿去打邻居的小鸡。不用问他，就把枪里的霰弹拿出来吧。"

听了这话，阿金便趁机从起居室溜了出去。婶母没说话，又把插在火盆里的炭火熨斗拔出来，压在膝头那块满是皱纹的薄绸上，把布熨得平平整整。津田在一旁看着，耳中断断续续听到客厅传来的谈话声。

"对了，客人是谁啊？"

婶母惊讶地抬起头。

“你到现在还没听出来？你这双耳朵也真奇怪。在这儿听上几句，就能听出来是谁吧。”

二十六

津田凝神倾听，努力想听出客厅那声音的主人是谁。过了半晌，他在膝上轻拍一下说：“啊！我知道了，是小林吧？”

“对啊。”

婶母回答得简单利落，脸上一丝笑意也没有。

“我说呢，原来是小林。刚才我还在纳闷，究竟是谁，故意摆出做客的派头，穿了一双新的红皮鞋。既然是他，我也不用客气了，刚才直接进客厅就好啦。”

津田脑中浮起小林打扮落伍的身影，当然，今年夏天见面时，他那身奇装异服也同时浮现在津田眼前。那天，他在和服下面穿一件衣领裹着白绉绸的襦袢，外面套着萨摩飞白布[①]和服，下面则是褐色细纹的和服裙裤，和服外面的外套，是用一种叫作“透绫”的薄绢缝制而成。那身装扮，简直就像伞店老板刚从邻居的丧礼回来，可能怀里还揣着丧家赠送的盒装黑豆饭呢。小林当时向津田辩解说，他的西服被偷了。接着，又拜托津田借他七块钱。因为小林有位朋友很同情他遭窃的经历，愿意把自己送进当铺的夏装赎出来送给小林。但那位朋友竟没钱去赎东西。

想到这儿，津田微笑着向婶母问道：“那家伙怎么偏巧今天来了？而且还摆出一副贵客的派头，坐进了客厅。”

“因为他说有事要跟你叔父谈。但他要谈的事情，不太方便在这

① 萨摩飞白布：飞白布是一种印染着特殊花纹的棉布，花纹看来有点像随意涂抹上去的图案。飞白布质地坚韧、耐洗，制法从琉球传入日本，萨摩地方的产量很多。

里说。”

“喔？小林会有那么重要的事情要谈？大概是要谈钱吧，除了这事……”

津田说了一半，突然发现婶母的表情很严肃，就闭嘴没再往下说。婶母也把声音压低了一些，音量正好符合她那稳重的神态。

“还要谈阿金的亲事呢。我们在这儿多嘴多舌的话，那孩子会害羞吧。”

原来是因为这个理由，怪不得刚才在起居室外面听起来，还以为是哪位绅士在说话，那声音跟小林平时的大嗓门完全不同。

“已经说定了？”

“嗯，大概没问题。”

婶母的眼中闪出一丝期待的光芒。津田也忍不住立刻兴奋地附和道：“那我也不用那么卖力撮合啦。”

婶母静静地望着津田。他这种嬉笑耍嘴皮的态度，即使不到轻薄的程度，也跟婶母现在的心情不太协调。

“由雄，你自己讨老婆的时候，也是抱着这种心态结的婚？”

婶母的问题来得突然，津田根本不明白她提这种疑问的目的。

“您说的‘这种心态’，只有婶婶自己明白，我这当事人可是一点也不懂，所以不知怎么回答您呢。”

“就算你不回答，婶婶我也无所谓……请你设想一下，假设自己有女儿要出嫁。那可不是一件简单的事情啊。”

四年前，藤井把大女儿嫁出去的时候，家里没那么多钱给她准备嫁妆，当时就背了一笔债。等到债务快要还清了，又得为二女儿张罗嫁妆。而这次阿金的婚事若是敲定，不用说，又得筹措第三份妆奁开销。尽管这孩子的身份跟亲生女儿不同，能省则省，但不可否认的是，办完这场喜事，家中生计多少又得笼上一层负担的阴影。

二十七

眼前这种状况，津田若能主动表示自愿协助负担，哪怕他只付一半费用，对于多年来照顾过自己的藤井夫妇来说，也算一种令人满意的报答吧。但以他现在的财力来看，他能向叔父和婶母表达的同情，最多只能帮真事买双小羊皮做的皮鞋而已。不，就连买鞋，也得掂量一下自己钱包里的钞票够不够呢。更别说先向京都那边通融，然后再向叔父伸出援手，他丝毫不敢有这种天真的想法。因为他心底早已明白，就算自己向父亲报告了详情，父亲也不会采取行动；而就算父亲愿意伸出援手，叔父也不会随便接受帮助。他现在只希望父亲快点汇款，也因为整个心思都挂记着汇款，所以叔母说完那番话，他也没有什么反应。不料，婶母叫了一声“由雄”，然后开口说道：“由雄，那你究竟抱着怎样的心态娶了你老婆呢？”

“我可不会拿婚姻开玩笑。就算是我这种人，把我的结婚动机想得那么肤浅，可就太冤枉人了。”

“娶老婆当然是出于真心吧。肯定是真心没错，但就算是真心，也分很多等级啊。”

或许也有人会从婶母的话里听出一丝侮辱，津田听着却感到好奇。

“那婶婶觉得我算哪种真心呢？别客气，请您尽情批评。”

婶母低着头，手里摆弄着刚拆完的旧布，脸上露出浅笑。不知是因为她不肯正眼看着自己还是其他理由，津田突然觉得心情很不好，但他仍然丝毫不肯退让。

“别看我平时没表现出来，到了该有表现的时候，我也是非常认真的。”

“那当然，因为你是个男人嘛。要是没半点本事，每天到了办公室，也没法应付差事吧。不过……”

婶母说了一半便不再往下说。接着，又好像突然改变想法似的补上一句："哎！算了，现在说这些也没用。"

婶母说完便把刚才熨过的红绸布细心叠好，再用叠纸[1]包起来。津田一脸茫然，表情里似乎隐含着些许意犹未尽的不安。婶母抬头看了他一眼，像是突然想起什么似的说："归根究底，还是由雄你太奢侈了。"

从他毕业之后，婶母整天都用这句话批评他，他自己也承认事实如此，从来不曾怀疑。而且他也不认为这是什么坏事。

"是啊，我是有点奢侈。"

"我不是单指吃穿方面而已。是说你太心高气傲，总是不断追求奢侈，才叫人操心啊。譬如就像有个人，整天骨碌骨碌转着眼珠，到处问人：'有没有好吃的？有没有好吃的？'你就像那样。"

"那样还叫奢侈？那简直是乞丐吧？"

"倒也不算乞丐。只是看起来不够自然纯真。人这玩意儿啊，若是为人大而化之，不计小节，看起来才比较顺眼。"

听到这儿，两位堂妹的身影突然从津田的心头掠过。她们就是婶母的女儿，现在都已结婚成家了。大女儿四年前出嫁后，跟丈夫一起去了台湾，一直住到现在。津田的婚礼跟二女儿出嫁几乎同时举行。二女儿出嫁后，立刻跟丈夫到福冈去了。大儿子真弓今年刚进大学，学校就在福冈。

以津田的条件来说，两位堂妹当中，不论他想娶哪个都不成问题。可惜在他眼里，两人都绝对不是他的适合对象，所以他就装糊涂混过去了。现在，他又把自己当时的态度和婶母刚才说的那番话连在一起思索片刻，觉得自己并没做错什么，于是又佯装无知地看着婶母做事。不一会儿，

---

① 叠纸：一种专门用来保存和服的厚棉纸，也叫作"涩纸"，纸面涂过几层油漆或柿漆。柿漆是从柿子的涩味提炼出来的涂料。保存和服时，将衣服放在纸张中央，上下部分向中央折叠，然后将两端折起，状似大型信封。

婶母才站起来，拿出壁橱里的中国木箱，打开盖子，把手里的叠纸包放进去。

二十八

后面那个四叠半榻榻米的房间里，真事刚才一直在帮阿金补习功课。这时他突然拿起阿金完全不懂的法文课本开始练习发音。一下念“Je suis poli（我有礼貌）”，一下又念“Tu es malade（你有病）”，故意一个字一个字念得很慢，把每个字的发音都拉得很长。津田听他这么一个小二学生，敞开嗓门朗读法文，心里正觉得好笑，挂在头顶的壁钟这时当当当地响了起来。他立刻从衣袖掏出蓖麻油，露出难以下咽的表情打量着瓶里浑浊的液体。客厅里的叔父似乎也被钟声提醒了。

“那我们到那边去吧。”

说完，叔父和小林一起穿过回廊，走进起居室。津田象征性地坐正了身子，向叔父请安问好，然后马上转脸对小林说：“小林君好像混得不错嘛。这身衣服做得真体面。”

小林身上的西装面料有点像手织粗呢，表面颇有粗糙的质感。西服裤腿的褶痕一丝皱纹也没有，看起来跟平时不太一样。任何人都能一眼看出，那身衣服是新做的。他在津田的正面跪坐下来，似乎想把脚上那双颜色怪异的袜子藏起来。

“嘿嘿，别开我玩笑了。混得好的是你啊。”

那套新西装是在某家百货公司定做的。小林说，他在橱窗里看到这套三件式西服的样品标签时，立刻决定做一套相同价格的新衣。

“跟你说吧，这套衣服才二十六块，非常便宜吧？不过你的标准比较奢侈，不知你觉得如何，但是对我来说，这样就很满意啦。”

津田没有勇气在婶母面前继续批评别人。他向主人借了一个茶杯，默默地皱着眉头把蓖麻油喝下去。身边的人都讶异地看着他的动作。

“那是什么呀？你可别喝乱七八糟的东西。是药吗？”

叔父至今从没生过大病，他对医学不仅不了解，甚至可说相当无知。就连“蓖麻油”这个名词，他都没听过，当然更不知道患者为什么要喝蓖麻油了。而今，津田在这位不曾跟疾病打过交道的叔父面前，用了好几个名词解释自己目前的病状，譬如手术啦、住院啦……可是叔父听了根本无动于衷。

“所以你今天特意前来，就是为了报告这件事啊。”

叔父的表情似乎在说“辛苦你了”，同时用手抚着脸上黑白夹杂的胡须。其实那堆乱须，就像没请园丁打理的庭院，与其说是“留在脸上”，不如说是“任其乱长”更恰当，叔父的脸也因此显得更加苍老。

“现在这些年轻人真糟糕，净得些莫名其妙的疾病。”

婶母看着津田嘻嘻地笑起来。叔父最近突然把“现在这些年轻人”像口头禅似的整天挂在嘴边，但他从前还说过其他的话，津田至今仍记得非常清楚，所以也笑着响应婶母。记得很久以前，叔父曾道貌岸然地教训他说，什么惑病同源[①]啦、病即罪恶啦……这些话或许可以解释为，叔父觉得自己从不生病，是值得自傲的事，所以津田现在就更觉得滑稽无比。他浅笑着望向小林。小林立刻发表自己的意见，但他的意见完全出乎津田的预料。

“怎么会？最近也有不生病的年轻人喔。譬如我，我最近就没病倒过一次。依我看哪，人要是没钱的话，大概就不会生病了。”

津田愈听愈无趣。

“别乱讲！”

“不，我是说真的。譬如你经常生病，那是因为你有生病的条件呀。”

听到这种毫无根据的推论，又看到说话的人满脸认真的表情，津田

---

① 惑病同源：“惑”指心理方面的疾病，“病”指肉体方面的疾病，“惑病同源”即身心的疾病其实来自相同的原因。

不禁哑然失笑。不料叔父也表示赞同。

“对呀！经常生病的人现在又生了病，真叫人深感同情啊。”

室内已经愈来愈暗，但是最阴暗的，还是叔父的脸。津田站起来，扭开了电灯开关。

二十九

婶母不知何时走进厨房，正在跟阿金和女佣忙着准备晚饭，只听厨房那边传来阵阵碗盘撞击的声音。这时，婶母重新回到起居室对津田说：

“由雄，你好久没来了，在这儿吃饭吧。”

津田因为明天要接受治疗，打算婉拒后就离去。

“今天原本是请小林一起吃饭,刚好你也来了,虽然家里的好菜不多，但你还是当个陪客吧。”

津田以为叔父会这样挽留自己，谁知叔父没开口。这下他反而觉得有点异常，便又重新坐下。

“今天有什么事吗？”

“什么事嘛，小林马上就要……”

说到这儿，叔父看了小林一眼。小林嘻嘻地笑起来，显得有点得意。

“小林君出了什么事？”

“没有，我跟你说，什么事都没有。反正等事情决定了，就会到府上详细报告。”

“可是我明天要去住院了。”

“哎呀，没关系。我会去医院，顺便探病。”

接着，小林又向津田盘问医院地点、医生姓名等，简直就像打听什么非知道不可的常识。听到医生跟自己同姓后，小林说：“喔，所以说，就是堀先生的……”说了一半，他突然闭嘴不提。“堀”是津田妹夫的姓。这位妹夫因为得了某种特殊疾病，曾在自家附近医生那儿接受治疗，小林早就知道这件事。

津田很想问问小林，那件他说要“详细报告”的事究竟是什么。津田觉得似乎跟婶母刚才提到阿金的婚事有关，却又不太像。小林的态度令他产生这种猜测，也勾起了他的好奇心，但他就是不肯开口对小林说：那就请你到医院来聊聊吧。

晚餐时，津田以做手术为借口，坚决不吃婶母特意准备的肉类和其他菜肴，就连他平时最爱吃的蘑菇炊饭，也不肯碰一下。婶母看他这样，心里十分怜悯，就想派阿金去买面包和牛奶。津田又觉得有点嫌弃，因为附近出售的面包软绵绵的，只会黏牙，但又害怕被婶母批评奢侈，只好老实地目送阿金的背影离去。

阿金出门之后，婶母当着大家的面对叔父说：“希望那孩子这次的婚事能够说成，就谢天谢地了。”

“应该能说成吧。”叔父轻松地答道。

“我想结果一定会很理想的。”小林也回答得很轻松。

闭着嘴没说话的，只有津田和真事。

津田听到阿金对象的名字时，仿佛记得曾在叔父家见过一两次，但几乎不记得其他印象。

“阿金认识那个人吗？”

“见过面啊，但是没交谈过。”

“那对方也没跟她讲过话。”

“当然啦。”

“这样就能谈成婚事啊？”

津田认为自己当然有资格说这种话。为了表明自己的立场，他没有表现出不屑，而是露出满脸讶异的神情。

“你说应该怎么办才好？人人都得像你结婚的时候那样？”叔父不太高兴地看着津田说。

其实津田原本是说给婶母听的，现在看到叔父的反应，他觉得有点过意不去。

“不是的。不是说这样促成阿金的婚事不好，我完全没那个意思。不论在任何情况下，只要婚事能够办成，都是美事一桩。”

三十

桌上的气氛一下子变冷了。刚才大家还聊得很愉快，现在却像河流被堵住了似的，谁也不愿在津田的发言之后接腔。

小林指着自己面前的啤酒杯，用耳语似的低声问他身边的真事说：“真事，请你喝吧？喝一口看看。”

“太苦了，我才不要。”真事当场拒绝了小林。

小林本来也没打算让他喝，因而发出一阵哈哈笑声。真事以为小林可以充任自己的玩伴，突然兴致勃勃地说：“我有一支一块五买来的空气枪喔。拿来给你看吧？”

说完，真事立刻站起来，跑进四叠半的里屋，把新玩具拿到起居室来。小林看这情形，知道自己不能不扮演一下赞美者，非得好好称赞一下这支亮晶晶的空气枪不可。叔父和婶母看到宝贝儿子这么高兴，也觉得必须尽义务说几句赞美之词。

“一天到晚就知道吵着买手表、买钢笔……怨他老子没有钱，真是要命。好在他最近对买马这件事，总算是死了心，倒也还干脆。”

“马倒是出乎意料的便宜喔。在北海道，花上五六块钱，就能买到一匹好马。”

“别说得像你亲眼看过似的。”

但也幸亏有了那支空气枪，这下在座的每个人都开口讲话了。婚事再度成为众人的焦点，内容却没接续刚才被打断的那个话题。尽管大家都在谈论婚事，但每个人的心情都跟刚才不太一样，而且这种心情也支配着每个人的态度。

“这种事说来也真奇妙。一对完全陌生的男女凑在一起，不一定会变成怨偶，而另一对夫妻，尽管当初都吵着非要在一起不可，却不能保证两人一定白头偕老。”

婶母归纳自己的世俗经验，自然会直率地做出这种结论，总之，她这种态度并不是为了辩护什么，而只是想向大家说明，她在张罗眼前这件大事的同时，也会保证给阿金找个可靠的对象。但在津田眼中看来，婶母这套说辞却是最不完整也最不安全的解释。婶母刚才在话语间怀疑他结婚的诚意，而津田却不能不认为，婶母才对结婚这件事缺少基本的真诚。

“你刚才说的，根本就是有钱人装腔作势。”婶母突然正色对津田说:“什么交往一下啦，要先订婚啦，这种奢侈的事情，我们这种人家需要这么办吗？对我们来说，只要有人愿娶，有人想嫁，就得谢天谢地啦。”

津田并不想在众人面前对阿金的婚事说长道短，因为他跟阿金还没熟到能说这些，而且，他对阿金的婚事也没兴趣。现在只是因为婶母怀疑自己不够真诚，而他想推翻婶母的质疑，才觉得自己不能不提醒对方也不够真诚。这种感觉控制了他的行为，让他无法继续保持沉默。他像在深思什么似的歪着脑袋说：“我也不想随意论断阿金的婚事，我只想知道，婚姻大事被想得那么简单，是否合适？在我看来，总觉得这样有点不够严肃。”

“可是由雄，他们两个，要嫁的真心想嫁，要娶的认真想娶，哪有什么不够严肃？”

“问题是，两个人真的能那么轻易就认定对方？”

“就是因为可以，婶婶我才会嫁进藤井家，变成现在这个样子，不是吗？”

“话是不错啦，或许婶婶是这样，可是现在的年轻人……”

“现在也好，从前也罢，人类改变过吗？不论做任何事，只凭自己下决心。”

“如果真是这样，这问题就不值得讨论了。”

“不管值不值得讨论，事实证明我的做法是对的，由雄你就认了吧。有些人挑精拣肥，好不容易选中了媳妇，可是娶进门之后，又在那儿比来比去，始终不肯安分度日，我们这种婚姻方式不知比那种人诚实多少倍呢。”

叔父从刚才就一直忙着夹肉，这时，他像是终于等到自己开口的时机，从菜盘上抬起眼睛。

三十一

“愈说愈不像话了！坐在一旁听着，根本听不出这是婶母和侄儿对话。”

叔父虽然打断两人的争论，却不想扮演他们的裁判或法官。

“两边听起来都有敌意，你们刚才吵架了？”

叔父提出这种疑问，只是想以质问的形式提醒两人注意言行。小林这时正在陪真事玩弹珠，他偷偷转动眼珠，看了其他三人一眼。婶母和津田都暂时住口没再讲话。叔父不得不开口扮演调停的角色。

“由雄，像你这种现代的年轻人，可能不太容易了解，但你婶婶可没有说谎喔。因为她当初嫁进我们这个完全陌生的家时，心里早就做好了万全准备。你婶婶真的是从结婚之前，直到变成我家媳妇之后，始终都是一样的真心诚意。”

“那当然，就算您不说，我也是知道的。”

“只不过啊，问题是你婶婶究竟是为什么，才下了这么大的决心。”

叔父看来已有些醉意，他再度举起酒杯，好像感觉自己有义务给那张火热的脸供应一些水分似的，一口喝干了杯中的啤酒。

“不瞒你说，直到今天，我还没跟任何人说过这件事，怎么样？今天就跟你说一说吧。”

“好啊。”津田半开玩笑地说。

“老实说吧，是你婶婶对我有意思啦。就是说啊，她一直都想嫁给我。还没进门之前，就已经痛下决心了。”

“胡说！谁会对你这种丑八怪有意思啊？”

津田和小林都忍不住大笑起来。只有真事愣头愣脑地转脸看着婶母问：“爸说妈妈有意思，是什么意思？”

“妈妈可不知道，去问你爸。”

“那爸告诉我，‘有意思’到底是什么？”

叔父嘻嘻地笑着，用手在秃头中央来回温柔地抚摸着。或许是心理作用吧，津田觉得那秃发的部分似乎也比平时多了几分红晕。

“真事，‘有意思’就是说啊……简单说呢……喔，就是喜欢的意思啦。”

“喔，那不是很好吗？”

“所以没人说不好啊。”

“可是大家不是都在笑？”

正说到这儿，刚好阿金回来了。婶母立刻帮真事铺好被褥，把他赶到寝室去了。叔父说得正高兴，继续发表自己的意见。

“当然啊，古时候也有人谈恋爱的。就算你阿朝板起面孔不承认，但肯定从前有人谈过恋爱。只不过，现在的年轻人对这方面不了解，很奇怪吧？从前都是女人对男人有意，男人是绝对不会对女人有意的，对吧？阿朝，我说的没错吧。”

“有没有错，我可不知道喔。”

婶母在刚才真事的位置坐下，动作利落地给自己盛了一碗松茸炊饭吃了起来。

"你生气也没用，这种现象既是事实，也是一种哲学。现在我就解释给你听。"

"你那些艰涩难懂的东西，不说也罢。"

"那我只告诉年轻人吧。由雄、小林，你们最好都听一听，也可作为参考。究竟你们心里觉得别人家的女儿是什么呢？"

"我觉得是个女人。"津田有点故意捣乱似的说。

"是吗？只看成女人，不觉得是别人的女儿？那可就跟我们太不一样了。我们从不会把人家的女儿看成离家独立的普通女人。不论看到哪家小姐，我们从头就有心理准备，这位小姐身边一定会有父母紧紧看守着，女儿的所有权属于他们，所以按理来说，不管你对那位小姐多着迷，你都不能喜欢她，对吧？为什么？因为你对她着迷，或想跟她在一起，不就表示你想拥有对方？她是属于别人的东西，你却想要拥有，那不是小偷吗？所以说，坚守义理的旧式男人绝不会爱上别人的女儿。因此本来就是只有女人才会爱上男人。看吧，譬如正在那边吃着松茸炊饭的阿朝，她的确是爱上了我。但我可从来没爱过她喔。"

"爱不爱都无所谓啦。你也该说够了，请来吃饭吧。"

说完，婶母把刚带着真事去睡觉的阿金叫来，让她给大家盛饭。津田没法吃饭，只好一个人吱啦吱啦地嚼着难以下咽的面包。

三十二

晚饭后，众人都觉得谈兴索然。好在场面还不至于太冷清，但大家也注意到，每个人都在各说各话，却没人愿意努力归纳话题的结论。

叔父把两只手肘撑在矮桌上，一连打了两个充满醉意的呵欠。婶母见状，转头呼唤女佣，命她们把桌上的剩菜撤到厨房去。从刚才起，沉闷的气氛已逐渐影响津田的心情，叔父今晚的发言又像飘过月亮的浮云，不时在他心中投下朦胧的阴影。从旁观者的角度来看，叔父那些话根本就该随着啤酒的泡沫一起消逝，津田却觉得话中另有所指而在自寻烦恼，反复回味那些话中之意，待他发现一切都是自己多心时，又忍不住跟自己生起气来。

同时，他也忘不了刚才跟婶母之间的争论。两人互相拌嘴时，津田始终在自我控制，尽量不把内心的感觉泄漏出来。对于这一点，他虽然深感自傲，但也发觉自己内心潜藏着一种不快。

今天在叔父家消磨了大半天，他很单纯地看待这次相隔已久的拜访，只考虑自己是否玩得愉快。但是两相对照之下，那位朝气蓬勃的吉川夫人和她家的华丽客厅，很快就在津田的记忆舞台上活跃起来，接着，最近总算愿意梳起丸髻[①]的阿延，也开始在他眼前浮动。

津田从座位上站起来，转眼看着小林说："你还要再待一会儿吗？"

"不，我也要告辞了。"说完，小林马上把自己吸剩的"敷岛"香烟盒塞进西裤内袋。

津田跟小林正要出门的时候，叔父像是偶然想起什么似的问："阿延怎么样啊？一直说要去看她，谁知整天就在穷忙，好久没看到她了。帮我问候她一声。你不在家的话，她也闲得发慌吧。真不知她每天做些什么。"

"做些什么？什么都没做吧。"津田漫不经心地回答，接着，又像突然想起什么似的补充道："本来她还想得轻松，说要陪我一起去住院，后来又叫我去理发、洗澡……各种的要求，比婶婶还唠叨呢。"

"应该感激才对呀。你这么事事讲究的人，竟还有人能够提醒你没注意到的事！除了她，再也没别人了。"

"真是值得庆幸的幸福啊。"

"话剧呢？最近常去看吗？"

---

① 丸髻：从江户时代至明治时代，日本已婚女性的代表性发型。发髻的造型随年龄而有微妙的变化。年轻妇女的发髻较大，老妇的发髻较小。

“是的，常常去。上次冈本才邀我们一起去，可惜我这毛病得去解决一下。”

说到这儿，津田看了婶母一眼。

“您看如何？婶婶，最近陪您到帝国剧场去看戏吧？偶尔也到那种地方逛逛，等于服下一帖良药。到那儿去散散心吧？”

“好啊！谢谢喽！只是，要等由雄你带我去啦……”

“您不想去？”

“不是不想去，是不知什么时候才能去得成呢……”

婶母原本就对剧场之类的地方没兴趣，津田故意装出受到打击的模样，用手抓抓脑袋。

“我竟然这么没信用，可见是信用扫地了。”

婶母呵呵呵地笑起来。

“看不看戏，也没那么要紧。对了，由雄，从那以后，京都那边怎么就……”

“京都那边跟你们说了什么吗？”

说完，津田露出有点严肃的表情，来回打量叔父和婶母的面容。但是面前这两人都没开口回答。

“不瞒你们说，父亲这个月没寄钱给我，叫我自己想办法，这不是有点太过分了吧？”

叔父只顾着笑，没说话。

“兄长生气了吧？”

“肯定是阿秀多嘴说了什么，真可恶！”

津田气愤地提起妹妹的名字。

“不能怪阿秀。打一开始就是由雄你做得太不对了！”

“好吧，或许是吧，但这世界上，哪个国家的父亲寄钱给儿子之后，儿子会一分不差地如数归还呢？”

“那你当初不要答应全数归还，不就行了？但是……”

“我已经懂了，婶婶。”

说着，津田露出一副“说不过你”的表情站起来。但因为是他自己败下阵逃走的，所以也没忘记努力挽回一点面子，于是像催逼似的拖着小林，一起走出大门。

三十三

户外无风。寂静的空气迎面扑打急步向前的两个人，阵阵凉意拂过他们的脸颊。星光闪烁的高空，似乎正在滴滴答答落下无形的透明露珠。津田伸手摸一下自己的大衣肩头，觉得衬里已被浸湿，指尖明显感到一丝冰凉。他回头看着小林说：“现在白天虽然暖和，晚上还是很冷呢！”

“嗯。不管怎么说，秋天到了，我实在冷得需要一件大衣。”

小林那身新做的西装外面没穿任何衣服，而且脚上穿一双又厚又硬的方头美式皮鞋，走起路来喀喳喀喳响个不停，手里还拿一把粗手杖，一路装腔作势地不断挥舞，简直就像在向寒风抗议的示威人士。

“你上学的时候定做的那件自满的大衣呢？”

小林突然向津田提出一个意外的问题。津田当然记得自己当时向小林炫耀那件大衣的情景。

“喔，还在啊！”

“还在穿吗？”

“就算我再穷，从前当书生时穿的大衣，怎么可能当成宝贝一直穿啊？”

“是吗？那刚好，送给我吧！”

“你想要的话，送你好了！”

津田回答的语气很冷漠。一个连袜子都知道换新的男人，却想向别人讨旧大衣，岂不是有点矛盾？至少，这证明此人的生活里充满了不均衡的物质需求吧。过了一会儿，津田又向小林问道："你做那套西装时，怎不顺便做件大衣呢？"

"可别把我想成是你喔。"

"那你身上的西装啦、皮鞋啦，都是怎么来的？"

"这种问法有点过分喔……不管怎么说，我还不至于去当小偷，你放心吧！"

津田当场闭嘴不再说话。

不久，两人走到一座较高的山丘顶端，只见前方一道宽阔的山谷，对面有一座较矮的山丘，看起来又黑又长，很像怪兽的背脊。秋夜的灯火稀疏零落地点缀在山间，传来几许暖意。

"喂，我们回家的路上，到哪儿喝一杯吧？"

津田开口回答之前，先偷看了小林的表情一眼。他们的右边有一道很高的土堤，坡上种满葱郁的竹林。尽管风儿未起，听不到萧萧竹声，但那些仿佛在沉睡的竹影叶梢，已让津田充分感受到与季节相应的萧索之感。

"这地方阴森森的，真讨厌。好像从前是哪个贵族豪宅的内院，也不知他们要荒废到什么时候。早点整顿成平地该有多好！"

津田说起这些，是想把眼前该给小林的答复拖延一下，但是对小林来说，什么竹林竹叶的，他根本就没放在眼里。

"喂，走吧，好久没一起喝酒了！"

"刚刚才喝过，又想喝了？"

"什么刚刚喝过，才喝那么一点，哪能算是喝酒？"

"但你刚才不是说喝够了？"

"在先生和夫人面前总要顾及礼貌，不可尽兴，所以只好说喝够了。若是根本一口也不喝，倒也没事，可是就给我们喝了那么一点点，反而对身体不好。若不接着补喝一顿，醉到适当的程度，身体会出问题的。"

小林随口编了一套片面的理由，硬要拉津田一起去喝酒，津田觉得这种同伴实在有点麻烦，便调侃小林说：“那你请客？”

“嗯，我请也行。”

“那你打算到哪儿去喝？”

“哪里都行。就到关东煮的小店也可以吧？”

说完，两人便默默地下了山坡。

三十四

下山后，如果按照路线方向，津田应该向右转，小林则该继续前进。津田仍想客客气气地跟小林就此道别，便把手伸向帽缘，谁知小林却窥视着他的表情说：“我也往那边去。”

两人一路前进，刚好前面就是一条长约两三百米的繁华市街，沿途净是提供吃喝的商店。走到半途，看到一间貌似酒吧的小店，玻璃窗上映出店内的景象，看起来非常温暖。小林立刻停下脚步。

“这里不错，进去吧？”

“我才不要！”

“你能看上眼的那种高级餐厅，这附近没有啦。你就忍耐一下吧。”

“我可是有病之人。”

“没关系。你那病我保证没问题，不用担心。”

“别开玩笑。讨厌！”

“夫人那里，我会帮你解释的，行了吧？”

津田愈听愈厌烦，很想丢下小林，自己掉头就走。谁知一路都紧跟不放的小林，这时换了一种语气向他诘问道：“你就那么讨厌跟我一起喝酒？”

津田心中确实觉得小林很烦人，但他听了这话，立即停下脚步，然后表达了跟他心意完全相反的决定。

“那就喝吧！”

两人立刻拉开那扇明亮的玻璃门走进去。店里的空间并不宽敞，只有五六名顾客，就已显得有点拥挤。他们选了比较容易空出座位的角落，相对坐下。等待菜肴送来之前，两人都露出新奇的眼光，不断打量四周。

这些顾客从穿着来看，好像没有一个是有社会地位的人。有个人似乎刚从澡堂洗澡回来，湿手巾搭在直纹短外套的肩上；还有个人的腰上系着一条窄幅棉布腰带，外套的扁平绳纽中央故意串上一颗假翡翠，他这身穿着在这家店里算是比较高级的；更糟的那个，看起来简直就像收破烂的；另外还有个人只穿了肚兜和紧身短裤。

“怎么样？这里挺平民化的，不错吧？”

小林一面说一面把酒倒进津田的小酒杯。他身上那套耀眼夺目的新西装，好像在否认主人的言论似的，立即跃入津田的眼帘，但是小林对这一切浑然不觉。

“我可不像你，不管怎么说，我还是比较同情下层社会人士。”

小林边说边转眼环顾四周，脸上的表情就像看到自己的兄弟都聚集在这儿似的。

“你看，这些人的面相比上层社会的人更和善。”

津田没有勇气跟那些人打招呼，也不想看他们一眼，只用眼睛瞪着小林。小林立刻改口说：“至少，他们都那么陶然自得吧。”

“上层社会的人也很陶然自得呀！”

“但是两者表现陶然的方式不一样啊！”

津田露出满怀自信的表情，他并没询问两者的分别。小林却毫不退让，只顾着自己连连干杯。

“你很看不起这些人。压根儿就觉得他们不值得同情！”

小林说完不等津田回答，转脸向对面那个貌似牛奶送货员的年轻人搭讪道：“你说，我说得对吧？”

年轻人没料到有人跟他说话，便把强壮的脖子扭过来看着小林和津田。小林立刻把手里的酒杯伸过去。

“来！喝一杯！”

年轻人嘻嘻地笑起来。可惜他跟小林之间大约隔了两米。年轻人觉得自己不必站起来接杯子，所以只是微笑着，身体却不动。即使只有这样，小林好像也很满足。他一面收回酒杯举向自己的嘴边，一面对津田说：“看吧，我没说错吧。像上层社会那样的傲慢人士，这里一个也没有。”

三十五

穿斗篷大衣的小个子男人走进室内时，另一个穿和服短外套的平头男人刚好离开。小个子男人头上戴一顶鸭舌帽，长长的帽檐压得很低，他在距离津田他们不远的位子坐下，也不摘掉帽子，先转眼扫视四周一圈，然后把手伸进怀里，掏出一本很薄的小册子。只见他愣愣地盯着那个本子，不知是在阅读还是思考。过了很长一段时间，男人仍不打算脱掉那件老旧的斗篷大衣，帽子也仍然戴在头上。但他倒是没有打量手里那本记事簿多久，就很珍贵地收进怀里，然后才开始一面喝酒一面咕噜咕噜转动眼珠，表面上假装没看别人，其实正在打量其他饮者。他在进行观察的同时，还不时从那过短的斗篷大衣下伸出手，抚摩鼻下几根稀疏的胡须。

津田和小林从一开始就佯装不在意地注意这人的动作，等到男人的视线跟他们相遇时，双方都毫不掩饰地从正面注视对方的脸。小林把身子微微探向前方说：“你猜他是干什么的？”

津田依然维持原先的姿势，他用一种根本不值得回答的语气说：“谁知道是干什么的。”

小林把声音压得更低了。

“那家伙是侦探喔！”

津田没有回答。他的酒量比小林强多了，所以不像小林那么兴奋。

他默默举起小酒杯，一口喝干，小林又赶紧帮他斟满。

“你看看他那眼神。”

过了半晌，津田才终于微笑着开了口。

“像你这样乱骂上层社会，一定会马上被人怀疑是社会主义者喔……小心点吧！”

“社会主义者？”

小林故意提高了音量，还特地转眼望向男人。

“可别笑了。我呀，虽然长得这副德性，但我可是善良百姓的同情者喔！跟我比起来，你们这些装高级的家伙才是大坏蛋！到底是谁该被警察抓走，你好好想想吧！”

鸭舌帽男人无言地低着头，小林只好向津田发泄。

“或许你根本不想把这些工人、苦力当人看吧！”

小林说完再度环视四周，可惜他身边并没看到什么工人或苦力。但他也不在乎，仍然啰里啰唆个没完。

“他们至少还朴实地保有人类的崇高本质，比你和那侦探强多了！可惜有一种叫作贫苦的尘埃，污染了他们的人类之美。简单地说，他们只是因为没法洗澡，才会那么脏。你可别小看他们！”

小林的语气听起来不像在为贫民辩护，倒像在替自己辩解。不过津田有所顾虑，所以故意不跟他争论，因为两人若是一味抬杠，最后伤了彼此的自尊反而不好。但小林紧追不舍，一点也不肯放松。

“你不说话，表示你不相信我的话。没错，你脸上就是不信的表情。既然如此，我就为你说明一下好了。你读过俄国小说吧？”

津田一本俄国小说也没读过，所以他仍然不发一语。

“读过俄国小说的人，尤其读过陀思妥耶夫斯基[①]小说的人，应该都知道。一个人，不论他身份多卑贱，教育程度多低下，他偶尔还是能说出令人感动的话，也能像喷泉似的流露毫不造作的纯真感情，这是任何人都该知道的。你觉得那些都是假的吗？”

“我又没读过陀思妥耶夫斯基的小说，不知道啦。”

“我问过老师，老师说那些都是谎言，还说，那种作品只是故意把高尚的情操装进低劣的容器，借以刺激读者感伤的策略罢了。也就是说，陀思妥耶夫斯基碰巧成名了，无数模仿者就前仆后继地争相仿效，结果反而把那种写作风格搞成了廉价的艺术技巧。可是我不认同这种说法。听到老师说出那种话，我就生气。老师根本不懂陀思妥耶夫斯基，尽管他年岁已高，也只是在书本中打滚成长；我虽然年轻，却……”

小林愈说愈激动，终于露出再也无法抑制的表情，泪水从他眼中滴滴答答地落在桌布上。

三十六

但不幸的是，津田的心智还没醉到能被对方蒙蔽的程度，他守在施舍同情的安全圈外，冷眼旁观小林的兴奋行为，眼中早已露出批判的目光。他感到很疑惑，造成小林伤心落泪的原因，究竟是酒精，还是叔父？或者是陀思妥耶夫斯基？甚至是日本的下层社会？但他心里很明白，不论理由是什么，都跟自己无关。他觉得很无聊，又觉得很不安。只能厌恶地看着那多愁善感的家伙在自己面前挥泪。

被视为侦探的男人又从怀里掏出那本很薄的小册子，开始用铅笔在本子里密密麻麻地记录着什么。男人的动作像猫一样安静，他也像猫一

① 陀思妥耶夫斯基（Fyodor Mikhailovich Dostoyevsky, 1821—1881）：俄国作家，文学风格对20世纪的世界文坛产生了深远影响，主要作品有《罪与罚》《白痴》《卡拉马佐夫兄弟》。

样关注着身边的一切，这种举动令津田感到诡异。不过，小林早已醉到无法注意这些细节，也根本看不见什么侦探了。突然，他套在新西装里的手臂忽地一下伸到津田的鼻尖前面。

“每次看到我穿着邋遢，你就不屑地嚷着‘脏死了’，对吧？等我穿了好看的和服，你又耻笑我说‘很漂亮嘛’，对吧？我要怎么办才好呢？怎样才能被你尊敬？我是你后辈，请你教教我。我虽是这种德性，却还是希望获得你的尊敬！”

津田苦笑着推开小林的手臂。奇怪的是，那只手臂竟然没有抗拒。小林这时已逐渐平静下来，刚才那股兴奋的气势也不知跑到哪儿去了。但他的嘴不像手臂那么老实，收回手之后，又立刻张嘴唠叨起来：“你心里想什么，我清楚得很。你对我这种下层社会人士虽然同情，却又觉得，我都穷成这样了，还做什么新衣服，所以你打从心底就在耻笑我矛盾，对吧？”

“不管你多穷，做套西装也是应该的啦。不做衣服的话，岂不要光着身子上街？西装做了就做了，谁也不觉得有什么大不了呀！”

“问题是，事实并非如此。你心里就是认定我爱打扮。把我做新衣这件事解释为追求时髦，这种想法就不对了。”

“是吗？那我向你道歉！”

津田知道说不过他，心里已做好投降求和的打算，于是随声附和对方。谁知小林的态度也自然地出现变化。

“不，我也不好。对不起！我确实喜欢打扮，这一点，我完全承认！不过，承认归承认，这回我究竟为什么做了新西装，你却根本不明白。”

这种特殊的理由，津田当然不可能知道，也不想知道。不过对方既然提起了，他就不得不问一声。只见小林摊开两手环视自己身上的服装，同时有点怯弱地说：“老实告诉你，我马上就要穿着这身衣服离开京城，到朝鲜去亡命了。”

津田终于露出意外的表情望着对方。但他立刻发现，刚才就一直让他不太舒服的领带歪了，所以用手把自己的领带扶正，才继续聆听对方倾诉。

原来长期以来，小林一直在他叔父的杂志社做些编辑、校对的工作，闲暇时，他也提笔写稿，并把作品送到各处可能赚到稿费的地方碰运气。他总是非常忙碌，但是在东京终究无法糊口，才会决定到朝鲜去。据说当地有一家报馆愿意雇用他，事情也大致谈妥了。

“日子过得这么苦，就算继续吃苦耐劳，在东京熬下去，我还是没法度日。这种没有将来的地方，我实在不想再待下去了！”

听小林转述，朝鲜那边似乎已帮他做好一切准备，只等他去上班了。但是话才刚刚说完，他又像反悔似的说：“反正啊，像我这种人，或许生来就注定要浪迹天涯吧！因为我不知怎的，就是没法安定下来。就算自己想在一处生根，社会也不允许。多残酷啊！所以我只能做个亡命之徒了！”

“无法安定下来的人，也不是只有你一个。像我，还不是根本定不下来！”

“别过分了！你没法定下来，是因为自己追求奢侈嘛！我可是终生都得为了追求面包而活，我才命苦呢！”

“不过，无法安定原本就是现代人普遍的问题。也不是只有你一个人深受其苦。”

但从小林的表情看得出来，津田的话并没给他带来任何慰藉。

三十七

一名餐厅女侍始终待在一旁窥视两人的举动，这时，她突然走过来，像要故意暗示什么似的动手收拾桌面的杯盘。穿斗篷大衣的男人也像得到暗号，立刻站了起来。津田和小林的酒早已喝完，只是坐着闲聊，看这情况，不好意思继续坐下去。津田便趁机站起来，小林离开座位之前，迅速抓起放在两人之间的“M. C. C”[1]烟盒，从里面抽出一根金口香烟，点燃后塞进嘴里。津田从他手里接过烟盒，收进和服的袖中。小林这种顺便揩油的行为，令他啼笑皆非。

时间还不算晚，秋夜的街头却意外地充满深夜的感觉。一辆电车从他们身边经过，发出一种白天听不到的声响朝向远方驶去。两道黑影虽然各怀心思，却仍旧走在一起，并肩沿着河边迈步。

“那你什么时候动身去朝鲜？”

“要看情况，说不定就在你住院的时候吧。”

“那么快就走了？”

“不，也不一定。必须等老师再跟那边的主笔见一面，否则没法确定。”

“是指出发的日子，还是指是否成行？”

“嗯，这个嘛……”

小林回答得很暧昧。津田也不再追问，兀自快步向前走去。小林换个语气向他说：“不瞒你说，其实我并不想去啦。”

“是藤井叔父叫你一定要去吗？”

“哪里，倒也不是。”

“那就别去，不就行了？”

任何人都懂这个道理，也因为这样，津田这话反而等于残酷的一击，深深刺伤了渴望同情的小林。小林向前走了几步，突然转头看着津田说：“津田君，我觉得好孤独。”

津田没回答。两人又继续默默前进。路旁的小河很浅，只有一线流水从河床中央流过，一直漫向前方隐约可见的桥桩之下。河水消失在桥下的瞬间发出阵阵微弱的水声，每当电车通过后的短暂空档，耳边就能

---

① M. C. C（Manila Cigarette Company）：马尼拉香烟公司的简称，文中的“M. C. C”是指这家公司制造的无滤嘴香烟。吸嘴部分包着金纸，因此也称为“金口香烟”。

听到唏哩唏哩的声响。

“我还是要去。不管怎么说，还是到那边比较好。”

“那就去吧。”

“嗯，我会去的。与其在这里被人看不起，还不如去朝鲜或中国更好。”

小林的声音变得很尖锐。津田突然省悟，自己说话必须温和些。

“不要这么悲观啊。反正你还年轻，身体又好，不论走到哪，都能干出一番事业……你启程之前，我帮你开个欢送会吧。让你开心一下。”

津田这么一说，小林倒说不出话了。津田表现出更加讨好的态度说：“你走了，阿金结婚的时候可就为难了。”

小林好像突然想起从没装进脑中的妹妹，他吃惊地瞪着津田。

“嗯，那家伙也是够可怜的，可是没办法。总之，有个像我这样粗野的哥哥，也算是她的不幸，就别指望我了。”

“即使你不在，叔父婶母总会帮她想办法吧。”

“嗯，也只能这样了。要不然，干脆辞掉这桩婚事，让她一直待在老师家当女佣吧……那家伙无论出嫁或当女佣，都没什么分别。比那更重要的是，我还有事要求老师帮忙呢。万一真要出远门，我就得向老师借旅费。”

“朝鲜那边不给旅费？”

“不可能啦。”

“设法逼他们付钱呀。”

“这……”

沉默了一分钟之后，小林又像自言自语似的说：“旅费就向老师暂借，大衣你会给我，唯一的妹妹让她去‘置行堀’[①]，也算不给他人惹麻烦了。”

---

① 置行堀：原是江户时代发生在本所（东京都墨田区）的怪谈故事之一。据说有两名农夫在东京锦丝堀里垂钓，“堀”即是护城河。天黑后，两人正要回家，却听到堀里传出呼叫声：“置行”（留下）。后来这故事便成了典故，譬如交谈时常说“哎呀，不要让我一个人变成‘置行堀’啊”，亦即“不要丢下我一个人啊”。

这就是小林那晚说的最后一句话。说完，两人这才各自回家。津田头也不回地匆匆奔向自己家。

三十八

津田家跟平时一样大门紧闭，他伸手去推侧门，谁知侧门今晚居然也推不开。难道是门板卡住了？他不免暗自疑惑，又伸手推了两三下，推到最后，在他使劲一拉的瞬间，门内传来“咚隆”一声，是铁钩发出的沉重抗拒，他才彻底放弃。

面对这意外的状况，他感到十分困惑，歪着脑袋在门前伫立半晌。结婚成家到现在，他从来没在外面过夜，虽然偶尔也会晚归，却从未遇过这种情况。

今天本来打算在点灯时就早早回家。叔父家那顿虚有其表的晚餐，他是出于无奈才留下来的。而且酒也喝得不痛快，只勉强喝了一点，主要还是看小林的面子才喝。平时就算黄昏后待在外面，他心里却始终惦记着阿延。每当他冒着微寒赶回家，心里总想着家里温暖的灯光，并且以那灯光为目标，拼命赶路。而现在，他呆站在门外，就像一匹被土墙挡住去路的马儿，满心的期待也被突然挡在门前。把他关在门外的，究竟是阿延，还是偶然？眼前的他，把这问题看得非常严重。

他举起手，在紧闭的侧门上“咚咚”敲了两下。那声音倒不像是呼唤：“开门！”反而更像在责问：“为什么把这道门锁上了？”深夜的道路上，敲门声在一片昏暗中发出回响。屋内立刻传来一声响应：“来了……”那声音几乎像回音一般迅速撼动他的耳膜，他立刻听出声音的主人不是女佣，而是阿延。津田霎时陷入了沉默，无言地站在门外侧耳倾听。接着，有人按了玄关门灯的开关。那声音清晰地传入他的耳中。平日这盏门灯只有客人来时才会点亮。不一会儿，只听“嘎啦”一声，木格门被拉开了。玄关通往屋内的大门显然还没上锁。

“哪一位啊？”

侧门内侧传来阿延的脚步声，待她走到门边，先停步询问门外是谁。津田更显焦急地说：“快开门。是我。”

“哎哟！”阿延叫了一声。

“原来是你。抱歉哟。”

阿延咕哝着打开门钩，让丈夫进屋。她的脸色显得比平时苍白。津田进门后，直接从玄关走向起居室。

室内跟往常一样收拾得整齐清洁。水壶照常发出滚水沸腾的声音。长型火盆桌前放着他平日惯用的厚坐垫，好像正在等待主人归来似的。坐垫外面套着毛斯纶[①]椅垫套。阿延的座位在火盆对面，除了她的坐垫外，还放着一个女用墨盒。螺钿盒盖搁在一边，盖上嵌着青贝[②]拼成的数朵梅花，墨盒表面以金粉涂成梨皮花纹，盒里的小型砚台上面还有水，看起来闪闪发光。砚台的主人显然是在仓促地离开了座位。因为细笔的笔尖蘸着墨汁，并已浸染在卷轴信纸上，那封写了七八寸长的信纸末尾部分也被弄脏了。

阿延锁上大门，紧随在丈夫身后走进室内。她在睡衣外头披了一件居家外套，进屋后直接坐在自己的座位。

“真抱歉！”

津田抬眼看了壁钟一眼。钟声刚刚敲过十一响。从他结婚以来，像今天这时间回家，虽是特例，却不是头一遭。

“为什么让我吃闭门羹？你以为我今天不回来了？”

“不是啊。我刚才还盼着你呢。心里一直想着，该回来了吧、该回来了吧。等了半天，觉得寂寞难受，才拿出信纸给我家里写信呢。”

---

① 毛斯纶：一种极薄极软的毛织品，羊毛取自专产细羊毛的美丽诺羊。

② 青贝：制作螺钿细工雕刻采用的贝类总称，譬如鹦鹉贝、夜光贝或鲍鱼等，都是表面充满光泽的贝类。

阿延的父母跟津田的父母一样，也住在京都。津田从远处望着她那封写了一半的信，心中仍然感到不解。

“你等人回来，为什么把门锁起来呢？因为治安不好吗？”

“不是……我可没锁门。”

“可是刚才那门不是锁着吗？”

“阿时晚上锁了之后就没再开过吧。一定是这样。这丫头真讨厌。”

说着，阿延的眉毛又像平时一样微微挑动几下。白天没人进出的侧门，早上忘了打开门钩，这种借口倒也说得过去。

“阿时呢？”

“刚才让她去睡了。”

津田认为这时不必叫醒女佣追究责任，于是便把侧门的事放在一边，自己先上床就寝了。

三十九

第二天早上，津田还没来得及洗脸，就被一幅意外的景象吓呆了。那是他昨晚就寝前，做梦也没想过的景象。

津田大约在九点起床，跟平时一样穿过玄关，打算从起居室走向厨房，谁知一脚踏进起居室，猛然一惊地看到全身美艳盛装的阿延表情轻松地坐在那儿。阿延看到丈夫刚睡醒就被人泼了一脸冷水的模样，似乎觉得非常得意，微笑着对丈夫说：“刚睡醒啊？”

津田连连眨着眼皮，只见阿延头上梳着大丸髻，髻上系着红绉绸的装饰，和服里面的半襟[①]绣着美丽耀眼的花纹，还有发髻与半襟之间那张涂得雪白的脸蛋，他看热闹似的露出新奇的眼光。

---

① 襟：和服里面的襦袢衣领因直接触及肌肤，容易留下汗渍等污垢，不容易清洗，所以日本人穿和服的时候，需要在领口包覆一块护布，也就是半襟。最初的目的只是为了易于清洗，后来发展出各种颜色、各种刺绣等具有装饰功用的半襟。

“一大清早，你这是干吗？”

阿延却是满不在乎的模样。

“没干吗呀……你今天不是要到医生那儿去？”

昨天深夜就寝前，津田脱了衣服之后胡乱丢在地上，现在他的外套和裙裤都已折得整整齐齐放在涩纸[①]上。

“你也要一起去？”

“对呀，当然要去。我去了不方便吗？”

“倒也没有不方便啦……”

津田重新采取鉴赏的眼神打量妻子的装扮。

“你这身打扮太夸张了吧。”

津田脑中立即浮起上次那间昏暗候诊室的情景。那群坐在室内等候的患者和眼前这位花枝招展的少妇，两者之间的差异实在太大了。

“可是老爷，今天是星期天啊。”

“就算是星期天，看医生跟看戏、赏花可不一样喔。”

“可是我……”

津田告诉妻子，星期天的患者特别多，候诊室一早就会非常拥挤。

“穿着这么刺眼的服装，而且夫妻双双出现在医生的面前，会让人觉得有点……”

“退避？”

津田听到阿延说出这个汉语词汇，突然觉得啼笑皆非，忍不住大笑起来。阿延的眉头又微微挑动几下，但立刻换成撒娇的语气说：“可是现在换衣服要花好多时间，太费事了。我好不容易穿戴起来呢，今天就请你忍耐一下，好吗？”

津田终究是败给了妻子。他在洗脸的时候，听到阿延吩咐女佣去雇两辆人力车，妻子的声音听起来就像在催促自己快点上路。

① 涩纸：即叠纸（参见53页译注）。

他平时早上并不吃一般的早餐，所以几乎不到五分钟就把早餐解决了。吃完饭，连牙都不必刷，他站起身，打算走上二楼。

“要带到医院去的东西，我先去收拾一下。”

津田语音刚落，阿延立刻打开身后的壁橱说：“都准备好了。你来看一下。”

妻子穿着出门做客的华服，津田自然应该替她代劳。于是他亲自从壁橱里拖出一个有点重量的手提包，还有一个小包袱。包袱里只有他上次试穿过的新棉袍、睡衣和窄幅腰带。手提包里则装着牙刷、牙粉、平日用惯的淡紫色信纸和信封、钢笔、小剪刀、镊子等。当他从皮包掏出一本又厚又重的洋文书时，津田对阿延说：“这东西还是放在家里吧。”

“是吗？因为你老是把它放在桌上，而且还夹着书签，我以为你要读它就装进去了。”

津田没回答，很吃力地拿起那本德文《经济学》放在榻榻米上，这书已经读了两个多月，他一直没有读完。

“躺在床上读它，太重了，不能带去。”

尽管津田明白这是一个把厚重的大书留在家里的正当理由，但心里总觉得不太痛快。

“是吗？我也不知道你要带哪本书，还是你自己去选吧。”

于是，津田从二楼拿来两三本比较薄的小说，代替那本《经济学》塞进手提包。

四十

这天天气很好，夫妻俩都让人力车收起车篷，分别把手提包和包袱放在两辆车上，一起驶出家门。车子从小巷转进电车大道之后，继续前进了一两百米，阿延那辆车的车夫突然朝津田的车夫呼叫一声。一前一后的两辆人力车都立刻停下来。

“不得了！有东西忘了带。”

津田从车上回头看着妻子，却不吭声。一个精心装扮的年轻女人宣布了如此惊人的消息，被吓倒的人可不只她丈夫一个。两名车夫都抓着车把，向阿延投以好奇的眼光。就连经过他们身边的路人，也都忍不住偷看一眼。

“是什么？忘了什么？”

阿延看来似乎正在思考。

“请你等一下，我马上就回来。”

阿延说完就让她自己那辆车掉头往回走。津田只得悬着一颗心留在原处，无言地目送妻子离去。阿延那辆人力车很快地闪进小巷，不久，又重新出现在巷口，立即奔回津田等候的地点。车子停在津田的面前时，他看到阿延的腰带上挂着一根长约三十厘米的金属链条，链条的一端串着一个铁环，上面挂着五六把大大小小的钥匙。阿延把链条举起来给丈夫看，随着她的动作，一阵哗啦哗啦的声响传进津田耳中。

“我把这东西忘了。竟然扔在衣橱上就出门了。”

津田家除了他们夫妻之外，只有一名女佣，两人一起出门的时候，为了谨慎，他们总是把贵重物品锁起来，然后由他们当中的一人把钥匙带在身上。

“放在你那里吧。”

阿延把那串哗啦哗啦的东西重新塞进腰带，并用手掌砰砰地拍了两下，向津田微笑着说：“放心！”

两辆人力车又开始向前飞奔。

他们到达医院的时候，已经比预定时间稍微晚了一些，所幸还没错过上午的看诊时段。津田不想夫妻俩并肩坐在候诊室，一进玄关，就立刻走向药局的窗口。

“我可以直接到二楼去吧？”

药局的书生到里面叫来一位实习护士。护士的年纪大约只有十六七岁，态度自然地笑着向津田点头致意，接着，她看到站在旁边的阿延，显得有点吃惊，脸上的表情似乎在说：这只孔雀究竟从哪儿飞来的？阿延先发制人，主动向护士打声招呼："给您添麻烦了。"护士这才明白过来，连忙向阿延还礼。

"请你帮忙拿一个吧。"

津田从车夫手里接下手提包交给护士，转身走向通往二楼的楼梯口。

"阿延，这里。"

阿延站在候诊室门口，正在窥视室内的患者，听到丈夫招呼，她马上紧随津田一起登上楼梯。

"那个房间好阴暗啊！"

所幸二楼的房间面向东南方，看起来很明亮。阿延拉开纸门踏上回廊，紧邻医院的西洋洗衣店[①]的晒衣场就在眼前，阿延一面打量那些衣物，一面回头对津田说："这里倒是很明亮，跟楼下不一样。而且房间还不错。只是榻榻米比较脏。"

医院的二楼原本是一位工程承包商之类的人物装修给小妾住的，至今仍然保存着昔日的雅致风貌。

"这房间虽然旧了点，说不定比我们家的二楼更好呢。"

津田的心情像秋天一样爽快，他一面说，一面欣赏阳光下闪闪发光的白色晾晒衣物。他说完又转眼欣赏那些早已被岁月熏黑的屋顶和床柱[②]。

---

① 西洋洗衣店：即现代的干洗店。19 世纪横滨开港后，当地出现了很多服务外国人的洗衣业者。1861 年，渡边善兵卫开了一间真正的西洋式干洗店，技术来自法国。

② 床柱：日本和室的一种装饰，专指紧邻床间（参见 89 页译注）的屋柱，通常选用极好的木料制成，更讲究的，还在柱上雕刻。

四十一

这时，刚才那位护士已泡好一壶茶送过来。

“现在医生正在准备，请先用茶，稍待片刻。”

津田跟阿延只好循规蹈矩，相对而坐，端起茶杯喝了起来。

“怎么我总觉得心里乱哄哄的，没法安下心来。”

“好像到别人家做客吧？”

“对啊！”

说着，阿延从腰带里掏出女式怀表看了一眼。津田倒不担心时间，即将展开的手术才让他非常在意。

“不知要花多少时间呢。就算眼睛看不见，光听那些刀、剪的声音，就够吓人的。”

“叫我看那种场面的话，我会害怕呢。”

阿延的眉头连连挑动了几下，好像她真的害怕看到似的。

“所以你就在这儿等着吧。不必专程跟到手术台去看那种脏兮兮的景象。”

“可这种场合没个亲人在身边，总不太好吧？”

津田看到阿延十分认真的表情，不禁笑了起来。

“那是得了命在旦夕的重病才需要。我这种小毛病，谁会叫人来陪啊。”

津田的天性就是不愿让女人看到龌龊的场面，尤其不喜欢让女人看到自己的污秽之处。说得更夸张一点，就连自己身上的肮脏部分，他看了都比一般人觉得痛苦呢。

“那我就不跟进去吧。”阿延说着又掏出怀表看了一眼，“中午以前就会结束吧？”

“我想应该会结束。反正都来了，什么时候结束不是一样吗？”

“话虽如此，可是……”

说了一半，阿延没再说下去。津田也没追问。

这时，护士又从楼下出现在楼梯口。

“已经准备好了，请过来吧。”

津田立刻站起来，阿延也打算跟着起身。

“我不是叫你在这儿等着吗？”

“我不是要去诊察室，是想借用一下这里的电话。”

“有事要跟哪里联络吗？”

“没事……只想通知阿秀你开刀的事。”

津田的妹妹也住在同一区，距离医院并不远。津田这次生病住院，脑中几乎完全没想到自己的妹妹，便制止正要起身的阿延说：“不用啦！不告诉她也没关系。这点小事通知阿秀，太大惊小怪了！再说，那家伙跑到这里来的话，啰里啰唆的，烦死人！”

就某种意义来说，津田这个跟他性格完全不同的妹妹，年纪虽比他小，却令他难以招架。

阿延弯着站起一半的身子回答：“但以后要是被她责备起来，我可担待不起哟。”

津田找不到绝对不打电话的理由，只好对妻子说：“你要打给她也可以，但不必非得现在就打吧。那家伙就住在附近，一定会立刻赶来的。我刚开完刀，神经不免有些过敏，等会听她在这儿一下说哥哥怎样，一下又说爸爸如何，等等，实在是吃不消啊！”

阿延像是怕被楼下听到似的低声笑了起来。但是她唇间露出的白齿明确地告诉丈夫，她只是单纯地感到滑稽，不是对丈夫感到悲悯的同情。

“那我不打电话给阿秀就是了。”

阿延说完还是跟津田一起站了起来。

“还要打给别处吗？”

“对。要给冈本家打个电话。我跟他们约好，中午以前会打过去。可以给他们打个电话吧？”

于是夫妻俩一前一后下楼，便各分东西。其中一人伫立在电话机前的那一刻，另一个人也正好在诊察室的椅子坐下来。

四十二

“蓖麻油喝了吧？”

医生问津田，他身上浆得硬硬的手术衣不断发出“哗啦哗啦”的声响。

“喝是喝了，却不像预期得那么有效。”

昨天一整天，津田都无暇留意蓖麻油的效果。从早到晚，他都在忙着处理大小琐事，注意力全被分散了，所以那瓶蓖麻油给他带来的精神影响几乎是零，生理影响也非常微弱。

“那就再灌一次肠吧。”

然而，灌肠的结果还是不理想。

津田无奈地上了手术台，仰面躺下。冰冷的防水布直接碰到肌肤时，他不禁哆嗦了一下。他的脑袋躺在坚硬的筒状枕上，正面射来的灯光令他感觉好像对着光源睡觉，根本无法平静下来。他不断眨着眼皮，反复转动眼珠望向天花板。不一会儿，一名护士端着镀镍的四方浅盘从他身边经过，盘里摆着一些手术器械，白色的金属光辉闪耀不已，津田仰卧在手术台上，尽量把那些亮光看成过眼烟云。但是愈害怕看到的东西，愈容易挑起窥视的好奇。这时，耳边突然传来一阵电话铃声，他才想起刚刚被他遗忘的阿延。直到阿延给冈本家打完电话的时候，津田的手术才算正式展开序幕。

“我只给你打一针古柯碱[1]。喔，应该不会很痛。如果打针的麻醉

[1] 古柯碱：即可卡因，一种麻醉药剂。

效果不够，我打算到时候一面往里面喷麻药一面做手术。这样应该就没问题了。”

医生说着便开始进行局部消毒。津田怀着一种既恐惧又看破一切的心情倾听医生说明。

局部麻醉的效果很不错，津田专心盯着天花板，几乎从他腰部以下，已无法察觉身上正在进行什么大事。他只感到有人从远处对自己身体的某个部分施加一种沉重的压力。

“你感觉如何？不痛吧？”医生的问话充满自信。

津田看着天花板答道：“不痛，只有一种沉重的感觉。”

这种“沉重的感觉”该怎么说明呢？他找不到适当的字眼。或许就像没有神经的地面，被人类用手挖掘时的感觉吧？津田脑中突然浮起这种幻想。

“很奇异的感觉，根本没法用言语说明。”

“是吗？能忍得住吗？”

听医生的语气，似乎有点担心津田手术做了一半会休克。津田原本并不太在意，这时反倒开始担心了。他不知道医生会不会事先给病人喝点葡萄酒之类的东西，以防病人害怕得昏过去，但他并不喜欢接受特殊待遇。

“没关系。”

“是吗？马上就结束了。”

医生能够一面跟患者交谈，一面毫无间断地进行手里的作业，这是技术纯熟才能带来的惊喜。只是，手术并没像医生宣布的那样迅速结束。

盛装刀剪的托盘不时发出撞击的声响。还有仿佛是剪刀夹断筋肉的唧唧声，强烈又夸张地向他的耳膜发出威胁。每当这种声音传来，津田就忍不住转动他幻想中的双眼，强忍着血腥去眺望那不得不用纱布擦拭的鲜红血海。他感到万分紧张，原已麻醉的神经也很难继续保持沉静，仿佛有一种令人发痒的小虫似的东西，为了让他肉体不得安宁，正在血管中恶心地爬来爬去。

他睁大双眼瞪着天花板。打扮艳丽的阿延出现在他眼前，但他完全无法猜测阿延正在想些什么，做些什么。他正想从下方大声呼唤阿延，医生的声音这时却从他的脚边传来。

“总算结束了。”

津田感觉伤口里面很勉强地塞了许多纱布，使他觉得微微发痒。接着，医生又说：“没想到瘢痕非常坚硬，或许会有出血的风险，请你暂时不要乱动。”

医生提出最后的叮嘱，紧接着津田便被人扶下了手术台。

四十三

津田走出诊察室，护士从后面跟上来问道：“您感觉如何？没有不舒服吧？”

“没有……难道我脸色发白吗？”

津田毕竟还是对自己的身体感到忧虑，忍不住反问护士。

伤口里的纱布塞得满满的，他所承受的痛苦远远超出旁人的想象。津田无奈地缓步前进，但是登上楼梯时，他觉得被切开的筋肉和纱布互相摩擦着，似乎能听到沙啦沙啦的声音。

阿延早已站在楼梯口等候。一看到津田，她就从楼梯上向他招呼。

“开刀结束啦？结果如何？”

津田并没给她明确的答复，兀自走进病房。室内正像他想象的那样，套上洁白被套的棉被已铺得平平整整，正等着患者躺进去睡个好觉。津田随手脱掉外套，立刻倒在棉被上。阿延正用两手抓着那件灰色法兰绒衬里的棉袍肩部，打算从丈夫的背后帮他穿上，不料却错失了良机，她只好苦笑着又把棉袍两袖叠在一块儿，重新折好，放在床脚处。

“他不用吃药吗？”阿延转脸看着身边的护士问道。

“可以不吃内服药。餐点现在正在准备，做好了就会送来。”说完，护士便走出病房。

原本静躺休息的津田这时突然说道：“阿延，你想吃什么的话，就拜托护士帮你准备吧。”

“也对！”说完，阿延又有点踌躇，“我要吃吗？”

“可是，中午都已经过了吧？”

“是的，已经十二点二十分了。手术整整花了二十八分钟呢。”

说着，阿延打开怀表的表盖，看着表面报告精确的时间。刚才津田像条任人宰割的俎上之鱼，躺在手术台上瞪着天花板的时候，阿延也在那块天花板的上面盯着怀表在计算手术的时间。

津田又向妻子问道：“现在回家也没东西吃吧？”

“嗯。”

“那就在这儿订一份西餐吃，不好吗？”

“嗯。”

阿延始终不肯给个痛快的回答。最后护士只好下楼去了。津田闭上双眼，感觉像个累极的人极想避开光线的刺激。不料过没多久，就听到阿延在他头顶呼唤“老爷、老爷”，他不得不再睁开眼皮。

“你不舒服吗？”

“没有。”

阿延问完津田的状况后又说：“冈本叫我替他问候你，还说，过几天就会来看你。”

“是吗？”

津田随口应了一声，正要重新闭上眼皮。谁知阿延却不让他如意。

“我说啊，冈本叫我今天一定要陪他们去看戏，可是我没办法去吧。”

津田向来善于联想，他脑中突然浮起阿延从今早到现在的一连串举动：那身陪人住院显得过于耀眼的装扮，出门之前特意强调今天是星期天，到了医院就急着给冈本打电话，诸如此类的表现，全都可以看成是冲着“看戏”这两个字而来。而从这个角度细想的话，更不能不怀疑她精确计算手术时间的动机了。津田默默地把脸转向一旁，看到床间[①]地板上堆着一叠信封、信纸、剪刀、书籍等，都是他刚才装在手提包里带来的。

“我向护士借了一张小桌，想把这些东西放在上面，可是护士还没拿来，只好暂时这样放着了。你可以先看看书啊。”

说完，阿延立即起身，从床间拿来几本书。

四十四

津田并没伸手把书接过去。

“你不是已经婉拒了冈本吗？”

他的表情倒不像疑惑，而是满脸的不悦。说完，他把身体转向另一边。但二楼的地板不太坚牢，紧随他的动作发出了“嘎吱”一声，像在为他帮腔似的。

“是婉拒了呀。”

“婉拒了，还叫你一定要去？”

说完，津田才正眼打量阿延的脸。但他预期的表情并没在她脸上出现。阿延这时反而露出微笑。

“的确就是婉拒了，还叫我一定要去呀。”

“不过……”

津田一时说不出话。心里虽然有话想说，脑袋却无法按照他的意思迅速反应。

---

① 床间：日本和室一角隔出的内凹小空间，又叫“凹间”或“壁龛”，通常以挂轴、插花或盆景作为装饰。在一般情况下，一座日式房屋里面只会有一个房间里设有床间，这个房间坐落在整栋房屋最好的位置，一般用来待客。

“不过……既然婉拒了，应该不会再叫你一定要去吧？”

“就是说了呀。冈本那人也是没分寸。”

津田没再说话。他想不出适当的言辞深究妻子的行径。

“你还在怀疑我什么？好讨厌！对我这样疑神疑鬼的。”

阿延十分厌烦地微微挑动眉头。

“不是疑神疑鬼，是觉得有点奇怪。”

“是吗？那请你告诉我哪里奇怪，不论任何疑问，我都跟你解释清楚。”

但是很可惜，津田没办法明确指出奇怪之处。

“所以你还是对我疑神疑鬼吧！”

津田觉得自己必须明确告诉妻子，他对老婆毫无疑心，如果不把这话说清楚，自己身为丈夫的品格就会受到影响。同时，女人不把自己放在眼里，也会令他相当痛苦。两种自我正在心底互相拉扯，但是外表看来，他倒还显得十分冷静。

“唉！”

阿延轻叹一声，悄悄地站起来，重新拉开刚才关紧的纸门，走到南侧的回廊上。她用手扶着栏杆，茫然眺望秋高气爽的晴空。邻家那间洗衣店的晒衣场上挂满各种衬衣、床单……那些衣物仍跟刚才看到时一样，都在强烈阳光的照耀下，随着干爽的微风晃动。

“天气真好啊！”

阿延像在自语似的低声说。听到那声音的瞬间，津田突然觉得好像听到一只笼中鸟正在悲鸣。这样一名柔弱的女子被自己绑在身边，令他觉得有点不忍。他想跟阿延搭讪几句，却找不到话题，心中深感为难。阿延也一直靠在栏杆上，不肯回到房间里。

这时，护士端着两人的餐点从楼下走上来。

“让您久等了。”

津田的餐盘里只有两颗鸡蛋，一碗菜汤，还有一点面包。也不知是谁决定的，面包竟然只有四分之一斤[①]。

津田趴在棉被上，一面狼吞虎咽地吃着饭菜，一面伺机向阿延搭讪道："那你要去？还是不去呢？"

阿延立刻停下手里的叉子。

"都看你喽。你叫我去，我就去，叫我不去，我就不去。"

"这么听话啊？"

"我一直都很听话啊！……冈本也叫我先问你，如果你答应的话，就带我一起去。他是说，如果你的病不严重的话，叫我问问你。"

"可是，刚才不是你打电话给冈本吗？"

"对啊，那当然嘛。因为事先约好了。最先是我婉拒了，后来他跟我说，到时候看你的情况再决定，说不定我可以去呢？所以叫我手术当天中午之前，再打一次电话，把这里的情况告诉他。"

"冈本给你写过这样的回信？"

"对呀。"

但阿延没把那封信拿给津田看过。

"总之，你到底打算怎么办？想去还是不想去？"

阿延已经看懂津田的表情，便立刻答道："我当然想去啊。"

"终于说实话啦。那你快去吧。"

说完，夫妻俩的交谈便跟午餐一起结束了。

四十五

好不容易等到刚做完手术的丈夫睡着，阿延独自走下楼梯。这时已

① 斤：日本计算面包重量的单位。原本按照中国的算法，一斤面包的重量为 600 克。明治时代之后改用欧美的方式计算，一斤面包的重量为 450 克（约 1 磅）。现代的面包则根据日本面包公平交易委员会规定：一斤不得少于 340 克。

经比约定的时间晚了很多。她把目的地告诉车夫时，只说了剧场的名字，便立刻跳上人力车。医院门前的角落有个人力车休息站，共有四五辆车子，阿延搭上的那辆，就在医院门前等着，似乎是站里最新的一辆。

轮上包着胶皮的人力车立刻奔出小巷，笔直地顺着电车大道向前奔去。一路上，车子心无旁骛地朝闹市方向飞奔，车夫这种精力充沛的拉车方式让阿延受到感染。她坐在松软的厚椅垫上，身体在飘浮中快速晃动，心中随之生出一种既温柔又轻快的激动，也是她不顾一切，排除紧绕身边的纷杂琐事后，直奔目的地时获得的一种快感。

阿延坐在车上，脑中无暇思考家中之事。津田正在医院二楼睡得好好的。丈夫的睡姿为她提供了保证，表示今天一整天都可以安心地把他暂时抛到脑后。所以她现在一点也不担心。只有即将出现的未来正随着她的人力车一起移动。其实她对戏剧原本就没有多大的兴趣，所以现在也不太担心自己迟到，心里只想着快点抵达目的地。就像坐着新车在路上狂奔给她带来刺激一样，车子抵达剧场将使她感到更强烈的刺激。

人力车在剧场茶屋[①]门前停了下来。负责接待的女侍走过来，阿延立即报上订位者姓名："冈本。"同时，脑中立即闪现出各种剧场的装饰：灯笼、门帘、红白假花等。待她从车上下来，那些装饰的色彩与光影便一下子涌进她的眼帘。阿延还来不及看清那些东西，已有人带她穿过走廊向前移动。才一眨眼工夫，她就踏进了比想象更错综复杂、更多彩多姿的剧场。场内纵横交错地散布着各种超出想象数倍的浓艳图纹，看起来就像一片大海。当茶屋的侍者拉开剧场的门扉，向她示意"从这儿进去"的瞬间，阿延从缝隙中看到前方的感觉，就是这样。一方面这种感觉对她来说并不新奇，因为她原就喜欢出入这种场所，另一方面，这种感觉又永远都能令她感到新鲜。就像一个人穿过黑暗，猛然现身在亮光

---

① 剧场茶屋：江户时代专属于芝居小屋（剧场）的食堂，负责提供观众饮食的地方，亦即现代剧场里附设的餐厅。

处，这种感觉能让她突然清醒过来。接着，她发现自己已置身在这片大海般气氛的一隅，于是她也化身成为眼前活动图纹当中的一部分，同时，她那紧张的心底也升起一种清晰的自觉，生怕自己的一举一动全部陷进眼前那片海里。

包厢里并没有冈本的身影，只有冈本夫人带着两个女儿。除了她们三人之外，剩下的空间足够容纳阿延。不过，两姊妹当中的姐姐继子还是担心自己挡住了阿延的视线，便扭过头看着阿延，同时将身子倾向后方问道："看得到吗？要不要跟我换一下？"

"谢谢，这里就很好了。"

阿延摇了摇头。

紧靠阿延前方的妹妹百合子今年十四岁，是个左撇子，左手拿着一个轻巧的小型象牙双眼望远镜，手肘靠在裹着红布的栏杆上，脑袋转向后方说："你来晚啦。本来还想到你家去找你呢！"

百合子年纪还小，不懂得自己应该向阿延问候，并对津田的病表达关心。

"你有事吗？"

"是的。"

阿延简单地回答后，转眼望向舞台，也就是两姊妹的母亲一直目不转睛，专心凝视的那个方向。她跟阿延只有刚见面的时候，彼此无言地互相欠身致意，直到开演的拍子木[①]敲响为止，两个女人都没说上一句话。

---

① 拍子木：原是一种打拍子的日本乐器，也叫作"柝"，用紫檀、黑檀、花梨之类坚硬的木材做成细长的四方木棍，两根为一组，用绳子串在一起，不用的时候挂在脖子上。歌舞伎开演或一幕结束时，以敲击拍子木作为信号，作用相当于电影院按铃通知电影即将开演。

四十六

“你能赶来，不容易啊。刚才我还跟继子说，你今天看样子可能来不了啦。”舞台的布幕拉上之后，冈本夫人这才露出悠闲轻松的表情向阿延搭讪道。

“看吧，我说的没错吧。”继子得意地看着母亲说。说完又立刻转脸向阿延解释：“我跟妈妈打了赌。赌你今天到底能不能来。妈妈说你可能来不了，我赌你一定会来。”

“是吗？又求签啦？”

继子有个长五六厘米、宽约十八厘米的小签盒，黑漆盒上印着两个烫金篆字：“神签”。盒里按照号码顺序装了一百根削平的象牙签。继子总是一面嚷着“帮你抽支签吧”，一面用手摇晃签盒，从里面摇出一支扁平细长的象牙诗签，再拿出一本写满文句的线装书，书册的尺寸大约跟签盒一样。继子翻开书册，为了看清书中那些蝇头小楷般的小字，又从内衬纺绸的印花布袋里，掏出一个小型放大镜，装模作样地覆在书中的文字上。这个放大镜原本是书册的附属品，是阿延和津田到浅草游玩的时候，在寺庙门前的商店街花了四块钱的高价买给继子的玩具。对于明年就要满二十一岁的继子来说，这份精巧的礼物也是一种象征纯真的饰物，能在嬉笑间为继子的贞洁涂上一层神秘色彩。继子有时甚至连函套也不拆，就直接从桌上抓起签盒塞进腰带。

“今天也把它带来了？”

阿延忍不住半开玩笑地调侃继子。继子苦笑着摇摇头。坐在一旁的母亲代替女儿回答说：“今天的预言可不是神签给的启示，是比神签更惊人的预言哟。”

“是吗？”

阿延来回打量眼前这对母女，似乎等着聆听下文。

“阿继呀……”母亲才说了一半，女儿连忙责备似的打断了母亲。

“别说了吧，妈妈。那种事，不适合在这里说啦。”

说完，刚才一直安静听着三人交谈的妹妹百合子却嘻嘻地笑起来。

“那我告诉你吧！”

“不要说啦。百合子，别那么坏心眼。好！如果你一定要说，以后我不帮你练习钢琴啦。”

听到这儿，两姊妹的母亲仿佛怕被人听到似的低声笑了起来。阿延也觉得很可笑，而且更想打破砂锅问到底。

“说吧。姐姐生气不要紧，有我在，没关系的。”

百合子故意翘起下巴看着姐姐。那种鼻孔微张，稍带得意之色的态度，等于向姐姐郑重宣告：我拥有说话的自由，我已获得全胜。

“算了！百合子，随便你吧！”

说完，继子便站起来，推开身后的门扉，走向门外的走廊。

“姐姐生气了。”

“不是生气啦。是觉得害羞吧？”

“可是，就算我说出来，这也不是什么害羞的事。”

“所以你就告诉我啊！”

阿延最先以为，百合子比自己小九岁，心态还像个小孩，所以可以好好利用一下。谁知百合子的姐姐竟意外地愤怒离去，搞得大家都下不了台，阿延企图怂恿百合子说出原委的计划也失败了。弄到最后，只好由姊妹的母亲出面收拾残局。

“算了，其实也没什么。就是阿继刚才说，由雄那么温柔，凡事都听延子[①]的，所以阿延今天一定会来。”

“是吗？原来继子觉得由雄那么可靠。多谢她看得起啊。我得向她

---

① 延子：即女主角阿延。根据日本平凡社出版的《世界大百科事典》，江户时代的日本女性取名，习惯取两个假名组成的名字。到了明治、大正时代，受过教育的女性流行自己把假名转换为汉字，更喜欢模仿贵族女性取名的方式，在名字的汉字后面加一个“子”。小说里的“阿延”，本名是“延”，关系亲近的亲友叫她“阿延”，外人称她“延子”表示尊重，正好反映了当时的社会习俗。

道谢才对。”

“然后百合子说，那姐姐也嫁给像由雄那样的人吧。她觉得在你面前说出这一段，实在没面子，所以才那样跑走了。”

“哎哟！”

阿延轻声发出感叹，声音里似乎含着几分凄凉。

四十七

阿延心底突然浮现一个自我心中的男人津田。她自认已对丈夫十分尽心，从早到晚都伺候得非常仔细，但她平时心中就怀着一个疑问，自己为了迎合丈夫的要求而做的牺牲，难道是没有底线的吗？现在，这个疑问又更强烈地在她脑中浮现。她突然醒悟，唯一能帮自己解决疑虑的监护人，此刻就在眼前。想到这儿，她抬头望着冈本夫人。她离开父母身边，远嫁到东京来，姑母就是她在东京唯一的依靠。

“难道所谓的丈夫，只是一种专为吸取妻子的爱情而活的海绵动物？”

这个疑问，阿延从很久以前就想当面问问姑母。但不幸的是，她天生自有一套做派，根据看法的不同，这种做派既可解释为爱逞强，也可解释为死要面子，阿延在姑母的面前，也受到这种做派的强力牵制。就某种意义来说，夫妻关系就像两名相扑选手每天都在竞赛场上争斗。从婚姻内部观察这种关系的话，妻子永远都是丈夫的对手；但当他们一同面对世间，做妻子的若不能永远都在背后支持丈夫，等于就暴露了他们婚姻不美满的缺点，这对阿延来说，是极为羞耻的事情，也是她咬牙坚持的理由。所以她有时虽然很想敞开心怀，向姑母吐露心声，但是站在夫妻齐心的角度来看，姑母毕竟还是外人，应该被归类为所谓的“世间”。所以生性敏感的阿延面对姑母的时候，总是担心家丑外扬，而不愿多说什么。

更重要的是，丈夫不像阿延期待的那样，只要把他照顾得无微不至，他就对自己柔情万千。阿延平日就对这件事很在意，生怕别人任意乱传，把丈夫不够温柔这件事归咎于自己伺候不周。而在所有的流言当中，她最怕听到的就是别人笑她资质愚钝。

“这个世上，就算比津田更难伺候数倍的男人，也有年轻女人能把他们立即收服在石榴裙下，而你呢，今年都二十三了，却连丈夫都不能让他百依百顺。说来说去，还是因为你缺少智慧吧。”

智慧与德行对阿延来说，几乎就是同一回事，如果姑母这样批评自己，她会非常痛苦。对于一个女人，公开承认自己没法抓住男人的那种屈辱感，差不多就跟宣告身为人类的自己是个无用之人一样，因为这种屈辱会伤害自尊。所以从时机和场合来看，就算今天不是在这种无法深谈的剧场，阿延还是会保持沉默。她意味深长地看了姑母一眼，又立刻移开了视线。

舞台前方的布幕哗啦哗啦地不断抖动，有人正从两片布幕接缝处的空隙偷窥着观众席。不知是否因为心理作用，阿延觉得那双眼睛似乎正在偷看自己。她把刚刚才换了方向的视线再度移向别处。座位的下方有很多人进进出出，有人离席出去，有人从外面回来，还有人正在席位之间移动，剧场内很快地掀起一片嘈杂。留在座位上的大多数观众也都不停地变换姿势，或靠向左右，或前倾后仰，片刻不得安宁。无数黑色脑袋构成一股旋涡。其间还有人穿着非常鲜艳耀眼的服装，把这股彩色人流掀起的跃动快感搅得更加纷乱混杂。

阿延从土间席[①]放眼四望，她的座位跟对面的包厢之间，有一道人流造成的谷底相隔。看了一会儿，阿延才开始打量对面包厢的情景。就

---

① 土间席：指铺在舞台前方地面的座位，江户时代初期因歌舞伎等演剧活动兴起，各地纷纷兴建剧场，观众都是围绕舞台席地而坐，前方的座位直接设在泥地上，所以叫作“土间席”。当时因为剧场都是露天，一下起雨来，土间席立即陷入泥泞，所以票价也最低廉。后来应观众要求，不断改进，土间席不但铺上了榻榻米，还可从高级餐馆叫来外卖餐点，更因为位置最靠近舞台，所以土间席变成剧场里价格最高的座位。通常是以木制栏杆隔成一个一个方形空间，每个空间约 1.5 平方米，里面规定最多能坐 7 个人。明治维新之后，因推行西化生活，剧场里的座位渐渐改为西式座椅，只有最前排还保有少数土间席。第二次世界大战之后，日本全国的剧场几乎全都改为座椅，现在只有乡间的小剧场偶尔还能看到土间席。

在这时，百合子突然回头问她："那边，吉川家夫人来了。看到了吗？"

阿延露出有点惊讶的眼神，朝着百合子指出的方向望去，很轻易地找到一个貌似吉川夫人的身影。

"百合子，你的眼力真好，什么时候发现的呢？"

"不是发现啦，是早就知道的。"

"姑母和继子也知道？"

"是呀，大家都知道喔。"

阿延这才明白，不知道这件事的只有自己一人。她仍旧躲在百合子身后偷窥对面的席位。也不知是故意还是巧合，突然，吉川夫人手里的双筒望远镜一动，转向阿延的座位这边来了。

"好讨厌，我可不想被人那样偷窥。"

阿延蜷起身子，似乎打算躲起来。但是对面的望远镜依然不肯放过她。

"好吧！既然这样，我也只能逃走啦。"

说完，她也追随继子向走廊逃去。

四十八

由于剧场处于闹区，从那个位置看到的户外景色相当热闹。只见地面铺了一条连接场内的木板通道，或许为了日后易于拆除，通道是用几块稀疏的板料加上背面的横木钉起来的。络绎不绝的陌生人正在这段木板通道上来往穿梭。阿延来到走廊尽头，将身子倚在一根柱子上。她花了好大一番功夫，才终于找到继子的身影。继子正在对面那排商店的门前，阿延一看到她，立刻跑下楼梯，动作轻巧地踏过那条木板通道，直奔正在寻觅的目标。

"你在买什么？"阿延从继子背后伸出脑袋，像在偷窥似的问道。

继子惊讶地回过头，两张脸孔差点撞在一起，她们都向对方露出了微笑。

“我正在烦恼呢。阿一叫我买个礼物给他，我已经找了半天，什么都没找到。没有一样是那家伙会喜欢的。”

店员不知继子想买的是男孩的玩具，拿出一大堆商品摆在她面前。继子既买不下手，又不好意思掉头就走，正在那儿感到为难。她的面前摆着各式各样的花簪、皮夹、手巾等，上面都印了代表演员的图案或花纹。继子不知所措地站在那堆商品前面，用眼神向阿延询问“怎么办”。阿延立刻开口说道：“这些可不行喔。那孩子只喜欢手枪、木刀之类能‘杀人’的玩意儿，这么高雅的店里不会有他喜欢的东西啦。”

店员笑了起来。阿延趁机抓起继子的手。

“还是先问问姑母再买吧……对不起啊，我们等会儿再来。”

说完，阿延便牵着满脸歉意的继子往回走，一路连推带拉地把她拖到走廊尽头。两人利用另一根屋柱当作掩护，站在柱前闲聊起来。

“姑父怎么回事？今天怎么没来？”

“会来呀，马上就来。”

阿延觉得很意外，四个人坐在那个包厢里都嫌挤，再加上一个身材那么魁梧的大男人，简直叫人受不了。

“已经那么挤了，再加上姑父的话，我这么瘦弱的人会被挤扁呢！”

“他是来跟百合子交接的。”

“为什么？”

“不为什么，反正那样更好啊，不是吗？因为百合子看不看都无所谓。”

“是吗？那万一由雄没生病，跟我一起来了，又该怎么办？”

“到时候再说嘛，总有办法的。可以再订一个包厢啊。或者，也可以跟吉川家那边坐在一起啊。”

“已经事先跟吉川先生说好了？”

“是啊。”

继子没再多说什么。阿延从前并未感觉冈本和吉川两家的关系有那么亲密。她觉得继子话中有话，所以心中有些疑惑，但是转念一想，又觉得这些有闲阶级约了一起看戏也很常见，未尝不可视为只是单纯为了享乐，所以她没再多问，两人只对吉川夫人的双筒望远镜发表了一些意见。阿延还特地模仿夫人的动作给继子看。

“就像这样，从正面打量人家。真是受不了。”

“那也太没礼貌了吧。不过我爸说过，西洋式的做派就是那样。”

“哎哟，在西洋可以那样？那我也可以像那样，死盯着夫人的脸孔打量喽。我也去瞧瞧吧。”

“那你去瞧瞧啊。她肯定会很高兴的，还会称赞说，延子好时髦啊！”

说着，两人齐声大笑起来。这时，不知从哪儿来了一名年轻男人，走到她们身边暂停了几秒。这位青年绅士身穿单色和服外套，上面用同色丝线绣着家纹①，下面一条毛料行灯裤②。他一看到两个女人，立即打声招呼：“对不起。”说完，便很严肃地默默走上那条木板通道，然后朝道路对面走去。继子的脸上浮起了红晕。

“我们进去吧。”

她马上催着阿延一起返回剧场。

四十九

剧场里的状况还是跟刚才一样，毫无任何变化。许多观众正在土间席走来走去，看起来仿佛是踏在别人头上行走，令人感到厌烦。有些人

---

① 家纹：象征各个家族的纹章。譬如天皇家的家纹为十六瓣菊花。江户时代之前，家纹是贵族、武士的专利，主要用来彰显个人的出身、血统、地位。江户中期之后，家纹开始在庶民之间普及，甚至被当作商标。第二次世界大战之后，家纹因带有封建色彩而受到否定，但现在一般日本人仍把家纹当成生活中艺术装饰的一部分。譬如婚礼等重要庆典时，仍会穿着印上家纹的礼服出席。

② 行灯裤：和服长裤的一种，没有裤裆，形状很像女性的直筒裙。

甚至故意做出夸张的动作，希望吸引更多人的注意力。但这些人很快就消失了，然后又换上另一批色彩不同的人。举目所及的小世界里，始终充满了昂扬、杂乱，永远都显得那么虚假。

道具人员正在安静的舞台后方工作，一阵阵铁锤敲击声传遍剧场，激起观众心底的期待。偶尔还有拍子木撞击声从幕后传来，听着就像打更的梆子，似乎想把人群已被搅乱的注意力重新聚集在一起。

最不可思议的还是台下的观众。中场休息时间既漫长又无聊，但是大家都毫无怨言，也没人表示厌烦，人人都显得那么悠闲镇定，空无一物的胸中塞满了涣散的兴奋，轻松地打发着等待的时间。观众的态度都那么沉稳，看起来都很开心，他们都为彼此的呼吸陶醉，等到稍微清醒之后，又立刻转动眼珠，忙着打量别人的脸孔，并立即从人群中找到心仪的人物，跟着对方一起陷入相同的情绪。

继子和阿延回到座位后，两人都很开心地向四周环顾一番，然后又不约而同望向吉川夫人的座位。然而，夫人的望远镜已不再对着她们瞭望，就连望远镜的主人也不知跑到哪里去了。

“咦怎么不见了？”

“真的呢！”

“我帮你们找一找。”

百合子马上把眼睛对准手里的小型望远镜。

“不在，没看到，不知到哪儿去了。那位夫人有两个人那么胖，应该立刻就能看到。大概是离席了吧！”

百合子说着放下象牙望远镜。身为名门闺秀的她，身穿美丽的友禅染出客服，背后的腰带系成巨大华丽的花结，几乎遮住了她整个背部，但她说话的语气半点客套也没有。她姐姐听了，嘴角露出忍俊不禁的微笑，并用长辈的威严语气制止了妹妹。

“百合子！”

妹妹却没有反应，而且像平时一样，故意鼓着鼻孔，一副“我有讲错吗”的表情瞪着继子。

“我想回家啦！爸爸要是能早点过来就好了！”

“想回去的话，就走吧。爸爸没来也不要紧！”

“我偏不走！”

百合子不肯移动身子。也因为她还是孩子，才会轻易表现这种淘气的行为。相对的，阿延知道自己年长，应该表现得更懂分寸，便对姑母说：“我去向吉川夫人问候一声吧？假装没看到总不太好。”

老实说，她不太喜欢那位夫人，而且她觉得，夫人对自己也没好感。更重要的是，阿延甚至隐约感觉，最先是因为夫人不喜欢自己，她们之间才会出现这种不愉快的气氛。阿延心中颇有自信，她认为自己并未留下任何惹人讨厌的把柄，是对方先对自己怀着不满。刚才夫人拿着望远镜猛瞧自己的时候，她已知道自己应该过去行礼问好，但她无法立即鼓起勇气，所以现在才把内心的不安改以问句的形式，向姑母讨主意，同时也在心底期盼着，为了轻松完成这项义务，最好是姑母领着自己去见夫人。

姑母当即答道：“是啊，还是去问候一下比较好。快去吧！”

“但她现在不见了！”

“怎么会？一定是到走廊去了。你过去看看就知道啦！”

“可是……那我过去一下，姑母也跟我一起去吧。”

“姑母我嘛……”

“不去吗？”

“去也可以啊。本来我是打算，反正等会吃饭的时候也要坐在一起的，到那时候再去问候算了。”

“哎呀！约好一起吃饭了？我什么都不知道呢。那一起吃饭的有谁呢？”

“大家呀！”

“我也一起吗？”

“对呀！”

阿延感到非常意外，停了半晌，才回答说：“既然如此，我也到时候再问候好了！”

五十

冈本到达剧场的时候，阿延刚刚才跟姑母结束谈话。茶屋的侍者帮忙拉开门扉，冈本从门缝里偷窥一眼，然后用手势向百合子示意：过来！过来！接着，父女两人站在门前交谈了几句，声音压得很低，生怕吵到其他观众。谈完之后，百合子按照当初的预定，马上由侍者送出剧场，来跟女儿换班的冈本，极其局促地坐在女儿的位子上。在这种席位里，他那肥胖的身子似乎连稍微移动一下都很困难。他坐定之后，又突然发现了什么似的，转过半个身子向后面问道：“阿延，跟你换个位子吧？我的块头太大，挡在前面，你都看不见了吧？”

阿延虽然觉得眼前好像突然冒出一座大山，但是周围的观众正在专心看戏，她不想惊扰大家，就没有跟冈本换位子。冈本有一双毛茸茸的手臂，所以他从来不需要毛料服装。现在，他把两条臂膀环抱胸前，并将视线投向大家聚焦的所在，仿佛宣布“那就陪你们看戏吧”。众人的目光都聚集在台上一名举止怪异的男子身上。这名皮肤白皙的男子长相英俊，正在柳树下面走来走去。他身上松松地套一件粗条直纹和服，腰间用一条窄幅博德带①系住，故意把腰带系得低低的。光脚穿着一双雪

① 博德带：用“博德织”制作的腰带，宽度只有一般腰带的一半，穿浴衣时使用。博德织是博德地方（现在的九州岛福冈）生产的丝织品，与西阵织、桐生织并称日本三大织物。

驮[①]，走路时不断发出喀啦喀啦的噪音，冈本听着觉得很刺耳。男人的视线从柳树旁边的小桥移向对面桥头旁边的仓库白墙，轮流把小桥与白墙打量一番之后，又把视线转向观众席。台下的观众全都露出紧张的神色，场内一片寂静，连一声咳嗽都听不到，仿佛男人穿雪驮走来走去，又弄出喀啦喀啦的声音，这个动作本身具有极大的意义似的。冈本或许因为刚从外面赶来，很难立即适应这种奇特气氛，也或许因为他根本不屑这种气氛，看了一会儿，他局促地转过半个身子，低声对阿延说："怎么样？很有趣吧……由雄怎么样？"

冈本问完后，又连续提出三四个简单的问题，阿延都用短句应付过去，问到最后，冈本露出意味深长的眼神看着阿延说："今天怎么样？由雄没说什么吗？大概发了很多牢骚吧？说什么'我病倒在床，你却自己一个人去看戏，真是岂有此理'，对吧？一定说了这种话吧？"

"哪有'真是岂有此理'，他可没说这种话喔！"

"但还是会唠叨几句吧？譬如像'冈本那家伙真讨厌'之类，肯定会说的。刚才你在电话里就显得很不自然啊。"

阿延只向姑父露出微笑。因为他们周围连低声耳语的人都没有，更别说聊天了，她觉得只有自己一个人跟冈本一问一答说个不停，实在太不像话。

"没关系啦！姑父过几天去跟他解释，你不必担心这种小事。"

"我没担心啊。"

"是吗？话是这么说，心里还是有点在意吧？才结婚不久，就惹你老爷不高兴。"

"不要紧的。我已经说了嘛，没有惹他不高兴。"

---

① 雪驮：也叫"雪踏"，是茶道始祖千利休的发明，他将竹皮草履接触脚底的竹皮背面贴上一层皮料，增加了竹皮草履的防水机能。由于鞋底的脚跟部分钉了金属片，走路时会发出喀啦喀啦的声音。

阿延的眉头似乎有点烦地挑动了几下。原本只是调侃她的冈本，这时露出认真的表情。

“不瞒你说，今天把你叫来，不只为了请你看戏，而是有请你过来的必要。也因为这样，就算由雄现在卧病在床，还是勉强把你叫来。等事后把理由跟他说清了，也没什么大不了的。姑父会去好好跟他说。”

阿延的视线突然离开了舞台

“理由究竟是什么呢？”

“现在不方便在这儿说。反正等一下就会告诉你。”

听了这话，阿延也只能闭嘴。冈本接着又向她说明：“今天跟吉川先生约好在这里的餐厅一起吃晚饭。听说了吧？你看，吉川也来了，就在那边。”

刚才一直没看到吉川的身影，现在却立刻跃进阿延的眼帘。

“他跟我一起从俱乐部到这儿来的。”

说到这儿，两人结束了谈话。阿延重新把注意力转向舞台。大约又过了十分钟，包厢后方的门扉被茶屋的侍者拉开，阿延的注意力又被搅乱了。侍者凑近姑母，向她耳语了几句，姑母又立刻把脸凑向姑父。

“是这样的，吉川先生转告我们，说晚餐已经准备好了，让我们下次休息时间到餐厅去。”

姑父马上请侍者转达回复：“我们知道了。”

侍者又悄悄开门走出去。等一下究竟会发生什么事呢？阿延一面暗自纳闷，一面安静等待晚餐时间来临。

五十一

不到一小时，阿延和继子一起紧跟在姑父姑母的身后，到二楼角落深处的餐厅赴宴。她向紧贴自己并肩而行的表妹低声问道：“等一下到底会有什么事啊？”

“我不知道啊……”继子低着头回答。

“只是吃一顿饭吗？”

“大概是吧……”

阿延觉得这样追问下去，继子的回答或许会更暧昧，便不再多问。她想，继子或许因为顾忌走在前面的父母，也或许是真的什么都不知道，再不就是她虽然知道内情，却不想告诉阿延，才故意这么简短、这么低声地回答问题吧。

她们在走廊上碰到了许多陌生人，大家都对她们投来锐利的一瞥，但是投向继子的目光比投向阿延的更多。阿延脑中突然闪现一幅自己跟继子互相较量的画面。尽管自己的容姿胜过继子，但要比起装扮和容貌的话，自己肯定得在继子面前认输，更何况，继子总像个孩子似的羞涩，举手投足间充满了纯真的气质，好像从来都没有烦恼。阿延看着这位纯洁如水的少女表妹，眼中不禁泛起几分妒意。或许，她心里对表妹也有几分所谓怜悯的轻蔑，但一种“予可取而代之”的妒忌，也在发挥强烈的影响力。她不禁自问：“从前我当小姐的时候，也有过这种充满闺秀气息的时期吗？”

也不知是幸还是不幸，她全然想不起自己有过那种经验。以往的日子里，她从未想过这种复杂的问题，也从来没把继子当成自己的竞争对手。而现在，跟表妹并肩站在灯光灿烂的走廊上，阿延心中竟感受到一种不曾有过的哀愁。虽然只是一股轻愁，却是一种容易化为眼泪的情绪，让她很想紧紧抓住继子的手。虽然她刚刚才用妒忌的眼光打量过那双手。阿延在心底对继子低语：“你比我纯洁，纯洁得令我羡慕万分。但是你这种纯洁在你未来的丈夫面前，只是一种毫无杀伤力的武器罢了。像我这样全心全意伺候丈夫，对方却从来不曾按照我的期待表达感谢。你将来为了维系丈夫的爱情，绝对不可失去现有的宝贵纯洁。如果为了丈夫而牺牲纯洁，将来有一天，说不定他还会对你大发雷霆呢。我对你既羡慕又怜悯。因为你还拥有那不久就会遭到破坏的宝物，但纯真无邪的你现在毫不知情。回想起来，也不知是幸或不幸，我是从来就不曾拥有过你这种天生的纯真气质，因此我的损失并不大，这一点我也承认。但是你跟我不一样，离开父母膝下后，你的天真形象立刻就会受伤。你可要比我凄惨多了。”

两人的步伐非常慢。等到最前面的冈本夫妇被人群遮住后，姑母又特地转身走到她们面前。

“快一点呀！慢吞吞的在干吗呢？吉川家的人早就在等我们呢。”

姑母的视线几乎全都集中在继子身上，就连嘴里说出的话，也都是针对继子而来。可当阿延听到吉川这个姓氏的瞬间，刚才那番心情一下子消失得无影无踪。她立刻想起自己不太喜欢的那位吉川夫人，而且对方似乎对自己也没有好感。但是丈夫平日受到这位有权有势的夫人多方照顾，阿延觉得自己必须在夫人面前尽量表现得讨喜又有礼。阿延外表上虽然平静，内心却充满紧张，但她装出若无其事的模样，跟着众人一起走进餐厅。

五十二

正如姑母所说，吉川夫妇似已抢先到达聚餐的场所，阿延视为箭靶的那位夫人，正站在面对入口的位置跟姑父聊天。夫人丰满的身子比姑父庞大的背影还要大上一圈，阿延一眼就看到夫人的身影，就在这个瞬间，丰腴的面颊上满是笑容的夫人也立刻把眼珠转向阿延。不过，瞬间闪出的电光石火在刹那间熄灭了，所以直到阿延后来正式向夫人问候为止，两个女人都没再把视线转向对方。

刚才看到夫人的瞬间，阿延当然也顺便偷看了夫人身边那位年轻绅士一眼。原来，他就是方才在走廊碰到的沉默男子！阿延心中不免一惊。当时她正跟继子半开玩笑地批评夫人的望远镜，年轻男人曾让她们俩都吓了一跳。

众人相互进行简短问候的当口，阿延低调地躲在人群背后，不一会儿，轮到她开口致意时，吉川夫人只向她介绍那位陌生男子叫作“三好先生”。接着，夫人又把青年介绍给姑父、姑母和继子，那套介绍词也都跟刚才对阿延说的一样，所以直到最后，阿延都没弄清三好究竟何许人也。

等到大家要入席了，吉川夫人在姑父身边坐下，三好被安排坐在她的另一边。姑母的位子在餐桌的角落，继子坐在三好的对面。所以阿延不得不在仅剩的一张椅子坐下。她稍微踌躇了几秒，因为那个位子在吉川的旁边，对面则是吉川夫人。

“怎么了？坐下吧。”

吉川说着转过脸来仰望阿延，似乎催促她快点坐下。

“来！请坐啊！”夫人语气轻松地说完，从正面看着阿延。

“别客气，请坐吧。大家都坐下了。”

阿延不得已，只好在夫人的对面坐下。原本是想好好表现一番，谁知竟弄得这么尴尬。阿延心底的某个角落升起这种想法。她立刻暗下决心，从现在起，我必须努力让他们把我刚才的行为看成一种礼貌的谦虚。尤其当她看到餐桌对面的继子满脸娇羞的表情时，这项决心就变得越发坚定了。

继子今天表现得比平日更加稳重，她一直低着脑袋，不肯轻易开口，而那个态度里，也看得出一种近似痛苦的东西。阿延怜悯地瞥了继子一眼，接着又把自己那双独特又讨喜的眸子转向对面的夫人。吉川夫人早已熟悉这种社交场合，当然不会忽略阿延的眼神。

两个女人连续进行了两三回合气氛愉快的交谈，后来谈到一个难以发挥的题目，交谈便突然中断了。阿延本想用两人都认识的津田作为话题，又不确定是否适合由她主动提起。她犹豫了几秒，不料夫人立刻抛下了她，转脸看着坐在远处的三好。

“三好先生，别不说话呀。你给继子说点那边的趣闻吧。”

这时，三好和姑母的会话也刚好暂停，他便看着夫人低声说道：“好啊，要我说什么都行。”

“对嘛！说什么都行！就是不准不说话！”

夫人这句命令式的语气引得众人齐声笑了起来。

“可以把你逃出德国的故事再说一遍呀！”

吉川先生立刻把夫人的命令说得更具体。

“逃出德国的故事已不知说过多少遍了。别人不嫌烦，我自己最近都觉得这故事太过时了。”

“像您那么稳重的人，当时也有一点惊慌吧？”

“如果只是‘有一点’就好了。那时都差不多吓昏啦，根本搞不清怎么回事。”

“但是没想过自己可能送命吧？”

“是的！”

说完，三好沉思半晌，吉川立刻从一旁插嘴说：“一定没想到可能送命吧？尤其是你。”

“为什么？因为我这人的脸皮很厚吗？”

“倒也不是这样，但你反正是个非常怕死的人。”

听到这儿，继子低下头吃吃地偷笑起来，阿延却只听懂三好曾在战时被德国遣返日本。

五十三

围绕三好先生进行的“出洋杂谈”，暂时掀起一阵高潮。阿延默默地冷眼旁观，看出了吉川夫人的技巧，夫人总是巧妙地趁空插话，然后引出下面的话题。旁观一阵之后，阿延发觉夫人正在竭尽全力，试图把这名陌生的年轻绅士引荐给其他四人。青年给人的印象谈不上稳健，只能算是寡言罢了。他就在浑然不知的情况下中了夫人的圈套，开始从最有利的角度向众人自我介绍。

阿延在聆听这段杂谈的过程中，几乎没有任何插嘴的机会。她理所当然地扮演着倾听者，而这个角色却大大提高了她的批判能力。夫人的推销术毫无技巧可言，只有成分极多的直率与放肆。当她目睹夫人踏着节节取胜的步伐，一步一步走向成功时，也只能由衷地承认，自己跟夫人的天赋差异实在太大了。但她觉得这种差异并没有高下之分，只是一种平面的差距。至于这种差距是否根本不值得畏惧，答案绝对是否定的。夫人那种命令式的态度，似乎一部分是来自她现在的得意地位。阿延对她这种态度经常感到某种危险，总觉得除了那种命令句之外，夫人的社交技巧说不定还会发挥更恐怖的破坏力。

“或许是自己的心理作用吧。”

阿延正在自我安慰时，夫人却又突然把注意力转到阿延身上来了。

“延子在发愣呢。是因为我太唠叨了吧？”

阿延猛然遭到这记突击，不禁有些畏缩。凭她拥有的智慧，平日从没在津田面前说不出话来，现在却不知如何是好。只能用空泛的微笑填补瞬间的空虚。但她这种表情，不过是毫无意义的虚伪奉迎罢了。

“没有啊，我听得正有趣呢。”

这句辩解从嘴里冒出来的同时，阿延也发现自己错过了时机。一种再度受到打击的苦涩，从她嘴里涌向嘴边。她原本满怀期待，希望今天能在夫人面前讨好一番，谁知这份期盼现在完全破灭了。这时夫人以快得令人感到残忍的速度换了一副表情，转脸对冈本说：“冈本先生，您从国外回来已经过了不少时日吧？”

“是啊，总之是很久以前的事了。”

“很久以前，到底是几年左右呢？”

“对的，是公历……”

也不知是出于自然还是偶然，姑父装出一副若有所思的模样。

“是在普法战争[①]的时候吗？”

“别胡闹！记得那时我还给你家老爷当过向导，带他去观光伦敦市内呢。”

“所以你不是那时被困在巴黎的那批喔？”

“开什么玩笑。”

在夫人的主导下，三好先生的“出洋杂谈”暂告结束，夫人立刻又把话题切入更相关的题目。吉川先生也只好充当冈本先生的聊天对象。

“总之，汽车那时刚刚问世，只要眼前有一辆汽车开过，大家都会回头张望喔。”

“嗯，也是那种慢吞吞的蜗牛公交车还很神气的时代。”

从来没搭过那种交通工具的人，或许对那种蜗牛公交车毫无印象，但正在想当年的两个男人还是露出了无限感慨的表情。冈本一面来回打量继子和三好，一面苦笑着对吉川说：“我们都老啦。平时完全没感觉，以为自己还年轻，整天跑来跑去，忙这忙那，但是这样坐在女儿的身边，就有点感觉了。”

“那你永远坐在那孩子身边也行啊。”姑母立刻对姑父说。

姑父也马上回答说：“真的呢。我们从国外回来的时候，这孩子才……”说了一半，姑父沉思半晌，又问：“几岁啊？”姑母闭着嘴，脸上的表情似乎在说：对这种迟钝的人，我可没义务回答你。

吉川先生在一旁插嘴说：“马上就会有人跟着你喊‘外公、外公’，时机就在眼前，可不能错过喔。”

继子脸上浮起红晕低下了头。

吉川夫人立刻转眼看着丈夫说：“不过啊，冈本先生天生自带年龄钟，

---

① 普法战争：1870 年至 1871 年，普鲁士王国（即德国前身）与法兰西第二帝国之间的战争。普鲁士王国获得胜利。

知道自己几岁，所以不会出问题，可是你呢？完全不知反省，简直没救哟。”

“所幸你永远都那么年轻呀，不是吗？”

听到这儿，众人一起发出了笑声。

五十四

别桌的客人显得比较安静，也不像阿延他们的人数这么多，所以大家不时转眼打量他们这群人，因为他们这桌只顾着尽情畅谈，好像根本不在乎舞台表演。其他客人为了节省时间，特地点些简单的餐点，有些人甚至连咖啡都不喝，就忙着起身离去。但阿延的面前仍然不断有新鲜菜肴送上来。他们当然不能吃了一半就丢下餐巾，这样太不给主人面子。她跟姑母一家也只能表现出安闲自在的神情，仿佛他们只是到剧场来玩，而不是来看戏的。

“下一幕开始了？”姑父转脸向一名身穿白制服的侍者问道，并向忽然陷入寂静的餐厅四下打量。

侍者一面把热菜放在姑父面前，一面很有礼貌地答道：“现在刚开始。”

“喔，就算开始也算了吧。现在是嘴巴比眼睛更重要！”

说完，姑父立即向一盘带皮鸡腿发动进攻。坐在对面的吉川先生似乎对舞台的表演也没兴趣，立刻聊起跟戏剧完全无关的食物。

“你还是跟以前一样能吃哟……夫人，你要不要听这位冈本君从前骑上西洋人肩头的往事？那时他吃得比现在更多，身体也更胖呢！”

姑母没听过那段往事，吉川又向继子提出同样的问题，继子也没听过。

“应该都没听过吧。因为不是什么值得传诵的事情嘛。他肯定瞒着大家。”

“瞒什么？”姑父终于把视线从盘中抬起来，满怀讶异地看着吉川。

吉川夫人则在一旁插嘴说：“大概因为体重太重，把那个外国人压扁了吧？”

“若是那样，也很值得骄傲，可是他是在伦敦的群众里，咬了一个魁梧男子的肩头，惹得路人都满脸讶异地一旁围观。因为他咬别人，是为了抢位子看游行啊。”

姑父听了，脸上没有一点笑容。

“你胡扯些什么。那到底是什么时候的事啊？”

“爱德华七世加冕典礼[①]的时候呀。你站在伦敦市长官邸前面想看游行队伍。但跟日本不同的是，那边的人都比你高大多了，无奈之中，你就拜托同行的旅馆老板让你骑在他肩膀上，不是吗？”

“别乱讲！你记错人啦！那个骑在别人肩上的家伙，我是认识的。才不是我，是那只猴子。”

姑父反驳时的表情十分严肃。当“猴子”两字从他那十分严肃的嘴里冒出来的瞬间，大家都笑了起来。

“原来如此！如果是那只‘猴子’，确实可能干出那种事。我就在纳闷，英国人虽然身材高大，但你骑到人家身上去，感觉不太可能嘛……不过那只‘猴子’真的太矮小了。”

也不知吉川是明明知道却故意装傻，还是从头就不知内情。总之，他说得好像真的现在才恍然大悟似的，并且再三提起那个人的绰号“猴子”，惹得大家再三发笑。吉川夫人的反应则是好奇与责备各占一半。

“你们说的‘猴子’，到底是谁呀？”

“没什么，是你不认识的人。”

“夫人不必担心。‘猴子’那种人，就算他现在坐在这里，我们还是可以毫无顾忌地称他‘猴子’。就像他开口闭口都叫我‘猪’一样。”

大家轻松闲扯的这段时间里，阿延身为社交场合的一员，却找不到适当的角色。她等了半天，始终等不到可向吉川夫人示好的机会。夫人

---

① 爱德华七世加冕典礼：英国国王爱德华七世于1901年举行加冕典礼，1910年去世。夏目漱石在英国留学时曾经目睹爱德华七世的丧礼。

根本没把她放在眼里，不，或许根本是在回避她。虽然她就坐在夫人的对面，夫人却有意只跟她身边的继子搭讪。夫人一心只想把阿延的表妹推到众人面前，哪怕只有一分钟也好，她也想让继子成为瞩目的焦点。夫人的各种努力都表现得非常明显，然而，继子不懂得利用这种机会，她的脸上不但没有感激，反而还露出为难的表情。而阿延看到继子这样不客气地直接表露内心感觉，她就忍不住把继子跟自己对比一番，心底总是掀起一波波羡慕的涟漪。

“如果现在是我面对表妹的处境……”

众人一起进餐的这段时间里，阿延脑中不时升起这种想法。想着想着，她不免暗自怜悯拙于与人接近的继子。想到最后，阿延不禁叹息：“多可怜的女孩啊！”同时心底又升起一丝轻蔑。

五十五

饭后，三个男人同时燃起了香烟，等到白色烟灰积到两三厘米的时候，众人才从座位上站起来。这时，不知是谁问了一句：“已经几点啦？”也因为这句话，阿延的处境在偶然间发生了变化。吉川夫人掐准她起身的瞬间，突然向阿延说：“延子，津田先生怎么样了？”

吉川夫人猛然说出这句话，不等阿延回答，她立刻接下去：“刚才就一直想着问你，结果只顾着说自己了……”

阿延心想，这种借口大概是骗人的吧。因为她认为，自己的猜疑并非来自吉川夫人的字句或态度，她是握有相当的证据才做出这种推断。刚才走进餐厅向夫人问候时，自己说过什么话，她还记得非常清楚。那段话其实不是为了自己，而是为了丈夫才说的。当时她一看到夫人，立刻毕恭毕敬地低头说道：“津田平时给您添麻烦了！”但夫人那时对津田只字未提。阿延既是所有问候者当中的最后一人，又跟夫人同桌吃了一顿饭，夫人明明拥有充分时机可以跟自己聊上几句，却立刻转脸去招呼别人。而且津田两三天前才登门拜访过，夫人却好像完全不记得了。

吉川夫人这一连串的行为，阿延并不认为全都因为夫人不喜欢自己。她觉得，除了因为夫人对自己没有好感之外，一定还有什么其他理由。若非如此，不管她是身份多尊贵的夫人，也不该当着津田妻子的面，有意不提津田的名字啊。她深知自己的丈夫在夫人面前非常受宠。但只因为这个理由，夫人就不敢在自己面前谈论津田吗？阿延不知道答案是什么。刚才在晚餐桌上，她当然想在夫人面前表现一下，让夫人看看自己也有些天分，也是个受欢迎的女性。她曾试图提起津田，因为津田是自己跟夫人之间仅有的共通话题，但阿延当时终究无法提起，原因之一，就是她很在意夫人故意不提津田。谁知在她正要离席时，夫人却又主动提起津田，这就让她不只怀疑夫人的发言只是一种虚情假意，她甚至纳闷，夫人现在才突然表示慰问，除了是不得不发表的社交辞令之外，夫人心里是否还有一些其他想法。

“谢谢！托您的福！”

“已经做完手术了？”

“是的，今天做的。”

“今天？那你还能赶过来啊？”

“因为不是什么大病。”

“但还是得躺在床上的吧？”

“的确是躺着的。”

吉川夫人露出一副“这样好吗？”的表情，至少从她默不作声的态度看来，阿延觉得夫人心里是那么想的。平时夫人在他人面前，都像个男人似的一点也不客气，怎么在自己面前，却像变成另一个人似的？

“住进医院了？”

“也不算医院，刚好那里的二楼空着，所以就在那里住个五六天。”

吉川夫人接着又向阿延打听医生姓名和地址，虽然没有表明自己打算前去探病，但阿延这时想起，或许夫人是因为想去探望津田，所以特意等到现在才谈起这事。想到这儿，阿延这才觉得比较能够理解夫人的心意。

吉川却不像他夫人，似乎原本就没把津田的事儿放在心上，这时他开口说道："据他告诉我，去年就已经犯病了。他现在还年轻，总是生病也不好，你跟他说，病假也没规定只能请五六天，叫他把病完全养好了再来上班吧！"

阿延听了连忙道谢。

一行七人走出餐厅后，便在走廊分成两批各自行动。

五十六

晚餐后，阿延陪着姑母的家人留在剧场，共度一段平安无事的时光。但是当她专注眺望舞台时，脑中却突然闪过身穿棉袍的津田。她看到丈夫横卧病榻的睡姿，他把手里正在阅读的书本覆在桌上，仿佛从远处凝视坐在剧场里的阿延。可是等她欣喜地回眸注视丈夫的瞬间，他却用视线告诉阿延说："哎哟，你可别误会。只是看看你在干什么，我才不会有事找你呢。"阿延受到这番"戏弄"，心里不免埋怨自己太傻。也就在这一瞬间，津田的身影立刻像幽灵般消失了。等到津田的身影第二次出现时，阿延主动向他宣布："我不会再管你的事情了。"不久，津田的身影第三次出现在阿延面前，这次她几乎要把舌头咂出声音来了。

其实刚才走进餐厅之前，阿延脑中根本就没想过丈夫。她觉得这种不可抗拒的心理作用，是她在晚餐后才体验到的崭新经验。她默默地对比着经验前的自己和经验后的自己，两相对比之后，吉川夫人的名字再三出现在她心头，因为她认为夫人就是促成这种剧变的始作俑者。她隐约感觉，今晚如果没跟夫人同桌吃饭，这种奇怪的现象绝对不会发生在自己身上。但是让她具体列举夫人哪里不对劲，哪种行为变成了酝酿这杯苦酒的酵母，那酵母又是如何钻进她的脑中的，这些疑问，她可没办法说得清楚。她所掌握的全是隐约模糊的信息。但是最终又得出了比较显而易见的结论。她完全不认为自己的信息不足，当然也就不会怀疑结论有所缺失。她坚信一切问题的源头，都在吉川夫人身上。

看完话剧之后，大家一起回到茶屋，阿延有点担心又在这儿碰到吉川夫人。但她也期待能向夫人更深入地刺探一下。不过，挤在人人都急着回家的杂沓当中，肯定也没机会再向夫人追问什么了吧。尽管她自始不曾抱着什么希望，但是想跟夫人再见一面的好奇心，却不时从她想要回避的心思背后冒出来。

值得庆幸的是，茶屋里平静如常，并没看到吉川夫妇的身影。冈本一面穿上厚重的毛领和服外套，一面看着正把手臂伸进外套衣袖的阿延说："今天就到我们家住一晚吧？"

"喔，谢谢您！"

阿延嘴里虽然向姑父道谢,却没表明自己究竟要不要去姑母家过夜。说完，她露出微笑望着姑母。姑母则是满脸"受不了你的迟钝"的表情看着姑父。姑父也许没看懂姑母的心意，也许看懂了也没放在心上，他用更认真的语气又说了一遍。

"想住的话就住一晚吧！不用客气！"

"你叫她去住，可是她家唯一的女佣还在等她呢！怎么可能啊？"

"喔？是吗？原来是这样！只有女佣一个人在家,那的确不安全！"

姑父的语气似乎是说，既然如此，不来过夜也行啊。当然，姑父最初也只是随意提起，并不在意阿延究竟要不要到他家过夜。

"自从嫁给津田到现在，我连一晚都没在外面麻烦过别人呢。"

"喔？是吗？这么端正的品德令人钦佩啊！"

"才不呢！……其实由雄也没有夜不归宿的纪录。"

"哎呀，那很好啊！夫妻两人都这么品德端正……"

“真是不胜喜悦！”

继子低声补充一句。这句话是她刚才听到的台词。说完，继子似乎也被自己的大胆吓了一跳，脸上微微浮起一层红晕。姑父却故意大声问道：“你说什么？”

继子觉得不好意思，假装没听见父亲的问话，咚咚咚地朝向大门走去。众人也紧随继子身后，一起走出剧场。

大家登上人力车的时候，姑父对阿延说：“你不去我们家过夜也没问题，但你找个时间过来一趟吧。就这两三天之内喔。我有事想要问你。”

“我也有事要向姑父请教。还有今天招待我看戏，也得去向您致谢。如果时间许可的话，我明天就去拜访，可以吗？”

“欧来①！”

车夫喊出一句英语，四人分别乘坐的四辆人力车就以这句话为信号，一起向前奔去。

五十七

冈本家跟津田家大致位于相同方向，只是距离稍远，所以阿延的胶轮人力车便跟着其他三人的车子一起前进。到了平时拐进小巷前必经的转角时，她必须跟大家道别，就从车篷里向前面几人招呼一声，但是还没弄清前面几人听到了没有，她的车子就已从电车大道横越而过。转进寂静的小巷之后，一种寂寥的感觉突然袭上她的心头。她像个经常跟着团队活动的人，一不小心踏错步子，就被人赶出了团队。当她走进自家玄关时，心里就有点这种孤苦无依的感觉。

---

① 欧来：英文“all right”的片假名发音。这个字眼的日文含义跟英文原来的含义有点不同。通常是表达“没问题”“准备好了”等意思的时候使用。譬如加油站的职员用这个字眼告诉顾客可以继续倒车，或电车出发之前，站员用这个字眼告诉司机可以发车。

女佣在家应该已经听到木格门拉开的声音，却没看到她出来迎接。起居室里虽然灯火通明，水壶却不像平时那样发出令人愉快的声响。室内的景象几乎跟她早上看到的一样，没有丝毫改变，但她现在打量室内的眼神，却已跟早上完全不同了。微微的寒意正在逐渐裹住孤寂的心情。等那心寒的瞬间过去之后，心底只剩下寂寞与不安。她正打算把那玩累的身躯倒向长形火盆桌前，却突然转过脸，朝着厨房喊起女佣的名字："阿时！阿时！"一面喊一面拉开厨房旁边的女佣房门。

在两叠榻榻米的房间中央，阿时慵懒地趴在一件摊开的缝补衣物上发呆，房门一拉开，她赶紧抬起头来。看到阿延的那一秒，她马上口齿清晰地答了一声"是"，并且应声站起身来，那发髻松散的脑袋却撞着了灯罩。因为她为了做针线，故意把灯罩拉低了。灯泡忽左忽右乱晃一阵，弄得阿时更觉尴尬。

阿延既没笑，也不想责备阿时，甚至连"如果是我的话"之类将心比心的想法也没有。因为对她来说，现在只要有阿时在自己眼前，就算是在打瞌睡，也能让她感到安心。

"早点把玄关的大门锁上，睡觉吧。院门的铁钩我已经拴上了。"

阿延吩咐女佣先去睡觉，自己却连和服也不换，就在火盆桌前坐下。她机械性地拨动盆里的灰烬，又给即将熄灭的火种添上新炭，再烧上一壶水，因为这壶水正是家庭不可或缺的一大要素。然而，在夜深人静的时刻，她独自聆听壶里的滚水发出声响，心底不知从哪儿涌起阵阵孤独的感觉，比她刚才进门的时候更强烈。平时等待晚归的丈夫时，阿延也感到孤寂，但是远远不如眼前这般，她不由自主转动着心灵的眸子，充满依恋地眺望病床上的丈夫。

"毕竟还是因为你不在家啊！"

阿延对着自己在脑中描绘的丈夫说。接着又在心里对自己说，明天不论如何都得先到医院去探望丈夫。然而，紧接着下一秒，她的心已不再那么紧紧地依偎着丈夫的心。两人之间好像有个东西夹在那儿。她愈想向丈夫靠近，夹在中间那个碍手碍脚的东西就愈往她的心头猛戳。而丈夫却是一副若无其事的模样。她看丈夫这种表现，很想骂声：“那随你吧！”然后就赌气不再理他。

幻想到了这一步，阿延的思绪也就不能不自动飞向吉川夫人的头顶。她愈来愈觉得刚才在剧场的感觉没错，今晚若是没碰到那位夫人，现在就不会对自己最爱的丈夫产生如此不爽的感觉。

胡思乱想到最后，她很想找人倾诉一下心事，又想起昨晚给家人只写了一半的信，于是她重新提起笔，想把信继续写完。然而折腾了半天，除了向家人报告自己跟丈夫过得很美满，请家人放心之类的字句外，她实在没法把自己的想法写在纸上。那些心里想说的话，她平时就很想告诉父母，但她今晚觉得，只说这些还不能完全表达心事。她思前想后，被那些纠缠在脑中的想法弄得精疲力竭，最后只好把笔丢开。脱掉身上的和服后，她把衣服随意扔在地上，就钻进了棉被。今天在剧场待了很长的时间，剧院的景象化为几种七零八落的强烈色彩，不断刺激着兴奋的大脑，她仿佛陷入一种焦躁的情绪，始终无法入睡。

五十八

她躺在枕上听到时钟敲了一下。两点的钟响，她也听到了。然后，不知过了多久，才从晨曦中醒了过来。雨户①缝隙之间射进的阳光告诉她，她已睡过了平时起床的时间。

在那一线阳光的照耀下，阿延看到自己昨晚胡乱丢在枕畔的衣服，

---

① 雨户：玻璃窗普及之前，传统日式木造房屋的纸窗外侧有一层木板、铁皮或铝皮的窗户，叫作“雨户”，可以遮挡风雨，冬季还可防寒，玻璃窗开始普及后，纸窗与雨户之间还有一层玻璃窗，所以传统房屋共有三层窗户。通常一般家庭早起后第一件事就是拉开雨户，晚上天黑之后再合上雨户。

外衣、内衣和襦袢全都套在一起，就像剥下一层皮似的，随手扔在榻榻米上。她只看到一团乱七八糟的彩色物体，完全无法分辨上下内外。在那堆五彩物体的底下，一条桧扇花纹的织金腰带蜿蜒而出，一直迤逦到她伸手可及之处，腰带的一端残留着细长的折痕。

她露出讶异的目光瞪着眼前的零乱景象。规矩行事是她从不敢忘的妇德之一。现在摊在面前的这堆衣物，竟是自己的杰作吗？想到这儿，她不禁觉得有些可耻。自从嫁给津田以来，她还没让丈夫看过自己这么邋遢的一面，好在她一转眼，发现丈夫并没跟自己睡在一个房间里，这才松了口气。

不过有失检点的，还不仅是穿着。如果丈夫没去住院，而像平时一样在家的话，不管晚上她睡得多迟，丈夫也不会允许自己睡到日上三竿才起床吧。她又想起，自己刚睁开眼的瞬间，并没有立刻跳下床，她愈想愈为自己的怠惰感到不齿。

但尽管如此，她还是不想立刻起床。刚才是在无意识中被阿时的脚步声唤醒的。之后虽然一直听到她在厨房走来走去的脚步声，但或许是想补偿昨晚败阵受到的打击吧，阿延决定忘却一切，依旧躺在温暖的棉被里。

不久，刚睡醒时感受到的那种自责开始逐渐消失，她的想法也跟着发生了变化。就算我是个女人，一年当中睡一两次懒觉，应该没什么关系吧。想到这儿，她觉得全身关节都在轻松舒展，心情也从未像现在这样放松过，她怀着感激的心情品味婚后首次得到的这份自由。当她意识到，这种自由，毕竟还是因为丈夫不在家，才能享受得到，就算她最近必须暂时独居，她还是很想向自己高喊一声“恭喜”。接着，她又发现，每天跟丈夫同床共枕一起生活，自己居然没注意到这种桎梏的感觉，更让她惊讶的是，这种桎梏的感觉竟是如此沉重的负担。不过，这种偶发的瞬间觉醒，当然不会持续很久。当她的双眼挣脱桎梏，获得自由之后，她用嘲笑的目光眺望着昨夜焦躁的自己，但是当她从棉床上爬起来的时候，另一种情绪早已操控着她的大脑。

这天她虽然较晚起床,但还是把主妇平常该做的工作都顺利解决了。津田不在，她也省去许多杂务，所以不再烦劳女佣，自己利用多出来的时间，动手把和服叠好收起来，接着，又简单打扮一番，走出了家门。一路上，她心无旁骛地笔直向前走，大约走了五十米，路边有一座新建的自动电话亭，她便钻了进去。

她从那个电话亭分别打了电话给三个人。第一通电话当然还是打给津田。但他躺在床上不能起来接电话，所以她只向接电话的人间接打听津田的状况。事实就跟她预料的一样，津田一切正常，没有任何问题。“很正常，没变化。”接电话的人向她提出保证，那声音听来似乎是一名护士。接着，为了确认津田多么热切地期待自己去探病，她又请接电话的人去问津田，今天可否不去医院探望。谁知津田竟叫护士带话反问她：“为什么？”阿延不知丈夫说话时的表情和声音，很难判断他的真意，只能满腹狐疑地抓着电话发呆。遇到这种状况时，津田不是那种恳求“你一定要来”的男人，可自己若真的不去医院，他又会表现得很不高兴。但相反的，如果自己到医院去了，他就会很高兴吗？事实却也并非如此。说不定，他只是想逼阿延倾注全力伺候自己，然后又装作没事似的，摆出一副“这就是女人本分”的嘴脸。这个念头突然钻进脑中时，阿延竟然一不留神，就把自己对丈夫的某种情绪在电话里发泄掉了。根据她自己的理解，这种情绪是昨夜从吉川夫人那里体会出来的。

“因为我今天必须去冈本家一趟，拜托帮我转告一下，今天不能去看他了。”

说完，她挂断了医院的电话，接着又立刻打到冈本家，询问对方是否可以上门拜访。最后一通电话是打给津田的妹妹的，阿延只在电话里简单报告了津田的状况之后，就回家了。

五十九

阿延在阿时的服侍下，吃了一顿早午餐，这也是她婚后的首次体验。津田不在家所带来的这种变化，令她感到气象一新，好像自己变成了女王。而相对的，这种搅乱日常生活习惯才到手的自由，反而让她觉得比以往更受拘束。肉体虽然比较悠闲，心情却总是惶惶不安。她看着阿时说："老爷不在家，感觉好像有点怪。"

"是呀。好寂寞。"

阿延继续接着说："像这样睡懒觉，我还是生平第一次呢。"

"是啊！不过我们平常都起得很早啊。偶尔把早餐午餐并在一起，这种吃法也很不错呢！"

"真没想到，老爷一离开，就变成这样了！"

"您说的是谁呀？"

"说你呀！"

"我才没有呢！"阿时故意大声嚷起来。

阿延觉得听那大嗓门发出的声音，比跟不会说话的人聊天更有趣。但阿时马上闭嘴不再出声。

大约过了半小时，阿延套上阿时摆在脱鞋处那双出门才穿的木屐，再度走出家门。她回头看着送她到玄关的阿时说："你要多加留意。像昨晚那样睡着的话，太危险啦。"

"您今晚还是很晚才回来吗？"

自己今天究竟几点回家？阿延根本还没考虑过这个问题。

"我是不想那么晚回来啦！"

难得丈夫不在家，真想在冈本家多玩一会儿。这种想法隐藏在她心底的某个角落。

"我会尽量早点回来啦！"

留下这句话之后，她很快走上大路，朝着预定方向前进。

冈本家的位置大致跟藤井家位于相同的方向。其中一半的路程可以搭乘河边那条路线的电车。阿延在终点前一两站的地点下了车，越过横跨路面的小木桥，到了对面的桥头再继续往前走。这条路，两三天前的晚上，津田和小林从酒馆出来之后也走过。当时他们因为各自的境遇与性格的差异，而对彼此怀着感情的纠结。两人一路都在争论小林远赴朝鲜的问题，还有阿金的问题……但是阿延并没听到津田提过这一段，所以她当然无从想象两人当时的模样。她跟两人的方向相反，一路漫无目的地向前走去，开始登上一段狭长的山坡。这段路也是去姑父家的必经之地。不一会儿，碰巧继子也从对面走来，她看到阿延便打招呼说："昨天辛苦你啦！"

"你这是到哪儿去啊？"

"去学习。"

表妹去年刚从女学校[①]毕业，现在利用闲暇学习各种技艺，譬如钢琴啦、茶道啦、花道啦、水彩画啦、烹饪啦，等等，什么都想试试看，阿延深知她的习性，一听"去学习"这句话，就忍不住想笑。

"学什么？脚尖舞[②]？"

她们的关系就像这样，亲密得可以互通暗语。但是对阿延来说，这个字眼或多或少也隐含了嘲讽对方比自己生活优裕的意味，可惜最关键的当事人却完全没听出这种弦外之音的讥讽。

"怎么可能……"

---

① 女学校：明治时代初期到第二次世界大战前的女子教育机构。小说里的女学校应是指"高等女学校"，入学资格为寻常小学校毕业，四年制，学生毕业时的年纪约为 16 岁。

② 脚尖舞：指芭蕾的脚尖舞。最早将芭蕾舞引进日本的是意大利演出家罗西（Giovanni Vittorio Rosi），他在 1912 年首度前往日本，在帝国剧场公开演出自编的舞剧《牺牲》，后来还陆续引进《蝴蝶夫人》《魔笛》在日本举行首演。

继子才说了一半，就露出开心的笑容。看到那天真无邪的笑容，连神经十分敏锐的阿延也只好放过她了。但继子直到最后都没告诉阿延自己要去哪里学什么。

“你总是取笑我，好讨厌喔。”

“又开始学什么了？”

“反正我是‘贪心鬼’，学什么都有可能。”

继子喜欢学习技艺，外号叫作“贪心鬼”，在她家已是公开的称呼。最先是她妹妹想到这个外号，然后很快就在全家散播开来，最近连她自己也很随意地引用这个外号。

“等我喔！我很快就会回来。”

说完，继子踏着轻快的脚步走下山坡。阿延回头看她一眼，心中再度升起平时对她抱持的那种既崇拜又不屑的情绪。

六十

阿延到了冈本家门口，刚好看到姑父站在玄关前面，他没穿外套，腰上系了一条兵儿带[①]，两端松散地垂在腰间，背在身后的两手压在腰带打结处，一名植木屋站在他身边，正挥着铁锹在干活，姑父则在一旁絮絮叨叨跟他聊天。姑父看到阿延走过来，便立刻转脸对她说：“你来啦！我正在整修庭院呢！”

植木屋身边的地上，一株巨大的木通树躺在那儿，树上那些藤蔓卷曲纠缠在一起。

“我们正要把那东西移到院门口，让它爬到门上去。这个主意不错吧？”

阿延来回打量着竹篱中央那根门柱和粗木构成的门框。竹篱是用扁

① 兵儿带：一种男性和服腰带，质地较软，系法简单，通常是居家或休闲时使用。

竹片交叉织成，门柱表面则有斧头劈出的粗犷花纹。

“喔？这是原本长在门旁那道窄篱边的，从那里挖过来了？”

“嗯，然后要在那边改装一道有镶边的目关垣[①]。”

姑父最近比较空闲，一天到晚盘算着各种主意，想要按照自己的意思重新翻修房舍。不知从什么时候起，他知道的建筑用语竟一下子增加了那么多。譬如“目关垣”这种名词，阿延听着根本不懂是什么意思，只能“嗯”一声应付过去。

“这种事当作饭后运动挺好的。能够帮助消化。”

“别开玩笑了。姑父我还没吃午饭呢。”说完，姑父特地拉着阿延从院里直接登上客厅，同时大声呼唤姑母的名字：“阿住！阿住！”

“肚子好饿啊！赶快开饭吧！”

“所以刚才跟大家一起吃多好啊。”

“我可不能老是为了配合厨房，就被你随意摆布。世界上最重要的，就是万事有序。懂了吗？”

姑母明知丈夫是自找苦吃，脸上却没有任何表情，而姑父的回答也跟平时一样，总是老掉牙的那一套。阿延觉得自己好像呼吸到久别的家乡气息，心中忍不住要把眼前这对老夫妇跟自家夫妻拿来对比一番，她跟丈夫结婚还不到一年，算是刚要展开新生活的小夫妻。我们经过漫长的岁月，也会自然而然地变成这样吗？或者，不管一起生活多久，只要彼此性格不合，双方的想法就永远无法一致？对年轻的阿延来说，这种疑问不是仅凭智慧与想象就能找到答案的。她对现在的津田并不满意。但一想到自己将来也会像姑母那样风华尽失，她觉得非常难以接受。如果说，这就是在未来等待着自己的必然命运，那么永远都在企图维持光鲜风韵的她，迟早必会遭遇一次可悲的打击。对年轻的阿延来说，一个女人明明已经失去属于女人的东西，却还想以女人的面貌活在这个世界

① 目关垣：用带穗的新竹密密编成的单片窄幅竹篱，主要是当作装饰。

上，这种人生才真的非常可怕。

姑父当然做梦也想不到，眼前这位少妇的心中竟会涌现如此遥不可及的感触。他盘腿坐在自己的小膳桌前看着阿延说："喂！在发什么呆？怎么想得那么入神？"

阿延赶紧回答："今天难得过来打扰，就让我伺候您吃饭吧！"

谁知饭桶并没放在旁边。阿延正要站起来，却被姑母喊住。

"哪里需要伺候。今天吃面包。"

这时，女佣已用盘子装着烤得焦黄的面包送上来。

"阿延，姑父现在好惨喔！出生在日本的我，竟然不能吃米饭，够可怜的吧？"

姑父患了糖尿病，主治医生严禁他摄取规定分量以外的淀粉。

"我现在就这样，整天都在吃豆腐喔！"

姑父的小膳桌上放着一盘颜色雪白、没加热的生豆腐，那分量根本不是一个人能够吃完的。

眼看胖乎乎的姑父故意露出悲惨的表情，阿延不但不觉得他可怜，反而很想大笑。

"还是稍微节食比较好啦！任何人要是像姑父那么胖，都会觉得活得很痛苦喔！"

姑父回头看了姑母一眼。

"阿延这嘴本来就不饶人，嫁人之后好像更厉害啦！"

六十一

阿延从小由姑父照顾长大，所以她比旁人更了解姑父各种深藏不露的才能。

姑父是个神经质的人，这种性格跟他丰满的身材极不相称。他常常躲在房间里，半天也不说一句话，但只要看到外人，他又会跟人家说个不停。大多数情况下，他这种平易近人的作风并不是因为精力没处发泄，而只是出于对人的体贴，因为他不想让客人感觉不快，也不愿在客人面前冷场。所以他平时跟客人聊天的话题，除了正事之外，全都集中在一生精心钻研的某些嗜好。这种对社交极有利的谈话技术，应该也为他的成功提供了不小的贡献。更因为拥有这种技术的人，通常是天生自带诙谐特质，所以能为谈话带来锦上添花的效果。阿延从小到大都和姑父很亲近，所以她在不知不觉中学会了姑父的谈话技巧。碰到心情不错的时候，她甚至能把姑父当成对手，跟他来一场戏谑讽刺的竞赛。这种本事好像已经变成阿延的第二种天性，她无须花费一丝力气就能挥洒自如。但是嫁给津田之后，她决定改掉这种乱开玩笑的习惯。最先是为了谨慎，她尽量不说那种嘲讽式笑话。然而，两三个月过去了，她竟连一次笑话也没再说过。这时她才明白，以后在丈夫面前，她必须改头换面，变成另一个跟她在冈本家完全不同的人才行。这个发现令她感到怅然，同时也觉得自己好像在欺骗丈夫。今天偶尔来到冈本家，看到姑父还是跟从前一样，阿延心底不免升起某种感觉，使她回忆起往日的自由。她像在缅怀往事似的深情打量姑父滑稽的表情。盘腿而坐的姑父面前，摆着一盘生豆腐。

“我的嘴坏还不是姑父训练出来的？我可不记得津田教过我喔！”

“哼！不一定呗！”

姑父故意用江户腔说完，看了姑母一眼。江户腔这种方言，姑母向来非常厌恶，绝对不准在家听到家人说这种话。不过姑母也深知姑父的毛病，有人纠正的话，他反而觉得更有趣，还会继续说下去，所以姑母假装什么也没听到，故意不理他。姑父似乎很失望，转脸对阿延说：“由雄真是那么严肃的人？”

阿延也不回答，只是嘻嘻地笑着。

“嘿！看她笑成那样，可见心里蛮喜欢的。”

“喜欢什么啊？”

“喜欢什么？别装了，自己心里明白吧……不过，由雄真的那么严肃吗？”

“我也不清楚。您为什么这么认真地问我这件事？”

“因为我也有些看法。但要先看你怎么回答再说。”

“啊哟！好可怕喔！那我就说喽！由雄就是像您看到的那样，是个很严肃的人。那又怎么样呢？”

“此话当真？”

“对呀，姑父好啰唆！”

“那我也简单地说结论吧！由雄若是真的像你说的那么严肃，那我看，跟你这么喜欢戏谑说笑的人是合不来的。”

说着，姑父翘起下巴指着静坐一旁的姑母说：“如果是你这位姑母，或许刚好配得上他喔。”

听了这话，一股凄凉像远处吹来的凉风，突然扫进阿延的心底。当她意识到自己竟在瞬间陷入悲戚的情绪时，心底不免大吃一惊。

“姑父永远都这么乐观，不错嘛！”

姑父假设他们夫妻关系极为亲密，所以半调侃地开着玩笑，阿延对这种即兴的戏谑虽能一笑置之，但她心底跟表面却有极大的落差。为了掩饰这种落差，她觉得唯一的办法，就是自己必须在别人面前扮演拥有完美丈夫的妻子，即使现在心里感到某种情绪，却没有在姑父面前表现的自由。想到这儿，阿延眼中几乎流下泪来，但她拼命眨着眼皮掩饰了过去。

“再怎么配得上，我都这把年纪了，也没戏可唱啊。对吧？阿延。”

姑母虽已上了年纪，但不论走到哪儿，看起来还算年轻。说完之后，姑母转动一双滋润闪亮的眼睛看着阿延。阿延不发一语，却没忘记利用最佳的机会掩饰自己的感情，所以她发出一阵看似有趣的笑声。

六十二

姑母虽是阿延的血亲，但阿延更喜欢没有血缘关系的姑父，而且她一直深信，姑父也会有所回报，对自己特别疼爱。姑父天生的性格既有洒脱的一面，也有神经质的一面，但阿延对他这两种特质都能理解，也懂得如何对应。阿延的反应总是能分毫不差地符合姑父的期待，而她做起来也很轻松，因为她还年轻，为人处世的态度很柔和，才能毫不为难地既讨姑父欢心，也让自己获得满足。阿延总以为姑父是带着鉴赏的视线欣赏自己，有时她甚至纳闷，为人呆板的姑母为什么性格那么刚烈？

阿延应对异性的技巧，就是跟着姑父学的，她始终深信，不论自己将来嫁给谁，这套工夫肯定能在丈夫身上发挥成效。后来跟津田结了婚，她才发现事实似乎跟自己想象的不太一样，但她也只能用一种“原来如此”的目光，观察自己的人生初体验。她努力适应这种生活，却经常面临抉择。要把新婚丈夫调教成姑父那样的男人，还是配合新婚丈夫的喜好，重新改造已经定型的自己？阿延的爱情倾注在津田身上，而她的同情却是倾向姑父这种类型。每当她必须做出抉择时，“这样能让姑父高兴”的想法经常浮现在她脑中。然后，一种自然的推力会命令她，把一切都巨细靡遗地告诉姑父，但倔强的性格又强迫她抗拒这种命令。一来二去，她竟然一路忍耐下来，而到了现在，她已完全不想告白了。

阿延之所以瞒着姑父母实情，是因为她深信他们不但能被自己蒙骗过去，而且丝毫不会起疑。同时，生性敏感的阿延深知，姑父心里也有个跟自己一样的秘密。这个秘密是关于津田的，姑父也很想告诉阿延，却无法启齿。其实姑父的心意早就被阿延看透了，按照她的说法，姑父对她最心爱的丈夫津田，一点好感也没有。这种推测根本不必把阿延跟丈夫放在一起比较，只要看看存在于两人之间的气质差异，就很容易得出结论。至少，阿延在结婚后立刻就察觉这件事。不仅如此，她还掌握了其他线索。姑父虽然貌似粗犷，却也有细致的一面；他看似万事随和，但是感觉很敏锐，嘴上总是冷言冷语，内心却又温暖如火。这样的姑父，似乎从第一次见到津田的时候，就已直觉地对他心生反感。“你喜欢他那种男人啊？”姑父当时询问阿延。她却同时听到这句话背后的含义：“那你不喜欢我这种男人吧？”阿延顿时恍然大悟。但是当她征询：“姑父的看法呢？”他却已经跨越了心中不爽的那一关。

“那就嫁吧！只要你自己想嫁，不用顾虑任何人。”姑父和颜悦色地告诉阿延。

另外，阿延还掌握了一条线索。姑父虽然在她面前什么也没说，她却从姑母嘴里听到姑父对津田的露骨批评。

“那家伙的表情简直就像告诉大家，全日本的女人都得爱上他，不是吗？”

但奇怪的是，阿延听到姑母的转述后，心里不仅不觉得意外，也没有特别的感想。她深信自己能够全心全意去爱津田，同时也期待津田深爱自己。她对自己这份期待很有信心。听到姑母的转述后，第一个钻进阿延脑中的念头就是，姑父又要开始表演他的嘲讽秀了，想到这儿，她忍不住笑出声来。姑父这样批评津田，还不是因为他心里妒忌。阿延暗中向自己解释，同时也感到很得意。这时，姑母也在一旁帮腔说道：“他自己年轻时多自恋啊，他都忘光了。”

现在她坐在姑父面前，不由自主地想起过去这段往事。刚才姑父戏称自己不适合担任“严肃”男人津田的妻子，她细细咀嚼这个无聊的笑话，愈想愈觉得话中似乎隐藏着某种严肃的意义。

“结果还是被我说中了吧？如果没说对，那当然很好。但是万一发生了什么事，或现在还没发生，将来不知哪天突然发生了，你可不准藏在心里，一定要告诉我们喔。”

阿延感觉自己似乎在姑父的目光里读到这番充满慈爱的叮咛。

六十三

阿延用笑容驱走了感伤的心情，为了逃避痛苦，她立刻向姑父姑母提出自己心中的疑问。

“昨天到底是怎么回事呀？”

按照她昨晚的计划，今天本该要求姑父向她说明一下，谁知原该提出回复的姑父却向她反问说：“你觉得是怎么回事？”

姑父特别强调了“你”这个字，同时还用一副看穿心事的目光凝视着阿延。

“我不知道啊。您这样突然问我……对吧？姑母。”

姑母露出别有用意的笑容。

“你姑父说啊，像我这种糊涂虫是不会懂的，但是阿延一定明白。他还说：‘因为那家伙比你聪明。’”

听了这话，阿延也只能苦笑。她心里当然已有某种模糊的臆测。但她的教养不许她那么轻狂，既然姑父姑母没有勉强自己说，她就不会自作聪明地随便乱讲。

“我才不知道呢……”

“哎，那猜猜看嘛。你大概能猜中。”

阿延从姑父的神情里看出，这次是无论如何也要叫她先说，于是，她又故意推让了两三回，最后才说出自己的推测：“难道是相亲？”

“怎么会……你看起来觉得是那样？”

姑父肯定阿延的推测之前，连续反问她几遍，最后才高声大笑起来。

“猜中了！猜中了！你毕竟还是比阿住聪明喔。”

姑父颇有闲情逸致，连这点小事也要在两人之间断个高下，阿住和阿延却故意开玩笑，不理姑父。

“我说姑母啊，这种小事，您大致也能看得懂吧？”

“你受到赞美，也没什么高兴的吧？”

“是呀，一点都不值得高兴！”

说着，阿延脑中重新浮起掌控全场的吉川夫人当时努力撮合的模样。

“总之，我猜就是那么回事啦。因为那位吉川夫人自始至终，都在帮继子和那位三好先生找机会，她简直都忙坏了。”

“说起继子那孩子，不争气的事干得可多了。人家想帮她露脸，她却拼命往后退，简直就像一只头上套了纸袋的猫！昨天那种场合，要像阿延这样，才占便宜呢。至少跟得上时代潮流。”

“是说我脸皮厚，不懂害羞吗？真不知是在赞我还是骂我。其实每次看到继子那样稳重的女孩，我都想努力变成那样呢！”

阿延说完，想起昨天的聚会里，自己并没机会发挥姑父所谓的新潮流作风，以她的标准来看，昨晚自己的表现很失败，所以她现在是怀着不快与不满的心情回顾那场聚会。

“昨天那种场合，为什么需要我去参加呢？”

“你不是继子的表姐吗？”

如果身为亲戚是唯一的理由，那除了阿延之外，还有好多人都应该到场呢。而且对方只有当事人独自前来，除了担任介绍人的吉川夫妇之外，对方没有一位能当代表的人物。

“可是这有点说不过去吧？这样的话，要是津田没生病，他也得出席了，否则就说不过去啊。”

“那是另一回事。其实我是另有用意的。”

原来姑父用心良苦，他是想利用昨晚的机会，尽量安排津田和阿延多跟吉川夫妇接近，哪怕多见一面也好。阿延从姑父口中明确听到他的想法时，深觉自己平日没有看错，姑父果然是以这种方式表现自己的性格。她除了在心底感谢姑父的照顾，也对姑父有些埋怨，既然这么为自己着想，为什么不帮自己跟吉川夫人拉近距离呢？当然，姑父为了让她接近夫人，的确安排她跟夫人同桌吃饭，但结果让她跟夫人的关系似乎变得比从前更糟了。姑父对阿延内心这种特别的感觉，似乎浑然不知。可见男人不论考虑得多么周全，总还是有疏漏之处，想到这儿，阿延忍不住就想批评男人几句。但仔细一想，姑父并不知道吉川夫人跟自己之间这种微妙的关系，不论是谁出面，这问题都没办法解决。她只好叹口气，原谅了姑父。

六十四

阿延打算暂时丢开吉川夫人跟自己之间的问题，先把埋在心底的疑点解决了再说。

“原来是这么回事啊。那我应该感谢姑父呢！可是，除了那层意思之外，还有点别的什么吧？”

“或许也有吧，就算没有，只为了见一面把你叫去，也很值得啦。”

“是啊，是很值得。”

阿延不得不这样回答。但她心里觉得，那种拉人出席的方式，有点过猛了。果然，姑父还藏了最后一招没说。

“老实说啊，我是想让你来鉴别一下女婿人选。因为你很会看人嘛，所以找你来商量一下。怎么样？你觉得那男人如何？作为阿继将来的丈夫，你觉得可以吗？”

按照姑父平时的行事作风，阿延很难判断姑父所谓的商量到底有多认真。她犹豫了几秒才说：“哎哟，派给我这么重要的任务。太光荣了。”

说着，她又露出笑容看了身边的姑母一眼。姑母倒是出乎意料的沉着，所以阿延立刻压下得意的情绪说：“像我这种货色，敢去帮您物色女婿，那就有点轻狂了。而且只跟大家一起坐了一小时左右，任谁也看不出什么名堂，除非有一双透视眼。”

“喔，你好像就有一双透视眼喔，所以大家都很想听听你的意见。”

“好讨厌，您又取笑我了！”

阿延佯装不想理会姑父，但她心里有一种被人讨好的快感。其实那种感觉，一方面不过是确认大家可能都跟姑父一样欣赏自己所产生的得意罢了；另一方面也是直接令她沮丧的证据，她应该立即抛开才对。而她不但没有抛开，反而马上从身边的实例当中想起了自己的丈夫。结婚以前，她始终深信自己比透视眼更清楚地看清了他的特质。然而，从婚后至今，这份自信已被思想不一致造成的伤痕弄得满目疮痍，就像灿烂的太阳出现了黑点一样。所以说，经过相当时日的体验之后，阿延终于低头接受了令人不安的真理，或许，自己对丈夫的直觉，应该纠正、修补一番吧。而且她也不再年轻，不会随便就被姑父煽动而随之起舞。

“姑父，人这种东西啊，不深入交往看看，是没法了解的。”

“这种事，不用你教，谁都知道啦。”

“所以呀，我的意思就是说，只见一面，根本没办法说什么啦。”

“你这话是指一般男人吧？但女人只要看上一眼，马上就能说出一些看法，而且都说得很扼要，不是吗？你就把自己的想法随便说说，让姑父做个参考罢了。又不会叫你负责，不用担心。”

“可我没办法呀，叫我扮演预言家之类的角色。对吧，姑母？”

姑母不像平时那样给阿延帮腔，却也没有站在姑父那边。她既不强迫阿延发表预言，也不强力阻止姑父。姑母的表情似乎表示，家里第一次嫁女儿，关于心爱的长女未来的夫婿，不论任何信息，就算只是小事，也有倾听的价值。阿延看到姑母这种态度，只好说几句无关痛痒的看法。

“对方的人品好像很不错吧？年纪虽轻，却表现得非常稳重……”

说完，姑父仍在等待下文，阿延却没再说下去。姑父催她似的问道：“只有这样？”

“因为我坐在那位先生的斜对面，也没办法仔细打量他的面貌呀！”

“昨晚把预言家安排坐在那个位子，或许不太对……可你应该还是有些看法吧？不要说那种平凡的观感，好好发挥一下你的特长，说点那种一语中的，能够刺中对方软肋的……”

“好难喔……只见了一面，没办法说什么啦。”

“虽然只见了一面，但如果非让你说些什么，怎么样？你还是能说点什么吧？”

“那我可说不出。”

“说不出？这么说来，你的直觉最近没效啦？”

“是啊。出嫁之后，直觉愈来愈不行了。最近简直没有直觉，只剩下钝觉了呢……”

六十五

阿延嘴里跟姑父进行冗长的一问一答，脑中却马不停蹄地思考另一件事。

她从没怀疑过津田跟自己的关系，而姑父也承认他们这一对是美满夫妇的典范。但她心里很明白，姑父打从第一次见面起，就对津田没有好感，之后应该也没改变过看法。因此她认为，姑父一定始终都是用一种不可思议的眼光，旁观她跟津田的甜蜜生活。换成另一种说法就是，姑父心里肯定怀着疑问：为什么像阿延这样的女人，能够获得津田的爱情？姑父之所以会有这种疑问，是因为他对自己的先见之明始终深感自信。姑父认为，会看错人的，不是他，而是阿延。只要时机成熟，他就要把这项结论公之于世，而且这份决心似乎早已埋藏在他心底。

“既然如此，姑父为何那么固执地想听我对三好先生的看法？”

阿延想不出答案。姑父早在暗中认定她选错了丈夫，她现在怎敢不知轻重地应他要求发表看法？所以她只能无奈地保持沉默。然而，姑父多年来看惯了天不怕地不怕的阿延，现在看她沉默不语，当然觉得这种现象非常奇怪。于是，姑父指着阿延对姑母说：“这孩子出嫁之后，好像变了个人呢？胆子变得这么小。应该是被老公感化的吧？真叫人难以置信！”

“都是因为你逼得太过分啦。‘来，告诉我！’‘快！说啊！’你这样催命似的逼她，谁也受不了？”

姑母的态度倒不像在指责姑父，而比较像在袒护阿延。但是阿延无心窃喜，因为她心里早已塞满了无限感慨。

“但重要的是，这不是继子的问题吗？我觉得只凭继子一句话就能决定的。不必由我这种旁人多嘴吧？”

阿延想起了当初选中丈夫时的情景。她看到津田的第一眼，就立刻爱上了他。接着，她就向监护人吐露心意，表示希望嫁给津田。她得到长辈允诺的同时，很快嫁进了津田家。这桩婚事从头到尾，她都是主角，也是掌控者。她从来都没有放弃主见，不靠别人帮自己做主的经验。

“那继子究竟怎么说呢？”

“什么也没说呀。那家伙比你还胆小！”

“她是关键的当事人，这样不就没戏可唱了？”

“嗯，那么胆小，确实拿她没办法！”

“她也不是胆小，是性格稳重啦！”

“不管是什么，都没办法，因为她什么都不说呀。或许也是因为无话可说，才不知从何说起吧！”

一对男女就这样糊里糊涂结合在一起，究竟能否发展成正常的夫妻关系呢？阿延心底升起极大的疑问。“连我自己的婚姻都变成这样。”这种想法从她脑中闪过。对于眼前这桩婚事，她不能想成是“反正跟我的婚姻差不多”，就只能瞪着看得到的部分发愣。一方面，她对这桩婚事只觉得恐怖，而没有可笑的感觉；另一方面，她也觉得姑父这个人真是太乐观了。

“姑父！”阿延呼唤了一声，似乎很不以为然地，把她那双小眼睛睁得大大地看着姑父。

“没办法啦。那孩子从头就不打算开口说话。老实跟你说吧，原本就知道她会那样，所以才想到找你一起来相亲。”

“可是，就算我来帮忙相亲，又能如何？”

“反正是继子拜托我们一定要把你叫来。就是说啊，那家伙觉得你比她聪明多了。她以为只要有你在场，就算她自己搞不清楚，你一定也会在事后提供很多意见给她。”

“那当初先告诉我一声，我也会朝那方面留意呀！”

“可那家伙又说不愿意这样。叫我们一定要帮她保密。”

“为什么呢？”

说着，阿延看了姑母一眼。“觉得不好意思嘛！”姑母回答，但姑父立刻打断了她。

“不，不只是因为不好意思。那家伙的想法是，你若先有定见，就无法提出精准的评价。也就是说，她想听到阿延说出公正的第一印象吧！”

这时，阿延总算明白姑父催促自己发表意见的用意了。

六十六

对阿延来说，继子在她心中占有相当特殊的地位。如果从谁最关心自己的利害关系这一点来看，继子当然比不上姑母；如果说谁跟自己性格最相投，继子又远不如姑父。但她跟继子之间除了血缘带来的亲密感，对异性的吸引力之外，年龄相近也使她们更愿意接近彼此。

当阿延睁大充满兴趣的双眼，面对每个少女都会心动的各种问题时，很自然地，她不会去找姑父或姑母，而是去跟继子商量。又因为她独具天分，所以碰到上述状况时，她的看法总是比继子更胜一筹。若从实际的异性经验来看，她当然更是继子的前辈。至少，她心里很明白，继子把她看成强过自己的佼佼者。

继子这个小崇拜者早已养成一个习惯，不管阿延说什么，她都乖乖地全盘接收。阿延跟表妹同寝共食的这段漫长岁月里，为了显示自己的优越感，她已在不知不觉中，对这位极具柔软韧性的表妹进行过各种调教。

“女人必须把男人一眼看透。”

阿延说过的这句话，曾让天真无邪的继子大感惊讶。她在继子面前，总是装出一副极有眼光又经验老到的模样。于是，继子的惊讶又从羡慕变成赞叹，最后甚至到了近于崇拜的地步。几乎也在同时，她很偶然地跟津田发展成恋爱关系。这件事对她来说，不仅是把自信付诸行动的一次机会，也让她在继子面前燃起一把神秘之火。从此，她所说的一切，对继子来说都是永恒的真理。而向来熟知人情世故的阿延，自然在继子面前就更加得意了。

阿延对津田留下的印象，很快就传进继子的耳里。继子平时无法接触异性，她的眼耳搜集不到的陌生知识，全得依赖阿延提供的间接信息补充，所以阿延也很轻易地在她脑中塑造了一个理想的男子形象，而那男子就叫作津田。

阿延结婚到现在半年多了，她对津田的看法已发生了变化。但是继子对津田的印象丝毫未变。因为她始终相信阿延，而阿延也不是个出尔反尔的女人。她永远都在继子面前标榜自己的先见之明，扮演一个罕见的天之骄女。

现在想起自己的恋爱过程，阿延无奈地忆起自己跟继子延续已久的交情。对她来说，她跟继子的交情不见得让她难堪，却会令她不快。一方面因为她感觉周围正在紧追不舍地责备自己，要她尽快招供自己以往曾经忽视的弱点；另一方面，也因为她觉得，对方逼迫自己的行为，比她“自己”做过的错事更糟糕。

“一个人犯了错，只要他自己尝到苦头，也就够了吧！”

阿延心里一直藏着这句辩解之词。但她不能向毫不知情的姑父、姑母和继子倾吐。就算要找人算账，她也只能去向老天爷喊冤，都怪老天唆使他们三人麻木不仁地戏谑自己。

吃完饭，撤下小膳桌之后，姑父咕嘟咕嘟喝了几大口姑母泡来的新茶。他当然做梦也想不到，阿延心底错综复杂地缠绕着这么多纠结。姑父一面浏览刚刚整理好的庭院，一面露出愉快的表情，向姑母三言两语地评论自己设计的木石布置。

“明年想在那棵松树旁边再种一棵枫树。因为从这里望过去，好像只有那个位置空空的，感觉很奇怪。”

阿延不在意地望向姑父所指的位置。只见庭院连接邻家的墙边地上故意堆了厚厚的泥土，土堆上面种着一小丛枝叶繁密的孟宗竹，竹丛根部附近果然就像姑父所说，显得有些空旷。阿延从刚才就想换个话题，一直暗中等待时机，这时她立刻抓住机会说：“真的呢。那个位置要是只有那堆竹子，不补种些什么的话，看起来真的好奇怪啊。”

话题果然按照阿延的期待，被扯到其他方向去了。但是相同的话题转回来的时候，大家就得爬过比先前更为陡峻的山坡。

六十七

先前在玄关外挥锹干活的植木屋，这时从外面呼叫一声，姑父便暂时离座走向院内。事情就发生在他从庭院回到客厅之后。

姑父离席之后，姑母和阿延聊起了还没放学的百合子和阿一，然后很偶然地，又把话题扯向继子。

“那个贪心鬼，也该回来了吧！究竟干什么去了？”

姑母故意用百合子取的外号称呼继子。阿延脑中也立即浮起贪心鬼的模样。当她躲在自己的小天地里，总是尽情放肆，但只要跨出这个小天地一步，就好像突然变成了拘谨的木偶，一动也不敢动。她待在父母监造的家庭鸟笼里，简直就像一只快乐欢唱的小鸟，但是一旦打开笼门，放她出去，她却不知该怎么飞翔、怎么鸣唱了。

“她今天去学什么啊？”

姑母说完“你猜猜看”后，却立刻说出答案，阿延刚才从山坡路上带来的好奇，也因此获得满足。但是听到继子去学的，是最近才开始流行的外语时，阿延再度被表妹的贪心吓到了。她甚至产生这种疑问：这家伙学那么多东西，究竟打算做什么啊？

“还是学点外语，比较有意义啦。”

姑母一面为继子辩解一面向阿延说明。毕竟这件事跟正在进行的婚事也有间接的关联，所以阿延只能露出赞许的表情点头称是。

做妻子的若能了解丈夫的喜好,或至少了解什么对丈夫的职业有利，当然是一件好事。女人若能在婚前预先设想周到，并且学会这些知识，也是对未来丈夫的一种体贴，或者，只为了讨好男人才去学习，也肯定是一种有利的手段。然而，作为一个男人的妻子，继子除了学外语之外，还有很多重要的课题需要学习。但不幸的是，阿延脑中想到的学习，并不能让女人变得更温婉，只能让女人变得更能干，将来肯定会引起负面的摩擦，却也能把女人磨炼得更加聪明伶俐。阿延最先从姑母那里学得初步的入门知识，再加上姑父的刻意栽培，才能修得今天的成果。姑父母似乎也总是以满意的眼神，欣赏着他们精心培育的阿延。

“既是相同的眼睛，为什么那样的继子却能让他们满意？”

姑父姑母从来没对表妹露出任何不满的表情。这一点，阿延觉得很难理解。如果勉强要她解释这种现象，那只能说，姑父姑母看侄女和自己女儿的目光，毕竟还是不一样。这个念头闪进脑中的瞬间，阿延突然觉得非常不甘心。而且这种想法也常常像发病似的揪着她的心。但是想到心无城府的姑父把她照顾得无微不至，为人公正的姑母也对她非常亲切，那种不甘心的火焰总是还没燃着就已被她扑灭了。阿延一面用隐形袖管遮着自己的脸孔，借以掩饰内心的羞赧，一面又觉得姑父姑母的心理好像一个无解的谜题，所以她便持续地凝视他们。

“继子真幸福！不像我，什么事都喜欢瞎操心！”

“那孩子比你更爱操心喔！只因待字闺中，不论多么喜欢瞎操心，却没有可以操心的事，所以才显得那么文静。”

“可我从当初受到姑父姑母照顾时，好像比现在更爱操心呢！”

“那是因为你跟继子……”

姑母说了一半却不说了，听不出下半句想说什么。可能想说你们性格不同，或身份不同，甚至环境不同，三种可能都有，但在深究姑母这段话的含义之前，阿延却突然倒吸一口冷气，因为她感到一阵心跳，仿佛以往从没注意到的某种东西撞击到心头。

“难道昨天把我拉去相亲，就是因为我容貌比不上表妹，让我去把她衬托得更漂亮？”

这个念头像电光石火般的在她脑中闪耀起来，她的意志也比平时加倍努力地抑制自己，好不容易，才总算恢复了平静，脸上看不出任何表情。

“继子真幸运，人见人爱！”

“哪里会啊。但也看各人的喜好吧！像她那种傻孩子也……”

姑母刚说完，几乎就在同时，姑父也从回廊边走进屋子。“阿继怎么了？”姑父一面说一面重新走回客厅。

六十八

紧接着，刚才一直被压抑的某种感情，重新在阿延心底复活了。姑父那张永远都那么开心、那么精神振奋，而且永远都乐观的肥脸，猛地一下刺中了阿延的心头。

“姑父你好坏喔！”

阿延突然无法抑制地说出这句话。这是她跟姑父平日经常交换的对话，两人之间已不知说过几百遍了。但她今天说这话的声音，却跟平日不同，表情里也有些特别的东西。但姑父竟完全没注意到刚才在阿延心底掀起的浪潮，他竟然不像平时那么细心，脸上净是天真无知的表情。

“我有那么坏吗？”

姑父跟平时一样装出无辜的模样，面色平静地把切碎的烟草塞进烟斗。

“刚才我不在的时候，姑母又跟你说了什么吧？”

阿延仍不作声。姑母立刻答道：“你是坏人这种事，也不用听我说什么，谁都会知道的。”

“这样啊？因为阿延是直觉派嘛！说不定被她说对喽！反正她只要看上一眼，就知道这个男人怀里揣着多少钱，不管你把钱塞在兜裆布的布层里，还是夹在腰带里放在肚脐上，这女人都看得出来。你们千万要小心啊！”

姑父的笑话根本没收到他自己预期的效果。阿延垂着头，眉毛和睫毛正在一起颤动。不知从什么时候起，她的睫毛尖端已聚满了泪水。姑父讽刺过头的笑话也当场中断。在场的三人同时感到一种奇异的重压。

“阿延你怎么了？”

说完，姑父为了填补沉默的空档，用烟斗敲着装烟灰的竹筒，姑母也不得不帮姑父收拾善后。

“怎么像个小孩似的。这种小事，值得哭吗？不就是平时开的那种玩笑吗？”

姑母这番责备，似乎只是替姑父向阿延说两句好话罢了。但姑母对阿延跟姑父的关系了如指掌，从这个角度来看，任何人都不能说姑母不公平。这一点，阿延心里也很明白。只是她愈觉得姑母的责备说得很对，就愈想痛哭一场。她的嘴唇不断颤抖着，眼泪像决了堤似的，不断流下来，接着，以往使劲堵住的堤防缺口一下子就被冲破了。阿延终于哭着说道：“那也不必说那些话来欺负我呀……”

姑父露出不解的表情。

“没欺负你呀！是在称赞你呢！对了，譬如你嫁给由雄之前，曾经对他发表过一些评语吧？大家在背地里都很佩服你呢，所以才……”

“那些事，就别提了吧。反正我不该去看戏的……”

沉默又持续了一会儿。

“怎么会变成这样？姑父开的玩笑让你不高兴了？”

“不，反正都是我的错吧！”

“说这种反话可不好。就是因为不知道哪里不对，才要问你啊！”

“所以嘛，都怪我不好，我不是说吗？”

“可是你没说原因啊？”

“没有什么原因啦。”

“没有原因，就只是伤心吗？”

阿延又哭了起来。姑母露出厌烦的表情说：“你这人怎么回事呀？又不是小孩子了。以前住在家里的时候，姑父跟你怎么开玩笑，都没像这样哭过。现在的年轻人，真是叫人为难。一嫁出去，丈夫稍微宠着点，马上就变成这样……”

阿延咬着嘴唇没说话。现在她反而觉得姑父十分可怜，因为他把一切过错都揽到自己头上。

“那样骂她也没用嘛！都怪我，玩笑开得太过火了……喂，阿延，没错吧？一定就是这样。好啦好啦，姑父把你惹哭了，等会给你买个很棒的礼物。”

过了半晌，阿延的情绪终于平静下来，她暗自思量，姑父把自己当成小孩一样哄着，自己就该设法缓解一下眼前这种尴尬才对。

六十九

谁知就在这时，刚上完外语课的继子回来了，她毫不知情地骤然出现在门口。

“我回来了！”

房间里的三人正在为难，不知如何打开和解的锁钥，一看到继子，大家都高兴得像是突然找到解决方案，于是不约而同都向她招呼道：“你回来啦？”

“好晚啊！刚才就一直等着你呢！”

“哎呀，都等得不耐烦了，一直在问继子怎么还不回来、还不回来。”

姑父的态度显得有点神经质，同时也因为想要化解刚才的不愉快，所以表现得比平时更加开朗。

“阿延好像有事来找继子，说是一定要跟你谈一谈呢。”

姑父甚至不惜多事，硬给阿延安排了一项违背意愿的任务，并且露出扬扬得意的表情。

然而，女佣跪在纸门外面报告说“洗澡水已经烧好”的时候，姑父却又突然想起什么似的站起来说道：“我还不能洗澡，院里还有工作没做完……你们要先洗的话，就先去吧。”

姑父决定把这个秋日剩下的时光都花在院里的泥土上，他说完后就跟自己欣赏的那位植木屋重新回到院里。

但是刚转过身，姑父又回头说道：“阿延，你在这里洗个澡，吃完晚饭再回去吧。”

说完，姑父向前走了五六米，又转身走了回来。阿延看着姑父面面俱到的忙碌模样，心中不禁感叹，真不愧是姑父的特色啊。

“既然阿延来了，晚上要不要把藤井请过来？”

姑父跟藤井是老朋友，尽管他们职业不同，从前倒是同一所学校毕业，现在再加上津田这层关系，两人走得更近了。阿延虽然把姑父这项建议视为照顾自己，却不觉得特别高兴，理由倒不是因为藤井家跟津田不亲，而是阿延跟他们离得更远。

“不过他会来吗？”姑父的表情刚好跟阿延的心事不谋而合。

“近来大家都说我退休了，隐居了，其实那家伙从很久以前就一直推崇隐居生活，我这种人，根本望尘莫及。喂，阿延，如果去请藤井叔父来吃饭，他会来吗？”

“来不来，我可不知道喔。”

姑母委婉地表达了自己的看法：“大概不会来吧。”

“嗯，大概不会一叫就来。那还是算了……或者，还是打个电话试试看呢？”

阿延忍不住大笑起来。

“您说打个电话试试看？可是他们家又没有电话。”

“那就没办法了！派个人去请吧！”

姑父不知是嫌写信麻烦，还是觉得时间宝贵，说完，就快步朝院门口走去。姑母则一面站起来一面说道：“那就抱歉了，让我先去洗澡吧。”

家人知道姑父有洁癖，平时大家都会请他先去洗澡，只有姑母不管这些，立刻按照姑父的吩咐，先去洗澡了。姑母这种态度令阿延既羡慕又妒忌。她觉得姑母这种作风根本不像个女人，有点令人厌恶，但又觉得姑母颇有男子气概，令人欣赏。“要是我也能像姑母那样就好了。”阿延想，但又觉得，“不论年纪多大，我也不想变成那样。”两种想法在她脑中千折百回，不断地往来交错。

阿延茫然目送姑母的背影离去，身边只剩下继子一人。她突然向阿延提议说：“到我房间来吧。”

于是，两人也不管地上堆满火盆和茶具，就离开了客厅。

七十

继子的房间也就是阿延嫁给津田以前住过的地方，从前她们把两张书桌并排放在一起，两人并肩而坐的往日情景，似乎仍然残留在墙壁、天花板上。配了玻璃门的小书橱里，那个雕刻木偶还是跟从前一样，规规矩矩地站在架子上。旁边有个装在篮子里的针线包，上面绣着蔷薇花，也跟从前一模一样。另外还有个唐草花纹[①]小花瓶，是她们一起从三越百货公司买回来的。

阿延转眼环顾四周，整个房间都能闻到她跟表妹共度的少女时代气息。就在那段时期，她遇到了名叫津田的对象，充满甜蜜气息的少女梦才终于能够付诸实现。就在那一瞬间，她的感情化为灿烂的火焰，而在火焰前面手舞足蹈、兴奋起舞的人，正是她自己。她以为，就算眼睛看不见，只要有了瓦斯，火就能啪的一下燃烧起来。她还坚信，幻想跟现实之间没有任何差距。现在回想起来，从那时到现在，半年多过去了。不知从什么时候开始，她已认清幻想可能永远都只是幻想罢了，不论身在何处，幻想似乎不可能变成现实，或已经很难成为现实。她甚至曾在心底偷偷叹息："从前就像一场模糊的梦，肯定会离自己愈来愈远吧。"

她怀着这种想法打量坐在自己面前的表妹。眼前这位少女，可能也得踏上跟自己一样的路途吧。或者，会遭遇比自己更意外的未来也不一定。她的命运全都握在姑父手里，一切都看他掷出的骰子在榻榻米上如何翻滚，说不定今天或明天，继子的终身就要被决定了。

想到这儿，阿延露出微笑。

"继子，今天让我给你抽个签吧。"

"为什么？"

"不为什么啊。只是玩玩嘛。"

"不为什么，多无聊。必须为点什么才好！"

"是吗？那就为点什么吧。要为点什么才好呢？"

"为点什么才好？这我怎么知道！必须由你来决定啊！"

① 唐草花纹：也叫"蔓萝花纹"，由复数的波浪形曲线组成，象征蔓萝藤缠绕状。这种花纹据说来自西域，盛行于唐朝，因此叫作"唐草"。

继子没法轻松提起自己的婚事，如果阿延随意说起，继子似乎也会感到难堪。不过很明显的，她很期待别人找个间接的理由，把话题扯到这件事上来。阿延很想让表妹高兴一下，却又不想在事后惹上麻烦，弄得自己必须负责。

“那我负责抽签，你自己决定问什么好了。喂，不论如何，我想你现在心里肯定有件事很想知道答案吧？就问那件事好了。随你怎么问都行。”

说着，阿延伸手去拿他们夫妇送给继子的礼物，盒子跟平日一样，放在继子的桌上。谁知继子却猛地一下按住阿延的手。

“不要啦！”

阿延并没把手抽回来。

“不要什么？没关系嘛。借我一下，我会帮你抽张让你开心的签条。”

阿延原本对抽签并没多大兴趣，这时却突然想趁机戏弄继子一下。这种方式也是一种优良媒介，可以帮她忆起婚前少女时代的自己。当她向弱者的缺陷进攻时，她的腕力简直就跟男人一样有劲。阿延用力掀起被压住的手，可是她忘了自己最初的目的，现在她一心只想从继子桌上夺过那个签盒，也可能是想在开口之前，先跟继子进行一场争夺。于是两个女人展开你争我抢的竞技，同时嘴里还发出女性本能引致的尽兴叫喊，也给这场嬉笑式的竞争增添了几分乐趣。抢了半天，终于把砚台盒前的珍贵小花瓶打翻了，瓶子从紫檀座上滚到榻榻米上，一面咕噜咕噜地乱滚，一面把瓶里的水洒得满地都是。两人这才停手，一起默默地瞪着那个突然从原位滚落的可爱小花瓶，接着又重新转脸望向对方，就在那一瞬间，两人都像无法抑制自己的冲击似的，突然发出一阵爆笑。

七十一

偶然发生的风波，让阿延变得更像个孩子。在津田面前从没尝过的自由滋味，一下子复活了。阿延已经完全忘掉了现实里的自己。

“继子，快把抹布拿来。”

“不要，是你打翻的，你去拿。”

两人故意彼此推托，又故意你一言我一语互相拌嘴。

“那就划拳吧。”阿延说着攥紧拳头，猛然伸到继子面前。继子也立刻握拳应战。戴在指上的宝石在她们之间闪烁不已。每次划完一拳，两人就发出一阵笑声。

“好过分喔！”

“你才过分呢！”

等到最后阿延划拳输掉时，流到地上的水分也被桌巾和榻榻米的缝隙吸光了。阿延从容地打袖管里掏出手帕，摁住弄湿的地方。

“也不需要什么抹布了，这样盖在上面就够啦。水分都已经吸掉了。”

她捡起滚落的花瓶，放回原来的位置，又把即将枯萎的花儿细心地插回瓶里。这时阿延的脸上早已恢复平静，就好像完全不记得刚才那阵嬉闹。继子看她那种表情，仿佛觉得很有趣似的独自笑个不停。

这阵突发的笑闹结束后，继子从腰带里拿出装在函套里的神签，伸手塞进身边的书柜抽屉里。不仅如此，她还“喀喳”一声，给抽屉上了锁，然后故意转眼看着阿延。

对继子来说，这种无聊的游戏不论玩多久，她都不会厌烦，但阿延没法坚持很久。虽然刚才一时玩得忘我，但她还是比表妹更快清醒。

“继子永远都那么逍遥，好羡慕啊。”

说着，阿延回头看了继子一眼。这种不关痛痒的说法，继子很难听出其中含义。

“那延子不逍遥吗？”

继子的语气似乎在说“你自己还不是也很逍遥”，同时夹杂了几分不平，因为她认为不论是谁，都不该随便把她当成没见过世面的大小姐。

"你跟我，到底有什么不同？"

她们两人的年纪不同，性格也相异。但是从看人脸色的辛苦这一点来说，继子还从来没考虑过两人之间的差别。

"那延子你说说看，你究竟有什么事可担心？"

"我才没有担心的事呢！"

"你看，这样你不是也很逍遥？"

"当然我也算是逍遥的。只是跟你的逍遥比起来，情况不太一样。"

"为什么？"

阿延无法向她说明，也不想向她说明。

"你马上就会明白的。"

"可是延子你跟我只差三岁喔。"

继子对一个女人婚前与婚后的差异，完全没概念。

"差的不只是年纪哟，还有环境的变化啊。譬如女孩变成人妻，人妻的丈夫去世了，就会变成寡妇。"

继子有点讶异地看着阿延。

"那延子从前在我们家的时候，跟嫁给由雄之后比起来，你觉得在哪儿比较逍遥？"

"这个嘛……"阿延支吾着说不出话。

继子却不给她回答的机会。"现在比较逍遥吧？看！被我说对了吧？"

阿延不得已地答道："也不完全是这样啦。"

"因为津田先生是你自己选中的对象，不是吗？"

"对呀，所以我很幸福嘛。"

"就算幸福也不觉得逍遥？"

"也还算逍遥啦。"

"就是说，虽然逍遥，却还是有担心的事？"

"继子你这样逼问，我可受不了啊。"

“我也没有逼问的意思，只是因为弄不懂，所以忍不住一直问下去嘛。”

七十二

渐渐地，两人愈聊愈起劲，谈话的气氛愈来愈热络，话题也就不知不觉转向继子的婚事。阿延其实是想尽量避免谈起这个话题，但既然很自然地提起了，看在她们的情分上，阿延也不便故意推托。即使不能在缺乏经验的少女面前讲些她想听的预告，但阿延在男女关系上，毕竟多些见识，心里也未必不想向继子提供几句忠言，于是她针对关键部分很委婉地说了些不痛不痒的建议。

“这样不行啦。我跟津田相亲的时候因为是自己的事，也对自己很了解。可是别人的相亲，状况就完全不同了。实在看不出什么啦！”

“别那么见外啦！”

“不是见外啊！”

“那就是冷漠吧？”

阿延沉吟半晌，才开口回答。

“继子，你听我说，女人的眼睛啊，只有碰到最有缘的那个人的时候，才会开始变亮。也只有在那种状况下，女人的眼睛才能瞬间读出十年以上的轨迹。而且这种经验，不是任何人都能在一生当中碰到很多次。有些人也可能毕生都碰不到一次。所以像我这种眼光，其实跟瞎子差不多啦。至少，在平时是这样的。”

“可是延子确实有一双雪亮的眼睛，不是吗？怎么就不肯用在我身上呢？”

“不是不肯用，是没法用啊！”

“俗话不是说，旁观者清？你从旁观察，应该看得比我公正啊！”

“难道继子想靠旁观者的眼睛帮你决定终身大事？”

“倒也不是，但是可以提供参考，不是吗？尤其是对我来说，因为我信任延子！”

阿延又沉默了一会儿，才用更郑重的语气说道：“继子，刚才跟你说过吧，我是幸福的！”

“是啊！”

“我为什么幸福，你知道吗？”

说到这儿，阿延停顿半晌，然后不等继子开口，又立刻说下去：“我之所以幸福，是因为婚姻没有掺杂旁人的任何意义。因为我能用自己的眼睛给自己选个丈夫，因为我没有靠旁观者帮我选择。听懂了吗？”

继子露出无助的表情。

“那像我这种人，根本别想得到幸福了！”

阿延必须回答些什么，却没法立刻说出口。想了几秒，她非常兴奋地说出一连串急促又激动的句子：“你能得到，能得到的！只要你去爱就行了。而且，也要让他爱上你。只要能这样，就有极大的机会获得幸福！”

说这话时，阿延只想到自己的对象津田，脑中也只有津田的影子在清晰晃动。虽然她在向继子说话，脑中却连那个三好的身影都没出现。幸好继子以为阿延只是在向自己说明，所以也没受到阿延的影响，跟着一起变得像她那么激动。

“爱谁呢？”继子露出有点不能接受的表情看着阿延，“你是说昨晚见到的那位先生？”

“谁都没关系。只要你选中一个去爱，而且一定要让那个人爱上你！”

阿延平日隐藏在内部的顽强性格，现在正逐渐显露锋芒。性格温和的继子每次看到阿延这样，她就开始一步步向后退避。等到发现两人之间的距离已远到无法接近时，继子甚至忍不住发出轻叹。这时，阿延突然提高音量嚷道：“你不信我说的？是真的呀！我从不说谎。真的！我是真的很幸福，你懂了吧？”

说完，继子被逼着点点头，接着，阿延又像在自语似的补充说："任何人都一样。即使现在不幸福的人，只要心里有那种想法，将来就能变得幸福。一定会的！一定要让大家看到自己过得幸福，对吧？继子，没错吧？"

继子猜不透阿延的心意，只能假设这段预言是针对自己的。她漫无目的地反复寻思，但不论怎么想，她都没法理解这段话的含义。

七十三

这时，只听一阵匆忙的脚步声从走廊传来，接着，声音的主人便"哗啦"一声拉开了房门。刚从学校返家的百合子，大模大样地走进房间。她一面从肩上卸下沉重的书包，放在自己的书桌上，一面只向姐姐简单地打声招呼："我回来啦！"

她的书桌摆放的位置，刚好在以前阿延的座位右侧的角落。阿延嫁给津田之后，百合子立刻接收了那个位子。表姐搬走这件事对她来说，简直就是一件大喜事，所以百合子非常高兴。而她这种想法，阿延也是知道的，因此故意逗她说："百合子，我又来你家打扰了。可以吧？"

百合子连"欢迎光临"都懒得说，只把右脚跷上书桌的一角，然后用手抚着黑布袜的拇指指尖，那里似乎破了一个小洞。等她摸完了，这才把脚落在榻榻米上，同时向阿延答道："好啊，要来就来嘛，只要不是被人家赶出来的就行。"

"哇，好过分。"阿延说着笑了起来，停顿几秒，她又逗着表妹说，"百合子，如果我被津田赶出家门，你总会怜悯我吧？"

"对呀，当然会怜悯你啊！"

"既然如此，到时候还能让我住这个房间吗？"

"这个嘛……"百合子稍做思考的模样，"好吧，让你住也行，如果是在姐姐出嫁之后的话。"

“不是啦！我是说继子出嫁之前喔！”

“姐姐出嫁前你就被赶出来？那可有点……哎呀，你忍一忍，尽量不要被赶出来就行啦。我们这里也不太方便呢！”

说完，百合子跟两位姐姐一起大笑起来，然后裙裤也不脱，就向火盆旁边走来，一面走一面接过女佣端来的木盘，当场吃起盘里的糯米甜点。

“这个时间吃点心？看到这盘子，我就想起从前呢！”

阿延忆起了从前跟百合子同样年纪时的往事。那时，每天从学校回来，她们都迫不及待地抓起各自面前的木盘，当时的情景现在依然历历在目。继子也在一旁笑着看她妹妹吃点心，仿佛也跟阿延一样，想起从前的往事。

“延子你现在还吃点心吗？”

“有时吃，有时不吃。专程出门去买太麻烦。可是不买的话，家里有的那些点心，吃起来都不像从前那么好吃，真是的。”

“因为你缺少运动吧？”

两人正在聊天的这段时间，百合子已把木盘里的点心一扫而空，然后莫名其妙地插嘴说：“我说真的喔，我姐姐快要出嫁了。”

“是吗？嫁到哪里去啊？”

“哪里我倒不知道，反正就要出嫁了。”

“那对方姓什么呢？”

“谁知道对方姓什么，反正就要嫁过去了。”

阿延极有耐心地又问第三遍：“对方是什么样的人呢！”

百合子轻松答道：“大概就是像由雄那样的人吧。因为我姐姐最喜欢由雄了。姐姐还说，他是个大好人，什么都听延子的呢。”

继子脸上浮起微微的红晕，急急忙忙向妹妹跑过去。百合子突然发出一声大喊，立刻跑出房间。

“哎哟！不得了！不得了！”

百合子跑到门口停了几秒，然后就丢下阿延和继子，自己一个人跑走了。

七十四

不久，女佣过来请她们去吃晚餐。直到来请第二遍，阿延才跟继子一块从椅子上起身。

在那明亮的房间里，姑父全家高高兴兴地聚集一堂。刚才还在闹别扭的阿一，现在正开心地跟姑父闲聊。也不知为了什么，阿一刚刚故意钻到回廊地板下面，怎么劝都不肯出来。

“阿一简直就像一只小狗哟。”百合子刚才还特地跑来报信，阿延才从这个小表妹嘴里听到阿一的故事。据说他能张开大嘴，一口咬住放在鼻尖前面的点心。

阿延满面微笑地倾听这个“像只小狗”的男孩跟他父亲聊天。

“爸爸，彗星出现的话，会有不好的事情吧？”

“嗯，从前认为是那样。但是现在科学发达，根本没人相信那种说法了。”

“那在西洋呢？”

姑父似乎不太清楚西洋是否古代就有相同的迷信。

“西洋？西洋从古代就不相信这些。”

“可是听说西泽大帝去世前，曾有彗星出现，不是吗？”

“嗯，是在西泽被暗杀之前吧……”姑父似乎不得不找借口掩饰过去。

“那是罗马时代啦！跟一般所说的西洋不一样喔！”

阿一这才接受了父亲的说明，没再说话。但他立刻又提出第二个疑问，不仅问得比第一个问题更奇特，甚至已经具备了三段论法[①]的规模。阿一问父亲：既然我们挖井可以挖出水来，那就表示地下一定有水；既然地下有水，地面应该一定就会陷落，但为什么地面没塌陷呢？以上大致就

---

① 三段论法（syllogism）：西方逻辑的推理式，属于逻辑演算的一种，用形式化方法处理逻辑推理，特别是哲学、数学中所用的推理。形式化的推理过程与代数演算具有相似性。

是问题的重点。而姑父又跟刚才一样回答得颠三倒四，众人听了都觉得忍俊不禁。

“你这孩子，那当然不会塌陷。”

“可是，如果地下有水，不是应该塌陷吗？”

“不会那么容易塌陷啦。”

听到这儿，几个女人一起笑了起来。阿一又立刻提出第三个问题。

“爸爸，我真希望我们这房子是一艘军舰就好了。爸爸觉得如何？”

“爸爸觉得还是普通房屋比军舰好。”

“可是地震来了，房子不是会垮掉吗？”

“喔，原来你是想，如果是军舰的话，地震来了就不会垮掉？原来是这样，我倒是没想到这一点。喔，原来如此！”

姑父露出真心感叹的表情，阿延一面微笑一面看他，刚才姑父还说要请藤井先生来吃晚饭，现在好像已经忘得一干二净，姑母似乎也没把这件事放在心上。阿延忍不住向阿一问道：“阿一跟藤井家的真事是同学吧？”

“对呀！”说完，阿一又说了些真事的故事，当场满足了阿延对真事的好奇。他的报告内容非常丰富，其中包括只有孩子才说得出口的观察、评语，以及事实。多亏阿一的努力，餐桌上的气氛一下子变得非常热闹。

众人听了阿一报告真事的故事，都忍不住哈哈大笑，其中有个笑话是这样的：

有一天在放学的路上，两人看到地面有个又深又大的洞口，便一起朝着洞里窥视。那个位于马路中央的洞，是为了在路上进行建筑工程才挖的，所以挖得特别深，洞口上搭了一根杉木当作独木桥。阿一就跟真事打赌说：“如果你能走过那段独木桥，我就给你一百块。”不料，性格鲁莽的真事果真扛起背包，穿着那双听说是长毛狗皮做的皮鞋，当场从那表面滑溜、横幅狭窄的独木桥上走过去，一面走一面还问：“真的会给我钱？”阿一最先只在一旁观看，因为他以为真事马上就会掉下去，谁知真事竟冒着危险，一步一步朝向自己走过来，阿一突然觉得很害怕，便抛下正在横越大洞的朋友，自己先跑走了。而真事因为一直专心注意自己的脚下，所以在他渡过独木桥之前，完全没注意到阿一不见了。好不容易完成冒险任务的真事，以为终于能拿到约定的一百块，一抬眼打量四周，才发现对手阿一早就不知跑哪儿去了。

“阿一好像有点小聪明啊。”姑父发表了评语。

“藤井先生最近好像没来玩呢。”姑母说。

七十五

冈本家和藤井家除了小孩都在同一间学校上学，而且还是同班同学之外，最近更因为阿延的关系，多少也给两家之间的交往增添了几分特别的色彩。因为双方都明白，即使心里不愿意，将来在一些婚丧喜庆的场合，总还是得坐在一起，所以最好趁现在尽可能地拉近彼此的关系。尤其是代表女方利益的冈本家，又比藤井家更需承认自己所处的地位。再说了，冈本家的姑父拥有一般成功人士必备的圆滑机敏，性格当中还有一种与生俱来的乐天特质。但姑父天生神经质，经常担心遭人误解，特别害怕别人误会自己桀骜不驯。这也是贫困阶级对富裕阶级最容易产生的误解。姑父现在的生活比较闲散，每天拥有充裕的时间，因为多年来的忙碌与学习，对他的健康造成损伤，姑父想趁机休养一下。只要一有空闲，他几乎每天都埋首于自己喜欢的镶嵌艺术，他希望经由接触这门完全陌生的技艺，将来能慢慢接近那些以往无意中忽略的人、事、物。

由于上述各种复杂的理由，姑父现在经常主动去藤井家拜访。藤井家似乎比较排外，姑父去拜访之后，他们从来不按礼数到姑父家回访。不过，藤井家对姑父上门访问却也没有表示不欢迎，甚至可说，姑父跟藤井家都聊得很愉快，虽然还不到彼此推心置腹的程度，但仅就交换各自世界的信息这点来看，藤井家似乎还是有点兴趣。而藤井家的那个世界，简直就跟姑父家的世界相差了十万八千里。譬如这家并没放在眼里的东西，那家却觉得非常高级；又譬如这家看来只能称为鄙俗的东西，那家却认为必须认真看待……出人意料的差异总是不断出现在两家之间。

“像他那种人，也就是所谓的批评家吧，但他不可能做出什么大事的。”

阿延并不了解批评家的意义，她猜想大概就是指那种没有实力，只会吹嘘自己、糊弄别人的人。“不会做事，只会空谈理论的人，对社会有什么用呢？这种人赚不到相当的物质报酬，所以陷入生活困境，这不是理所当然的吗？”阿延微笑着反问。除此之外，她也不便说得太多。

“您最近去过藤井家吗？”

“嗯，上次散步回家的路上，顺便去了一下。因为他们家刚好就在我走累了，需要休息片刻的那个地点。”

“又说了些什么有趣的事？”

“那家伙，还是满脑子想着奇怪的点子。说什么最近有个男人勾引一个女人，那个女人又去诱惑那个男人，说得可兴奋了。”

“哎哟，真不像话！”

“蠢啊！白活这把年纪了。”

阿延跟姑母异口同声表示反感，只有继子听出其他的含义。

“哎哟，天下真是无奇不有啊。他们家老爷竟然调查得那么清楚，真叫人佩服。所以根据那家老爷的说法，就是说，不管在哪一家，男孩都是爱慕母亲的，而女孩则相反，是爱慕父亲的，这种现象是很自然的。原来是这样，如此看来，真的是这样呢。”

阿延对于没有血缘关系的姑父，反而比对血亲的姑母更有好感，听了继子的话，她露出认真的表情问道：“所以怎么样呢？”

“所以就是说，男女之间必须始终保持这种互相吸引的关系，否则就没办法变成真正的大人。也就是说，如果只有自己一个人，永远都没法看清自己的缺点。”

听到这儿，阿延突然感到兴味索然。姑父说的这番道理，对她来说，只是早已知晓的事实。

“古人不是早就主张阴阳和合吗？”

“不过啊，阴阳和合虽是一种必然，相反的，阴阳失和又是另一种必然，这不是挺有趣的吗？”

“怎么会呢？”

“听我说啊，男人和女人之所以彼此追求，是因为他们彼此各有相异之处，对吧？就像我刚才说的那样。”

“对呀。”

“换句话说，相异之处不属于自己，是跟自己不同的东西，对吧？”

“对呀。”

“所以喽，跟自己不同的东西，不论你多么努力，也是无法跟自己融为一体的，不管历经多长的时日，最后还是只能分手，不是吗？”

说完，姑父发出一阵呵呵笑声，好像他已经征服了阿延似的。阿延却不肯认输。

“但这只是一种理论啦。”

“当然是理论啊，是走遍天下都通用的伟大理论喔！”

“才不是呢！那种理论，听起来很奇怪。完全就跟藤井叔父推销的那套歪理一样呢！”

阿延无法驳倒姑父，却又不愿接受姑父的那一套。而且，她也不喜欢轻易盲从别人的看法。

七十六

之后，姑父又半开玩笑地说了许多趣事。

姑父说，男人有了女人才能成佛，同样，女人也要有了男人才能顿悟。但这项真理只适用于婚前的善男信女。等他们结为夫妇，这项真理就在瞬间翻转，呈现在我们眼前的，就变成了另一种完全相反的事实。也就是说，男人必须离开女人才能成佛，而女人若不离开男人，也很难修成正果。男女结为夫妇之后，从前的吸引力马上变成排斥力，终究得承认那句俗话："男人不能没有男朋友，女人必须有女朋友。"也就是说，人类之所以能够达到阴阳和合的境界，无非是因为明白了和合之后必然也会失和的道理罢了。

姑父这段描述里，究竟哪些部分是从藤井叔父那里接收而来，哪些部分才是他自己的看法，哪些部分是认真的，哪些部分又是开玩笑，阿延完全无法判断。姑父这个人的笔下不行，嘴巴却能干得令人害怕。只要稍微抓到一个题目，他就能添油加醋，围绕着那个题目说得天花乱坠，并且还能引用无数所谓的警句、警语。阿延愈是提出质疑，他就愈加起劲，啰里啰嗦个不停。就连阿延听到最后，也不得不赶紧结束话题。

"姑父真是口若悬河啊！"

"要比耍嘴皮，我们是怎么也比不过他的，别再说了。我们再说些什么，他就更来劲了！"

"是呀，就是想故意弄得阴阳失和吧。"

阿延跟姑母一唱一和发表评论的这段时间，姑父笑眯眯地看着她们，等两个女人的交谈一结束，姑父才慢吞吞地宣布说："终于被打败了吧？既然输了，就认输吧。我不会对败者穷追不舍……如此说来，咱们男人还有一项美德呢，那就是同情弱者。"

说完，姑父露出一副胜者的表情，从座位上起身，拉开纸门，走出了房间。只听一阵装腔作势的脚步声朝着书房逐渐远去。过了半晌，姑父再度回到房间的时候，一只手里拿着四五本薄薄的小书。

“喂！阿延，我给你拿来有趣的玩意儿哟。明天如果去医院，就把这些东西带给由雄吧。”

“是什么呢？”

阿延立刻接过书籍，看了封面一眼。她对外文并不熟悉，看到英文的书名时，阿延稍微迟疑了几秒。但还是断断续续地看懂了书名，其中包括《笑话集》①，还有《英语的机智与幽默》②等。

“哎哟？”

“都是很可笑的内容。譬如像俏皮话啦、谜语啦之类的，刚好适合躺在床上阅读，不会弄酸肩膀。”

“原来如此，刚好合乎姑父的心意？”

“就算迎合姑父的兴趣，这样的东西，也不至于有问题吧？就算由雄的个性那么严肃，应该不会生气的。”

“怎么可能生气？……”

“嗯，不管了，这也是为了你们阴阳和合嘛。拿去给他读读看吧！”

阿延向姑父道谢后，把书本放在膝上。姑父立刻又把另一只手里的小纸条递到阿延面前。

“这是刚才把你弄哭的慰劳。既然答应了你，顺便就拿过来了。”

阿延还没从姑父手里接过纸条，就已明白那是什么了。姑父又把那张纸条举起来摇晃着说：“阿延，阴阳不和的时候，这才是最有效的特效药哟。通常只要吃下一剂这种妙药，就能立刻药到病除呢！”

---

① 《笑话集》：夏目漱石的藏书当中有一本伦敦萨克森出版社发行的*Everybody's Book of Jokes*。

② 《英语的机智与幽默》：夏目漱石的藏书当中有一本伦敦萨克森出版社发行的*Everybody's Book of English Wit and Humour*。

阿延抬头仰望站在面前的姑父，语气里微带不服地反驳说："不是阴阳不和啦！我们是真正的阴阳和合！"

"和合的话当然更好。和合的时候吃下这剂妙药，精神状态会更圆满，身体也愈来愈强壮，总之，不论有什么毛病，保证这是一剂灵丹！"

阿延接过姑父手里的支票后，一直凝视着那张纸条，看着看着，眼里积满了泪水。

七十七

阿延婉拒姑父派车送她回家，却无法拒绝姑父要亲自送她去车站的好意。她跟姑父一起步下漫长的山坡，朝向河边走去。

"运动对我的病最有益处了……想走的时候，可以随意走走。"

身材肥胖的姑父原就呼吸急促，走在上坡的路上，他简直喘得有点可笑，说这话时，他好像忘了自己还得走回家去。

两人一面走一面聊起昨天深夜的事。阿延向姑父描述阿时趴着打瞌睡的模样。因为阿时以前在姑父家里干活，后来才把她派到阿延的新婚家庭帮忙家务，姑父听了似乎觉得自己也该对这个女佣负几分介绍人的责任。

"那家伙是个诚实的好女孩，你姑母对她的家底也很清楚，让她在家看个门什么的，最合适不过。只是一个人在家打瞌睡，可就不太好了，太疏忽大意啦。毕竟因为年纪还小吧，才会那么贪睡。"

但阿延心里很清楚，不管年纪多小，如果是她的话，绝不会在那种状况下睡得那么熟，所以听完姑父体贴的解释，她也只是微笑着听听而已。其实她今天这么早就从姑父家告辞出来，也是因为不想重演昨天晚归的旧戏。

不久，一辆电车驶过来，阿延匆匆跳上车，从车上向姑父说声："再见！"姑父也向她回应："再见！替我向由雄问候。"好不容易互相道别完毕，一种声音和不安立刻掌控着她。

在电车里，她并没思考什么重要的大事，只有昨天到现在接触过的那些人，他们的脸孔、身影，不断轮番出现在她眼前，迅速轮转着，就像她现在搭乘的电车一样。但在这一连串炫目的形象当中，她心底却能找出某种贯穿全体的东西。或者也可以说，眼前正在盘旋的这种碎片式形象的构成要素，就是那个某种东西。她努力想要弄清那个某种东西究竟是什么，却无法轻易辨识。就好比串团子里的每颗团子都看清楚了，但是串起一堆团子的那根竹签，还没来得及鉴定，她就下了电车。

玄关的木格门拉开时发出一阵声响，几乎就在同时，阿时也从厨房跑了出来。正如阿延预料，阿时说了一声："您回来了！"又毕恭毕敬地向主人行个礼，还把额头贴到了榻榻米上。阿延看到女佣对待自己的态度，跟昨天判若两人，不禁暗喜自己对下人调教有方。

"我今天回来得很早吧？"

女佣似乎并不觉得主人回来得很早。但是看到阿延脸上得意的表情，无奈地应道："是啊！"

阿延也只好迁就地说："本来打算更早一点回来。可惜现在白天太短了！"

阿延叫阿时过来帮忙折叠自己脱下的和服时，向她问道："我不在的时候，没发生什么事吧？"

阿时答道："没有！"

阿延不太放心，又问了一遍："没人来过吧？"

阿时好像突然想起什么似的大声说："啊！来过。就是那位叫作小林的先生。"

阿延知道小林是丈夫的熟人，这名字倒不是第一次听说。她记得自己跟那个人交谈过两三次，但她对小林的印象不太好，也很清楚丈夫对那个人非常鄙视。

“他来干吗？”

这种粗鲁的句子，差点就从她嘴里冒了出来，但她还是忍住了，重新换上平常的语气向阿时问道：“他来有何贵干？”

“说是来拿那件大衣的。”

阿延从没听到丈夫说起这件事，所以完全不懂话中含义。

“大衣？谁的大衣？”

接着，做事周密的阿延又向阿时提出各种问题，企图弄懂小林的意图，但她白费力气。因为她问得愈多，阿时答得愈多，两人愈往迷阵里钻。最后，她们突然发现，有问题的是小林，而不是她们，于是，主仆俩一起放声大笑。阿延这时想起津田常说的英文名词“荒谬”（nonsense），于是，她把小林和荒谬连起来，愈想愈觉得可笑。她毫无顾忌地任由这种滑稽的感觉从心底爆发出来，也把刚从电车里带回来的那个令人心烦的问题，暂时抛到了脑后。

七十八

当天晚上，阿延给京都的父母写了封信。这封信从前天写到昨天，始终没法完成。现在她下定决心，一定要在今天把信写完，但理由并不是因为心中记挂父母。

她感到非常心神不宁。为了逃避这种不安的心情，她需要把自己的注意力集中在某件事情上。另外，她也迫切地希望解决刚才一直存在的疑问。换句话说，她觉得只要开始给京都家里写信，脑中那种乱成一团的想法就能整理出头绪来。

阿延提起笔来，照例从问候开始写起，接着又机械性地解释了自己久未写信的理由，写到这儿，她暂时陷入沉思。既然是给京都的娘家写信，信里当然该以自己跟津田的相关信息为主。这不仅是任何父母都希望从新婚女儿嘴里听到的信息，也是任何一位女儿不能不向娘家父母报告的信息。阿延平时甚至坚信，如果避开这些内容不谈，那根本就没有必要给娘家写信了。现在她手抓着笔，不能不好好想想自己跟津田之间的联系，究竟他们是什么程度的什么关系？没人逼迫她必须向父母报告实情，但她痛切地体认到，身为某个男人的妻子，自己必须把这件事弄个水落石出。她凝神细思，停下的笔再也无法挥动。她必须专心地想一想，专心到无暇注意手里的笔已被放下。然而，她愈想弄清楚事情，愈是抓不到重点。

还没动手写信之前，纷乱的不安情绪令她相当烦恼。开始写信之后，阿延总算能集中精神，但是另一种令她不安的新烦恼从心底升起。前后两种不安被她放在一起比较之后，她发现，刚才在电车里从眼前闪过的各种形象，现在全都朝向新烦恼聚拢过来，于是，她终于找到那个令人痛苦的不安源头。只是那个源头的真面目，她却始终看不清楚，所以她势必只能把问题推向未来。

“今天不能解决的话，只好等到明天了；明天也不能解决的话，就只好等到后天；后天也不能解决……”

这就是阿延的逻辑，也是她的希望，她的最终决心。而且，她已在继子面前公开宣布了这项决心：“谁都没关系。只要你选中一个去爱，并且一定要让那个人爱上你。”

阿延在心底再度发誓，我一定要达到这个目标。等到目标达成，我就能放心了。她向自己的意志发出了命令。

她感觉心情稍微轻松了一些，便重新挥笔写信，尽量从自己跟津田的现况里，挑些可能让父母开心的消息，厚着脸皮写了一大堆。一件接着一件描述两人的幸福生活情趣。饱含激情的笔尖在纸上沙沙地雀跃飞驰，阿延感到非常有趣。瞬息之间，这封长信就已写完。只是瞬息究竟花了多少时间，她完全没概念。

写完之后，她放下笔，把自己写好的内容从头到尾重读了一遍。刚才指挥她的手写信的心，现在又同样在指挥她的眼睛读信，所以她觉得没有任何需要修改或增减之处。就连平时总是不太确定，一定要查阅《言海》[①]的字句，她也觉得无须在意了。只有两三处写错的助词或助动词，把文章的意思弄得混淆不清，所以她只把那几处错误略做修改后，就把信纸卷了起来，并在心底对即将收到这封的父母暗自表白。

“这封信里写的，从头到尾都是实情，绝无任何谎言、安慰或夸张。如果有人怀疑我这封信，我会憎恨他、轻视他，还要向他吐口水。因为我比那个人更了解真相。我写的都是超乎事实外观的真相，也是目前只有我才知道的真相，更是未来任何人都必须了解的真相。我绝对没有欺骗你们。如果有人认为我故意写信欺骗你们，那人肯定是个睁眼盲。他才是骗子。求求你们，请相信寄上这封信的我。因为连老天爷都已经相信我了。”

表白完毕，阿延把信封放在枕畔，才合上眼皮。

七十九

阿延想起在京都第一次见到津田时的情景。当时她回家探望久别的父母，到家后住了两三天，父亲就派她跑腿代劳，把一封信和一套中国线装书送到五六百米之外的津田家。父亲那时身患轻微的神经痛，时而卧床，时而起床，整天无事可做。阿延是那时才听父亲提起，津田的父亲为了帮他排遣无聊时光，经常借书给他。那天父亲派阿延到津田家去，也是为了送还旧书，顺便带回新书。她到了津田家，站在门外请人带路。玄关前有一座巨型屏风，上面写着一些龙飞凤舞的新奇书法，阿延看了大吃一惊，正在细细欣赏，不料，这时从屏风后面出来迎客的，不是女佣也不是书生，而是碰巧跟她一样刚回京都省亲的由雄。

① 《言海》：日本第一部近代国语辞典，由国语学者大槻文彦（1847 — 1928）编纂，共 4 册，从 1890 年至 1892 年相继出版，共收录约 39000 个语汇。也就是昭和时期修订增补后出版的《大言海》的前身。

在那之前，他们俩从未见过面，阿延只曾经听人提起，才知道由雄这个人。诸如“由雄最近回来省亲了”“回来又离开了”之类的信息，阿延也是那天早上才第一次听父亲说起。而且父亲只不过是突然想起要借新书，便写了封信，又顺便把关于由雄的信息告诉了阿延。

那时，由雄从阿延手里接过装在函套里的线装书之后，不知为何，一直瞪着书名《明诗别裁》[①]那几个庄严的字体看了许久。所以阿延也不得不注视正在欣赏字体的由雄。过了半晌，他突然抬起头，这才发现阿延一直专注地凝视自己。不过，从阿延的角度来看，由于她正在等待回话，注视由雄也是不得已的行为。由雄抬头对她说：“很不巧，家父现在出门了。”阿延打算立即告辞，但由雄制止了她，并且当着她的面，也不打声招呼，就把那封写给自己父亲的信拆开了。他这从容不迫的举动再度吸引了阿延。虽然这种做法有点失礼，但显然是一种果断的行为。阿延很不愿意用粗野或鲁莽来形容他。

由雄朝那封信迅速瞥了一眼，就把阿延丢在门外，转身进屋去找需要的书籍。但是很不幸，他找了半天都没找到阿延父亲想借的书，大约过了十几分钟，由雄重新走出来，向阿延道歉说，不该让她空等，然后告诉阿延，一时无法找到指定的书籍，还是等他父亲回来，再派人送过去。阿延则婉拒说，那样太失礼，还是她自己明日再来吧。两人约定之后，阿延这才返家。

不料，当天下午，由雄却把阿延父亲想借的书专程送来了。更巧的是，正好是阿延出去应的门。所以两人又见面了。这回他们立刻认出对方。由雄手里提着的那堆书，跟阿延早上送还的书籍量比起来，大约是后者的三倍。由雄用印花包袱布裹着那堆书，看到阿延时，他像拎鸟笼似的把包袱提起来向她打招呼。

---

① 《明诗别裁》：清朝沈德潜与周准编纂的诗集，共12卷，收集了明代314位诗人，并1100首以上作品。

阿延请他进屋，他也就直接走进客厅，跟阿延的父亲聊了起来。用阿延的说法形容，津田跟她父亲聊的，都是老人感兴趣的话题，一般年轻人根本难以招架，津田却能毫不厌烦地跟想法不同的父亲交换意见。他对自己提来的那堆书一无所知，更不清楚阿延上次归还的是什么书。而且他还特别强调，自己对笔画繁多的方块字一窍不通。所以只能把阿延父亲要借的《吴梅村诗》[①]这四个字当作目标，在书架上四处搜寻。听到这儿，阿延的父亲特地向他的好意表示感谢。

在阿延看来，那时的津田全身散发着光辉，跟现在的他没什么分别，却又不是现在的他。简单地说，他已经发生了变化。最初他对自己似乎不感兴趣，慢慢地，又好像被自己吸引了过来。而当他对自己发生兴趣之后，似乎又慢慢地远离自己而去。她所怀抱的疑问，几乎也就是她现在面对的事实。如果想要消除内心的疑问，她就非得掀开眼前的事实不可。

八十

阿延全身充满坚强的意志。清晨睡醒的那一瞬间，她几乎完全不知怯懦为何物。一睁开眼，就马上坐了起来，似乎忘了前一天还睡过懒觉。阿延一脚踢开棉被，爬出被褥，顿时感到手臂上充满力量，晨间的寒气刺激着她，也使全身绷紧的肌肉再度缩紧。

她亲自动手拉开雨户，户外的天色看来比平时早了很多。没想到今天竟跟昨天相反，比津田在家时起得更早，想到这儿，她感到一阵莫名的欣喜。总算弥补了昨天睡懒觉的过失，她想，这也是一项令人满足的成就。

阿延亲自收起被褥，又把客厅打扫一番，然后在梳妆台前坐下，解

---

① 《吴梅村诗》：明末清初诗人吴伟业的诗集。与《明诗别裁》并列为明代具有唐风复古倾向的代表性诗集。对江户时代以后的日本汉诗作者带来巨大影响。

开四天不曾梳理的发髻。她先用梳子把油污的发丝梳理了两三回，再把脸庞周围不听话的发丝勉强向上缩起，梳成厢发[①]。等她梳好头，这才去叫女佣起床。

早饭煮好之前，阿延跟女佣一起动手准备，待她们各自在小膳桌前坐下时，女佣对阿延说："您今天起得好早啊！"阿时完全摸不清女主人的心思，看到阿延今天起得那么早，似乎觉得很惊讶，也对自己比主人晚起有点歉疚。

"因为今天得去探望老爷呀！"

"需要那么早就去吗？"

"是啊，因为昨天没去嘛，今天就早点出门吧！"

阿延的语气显得比平时更为谦和，也蕴含着某种沉着，以及企图打破那种沉着的顽强，甚至还能隐约听出伴随顽强而来的果断。内心的感觉自然而然地从她的态度显露出来。

尽管如此，阿延却没有立刻出发。她又跟卸下襻带[②]、手端水盆的阿时聊了一会儿冈本家的事情。阿时对冈本家很感兴趣，因为她以前曾在冈本家帮佣，她们主仆两人平时就常常谈论冈本家的事情，有时甚至再三重复相同的话题。特别是津田不在家的时候，她们聊得更起劲。因为津田在家的时候，她们若是只顾自己聊天，难免会把气氛搞得很怪，好像只有津田一个人被她们排斥在外。阿延曾在偶然的状况下，经历过一两次这种尴尬的状况，从此就对这件事比较在意，此外，她也不喜欢被丈夫看成一个喜欢吹嘘家里有钱的女子。为了避免这种误会，她也事先叮嘱过阿时。

---

① 厢发：一种日本发髻，两鬓和前额梳得特高的包头，看起来很像一把伞遮住脸庞的周围。最早是在日俄战争前后，由女明星川上贞奴首开先河，1902 年左右开始在日本流行。

② 襻带：一种细长的布条。穿和服劳动时，宽大的衣袖妨碍作业，所以把布条两头打结，做成圆圈状，从左肩斜挂右腰，或右肩斜挂左腰，劳动时便用布条挽住衣袖。

“小姐的对象还没订下来吗？”

“说媒的倒是有，但还不知道结果怎么样呢。”

“要是能早点嫁个好人家就好了。”

“大概也快了吧。姑父那么性急，而且继子跟我不同，她长得那么标致。”

阿时似乎还想说些什么，但害怕听到女佣奉承，所以立刻主动说明：“不管怎么说，女人要是没有美貌，还是很吃亏。就算是个聪明伶俐的女人，长相太差的话，只会惹男人嫌弃。”

“不会吧！”阿时像在辩解什么似的，语气非常坚定。

阿延也更加坚持自己的主张：“真的喔！男人都是那样的！”

“但也只是暂时的现象吧，等到上了年纪，就不会那样了！”

阿延没有接腔，但她的自信不会那么容易受挫。

“真的啦，像我这种没有姿色的女人，除了等到下辈子，也没别的办法了！”

阿时不以为然地看了阿延一眼。

“夫人这样叫作没姿色，那我这样的该叫什么呢？”

阿时的话既是赞美，也是实情。两种含义阿延都听懂了，于是她心满意足地站起来。

阿延正在更衣准备出门的时候，忽然听到门外传来脚步声，接着又听到玄关的门铃声。阿时出去应门，只听到客人对她说：“想见一下夫人。”阿延忍不住侧耳倾听，企图弄清那声音的主人究竟是谁。

八十一

阿时用袖子捂着嘴，一面发出叽叽咯咯的笑声，一面跑回起居室，她简直笑得连客人的名字都说不清了。到了阿延面前，她痛苦地咬紧嘴唇，努力忍住想笑的感觉。花了好大一番功夫，她才吐出“小林”两个字。

阿延不知该如何接待这位不速之客才好。她正在系一条厚重的腰带，因为才系了一半，没法立刻亲自到玄关见客。但是让访客像债主似的一直站在门外干等，也不合礼数。她在穿衣镜前伫立半晌，皱紧不知所措的眉头。实在没办法，干脆先跟客人讲清楚，就说现在正要出门，没有时间从容待客。交代清楚之后，再请他进客厅吧。谁知她出去一看，才知访客不是陌生人，所以也就不能只听完来意，就把他打发出去。更何况，小林这个人天生就不懂揣摩、客套，他明知阿延急着出门，却暗自认定，只要对方不给他脸色看，他就可以一直赖着不走。

小林对津田的病况了如指掌，他还把自己即将远赴朝鲜去当“高官”的计划告诉了阿延。按照他的说法，那份工作的地位举足轻重，将来大有可为。接着，他又说起自己被侦探跟踪的经过，而且是跟津田一起从藤井家回来的那天晚上遇到的。说完，他觉得很有趣似的看着阿延惊讶的表情。小林仿佛对自己被人跟踪这件事非常得意，还向阿延解释说，自己大概被人看成社会主义分子了吧。

小林的谈话当中，或许有些部分会让感情脆弱的女子受到惊吓。阿延从没听过津田提起那些事情，她一面听得心惊胆战，一面吓得连要赶时间出门也忘了。但这样老实地连声响应“是是是”，一直听下去的话，谈话永远难以结束。所以听到最后，阿延不得不催促客人，请他快点说明来意。这时，小林才很不好意思地说出来访的目的。当然，就是为了昨晚曾让阿延跟阿时笑了半天的那件大衣而来。

“津田君已经答应要送给我了。”

小林接着解释说，他是想在出发到朝鲜以前，先穿穿看，万一尺寸不合，可以趁现在拿去修改。

阿延本想当场就把那件大衣从衣橱底层拿出来给他，但是转念一想，自己从没听过津田提及此事。

“我想，他反正也不会再穿了吧。”说完，她犹豫了几秒，因为她很了解丈夫的脾气，对于这种事情，他可是出乎意料的难搞。阿延不想为了一件穿旧的大衣，将来被丈夫责怪自己做事疏忽。

“没有错哟，他确实答应过要给我的。我可没骗人喔。”

如果不把大衣拿出来给他，似乎就表示阿延认定小林在说谎。

“不管我喝得多醉，脑筋可是清楚得很呢。我这个人哪，什么东西都可以忘，别人送的东西，是绝对不会忘的。”

这时，阿延终于下了决心。

“那就请您稍候一下，我派人打电话到医院去问一下。”

“夫人您做事好认真呀。”小林说着笑了起来。不过阿延私下担心的不愉快表情，倒是完全没出现在他脸上。

“只是为了慎重嘛，我可不想将来被人啰唆。”

阿延顾虑小林会感到失望，不得不像辩解似的向他说明。

阿时奔向公用电话去向津田求证，在她带回答复之前，家中的主客两人继续相对而坐，并借着聊天填补这段等待的空档。然而，交谈中乍现的灵光，却令事先毫无预感的阿延怦然心跳起来。

八十二

“津田君最近变得成熟多了。应该都是受到夫人的影响吧？”

阿时刚踏出家门，小林立刻莫名其妙地说了这句话。阿延知道他的为人，决定只跟他表面周旋一番。

“是吗？我可不觉得自己能对他产生什么影响。”

“哪里，哪里，他简直就像变了一个人呢！”

听了小林这种夸张的说法，阿延倒真想讥讽他几句。但她的品格不允许自己做这种事，只好故意闭嘴不再说话。不料小林这家伙不会看人脸色，说话也毫无段落与秩序，时而跳跃地东拉西扯，时而粗鲁地穷追不舍。

“毕竟还是敌不过老婆的魅力哟，不管哪个男人都一样……我这种光棍是很难想象啦，其中，还是有些什么奥秘吧？”

阿延终于再也无法抑制，爆出一阵大笑。

“是呀，有奥秘呢！夫妻之间，确有许多小林先生做梦都无法想象的奥秘哟。”

“既然如此，希望您指教一二。”

“你一个光棍，教了又能如何？”

“可以当作参考啊！”

阿延的小眼睛里闪出一道精明的光芒。

“不如自己讨房妻室，才是最快的快捷方式，不是吗？”

小林搔了搔脑袋说：“想讨老婆，可是讨不到呀。”

“为什么呢？”

“没人肯嫁给我，当然就讨不成了，不是吗？”

“告诉您吧，日本可是女人过剩的国家哟。想娶老婆，不管什么样的，随处都能找到，不是吗？”

说完，阿延觉得自己说得有点过火了，不过对方并不在意。小林的神经向来习惯了更激烈的言辞，他对阿延这番话根本没感觉。

“就算女人过剩，可我是马上就要出奔的人，才没有女人愿意跟我走呢。”

“出奔”这个词突然让阿延想起戏里男女私奔的剧情。歌舞伎里那种浓情蜜意的恋爱镜头从她脑中一闪而过。不过，面前坐着的小林跟那种剧情毫无关联，他是来讨别人的旧大衣的，阿延看了小林一眼，脸上露出微笑。

“逃亡的话，两人一起私奔，不是更好？”

“跟谁呀？”

“答案还用说吗？除了夫人以外，还能带谁走啊？”

“喔。”

小林只说了一个字，就老实地闭上嘴。他这态度完全出乎阿延的预料，所以她有点吃惊，又觉得更可笑。不过小林却显得很严肃，过了半晌，他像在自言自语似的发表了一段妙论。

“要是真有那么一个女人，愿意跟我私奔到朝鲜那片苦海，说不定，我也不会变成现在这副怪样了。不瞒您说，我不但没老婆，根本就是一无所有，连父母朋友都没有。也就是说，我不是活在人世。说得更透彻一点，我身边没有一个真正的人类。”

阿延觉得从她出生以来，还是第一次碰到这种人，她从没听过任何人如此说话。对她来说，光是理解这句话的表面含义都很困难。更别说应该如何对待这种人，她心里可是一点概念都没有。不一会儿，小林露出略带感慨的表情说：“夫人，我只有一个妹妹。对于一无所有的我来说，这个妹妹十分珍贵，比一般人的妹妹不知珍贵多少倍，但我必须丢下这个妹妹到朝鲜去。妹妹总想要跟着我，不论我到哪里，她都想跟着，可是我实在没办法带她去。因为两个人分隔两地还是比待在一起安全，可以减少被杀的危险。”

听到这儿，阿延觉得心头很不舒服，她暗自盼望阿时快点回来，但她始终不见踪影。阿延无奈地试着改变话题，希望借以解除眼前的压力。她这项企图很快就得逞了。但她却没想到，自己竟因此陷入另一个出人意料的窘境。

八十三

当时那场过程独特的对答，是由阿延的一句话拉开了序幕。

“话说回来，您说的那件事，是真的吗？”

小林脸上的沉痛表情果然立刻消失了，而且就像阿延预料的那样，他主动反问阿延：“您指的是什么？是我刚才说的那些事？”

“不，不是那些事。”

阿延按照自己的计策将对手引入圈套。

“刚才您不是说了？说津田最近变化很大。”

小林不得已只好回到最先的话题。

“是啊，我是说啦。因为是真的嘛，所以才说的。”

“津田真的改变了那么多？”

“是啊，改变了！”

阿延不可置信地看着小林，小林则露出“手里握有某些证据”的表情看着阿延。两人彼此瞪着对方，看了好一会儿，小林的嘴角始终挂着一丝浅笑。只是那微笑最终还来不及变成真正的笑容，就不得不销声匿迹了。因为阿延用态度向他宣告，我可不是你小林这种人可以随便调戏的。

“夫人，您自己大概也已经发现了吧？”

这次轮到小林向阿延主动进攻。阿延确实已经察觉丈夫有所改变，但她注意到的是完全不同性质的东西。跟小林察觉到的，或至少跟他刚才提到的变化比起来，阿延的发现指向完全相反的方向。从她嫁给津田以来，那种变化十分微妙，虽然模糊不清，却又逐渐明朗，并且沿着极难察觉的色调阶梯悄然前进。不论旁观者的感觉多么敏锐，只从外部窥视是无法看清的。这也正是阿延心中的秘密。心爱的人正要离开自己的某些微妙变化，或者心爱的人根本从以前就离自己很远的悲哀事实。如今她已开始认清诸如这类的真相。而这种心境的变化，小林这种人又怎么可能明白呢？

“完全没发现喔。那究竟是哪里改变了呢？”

小林高声大笑起来。

“夫人您真会装傻，我可是望尘莫及啊！”

“会装傻的是您吧？”

“啊哟，好吧，就算是这样吧……不过夫人真有本事啊。我总算明白了，所以津田君才会变成那样，原先我还在纳闷呢！”

阿延故意不再接腔，但她脸上并没有厌烦的表情，而是一种不失可爱又满不在乎的态度。

小林又追加了一句：“藤井家那些人都很惊讶喔。”

“为什么呢？”

听到藤井这个名字时，阿延那双小眼睛立刻一转，视线直射小林的脸孔。虽然她明知已经中计，却不能不开口反问。

“就是因为您的手腕呀。您把津田君捏在手里，随意摆布的那种神奇的手腕啊。”

小林说得实在太露骨了。不过，这个说话露骨的人，似乎有一半是为了讨好阿延，才在她面前说了这些。阿延冷冷地答道：“是吗？我竟有那么伟大的力量，连我自己都不知道呢！但既然藤井叔父跟婶母都这么说，那大概没错喽！”

“我觉得很正确！不仅是我，其他任何人看了，都觉得很正确，那就无法否认了吧？”

“谢谢！”

阿延用轻蔑的语气向小林道谢，声音里蕴含的厌恶，似乎让小林感到非常意外。他立刻又像劝慰似的向阿延说：“可能因为夫人不了解津田君婚前的情况，所以没感觉自己对他造成的影响吧……”

“我在婚前就对津田有所了解。”

“不过，在那之前，可就不清楚了吧？”

“那当然！”

“可是啊，我却对婚前的事情非常清楚呢！”

终于，两人的话题就这样开始追溯起津田的过去。

八十四

对阿延来说，话题扯向丈夫的领域，而且是自己从未听过的内容，她当然很感兴趣。于是她很高兴地侧耳倾听小林描述。然而，听了半天，她发现小林始终不肯交代重点。即使嘴里说个不停，说到重要的部分时，他却有意地省略不说。譬如说，他提到自己跟津田曾在深夜受困于警戒区，但是走进警戒区之前发生了什么？他们三更半夜到哪里去？他却故意含糊交代过去，一点口风也不愿透露。对于阿延的追问，他也只是意味深长地嘿嘿笑两声。阿延甚至怀疑他是存心想让自己感到焦躁。

阿延平时就看不起小林。这种轻蔑的感觉，一半是根据丈夫的评价标准，一半是来自她对直觉的自信，另外，还有一项非常重要却不能公开的理由。其实说出来也很简单，无非就是小林太穷，身份低微罢了。小林在一家不赚钱的杂志当编辑，这种工作对阿延来说，当然不能算是正当职业。小林在她眼里，永远都是一副无依无靠的表情，四处徘徊游荡，一面嚷着无家可归，一面又发着牢骚到处流浪。

不过，这种轻蔑的背后，又总是伴随着某种恐惧。尤其那种对阶级感到陌生又缺乏经验的年轻女人，更无法避免这种恐惧。至少对于坐在小林面前的阿延来说，她心里就是这种感觉。阿延虽不至于从没见过小林这种贫穷阶级，但平时进出冈本家的那些穷人，都很清楚自己的地位。他们不仅明白身份自有等级之分，也懂得自己该守的本分，从来不会做出逾矩的行为。像小林这么刁钻狡猾的家伙，阿延倒是从未见过。他明明无财无势，却敢厚着脸皮凑到身边来，并且大胆胡诌，拼命揭发上流社会弊病，像他这样的人，阿延这辈子还真的没碰到过。

突然，阿延脑中浮起一个念头："现在跟我说话的，并不是我平日想象的那种傻瓜，而是一只很难应付的老狐狸。"

轻蔑背后的恐惧突然在她脑中急遽加强时，阿延的态度也迅速出现变化。接着，小林不知是想表明自己发现了阿延的变化，还是根本不在意她的反应，他居然哈哈大笑起来。

“夫人，还有很多喔，您想听的事情。”

“是吗？今天听了这么多，也够了吧？要是一次听完，以后就没意思了！”

“也对！那今天就到此为止吧！让夫人太心焦的话，万一歇斯底里症发作起来，我可得负责呢。又要被津田君埋怨了。”

阿延把脸转向后方，身后是一道墙，但她还是努力张望起居室附近，似乎想要听到阿时归来的声响。但厨房门口还是跟刚才一样悄无声息。阿时早就该回来了，却始终不见踪影。

“怎么回事呢？”

“喔，马上就会回来的。别担心，她又不可能迷路。不要紧的。”

小林坐着不动，完全没有告辞的意思。阿延觉得无奈，只好借口泡茶，打算站起身来。谁知小林却拦住她说：“夫人，既然还有时间，为了给您解闷，继续再聊刚才的话题吧。反正不管说不说话，对我这个吃闲饭的人来说，消磨掉的时间都是一样。您千万别客气。如何？津田君令人疑惑却没向您坦白的事情，还有很多吧？”

“或许吧。”

“看来他倒是颇有心机嘛。”

阿延吃了一惊。因为小林的评语令她不得不暗暗点头，同时又因为心事被人说中，阿延的心情就更加不爽了。这个无礼的家伙，太不懂自己的分寸！阿延看了小林一眼，小林却不在乎地又说了一遍：“夫人，您不知道的事情还有很多喔。”

“有也没关系啊。”

“哎哟！您会想知道的事情还多着呢。”

“有就有吧。”

“那如果说，是您必须知道的事还有很多呢，您觉得如何？还是觉得没关系？”

“是啊，没关系！”

八十五

小林的脸上泛起了戏谑的旋涡，他毫不掩饰地露出进退由我的胜利表情，甚至用姿态表达，他想永久地拥有这种瞬间的得意，直到永远。

“多卑鄙的家伙！”阿延在心底骂道。

她跟小林互相瞪着对方，彼此僵持不下。过了半晌，小林又开口说道：“夫人，有件事必须告诉您，这件事也是津田君发生变化的证据。但您似乎很害怕听到这件事，所以就留到以后再说吧。我先说相反的一面，也就是，津田君完全没变的部分，供您参考吧。就算您不想听，我也希望您一定要听一听。您看如何？要听吗？”

“随您的便。”阿延冷冷地答道，“谢谢！”

小林说完笑了起来。“我一向遭受津田君鄙视。现在他还是看不起我。就像我刚才说过的，津田君改变了很多。但只有他对我的轻蔑，还是跟从前一样，毫无改变。看来不管夫人多么聪明伶俐，只靠夫人的感化力，这件事还是一筹莫展。当然，或许从您的角度来看，这也是理所当然的啦。”

说到这儿，小林停下来，望着阿延看似痛苦的笑脸。过了半晌，他又接着说：“喔，我并不是想要改变他对我的态度哟，也完全没有请求夫人帮忙的意思，请您放心。不瞒您说，我这种人，并不是只有津田君一个人看不起我。任何人都不会把我放在眼里。就连条件很差的女人都鄙视我。老实说，全世界都对我十分鄙夷。”

小林的眼神非常镇定。阿延不知该如何回答才好。

“哎哟……”

“我说的都是事实。其实夫人的心里不也是这么认为吗？”

“我怎么可能这么过分？”

“只是嘴上不得不这么说吧？”

“您的看法太偏激了。”

“是啊，或许是我偏激。但不管是不是我看法过偏，事实就是事实。反正这些也都不重要了。只能怪自己生来就是废物，被人轻视又能怎样？也不能怪别人吧。只是啊，长久以来，始终被社会看成废物的那种心情，您了解吗？”

小林说完一直用眼睛瞪着阿延，等待她的回答。但阿延觉得无话可说。一个不能引起自己同情的对手，他的心情跟自己有什么关系呢？再说，阿延还有她自己必须深思的问题，她可不想为小林伸展自己的幻想之翼。

“夫人！”小林看到阿延的表情，又呼唤一遍。

“夫人，我活着就是为了惹人厌，所以我才故意说那些惹人厌的话，做那些惹人厌的事。不那样的话，我简直痛苦得要死，根本活不下去。因为我没法得到别人的认可。我是个废人！不管别人怎么轻视我，我也无法尽情讨回公道。无奈之中，我才想到，那至少想办法让别人讨厌我吧。这就是我的志愿。”

听到这儿，阿延眼前浮现出一幅图画，画中呈现的是另类世界的人类心理。阿延心底所期待的，是希望每个人都爱自己，同时她也努力争取每个人对自己的爱，尤其是她丈夫，她觉得自己一定要努力获得丈夫的爱。而且她自始便坚信，世界上所有人的想法都跟自己一样，绝对不会有第二种想法。

“您好像很吃惊？夫人从没遇过我这种人吧？不过世界上各式各样的人都有喔！”

说到这儿，小林露出一吐心中积怨的表情说：“夫人从刚才就对我很厌恶，心里盼着我快点走吧，快点回去吧。可不知为什么，女佣却一直不回来。您是没办法才跟我聊天的。这些我心里都很明白。只是，夫人虽然知道我是个讨厌鬼，却不知道我为什么变成一个讨厌鬼，所以我才向您解释一下。其实我应该不是生出来就这么讨厌吧？不过，我自己也不是很清楚啦。”

小林说完又放声大笑起来。

八十六

碰到这种奇怪的男人，阿延的内心愈加混乱。首先，她无法理解小林。其次，她无法产生同情。最后，她怀疑小林的真诚。反抗、畏惧、轻蔑、疑惑、耻笑、厌恶、好奇……各种感觉在她心底混杂交错，除了带来不安，终究无法理出一点头绪，想了半天，她向小林问道：“所以您就是想明白地告诉我，今天是为了让我讨厌，才特地跑到这里来的吧？”

“不，那不是我的目的。我的目的是来拿大衣。”

“所以说，您是来拿大衣，顺便气我一下？”

“不，那倒也不是。因为我这个人，喜欢顺其自然。跟夫人比起来，我的心眼和手腕差远了！”

“那又何必多说，您只要回答我的问题，不就行了吗？”

“所以才说我是顺其自然呀。自然而然地，就想让夫人讨厌我了。”

“总之，这也是您的目的吧？”

“不是目的，但或许是心愿吧！”

“目的和心愿有什么不同？”

“没有不同吗？”

阿延的小眼睛里冒出憎恶的光芒。“别欺负我是个女人！”那双眸子已把心中的愤慨充分表达出来。

“别生气呀。”小林说，“我只是想向夫人说明，我不是因为小心眼才来找碴儿的。既然老天爷让我这么惹人嫌，我也没办法。只是想说明这一点，所以特地向您解释了几句。希望您能理解，我完全没有任何恶意。也希望您明白，我从头就没有任何目的。但或许老天爷另有目的也不一定。或许是那个目的促使我采取了行动，或许被老天爷的目的促成行动，就是我的心愿。”

小林的逻辑思考显得有点混乱。阿延没受过逻辑推理的训练，无法推翻小林的逻辑。也就是说，她缺少分辨能力，难以判断小林的说法是否可以无条件接受。但如果要从对手故意找碴儿的言辞中抓重点，这种才能，阿延还是相当充分的。于是她当场就用一句话归纳了小林的企图。

“所以您的意思是说，只要是惹人厌的事情，您就拼命去做，自己却不必负一点责任？”

“是啊。正是此意！这才是我要说的重点！”

“好卑鄙！……”

“不卑鄙呀！不需负责的事情，也就没有卑鄙可言。”

“有的。首先请问您，我做过什么对不起您的事情吗？请先回答我，我再说其他的事。”

“夫人，我可是被社会视为无家可归的人喔。”

“那关我和津田什么事啊？”

小林发出一阵笑声，仿佛正在等待这句话似的。

“在您两位看起来，大概觉得跟自己无关吧。但从我的角度来看，关系可密切了。”

“怎么会？”

小林突然闭嘴不再说话，然后点燃香烟，抽了起来，他的表情似乎在说：这是一个习题，你自己好好思考一下吧。阿延为此更加感到不快，甚至都想下逐客令了。“够了，快回家吧！”她很想对小林这样说。但她也很想弄清小林究竟是什么意思。而同时，小林看穿自己的心事，故意装出满不在乎的模样，又令她感到气愤。就在这时，刚才她一直引颈期盼的阿时终于回来了，阿延心中那股怨气还没机会适当地发泄一下，只好又被迫压回心底。

八十七

阿时走到回廊边坐下，从户外拉开纸门。

“我回来了。抱歉耽误了太久。因为我搭电车到医院去了一趟。”

阿延有点生气，看着阿时说：“那没打电话喽？”

“不，打了。”

“没打通吗？”

连续问了几个问题，阿延才弄懂阿时为什么跑到医院去……原来，最先一直打不通电话，后来虽然打通了，却没法把话说清。阿时要求对方找护士来接电话，就连这个要求都难以达到。电话那头始终是一名书生或药局员跟她对话，而对方说些什么，她却完全听不懂。首先，因为对方的语意不明；其次，她能听清楚的部分，却又前言不对后语。总之，那个接电话的男人，根本没把阿时的问题转告津田，阿时最后只好放弃努力，走出电话亭。但她又不愿没完成任务就回家，于是她立刻跳上电车，赶往医院。

“本来是想先回来，问过您的意思再去，但那样的话，又要花费更多时间，而且我知道不该让客人这样干等。”

阿时说得非常合理，阿延实在该向她道谢才对。但她想到刚才为了等待阿时回来，害得自己受了小林不少窝囊气，又觉得这个体贴的女佣有点可恶。

阿延起身走进起居室。室内有一座上下相叠的双层衣橱，橱上镶着闪闪发光的铜饰，她拉开最下面的抽屉，从底层掏出那件惹事的大衣，拿来放在小林面前。

“就是这件吧？”

“是的。”小林立即伸手拿起大衣，用一种旧衣店老板的眼神反复打量衣服。

“比我预料的脏多了。”

“这衣服配你，就很不错了！”阿延很想这样回答，但她没开口，只用眼睛瞪着大衣。正如小林所说，大衣有点变色了。譬如衣领的反面没晒过太阳的地方，跟其他部分比起来，尤其显得刺眼。

“反正是白拿嘛，也不能要求太多啦。”

“不满意的话，请不必勉强！”

“是叫我放下的意思？”

“是的！”

小林终究还是不肯放下大衣。阿延看着觉得很痛快。

“夫人，我可以在这儿试穿一下吗？”

“好啊，可以的。”

阿延故意言不由衷地回答。说完，她仍旧坐着，用讥讽的目光看着小林试穿，只见他像游泳似的把手臂乱晃几下，才把手伸进又紧又窄的衣袖里。

“您看如何？”

说着，小林转过身，将背部对着阿延。几道难看的皱褶映入阿延的眼帘。虽然应该提醒对方最好用熨斗烫一下，她却故意称赞道：“看起来刚好哟。”

阿延觉得有点可惜，因为身边没有其他人，好不容易看到小林可笑的背影，却没人跟她互使眼色，暗中讥笑那人一番。

这时，小林又突然转个身，砰的一下，直接穿着大衣在阿延面前盘腿坐下。

“夫人，人只要能活着，就算穿着奇装异服遭人耻笑，也没关系啦！”

“是吗？”

阿延赶紧收回嘴角的笑意。

“像夫人这种从没穷过的贵人来说，大概不太了解我的意思吧？”

“是吗？可是我却觉得，与其活着被人耻笑，还不如死了的好呢！”

小林没有回答。出人意料的是，他突然说道：“感谢您！托您的福，今年冬天总算能活过去了！”

说完，他站起身来，阿延也站了起来。两人一前一后正要从客厅走上回廊时，小林忽然回头说道：“夫人，既然您的想法是那样，还请小心行事，免得被人耻笑喔。”

八十八

这一瞬间，两人的脸孔相距不到三十厘米。因为阿延正要往前迈步时，小林突然转过头来，所以他们不得不立刻停下动作，两人都在刹那之间停下脚步，看着彼此的面孔。不，应该说是四目相视。

这时，小林那双粗浓的眉毛闯进阿延的视野。浓眉下的一对黑眼珠笔直地盯着阿延，一动也不动。那双眼神究竟表示什么？只有阿延主动出击，才可能弄得清楚。于是，阿延开口说道：“您不必多事。我没有必要接受您的劝告。”

“不是没有必要接受劝告。您想说的大概是，我没资格提出劝告吧？当然啦，您本来就是值得尊敬的贵妇，但……”

“够了！请回吧！”

小林不肯听从劝告。于是，一场舌战便在瞬间爆发。

“但我要说的是津田君的事啊！”

“津田怎么了？您是想说，我虽是贵妇，津田却不是绅士？”

“我可不懂绅士是什么东西。首先，我根本不承认世界上还有这种阶级。”

“承不承认，都随您高兴。但您想说津田如何呢？”

“您想听？”

阿延的小眼睛里笔直地射出一道锐利的闪光。

“津田可是我丈夫喔！”

“是呀，所以您才会想听吧？”

阿延咬牙说道：“快走吧！”

“是啊，是要回去了。现在正要走呢。”

说完，小林立刻转过身，正要从回廊边走向玄关，刚离开阿延身边两步，阿延又觉得不甘心看他离去，便叫住了小林：“等一下！”

“什么事？”

小林慢吞吞地停下脚步，然后把两只手臂伸向前方，他的两手套在旧大衣过长的衣袖里，看起来就像漫画里的人物，他像鉴赏全身似的上下打量了自己一番，然后才嘻嘻地笑着转眼望向阿延。

阿延用更尖锐的声音问道：“怎么什么都没说就要走了？”

“刚才已经向您道谢过啦。”

“我不是指大衣。”

小林佯装不懂，甚至露出讶异的表情。

阿延忍不住责备他说：“您有义务对我说明一下！”

“说明什么？”

“关于津田的事。津田是我丈夫，既然您在他妻子面前转弯抹角发表了怀疑他人格的言论，难道没有义务把事情说清楚吗？”

“我如果不想说，只需取消刚才那些话就行了。我原本就是不懂义务与责任的人，叫我按照您的要求说明，大概会很困难，反正我本来就不知羞耻，取消自己说过的话，也不算什么……所以，我就取消刚才对津田君发表的失礼言论吧。同时，我也向您道歉。这样可以了吧？”

阿延沉默不答。

小林在她面前摆出立正的姿势说：“我在这儿重新声明一遍，津田君具有高尚的人格。他是一位绅士（如果社会上有这种特殊阶级的话）。”

阿延仍然低头不语。

小林接着又说："刚才劝告夫人要多加小心，免得被外人耻笑。但是夫人说没有必要接受我的劝告，所以我就只好闭嘴。其实仔细想想，是我失言了。现在我一并取消那些。如果还有其他惹怒夫人的发言，全都取消。都怪我说错了。"

说完，小林穿上放在脱鞋处的鞋子，拉开木格门，正要走出去的瞬间，他还回过头向阿延打声招呼说："夫人，再见！"

阿延只向他微微点头，然后就一直呆呆地站在原处。过了半晌，她猛然奔向楼梯，直接上了二楼，在津田的书桌前坐下。刚坐下的那一秒，她立刻哇的一声，趴在桌上大哭起来。

八十九

所幸阿时并没上楼，阿延才能毫无顾忌地任意而为。她抛开一切尽情大哭，哭得满脸泪痕，悲切的模样简直不能见人。等到哭够了，她才停下来，任由泪水自动变干。

阿延把沾湿的手帕揉成一团，塞进和服衣袖里，然后，她猛然拉开书桌的抽屉。抽屉共有两个，她依次翻了一遍，却没发现任何新奇玩意儿。其实这也难怪，因为两三天之前，津田要去住院的时候，她帮着收拾行李时已把抽屉翻过一遍了。阿延把其他的信封、尺子，还有会费收据等，全部检视一番后，又一件一件小心地放回原位。那份看似广告小册的石版印刷品，画页上印着巴拿马帽、草帽等各式各样的帽子。看到这份宣传品，阿延想起那个初夏的黄昏，她跟津田一起到银座去购物。这份小册就是津田从他们买夏帽的店里拿来的。画页里，日比谷公园的杜鹃盛开，到处都是一片鲜红，画面最前方可以看到远处的霞之关，一边的路旁种着高大的杨柳，浓密的树荫形成阴暗的树影……一切都像萦绕不去的往日气息，不断以联想的形式缠绕着阿延的记忆。她对着敞开的抽屉沉思片刻，又像突然想起什么似的，砰的一下关上书桌的抽屉。

书桌旁有一座书橱，橱身的表面印着无数直线条纹作为装饰，橱上也有两个抽屉。阿延立刻离开书桌走向书橱。但她的手刚放在铜环上，两个抽屉都哗啦一下，毫无抵抗地滑了出来。她还没开始检视，就已感到失望。手里没感觉过的地方，怎么会有什么新发现？她拿起一本旧笔记本，随意地翻来翻去。如果一页一页地检阅，也实在太费事了。如果要从读过的字句当中追查自己企图搜集的信息，她觉得这本笔记里不可能会有这种数据。她深知丈夫天性小心谨慎，心思又极为缜密，才会把不需上锁的秘密随意放在她的面前。

阿延又拉开壁橱的橱门，转动目光四处巡视，希望找到上锁的箱盒。但壁橱里什么也没有。只有最上层堆满了煞风景的杂物，下层有个大木箱，里面也堆得满满的。

阿延重新回到桌前，从桌上的信盒里抽出一些津田的书信，一封一封检视。她觉得这些信里不可能留下任何可疑的蛛丝马迹。但那几封从未看过也没摸过的书信，还是散发出某种信号，令她觉得应该再做最后一次检查。她受到那堆书信的引诱，一直坐在书桌前面。思索良久，终于在“为了慎重起见”的借口下，动手拆开了信封。

信封一个接一个被她把开口向下翻过来，信纸一张一张被她摊开。有些读了四分之一，有些读了一半，剩下的书信全都从头到尾默读一遍。读完，她又按照顺序，把那些信放回原处。

突然，一团疑惑的火焰在她心中萌生。眼前清晰地浮现出津田的身影，他正在院里往一堆旧信泼油，然后把那堆信烧得一干二净。燃烧的纸片化为火花飘向空中，津田惊恐地拿起一根竹竿压住火堆。那是初秋的时候，户外才刚开始吹起刺骨的寒风。一个星期天的早晨，他们吃完早饭后不到五分钟。津田就放下筷子，迅速地从二楼捧着一个细绳捆绑的小包下来。他匆匆转过身，从厨房门口绕向院里。阿延发现的时候，他已把小包点燃了。等到阿延走到回廊上，小包外层的包装早已烧焦，只能看到里面有些书信。“为什么要把那些信烧掉呢？”阿延问津田。津田回答说：“太占地方，没法处理。”阿延又问：“那为什么放在那里生灰？怎不拿出来让我们梳头[①]的时候使用呢？”津田没说话，只顾着不断用竹竿戳着底层露出的信纸。每戳一下，竹竿尖端就卷起一股还没烧尽的滚滚浓烟。烟雾遮住了青竹的尖端，也掩盖了那堆被他压住的书信。津田被烟熏得受不了，便把脸背向阿延……

阿延就像放在桌前的人偶似的，一直静坐在那儿沉思，她不断思考着这件往事，直到阿时上来请她去吃午饭。

九十

时间已在不知不觉中过了正午。阿延在阿时的服侍下，独自坐在膳桌前面。其实这也是平时津田出门上班后，她跟女佣两人每天重复的日常活动。但是今天的阿延，已不是平日的阿延，她的表情十分严峻，脑中却马不停蹄地转着各种念头。就连刚才为了出门而换上的和服，也为她增添了几分不同于平日的严肃气氛。

如果阿时完全不问她遇到了什么难题，阿延或许直到吃完饭之前，都不会说一句话。其实这顿饭她根本是不想吃的，但她又不愿让阿时起疑，所以只是在膳桌前做做样子罢了。

阿时也顾忌着什么似的，故意不主动开口。不过，当阿延吃完饭，放下筷子的那一刻，阿时立刻问道：“发生什么事了吗？”阿延只答了一句：“没事！”阿时却没马上把膳桌端到厨房去。

“真对不起您！”

---

① 梳头：梳理传统日本发髻时，需要使用大量纸绳固定发丝，纸张在古代是非常珍贵的物品，公文、书信、书籍等废纸通常都会有业者负责回收。一般人也不会随便丢弃废纸，妇女则习惯把家中的旧信纸捻成纸绳，用来梳头。

阿时为自己刚才擅自前往医院向主人致歉。阿延心里也有问题想问阿时。

“刚才我们说话太大声了吧。你在用人房听到了？”

“没有。”

阿延抬起疑惑的眼神望向阿时。阿时像要避开她的视线似的立刻说道：“那位客人真的太……”

但是阿延并没回答，只是安静地等待阿时的下文，阿时不得已，只能自己把话接下去。也因为阿时开了头，两人这才展开一场对话。

“老爷吓了一跳呢。还说，那家伙太过分了。老爷并没有叫他来拿大衣，他事先也不打声招呼，就直接跑来找夫人闲聊，再说，他明明知道老爷住院的事。”

阿延微微发出轻蔑的笑声，却不主动发表评论。

“其他没再多说什么？”

“老爷说，就把大衣给他，快点把他打发走。然后又问我，那个人有没有跟夫人讲话？我就禀报老爷说，正在跟夫人谈话。老爷很不高兴呢。”

“是吗？就只有这些？”

“不，还问我，跟小林谈了些什么。”

“那你怎么回答？”

“因为我不想回答，就说我不知道。”

“然后呢？”

“然后，老爷的表情更不高兴了。还说，不该随便把那人请进客厅……”

“说了这种话？可是那是他的老朋友，有什么办法？”

“所以啊，我也是这样回答的。而且夫人当时正在换衣服，又不能马上赶到玄关去，没办法啦。”

“对呀，后来呢？”

“后来老爷调侃我说，就因为你从前也待过冈本家，所以一提到夫人，你就那么热心帮她说话，真叫人感动。”

阿延露出了苦笑。

“真是难为你了。就只说了这些？”

“不，还有呢。老爷还问小林有没有喝过酒。我当时没注意，但我想现在又不是过年，怎么可能有人一大早就喝醉，跑到别人家去做客……”

“所以你说他来的时候并没喝醉？”

“是的。”

阿延的表情似乎还在等待下文。阿时确实也还没把话说完。

“夫人，老爷还吩咐我，叫我回家以后，跟夫人好好解释一下。”

“解释什么？”

“老爷说，小林是个语无伦次的家伙，喝醉以后更是个危险分子。所以不管他说些什么，绝对别理他。老爷还说，把小林的话全部当成胡说就对了。”

“是吗？”

说完，阿延已不想多说什么。阿时却独自咯咯咯地笑起来。

“堀家的夫人也在旁边笑呢。”

听了这话，阿延才知道津田的妹妹这天早上到医院去探病了。

九十一

津田的妹妹只比阿延大一岁，却已经生了两个孩子，大儿子在四年前出生。只凭身为人母这项事实，已完全足以唤醒她的自觉。过去这四年，她随时随地怀着一颗慈母心，从来不曾忘记自己是个母亲。

她的丈夫是个浪荡子，天生具备浪荡子身上常见的宽宏大量。他喜欢自由自在地到处游荡。他不会为难自己的妻子，也不会对妻子过度娇宠。

这就是他对待阿秀的态度。而这种态度也令他深感得意，因为他觉得这种境界，必须累积多年浪荡经验才能达到。如果说，他也拥有人生观这种严肃思想的话，他的人生观就是：做事马虎，笑看人生，万事绝不执着，活着就要悠闲、懒散、淡泊、大方、善良。他所谓的行家，就必须这样活着。也因为手里从没缺过钱，他才能按照自己的想法活到现在，而且从未感到任何不满。这种完美的结果，又使他变得更为乐观。他相信任何人都对他有好感。当然，他更深信阿秀是喜欢自己的。而且，就算自己想错了，他也无所谓。而事实上，阿秀也并不讨厌他。

阿秀当初是因为长得漂亮，才被堀家娶进门的，嫁进夫家之后，阿秀才明白了丈夫的性格，并且逐渐开始了解丈夫整个人就像被浪荡的酒精浸泡过似的。阿秀也曾怀疑，像丈夫这么不拘小节的人，为什么当初那么认真表示非娶自己不可呢？但她内心的疑问很快就被抛到脑后去了。她不像阿延那么有毅力。在丈夫身上找到答案之前，身为妻子的她已对丈夫不感兴趣，因为她那双刚刚闪出母性光辉的眼睛，必须完全集中在刚出生不久的婴儿身上。

阿秀和阿延之间的差异，还不只这一点。阿延的新家成员只有夫妻两人，双方的家人都远在京都，而堀家不但有母亲同住，弟妹也都住在一起，甚至还有些麻烦的亲戚也在周围。所以很自然的，阿秀的脑中就不能只想着丈夫。一大家子里面，婆婆更让她尝过许多不为人所知的辛苦。

阿秀的婆家原就看中她长得漂亮，而她的外表也总是看起来那么青春。即使跟小她一岁的阿延相比，阿秀还是显得很年轻，谁也看不出她已经有个四岁的孩子。但是过去这四五年当中，她经历了完全不同于阿延的家务经验，产生许多不同于阿延的人生感想。也因此，阿秀并不见得比阿延更显年轻，就某种角度来看，她是比阿延更苍老的。倒不是说她的言行举止已显老态，而是说她的心已经老了。也就是说，她很早就变成了充满柴米油盐味的家庭主妇。

阿秀不能不用这种主妇的目光观察兄嫂，总是对他们心怀不满。而且不论是什么事令她不满，她总是喜欢偏袒京都的父母。尽管如此，阿秀倒也知道尽量避免跟兄长发生冲突。平日里，阿秀非常谨慎，因为她觉得开口批评嫂嫂，比直接冒犯兄长更不好。但她心里的想法跟做法相反。跟那爱发表意见的哥哥比起来，她对向来不爱说话的阿延更不谅解，心中也总是过度地责难阿延。如果哥哥没跟那种爱出风头的女人结婚就好了。阿秀心底始终藏着这种想法。而且她从没意识到，自己对阿延那么狠心苛责，只是因为她偏袒自己人罢了。

阿秀对于自己的角色心知肚明。尽管兄嫂并未对她说些什么，但她很清楚，自己的存在令他们心里不太痛快。但阿秀从来没想要改变一下自己的角色。第一，是他们俩不喜欢自己这个角色，所以她就更加不想有所改变。因为从结论来说，讨厌自己这个角色，等于就是讨厌自己，这件事让她更想表现反抗的决心。第二，是她自认正确的良心所造成的结果。因为她觉得，不论自己多么惹人嫌恶，只要是为了兄长，就不必在乎。第三，只是单纯地因为她讨厌爱出风头的阿延。其实阿秀的日子过得比阿延宽裕，也比阿延更有条件享受，她又何必对生活比不上自己的阿延看不顺眼呢？不过阿秀根本没看到这一点。而她上有婆婆需要伺候，阿延却是除了要看丈夫的脸色外，其他一切都能自己做主。然而，关于她们之间的这项差异，阿秀却从来都没想过。

阿秀接到阿延的电话，听说津田住院的消息后，第二天立刻赶往医院探病。她到达医院的时间，刚好是在阿时前往医院的一个小时前，而那时，正好也是小林为了那件大衣而踏进津田家客厅的时刻。

九十二

津田前晚没睡好。护士清晨送来的早餐，他只碰了一下，又仰面躺下了。他想补回昨晚不足的睡眠，所以闭上沉重的眼皮。阿秀进来的时候，津田刚好处于将睡未睡的状态。听到纸门拉开的声音，他立刻睁开眼睛，看到阿秀走进来。其实阿秀已顾虑到病人的状况，还特地轻轻拉开门。

通常在这种情况下，他们兄妹绝对不会互相示好，也不会向对方露出欣喜的表情。对他们来说，那些都只是过度陈腐的繁文缛节，也是近乎虚伪的表面功夫。他们之间有一种自家兄妹才懂的默契，而这种默契除了他们以外，别人很难适应。因为兄妹俩都认为，反正他们是不可能像别人那样，为了拼命讨好对方而做表面功夫，与其如此，还不如互相省去伪劣的欺骗手段，保持不违良心的真实面貌，诚实地面对彼此。这么多年来，他们之间已在不知不觉中构筑起这套无言的沟通。

造成这种结果的理由之一，是他们作为一对普通的兄妹，原本就很亲密，所以不需彼此客套。从这个角度来看，就算见面只打个冷淡的招呼，他们也不会在意；理由之二是他们的性格原就不太合拍，因此只要一见面，彼此就想互相调侃。

津田猛地抬起头，看到阿秀站在面前，他眼中射出的怠慢与冷漠，完全就是根据上述两项理由而来的。他似乎正在等待着什么，虽然用力抬起了脑袋，却又重新躺回枕上。但阿秀毕竟是阿秀，她并不在乎这些细节，所以她也连招呼都没打，就悄悄走进室内。

一进门，阿秀首先就朝枕畔的餐盘看了一眼。盘里脏兮兮的，一个倾倒的牛奶瓶，下面有个被瓶子压碎的鸡蛋，旁边有一块没吃完的烤面包，上面还有咬过的齿痕。另外还有一片完全没碰过的面包，完完整整地放在盘上。鸡蛋也还有一个没有碰过。

“哥哥，这些已经吃完了，或者还要吃？”

其实，那只是因为津田收拾餐盘的方式原本就是那么乱七八糟，才令人产生误会。

“吃完啦。”

阿秀皱着眉头，把餐盘送到楼梯口。也不知是否因为护士没空照管，才让剩下的早餐一直扔在兄长的枕畔。但是对于阿秀来说，她刚从打扫得一干二净的家里出来，看到眼前这幅景象，实在是难以忍耐。

“好脏啊！”

阿秀自言自语着走回座位。她的语气听来倒不像在抱怨谁。不过津田闭着嘴，没有接腔。

“你怎么知道我在这儿？”

“她打电话通知我了。”

“阿延吗？”

“是啊。”

“我跟她说过，不通知你也行的。”

这次轮到阿秀闭嘴不接腔了。

“本来想立刻赶来的，不巧昨天有点事……”

说了一半，阿秀没再继续。从她结婚以后，就不知不觉养成了这种只说半句的习惯。根据不同的情况下，津田有时甚至因此而产生奇怪的联想。“女人出嫁了，连亲哥哥也会变成外人呢！”他常用这种想法解释妹妹的行为。其实他只要反观自己夫妻的关系，就应该能够理解，妹妹变成这样也是必然的结果，只是津田的脑袋并没有那么灵活，不懂得举一反三。不仅如此，他甚至暗自期待，希望妹妹对待阿延也能采取这种态度。然而，阿秀如此对待他的时候，他心里却很不爽。而他自己对待阿秀也是经常这样，他却丝毫不知反省。

津田也不问妹妹究竟忙什么，只顾自己接下去说：“哎呀，其实你今天也不必特地跑来呀。我这又不是什么了不起的大病。”

“但是嫂嫂特地打电话跟我说，如果有空的话，就过来看看。”

“是吗？”

“再说，我也有点事想跟哥哥说。”

听到这儿，津田才终于把注意力转向阿秀。

九十三

这时，一种开刀后出现的奇异感觉从伤口附近传来。其实只是塞满纱布的伤口四周出现一种短暂的肌肉收缩，才造成的特殊感觉。但这种感觉一旦出现，就像呼吸或脉搏一样，必须经过一段很有规律的蠕动才会停下来。

他是从前天下午开始第一次感到收缩。当时阿延得到他的允许，正要下楼梯赶去看戏，就在那时，第一次收缩开始了，不过对他来说，这种感觉并不是一种全新的体验。因为以前接受治疗时，他也有过相同的现象，所以这次感受到肌肉收缩时，他不禁在心底暗叫一声："又来啦！"接着，就像要故意让他反复体会以往的痛苦记忆似的，极有规律的收缩运动开始了。起先是肌肉缩紧，他感到伤口里的纱布粗暴地摩擦着肌肉，然后，这种紧缩运动逐渐和缓，最终归于自然状态，但在即将恢复平静的那一秒，猛烈的收缩感又会从头再来，就像退下的浪潮又会重新扑向海岸。也就是说，他的意志对身体的这个部分已经完全失去了主导权。他愈是焦虑地想让收缩停下来，肌肉却愈不听他的指挥……这就是他的伤口肌肉收缩的整个过程。

津田不确定这种奇异的感觉是否跟阿延有关。阿延整天像只笼中鸟似的被他关在家里，确实很可怜。而且总把女人绑在自己身边，也不像男人该有的作为。所以他很痛快地放她飞向自由。然而，当她向丈夫的善意表达感谢，离开床边的瞬间，津田却突然觉得自己好像孤零零地被她抛弃了。他竖起不满的耳朵倾听她下楼的脚步。当她拉开医院正门的瞬间，他甚至觉得猛烈响起的门铃声都显得那么放肆。刚好也是在那个瞬间，来自局部肌肉的那种讨厌感觉开始了。他把那种感觉归类为一种刺激，同时也认为，那只是神经过敏造成的。然而，阿延的行为会使他的神经过敏到那种程度吗？虽然心底突然对阿延的行为产生不快，他却无法得出结论。按照他的想法，这种现象当然不会是来自偶然的巧合。于是他根据自己的想象，自圆其说地编造了两者的关系，并打算过几天再把这种关联说给阿延听。因为他想让阿延变得更可怜，让她明白丢下病床上的丈夫，自己一个人跑出去玩乐会带来的不良后果，并让她更加悔恨不已，但他不知如何适当地表达这番想法。而且就算他知道怎么表达，阿延肯定也听不懂。就算她听懂了，也很难让她产生自己想要的那种感觉。所以他只能闭上嘴，默默地忍受心中的不爽。

当他望向阿秀的瞬间所感受到的局部收缩，立刻又让他想起这段经过，他不禁露出痛苦的表情。

不明就里的阿秀当然不会明白哥哥这番纤细的心思。她以为哥哥只是露出一贯的表情，而且是那种永远都只会对她一个人露出的表情。

“如果不想听的话，就等您出院后再说吧。”

她对哥哥并不感到特别同情，但在讲话之前还是得斟酌一下情况。

“哪里会痛吗？”

津田连连点头，没有说话。过了半晌，阿秀一直默默观察他的状态。这时，津田的局部肌肉正在反复进行规则的收缩。两人继续保持沉默。在这段沉默的时间里，他脸上始终挂着痛苦的表情。

“这么痛可真糟糕。嫂嫂是怎么回事呢？昨天还在电话里告诉我，说你一点都不痛呢。”

“阿延那时不知道。”

“是嫂嫂回去以后才开始疼痛吗？”

“不，就是因为阿延干的好事，才开始疼痛的。”津田并不敢这样对他妹妹说。但想到这儿，他突然发现自己有点像个撒娇的孩子。且不说他外表看来如何，但总之心底并不像个兄长，所以他感到很羞愧。

“你说有事，到底是什么事？”

“算了，也不必在你那么疼痛的时候说。下次再说吧！”

津田一向很会伪装，但这时他不愿伪装了。局部的感觉已被他抛到脑后。而肌肉收缩的特点就是，忘记之后就会停止，停止之后就会忘记。

“不要紧，说吧！”

“反正，我要说的事都不是小事，现在可以说吗？”

听到这儿，津田已大致猜到阿秀要说的是什么了。

九十四

“又是那件事吧？”

停了半晌，津田不得已先开口说道。只是说这话时，他脸上已恢复了平时那种不愿倾听的表情。阿秀心里对他这种矛盾的表现感到很火大。

“所以我刚才不是说了吗？还是等下次再说好了。可是哥哥非要催我说，我才觉得可以跟你说的。”

“那你也不必客气，把话说出来就是啦。反正你本来就是为了说那件事才来的吧？”

“可是哥哥的脸色那么难看！”

阿秀至少对她哥哥，是不会因为看到他脸色难看，就去讨好他。因此，津田当然也不会同情她，甚至觉得他这个妹妹竟敢多事来责备自己。于是他不理会阿秀的埋怨，主动提出疑问：“京都那边又来信说了什么吧？”

“是啊，嗯，就是这样。”

京都家里的事情通常都由父亲写信告诉津田，母亲写信告诉阿秀，所以他也没必要再问妹妹收到谁的信了。只是按照目前的状况来看，他不能对母亲寄给阿秀的这封信表现得太冷漠。因为从他第二次写信向京都家里要钱，心里就一直记挂着钱到底寄来了没有。“那件事”也就是他们兄妹对他写信要钱这件事的代称，尽管他不断提醒自己，尽量别去打听关于那件事的消息，但一想到月底的账单，还有住院经费的来源，他就不能不把母亲的信跟一种重要的利害关系连接在一起，更何况，他比阿秀更清楚这两者之间纠缠不清、无法切割的缘由。所以无论如何，这个话题应该由他主动提起。

“来信说了什么呢？”

“哥哥这里也接到父亲来信说了什么吧？”

“嗯，跟我说了。这种事，我不说，你大概也知道吧。”

阿秀不置可否，只有紧闭的嘴角浮起一丝浅笑，似乎因为击败了哥哥，而显得非常得意。她这种表情，让津田看了很不高兴。只因兄妹这层命定的关系，他向来就没把阿秀的才能放在眼里，唯有遇到这种情况，阿秀的反应就会让他深受刺激。津田甚至不止一次地怀疑过，这女人是否因为自己稍有姿色，就敢随意伤害别人？他也经常想问阿秀：“你因为长得美才被婆家选中，这件事，难道你打算炫耀一辈子吗？”

过了半晌，阿秀才将那张十分标致的脸孔转向哥哥。

“那哥哥打算怎么办呢？”

“我能怎么办？”

“你什么也没对父亲说？”

津田沉默了一会儿，才像很不得已似的答道：“说啦。”

“然后呢？”

“然后，石沉大海呀。但也可能已经寄到家里去了吧。反正阿延不来，我也不知道。”

“可是父亲会怎么回复，哥哥也能猜到吧？”

津田不知如何回答，他把手伸进阿延缝制的棉袍衣领里摸索着，然后从八丈岛黑绸面料下面抽出一根小牙签，在门牙上剔来剔去。阿秀看他一直不说话，便把同样的问题换一种说法向他再问一遍。

“哥哥以为父亲会很高兴把钱寄来吗？”

“不知道！”津田粗鲁地答道，接着又很气愤地补了一句：“所以我从刚才就在问你，母亲给你写了什么？”

阿秀有意地把眼转向一边，望着回廊的方向。但这动作只是在津田面前代替她的唉声叹气。

“所以我也没说不告诉你呀！从一开始我就料到会变成这样！”

九十五

津田终于开口向阿秀询问母亲来信的内容。根据妹妹的转述，父亲气得不得了，恼怒的程度超出津田的想象。父亲似乎认为，如果儿子能靠自己的力量解决月底亏空的部分，他也不再往下追究，但如果儿子连这点小事都办不到，为了给他一个警告，或许以后就会暂停每月的汇款。听到这里，津田想起父亲上次告诉他，家里要修围墙，房租没收进来，所以没法给他寄钱。如此说来，父亲那些理由都是谎话喽。好吧，就算不是谎话，他还是觉得那些都是父亲的借口。为什么父亲要对自己说这种见外又一目了然的谎话呢？如果想要责骂自己，干脆像个男子汉大声责骂就是啦。

他再三沉吟思量，父亲留着山羊胡的脸孔，还有万事都爱装腔作势的模样在他脑中浮起，接着，他又想起母亲毫无理由地厌恶发辫，整天依旧梳着传统发髻，然而，这些特点根本无法用来解释自己目前的困境。

“说来说去，还是怪哥哥不对，谁叫你当初不守诺言？”阿秀说。自从发生那件事之后，妹妹一天到晚重复这句话，而这也是津田最讨厌听到的一句话。自己没有遵守诺言确实不对，这种事，不需要妹妹来说教，他心里也很明白。当初不实践诺言，只是因为他认为没有必要，而他也希望别人能够认可他的想法。

“不能怪父亲啊。”阿秀说，“就算是父子，诺言就是诺言。再说，如果只是父亲跟哥哥之间的问题，可能也就不必那么认真了！”

对阿秀来说，她丈夫堀先生也牵涉其中，这才是最重要的。

“母亲给我寄来那种信，我家老爷也很为难啊！”

父亲当初的想法是，既然儿子已经走出校门，就该找个适当的工作，组织新家庭，就算自己有些吃力，也要自食其力，独立生活，不给父母添麻烦。后来是靠着堀先生的力量，才使父亲改变了主意。当时堀先生豪爽应允津田的请求，去向津田的父亲劝说，他列举了各种最佳的理由，譬如说，物价高涨、交际的必要、时代的改变、东京与乡下的分别等，最后终于说服了向来只知勤俭的父亲。而作为交换条件，津田必须拿出大部分的中元节和新年奖金，聊胜于无地一次性偿还父亲每月给他的补助。而想出这种还钱方式的人，是堀先生。只是，当初促成这项计划并负有连带责任的堀先生，却是个极为懒散的人。他不仅从头就没深思过履行承诺的细节，等到应该实践诺言的时候，他根本就把这件事忘得一干二净。后来接到津田的父亲那封近乎责难的书信时，他不免大吃一惊，因为这件事早已从他脑中删除。但是现金早已花光，等到事后才发觉这种后果时，谁也无计可施了。生性乐观的堀先生写了一封信，向津田的父亲致歉，他以为这样就算没事了。谁知这个世界却不是按照他这种懒散之人的想法运转。堀先生无奈地从津田的父亲那儿学到这个教训。因为津田的父亲始终认为堀先生该为这件事负责。

就在这时，一枚闪闪发亮的戒指突然出现在阿延的手指上，戒指看起来十分高级，不像是津田的财力能够买得起的。而最先发现这枚戒指的，正是阿秀。女人对同性产生的好奇，使她的神经变得非常敏锐。她先把阿延的戒指赞美了一番，接着又顺便打听了购买戒指的时间和地点。阿延根本不知道津田父子之间曾由堀先生作保订下承诺。从这点来看，她实在太天真，跟她平时的谨慎作风相差太远。她心里只有一个念头，就是让阿秀知道津田很爱自己，这个念头压倒了一切。她把买戒指的经过原原本本全都告诉了阿秀。

阿秀平时就觉得阿延是个爱出风头的女人，对她不太满意，所以她立刻就把阿延买戒指的事向京都家里报告。而且还在信里添油加醋，暗示阿延明知新年奖金的约定，却故意怂恿丈夫不要还钱。其实这件事是因为津田自己虚荣心作祟，没把还钱的事告诉妻子，阿秀却径自认定，全都是因为阿延的虚荣心造成的结果，并将自己的误解全部转达给京都家里。阿秀至今仍然坚信自己的误解，所以她认为，与其说哥哥津田跟这件事有关，或许该怪嫂嫂阿延才比较正确。

“关于这件事，嫂嫂究竟有什么打算？”

“这事跟阿延完全无关吧？我什么都没告诉她。”

“是吗？如此说来，心情最轻松的人倒是嫂嫂，真不错啊！”

阿秀露出讥讽的微笑。津田想起阿延去看戏的前一晚，她在灯下举起一条闪闪发亮的厚腰带。“那把这个送到当铺去吧。”阿延说话时的模样，如今清晰地浮现在津田的眼前。

九十六

“那到底怎么办呢？”

阿秀这话既像在为难做事鲁莽的哥哥，也像在表现自己的不知所措。她的上面还有个丈夫，而且在丈夫背后，还有一位更得敬畏的婆婆。

“说起来，我家老爷当初也是受哥哥的托付，才去帮忙劝说父亲的，您该不会认为他有什么责任吧？事到如今，想必您更不会指责他不负责任吧？而且当时立下字据，也不是为了预防万一，结果现在像父亲那样，硬要追究什么法律责任，害我在老爷面前真的很难做人……”

津田至少在表面上，是该对妹妹的立场表示理解。但他心里全然不觉得妹妹有什么可怜。而他这种态度，做妹妹的自然也能感觉出来。阿秀只觉得眼前的哥哥简直厚颜无耻，他只顾自己方便，其他什么都不考虑。就算他会考虑，也只会想着自己新娶的老婆。而且，对他老婆如此娇宠，完全随她为所欲为。他为了满足老婆，所以对外人比从前更加自私任性。

而在津田眼里看来，阿秀这样评断自己的哥哥，表示她对兄长毫无同情，根本不是一个做妹妹该有的态度。说得更不客气一点，阿秀等于非常露骨地向自己宣称："哥哥现在感到为难，那是你自作自受，谁也没办法。而我这里的问题，你要怎么帮我收拾呢？"

津田并没说要帮她收拾，他也不想帮妹妹收拾。他觉得父亲无法捉摸的想法，要比阿秀的问题更重要。

"关键是爸爸究竟打算怎么样啊？是否以为他突然宣布不再寄钱，由雄我就一定会自己去想办法？"

"重点就在这里啊，哥哥！"

阿秀意有所指地看着津田，然后又补上一句："所以我才对我家老爷说，这下糟了！"

一个微弱的暗示从津田脑中闪过。就像初秋的闪电，看起来虽远，却极具冲击性。他想到的这件事跟父亲的品格有关。由于以往从来没有想过，所以才说距离很远，但现在一旦发现了，再根据父亲平日的作风推断，他就不得不承认，确实是有这种可能，而这种想法对身为儿子的津田来说，实在是一道极为猛烈的打击。在他刚刚转念想起这件事的瞬间，他不禁在心底喊道："不会吧！"但紧接着下一秒，他又忍不住改口感叹："说不定喔！"

津田脑中有一面臆测的镜子，父亲的谋划已在镜中显现。一切只要按照下列的顺序进行，父亲就能获致预期的结果。他先用委婉的方式拒绝寄钱，如此一来，津田便陷入了困境，就会去找堀先生诉说原委。堀先生这时将无奈地发现，自己对京都那边必须负责。只有他向津田伸出援手，才算对津田的父亲尽到当初作保的义务。所以不论堀先生是否心甘情愿，他都会先替父亲代垫每月寄给津田的生活补助。父亲则只在口头向堀先生致谢，其他一概不管。

按照上述顺序来看，这项计谋的用心极深，也相当符合逻辑推理，当然更必须承认，能想出这种计策的人颇有手腕，却不够干脆痛快。虽不能说这是一种卑劣的计划，却有些老狐狸的狡诈。更值得注意的是，这种做法看似对小钱过分执着。总之，整个计划完全就像出自父亲之手。

阿秀对其他问题的看法或许会跟津田有所冲突，但是对父亲的这种做法，她却跟津田一样，非常不以为然。尽管从某种角度来看，她对父亲深表同情，唯有这件事，不论是阿秀或津田，都对父亲非常不满。而现在的问题，倒不是父亲的品德，而是津田并不喜欢接受阿秀的接济，阿秀也对她兄嫂没有好感。更重要的是，如此一来，阿秀在她丈夫和婆婆面前欠下了人情，会让她在婆家抬不起头。然而，兄妹俩现在都不知如何解决实际的问题，这让他们非常痛苦，但是两人都没有勇气打破砂锅问到底，去向父亲表达质疑。所以他们也只能在交谈中确认彼此的想法，再根据各自的臆测，勾勒出父亲的计谋。

九十七

兄妹俩一面设法厘清感情与理智的纠结，一面企图找出解决的方法，但是努力了半天，只能原地打转。两人对于问题的某些部分，都采取既想谈又不愿谈的态度，而这种态度又让他们感到更加焦躁。不过，毕竟他们是兄妹，都是那种不温不火的性格，一面指责对方不够爽快，一面却又不肯当那种首先发难的“坏人”。津田毕竟是哥哥，又是男人，所以他归纳重点的能力比阿秀强得多。

“所以说，你并不同情你哥哥吧？”

“也不是这样啦！”

“那就是对阿延不同情喽？不论怎么说，其实都是一样的意思吧？”

“啊哟！我可一句都没提到嫂嫂喔！”

“反正，你认为这件事，我该负最大的责任，总归就是这样的意思吧？当然嘛，就算你不说，哥哥我心里也是雪亮的。好啊，就算是这样吧！哥哥我情愿受罚！这个月我就不用父亲的钱过日子好了！”

“这种事，哥哥能办得到？”

阿秀的语气像在讥讽哥哥，津田立即被她激得说出下面这句话：“死也得办到啊！”

阿秀终于放松了紧闭的嘴角，微微露出洁白的牙齿。津田脑中再度浮起阿延在灯下抚弄那条闪亮腰带的身影。

“干脆把从前到现在的经济状况全都告诉阿延吧？”

对津田来说，这是最简便的办法。但是叫他向阿延话说从前，却又是最困难的一种自白。他把阿延的虚荣心看得一清二楚。他又事事都想满足阿延的虚荣，这种现象显然也是因为他自己的虚荣心。阿延对他的信赖，也是女人最看重的东西，如果他现在毁了这份信赖，等于就是亲手给自己迎面一拳。如此一来，阿延倒不一定变得可怜，他自己却会因为在妻子面前跌了身价而深感痛苦。但就算有人为了这种小事讥笑他，他还是不想立即向妻子告白，而只会先找有利的借口：反正家里有钱嘛。反正家里的财产足够让我在阿延面前维持颜面嘛。

更何况，他并不喜欢随便发脾气。他认为忘我的行为十分愚蠢，更因为遗传了父母的天性，他也不是那么容易做出忘我之事的人。

“死也得办到啊！”说完这句话，他偷窥着阿秀的表情。即使心底完全没有这句话里包含的毅然，他也不觉得丝毫羞耻，反而冷漠地拎起心底那把秤，暗自精打细算起来。向阿延自白令他痛苦，接受阿秀的接济又令他不快，他把两种感觉放在一起，衡量了一番，然后在心中自问：“干脆接受后者吧，不知结果会怎么样？”阿秀拥有足够的力量承担这项任务，但重要的是，哥哥的不知悔改令她不满。本尊菩萨阿延又是一副不关己事的表情躲在哥哥背后，这一点，也令她厌恶。更气人的是，京都的父母硬是认为自己的丈夫堀先生该为这件事负责，转弯抹角地把事情扯到他身上。在经过几番纠结之后，阿秀也把津田的心思看清楚了，所以她就更不愿意轻易地主动表示善意。

另外，阿秀当初因为美貌而嫁进富家当媳妇，但津田对她的态度，却充满了某种自负。他从婚后的妹妹身上闻到一种近似暴发户的臭味。或者说，是他觉得自己闻到了那种臭味。所以不知从何时起，他开始陷入一种情绪，在面对妹妹的时候，他就要穿上一套名为“兄长”的威严盔甲，因此也更不愿意向阿秀低头。

兄妹俩谈了半天,谁也不肯先开口提钱,而且双方都在等待对方提起。这段始终得不出结论的兄妹密谈进行到关键时刻，女佣阿时突然闯了进来，一下子搅乱了他们精心设计的这场谈判。

九十八

其实，阿时走进病房之前，已经给津田打过电话。不过，她在电话里听到药局生上楼只走到一半,就很厌烦地喊道:“津田先生,您的电话！”津田暂时停下跟阿秀的交谈，向楼下反问：“哪里打来的？”药局生一面下楼一面说：“大概是您府上吧。”听到如此冷淡的回答，谈兴极佳的津田忍不住就想要点小脾气。阿延去看戏之后，昨天、今天都没现身，他心里早已对阿延的行径有些不爽，现在就更加不高兴了。

“用电话讨好我？”

津田脑中立即闪入这个想法。昨天早上打电话，今天早上又打，说不定，明天早上还会打来吧。依照他的推断，阿延大概是想利用这种方式吸引我的注意力，然后才一下子出现在我面前吧。按照阿延平时在他面前的表现来看，这种推测并非绝无可能。他甚至在幻想中看到阿延的笑脸，看到她趁自己稍不注意，突然走进了病房，而且是毫无声息地吓了他一大跳。津田心里非常明白，那张笑脸又会莫名其妙地牵动自己的心思。她总是利用自己闪出瞬间光芒的锐利武器，当场将他征服。以往一直坚持到现在的感觉，突然清醒了。他觉得自己是眼睁睁地掉进了阿延的圈套。

他不理会阿秀的催促，没有下楼接电话。

“哎呀，反正没什么重要的事，不要紧的。不管她！”

这种回答听在阿秀耳里，实在让她感到太意外了。首先，哥哥向来讨厌做事马虎，这种做法完全不符合他的性格；其次，哥哥对阿延总是言听计从，这种反应不符合他的态度。阿秀以为哥哥顾忌她这个妹妹，想要掩饰平日对嫂嫂的娇宠，才故意装出这种不在意的样子。阿秀心里虽然感到一丝痛快，但听到楼下药局生大着嗓门催人接电话，她还是不能不替哥哥跑一趟。然而她特意走到楼下时，已经太晚了。由于药局生的动作太粗鲁，他随便抓起的话筒那端已经没有声音了。

阿秀尽了形式上的义务之后，回到原来的座位，兄妹俩正要开始重新讨论他们关注的问题时，阿时却在电话那头急坏了。她终于再也无法等待，立即抛下公用电话，跳上了电车。接着，不到十五分钟之后，津田更被她吓得大惊，因为他从阿时嘴里听到了做梦也没想到的事情。

阿时离去之后，津田的心情还是无法恢复平静。他深信自己熟知小林的性格，谁知他竟会趁自己不在的时候，突然闯到家里去，甚至还跟并不相熟的阿延聊了很久。他从未想到小林会干出这种事。他不仅感到吃惊，也觉得自己必须好好深思一下。问题的重点不是要不要给他大衣，而是跟大衣完全无关的小林的性格。像他这种人，竟敢厚着脸皮，直接从别人的妻子手里，拿走她丈夫的大衣。或许，这就是小林在他的环境里，注定形成的另一种性格。更严重的问题是，他那种性格若是进一步发展，不知还会对阿延产生什么影响。那种性格当中既有不可捉摸，也有自暴自弃，还有整天不满地瞪着幸福人群的白眼。在他接触的幸福人群当中，阿延和津田这对新婚夫妇，极有可能获选为理想的代表性人物。而津田平日对小林，总是不假辞色地表达自己的轻蔑，所以他已拥有足够的自觉，准备接受上述的命运。

“也不知那家伙说了些什么！”

津田心中突然升起一种恐怖。不料阿秀却大笑起来。她实在很难理解哥哥为什么一天到晚批评那个叫小林的家伙。

“说什么都无所谓，不是吗？那个叫小林的家伙，他说的话不会有人当真的！”

阿秀对小林的某方面也很熟悉。但那只是小林在藤井叔父跟前表现的一面。和酒后的他比起来，叔父跟前的他举止稳重，简直就像另一个人似的。

“不是这样喔！没那么简单！”

“那家伙最近变得这么坏？”

阿秀脸上仍是一副不可置信的表情。

“就算只有一根火柴，若想用它烧掉一栋豪宅，也是可能的，不是吗？”

“但只要火柴烧不起来，也就没戏了吧？不管捧来多少盒火柴，嫂嫂才不是那么容易被那种人点着的女人呢！难道？……”

九十九

阿秀正要说出下半句的瞬间，津田故意不转动眼珠。他的视线望向一旁，凝神等待妹妹说出下半句，但他想听的下文直到最后仍是落空。阿秀说了令他在意的上半句之后，立刻改了另一个话题。

“为什么哥哥今天会担心这种无聊事？有什么特别的理由吗？”

津田的视线仍然望着刚才的方向。因为他尽量不想被妹妹看出自己的心事，也不想被她看到自己的眼神。但这种不自然的动作，对他自己也产生了影响，他感到心底似乎升起一丝畏惧。过了半晌，他才把脸孔转向阿秀。

“没有担心什么事啊！”

“只是有点在意？”

照这样追问下去，他只会变成阿秀嘲笑的对象。津田立刻闭嘴不再说话。

就在这时，刚才出现过的伤口肌肉收缩又在某个部位发作了。他很不舒服地熬过了两三回收缩后，心里不禁担心起来，难道这种情况以后每隔一段时间，就会很规律地发作吗？

阿秀完全没发现哥哥正在烦恼，也不知为何，她总是抓着相同的问题不肯罢休。刚才那个被阿时打断的话题，现在又被她换了一种方式，重新在哥哥面前提出来。

“哥哥到底觉得嫂嫂怎么样？”

“干吗现在还问这种问题？愚蠢！”

“那好吧，不问也行！”

“但你为什么要问呢？可以把理由告诉我吧？”

“因为有必要，才会问啊！”

“所以叫你把那个‘必要’说一下啊！”

“是为了哥哥，所以有必要！”

津田露出不解的表情，阿秀马上接着说下去：“因为哥哥对小林过分在意，不是很奇怪吗？”

“这件事，你不懂！”

“就是因为不懂，才会觉得奇怪啊！那您觉得小林会跟嫂嫂说什么事呢？会怎么跟她提起呢？”

“我可没说他会提起什么事喔，不是吗？”

“换成另一种说法，您的意思就是说，担心他会提起什么事。”

津田没有回答。阿秀紧盯着他的脸。

“这不是很难想象吗？就算那家伙现在变得很坏，也没什么事可以让他说啊！您稍微用脑子想想吧！”

津田仍然默不作声。阿秀却打算逼出他的回答。

“就算他说了些什么，只要嫂嫂不理他，就没戏唱了，不是吗？”

“这不需要你说，我也知道。”

“所以我才问哥哥，究竟觉得嫂子是怎么样的人。哥哥到底是相信嫂嫂？还是不相信呢？”

阿秀一连提了好几个问题。津田不太了解她的意思，却觉得应该让她冷静下来，所以并不明确作答，反而故意大笑起来。

“你太咄咄逼人啦！我简直就像在受审嘛！”

“别胡扯啦！好好回答我吧！”

“回答了又怎样？”

“我可是您妹妹啊！”

“那又如何？”

“哥哥说话太不干脆，这样是不行的喔！”

津田歪着脑袋，似乎很讶异。

“怎么你愈说愈深奥？大概你误会了吧！我提到小林，可没有联想那么多，只是想告诉你，那家伙真麻烦，趁我不在的时候去见阿延，不知他会说些什么。”

“只有这样？”

“嗯，只有这样！”

阿秀突然露出期待落空的表情，但是嘴并没闲着。

“可是，哥哥，如果堀先生不在家的时候，有人来跟我说些什么，您认为堀先生知道了，会担心吗？”

“堀先生会怎样，我可不知道！或许你敢断言他不会担心？”

“是呀！我敢断言！”

“很好啊！……所以呢？”

“我也只想跟您说这件事而已……”

阿秀说完，两人都闭嘴不再说话。

一〇〇

然而，兄妹俩的因果关系早已注定。不论遇到任何状况，他们非得经由交谈，挖出彼此心底对某事的某种看法才肯罢休。特别对津田来说，目前就有这种必要。他正面对着亟须筹钱的困境，而那笔钱已经放在他的眼前。如果现在让那笔钱跑了，可能永远都不会再落进自己手里。光凭这一点，他在阿秀面前就已落入弱者的窘境。津田在脑中思索着，如何才能重新提起刚刚被打断的话题。

“阿秀，在医院吃了饭再回去吧？”

从时间点来看，这时采取这种讨好的做法，倒是非常合适。据说堀先生今天一早就带着母亲和孩子，到横滨的亲戚家去做客，家里现在一个人也没有，津田这时表达善意就很容易传递特别的含义。

“反正你回家也没事吧？”

阿秀决定按照津田的建议留下来吃饭。两人之间也很容易重提刚才的话题，只是谈话内容并未超出兄妹间闲聊家常的范围。而在眼前这种状况下，这类谈话对他们还是稍嫌不足。兄妹俩都在等待机会，企图潜入对方心底的更深处。

“哥哥，我把东西带来了喔！”

“什么东西？”

“哥哥需要的东西！”

“是吗？”

津田几乎没有反应。他的冷淡正好跟他的自负成正比。无论是精神上或形式上，他都无法对自己的妹妹低头。但他非常需要那笔钱。而阿秀对钱并不在乎，她只想让哥哥向自己低头。为了达到目的，她必须趁势利用哥哥需要的这笔钱当作诱饵。所以最终的结果，势必会把她哥哥逼急。

“我交给你吧？”

“嗯。”

“父亲反正不会给你钱的。”

“照这情形看来，大概不会给了。”

“因为母亲已经写信跟我说得很清楚了。本来今天想把信带来，让你看一下的，谁知竟然忘了。”

“这我也知道啦！刚才已经听你说过了，不是吗？”

“所以啊，我才说把东西带来啦！”

“是为了逼急我？还是为了给我？”

阿秀好像被人击中了要害似的，突然不再说话。不一会儿，只见她那双美丽的眼睛已经积满泪水。但津田只觉得那些泪水代表的是妹妹的不甘心。

“为什么哥哥最近总是话中带刺？为什么不能像从前那样接受别人的诚意？”

“你哥哥还是跟从前一模一样！是你自己最近变了！”

听到这儿，阿秀脸上露出不可置信的表情。

“我什么时候变了？变成什么样了？你倒是说清楚！”

“这种事，不需要问别人，自己好好想一想，就明白了。”

“不！我不明白！所以请你说清楚！请告诉我吧！”

津田的视线非常冷峻，他朝着严厉追问的阿秀打量起来。即使在这个节骨眼，他心里还是在权衡利害，究竟先稳住她的心情才比较有利？还是干脆一举将她击败才占上风？想了几秒，他决定采取折中手段，便慢吞吞地开口说道：“阿秀，可能你自己并未发现，从哥哥的角度来看，自从你嫁到堀家以后，改变很大喔！……”

“那是当然会变的！女人出嫁后又生了两个孩子，任谁都会变吧？”

“所以说，改变也很好啊”

“但我究竟有什么变化？还是要请哥哥告诉我！”

“这个嘛……”津田的回答并没说完。但他已用语气告诉阿秀，自己并非无法回答。

阿秀待了半晌，立刻又向哥哥反问：“哥哥心里一直认为，是我向京都家里告的状吧？”

“那种事情不重要！”

“不对，那样肯定就会把我看成眼中钉！”

“谁？”

这个倒霉的字眼就像一枚火种，而“阿延”这个名字在他们之间，始终就像不能挑明的暗语。但现在，这个火种已将那暗语点燃了。于是阿秀举起火把，在哥哥的眼前来回挥舞。

“哥哥您才说错了呢！没娶嫂嫂之前和结婚之后，哥哥完全是两个样！任谁看了，都觉得你变成了另一个人！”

—〇—

津田认为阿秀是用她对哥哥的偏见在武装自己。尤其最后那句攻击性的发言，完全就是误解造成的行为。妹妹开口闭口再三称呼“嫂嫂、嫂嫂”的声音，他听着觉得刺耳。妹妹把他为了达成自己心愿所做的一切，全都看成是在讨好妻子，也让他感到不快。

“我可不像你想象的那么怕老婆哟！”

“或许是吧。因为嫂嫂打电话来的时候，你都敢在我面前故意装冷淡，挂她电话呢！”

阿秀也不管身在何处，嘴里连珠炮似的冒出这些话，津田听了觉得无奈，只好暂时忘掉利害关系，在心里连连咂着舌头。

“所以叫她不要打电话，我都反复警告阿延好多次了。”

他不断用手扯着嘴上的短须，似乎想借以安抚兴奋的神经。他渐渐露出苦涩的表情，话也变少了。

不料，津田这种态度却对阿秀造成意外的影响。她似乎以为，哥哥的弱点被她一一戳破了，现在是因为羞愧万分，才闭嘴不再说话。于是她发动更猛烈的攻势，简直像要一举逼他低头认错似的。

“哥哥跟嫂嫂结婚之前，比现在诚实多了，至少比现在做事干脆！我不喜欢被人批评说话没有根据，所以心里有什么就说什么！希望哥哥对我提出的问题，也能如实回答！哥哥还没娶嫂嫂之前，有没有像这次一样，对父亲说过这种谎？”

这时，津田才开始觉得理亏。阿秀说的显然都是事实。只是造成这些事实的原因，绝对不是阿秀想象的那样。从津田的角度来看，这些都只是偶然发生的。

“所以你就认为这次的事情，责任都在阿延身上？”

阿秀差点脱口答道“是的！”，但她故意不直接作答。

“不！我根本一个字也没提到嫂嫂。我只是为了证明哥哥已经改变，所以才提出那些事实罢了！”

从表面来看，津田已陷入必须服输的境地。

“如果你那么想证明我已经变了，那就算我变了，可以了吧？”

“不可以！这样太对不起父亲跟母亲了。”

“是吗？”津田立即答道，接着又冷冷地补了一句：“那也没问题啊！”

阿秀脸上的表情仿佛在说：“你还不悔改？”

“我还有其他证据，证明哥哥跟从前不一样了！”

津田佯装什么都没听到，阿秀却毫不客气地说出她所说的“证据”。

“小林趁哥哥不在的时候上门拜访，哥哥不是从刚才就很担心，不知他会跟嫂嫂说些什么！”

“真啰唆！刚才不是解释过了，我并不担心！”

“但你明明很在意吧？”

“随你怎么说都行啦！”

“好啊……不管怎么说，反正，那也是哥哥跟以前不一样的证据，不是吗？”

“别胡说！”

“不是胡说！这就是证据。证明哥哥有多怕嫂嫂。”

津田突然转动眼珠，躺在枕上的脑袋来回移动，只把视线从下方投向阿秀的面孔，然后，他那形状漂亮的鼻梁上堆起了冷笑的皱纹。这种淡定让阿秀非常意外，她原以为，只要自己再加把劲，就能让哥哥一头栽进忏悔的深渊，谁知他竟是这种反应。阿秀不免开始怀疑，难道他身后还有平地可供撤退？不过事已至此，阿秀也只能尽力而为了。

“就在不久前，哥哥对小林那种人还根本没放在眼里，不是吗？无论他说些什么，您从来都懒得理他，对吧？但为什么今天就这么怕他呢？哥哥现在害怕小林之辈，还是因为他找嫂嫂谈话了吧？”

“你要这样说也行啦！不管我多怕小林，反正，总不至于对不起父母吧？”

“所以你的意思是说，我不该多管闲事？”

“嗯，大致就是这意思！”

阿秀顿时火冒三丈，同时，一道闪电也从她脑中划过。

一〇二

“我懂了！”

阿秀突然粗声大喊起来。但她这种郑重其事的宣言，却没能让津田的外表发生任何变化。津田用表情告诉妹妹，他不会再接受她的挑战。

“我懂啦，哥哥！”

阿秀又把刚才的话重复一遍，语气就像在催逼津田。无奈之下，津田只好开口问道：“懂什么？”

“就是说，哥哥为什么把嫂嫂捧得那么高！”

听了这话，津田脑中萌生起某种好奇心。

“那你倒是说来听听。”

“没必要告诉你。只要你知道我已明白其中原委，就够了！”

“既然如此，这种话，你就不必特地说出来了，一个人默默地认为自己明白其中原委就行了。”

“不！那不行！哥哥根本不把我当成妹妹看待！你以为只要跟父母无关，我在哥哥面前就没有发言的权利，我也就不说了？但我不说，眼里看得很清楚！因此我要提醒你一下，不要以为我是因为不知道才没说！”

听到这儿，津田觉得谈话只能到此为止了。再这样彼此苦苦纠缠下去，情况只会变得更加麻烦。但他压根儿不想向妹妹低头。叫他在妹妹面前演一出忏悔戏，这种事，他连做梦都没想过。其实像道歉之类的小事，他并不是不会，只有在平时就看不起的妹妹面前，才会变得特别骄傲。跟在他人面前比起来，他这种傲慢的心理在妹妹面前也更容易不客气地表现出来。换句话说，就算在口头上表达再多的善意，也于事无补。他只能用温和的方式，把自己对阿秀的轻蔑传达过去。而阿秀对于刚才就已显得不耐烦的津田也丝毫不肯退让。于是，她又叫了一声“哥哥”。

这时，津田才在阿秀身上发现一个变化，是他从前一直没注意到的。以往的阿秀总是借着攻击哥哥，把矛头指向阿延。她攻击哥哥的行为当然不是作假，但她心底真正的想法是，宁可放过承受责备的哥哥，也不能不向躲在他背后的嫂嫂开枪。但她这种想法不知在什么时候改变了。现在她已自动变更了主客的位置，将自己的攻击方向笔直地转向哥哥。

“哥哥，做妹妹的没有权利批评哥哥的人格吗？好吧，就算我没有权利好了，但只要妹妹怀抱一丝疑惑，哥哥就有义务彻底解释清楚，喔……‘义务’，还是取消吧，这个字眼，可能不配从我嘴里说出来……但至少是为人兄长该有的一种情义吧！现在身为妹妹的我，看到面前的哥哥缺少这种情义，觉得很可悲！”

“自以为是地乱讲什么！闭嘴！你什么都不懂！”

津田终于爆发了。

“你懂‘人格’这个字眼的意思吗？你不过一个女子高中毕业生，随便在我面前卖弄这种字眼，太不知天高地厚了！”

“我的重点不在词句！只是提出自己怀疑的事实！”

“什么事实？我脑袋里的事实，你这种没知识的女人能懂吗？混蛋！”

“既然这么鄙视我，那就不客气地提醒你一下。但我可以说吗？”

“可不可以，根本没必要回答。跑到病人这里来，你干吗？这是什么态度？还知道自己是妹妹！”

“因为你没有做哥哥的样子！”

“闭嘴！”

“才不闭嘴！该说的，我都要说！哥哥对嫂嫂言听计从，你把嫂嫂当成个宝，看得比父亲、母亲或我都更重要！”

“妻子当然比妹妹更宝贝。不管在哪一国都是这样！”

“如果只是这样，也就算了。可是哥哥不止如此。你一面把嫂嫂当成宝贝，一面却又在意另一个人！”

“什么？”

“所以哥哥才那么害怕嫂嫂，而且那种畏惧……”

阿秀才说到一半，病房的纸门“唰”的一下被拉开了。脸色苍白的阿延突然出现在兄妹俩的面前。

一〇三

阿延跑进医院大门，是在三四分钟之前。医院的门诊时间分早上和下午两个时段。为了方便公务员或公司职员前来看诊，下午的门诊规定从四点看到八点。也因此，阿延才能在比较清静的时间拉开大门走进医院。

事实上，三四天前进来的时候，脱鞋处堆着许多长筒靴、草席底草履之类乱七八糟的鞋子，今天却连一双也没看到。当然，患者也是一个也没有。她完全不知现在是非门诊时间，只对四周一片寂静感到非常讶异。

走进悄无声息的玄关，脱鞋处有一双女人木屐，很规矩地摆在地上。以价格来看，这种新木屐绝不是护士能穿得起的。她的心脏不禁怦然跳动起来。因为这是一双年轻妇女的木屐。刚才被小林那番话弄得满腹狐疑的她，不由得紧盯那双木屐，无法移开视线。她的眼神显得十分凌厉。

右侧有个四方形小窗，一个书生从窗内露出脸，看到阿延一动也不动地站在玄关前，书生像要盘问什么似的盯着她打量。阿延立刻向他打听，是否有访客来看津田？那位访客是否是年轻女性？接着她又特意婉拒书生带路，自己一个人来到楼梯下方，抬头仰视楼上。

二楼不断传来交谈声，但听起来不像一般闲聊。普通人轻松交谈的时候，都是你一言我一语，毫无阻碍地顺势进行，但楼上的对话充满了激情，还有激动，同时也能清晰地听出，聊天的人正在努力压抑激情与激动，仿佛他们的谈话见不得人似的，这种气氛像针一样刺中了阿延的神经。比她刚才注视木屐时受到的刺激更锐利，而她倾听谈话的神态也比刚才更凌厉。

津田的病房就在诊察室的正上方。以整座建筑的结构来看，走上二楼之后，迎面是一面墙，右边有个四叠半榻榻米的小房间，如果不经过这个房间前面的走廊，就无法走到津田的病房。所以阿延所处的位置，很不利于倾听那个房间的谈话，也就是说，谈话声是从她背后传出来的。

阿延轻手轻脚走上楼梯。她的身体原本就非常柔软，脚步也像猫儿一样安静，并能达到猫儿一般的效果。

楼梯口的一边竖着一道长约两米的栏杆，目的是防止行人滑落。上楼之后，阿延将身子靠在栏杆上，转头朝向津田的房间窥视。就在这时，阿秀尖锐的声音突然传进阿延耳中。尤其话音里夹着“嫂嫂”这个突出的字眼，不断撞击她的耳膜。眼前的状况完全出乎意料，阿延不禁倒吸一口冷气。强烈的紧张毫无间歇地再度向她袭来。阿秀嘴里吐出“嫂嫂”这个字眼，究竟有什么含义，她必须彻底弄清，于是她继续侧耳倾听。

听了一会儿，两人交谈的气氛愈来愈紧绷，显然是在争吵，而且不知不觉中，阿延已被卷进这场争执的旋涡当中。或者，这场争执的主因原本就是她也不一定。

但她对于争端的前因后果并不了解，也不可能仅凭偷听就能弄清自己的处境。更何况，那两人使用的字句，不，应该说，阿秀使用的字句，就像天上降下的冰雨，令人应接不暇。阿秀嘴里冒出的一连串字眼，阿延根本来不及细细咀嚼。只听到“人格”“看重”“当然”……之类的字眼，接二连三地蹦进凭栏伫立的阿延耳中。

她想，弄清楚事情之前，就先静止不动地站在这儿吧。谁知就在这时，阿秀嘴里射出了最后一发炮弹：“哥哥除了嫂嫂以外，还有一个更在意的人！”这句话，使她的心脏突然颤动起来。阿延听得特别清楚，对她来说，这是世界上最重要的一句话，也是世界上最令她不解的一句话。如果不继续听下去，她不知单凭这句话，自己能明白什么，所以无论付出多大的代价，她都必须听下去。然而，接下来的内容，却又让她实在听不下去。因为从刚才开始，两人交谈中的字字句句都愈来愈大声，照这样下去，最后一定会冲向引爆点。情势显然到了不能再往前走的绝境，如果其中一人硬要往前冲，另一人也就只好起而抵抗。为了防止兄妹俩发生有失体面的冲突，她必须进去扮演他们的缓冲剂，所以阿延这时不得不踏进病房。

她对津田兄妹的关系了如指掌，平日就已深知兄妹不和的原因就出在自己身上。这时由她出面制止，必须想好出面的方式。不过她对这种事，并非没有自信。就在关键的瞬间，她做出了决定，接着，她故意轻手轻脚地拉开病房的纸门。

一〇四

果然不出所料，兄妹俩立即闭上了嘴。但这种沉默就像暴风雨来临前的风平浪静，绝非和平的象征。勉强压抑的无言瞬间，反而潜伏着惊涛骇浪。

从津田兄妹各自的位置来看，应该是津田最先看到阿延。因为他的枕头放在朝南的回廊边，所以他是第一个看到从对面进门的阿延。也就在那一刹那，他的两种心情都被阿延看透了。一是他的不安，二是他的安心。他还来不及掩饰自己的心情，脸上就已露出既尴尬又解围的表情。而那表情跟突然进门的阿延心底预期的一模一样。她也从丈夫此时的部分表情里，发现了从前一直觉得可疑的某种证据。但这是她的秘密。现在情况紧急，她必须另外找个跟丈夫有关的理由，当作自己来医院探病的目的。阿延勉强在她苍白的脸上挤出一丝微笑看着津田。刚好也就在这一秒，阿秀回过头来，她以为阿延已趁自己不注意，先跟津田交换了眼色，于是她脸上不自觉地浮起一层红晕。

“喔，你来了？”

“你好！”

姑嫂两人简单地打了声招呼。但招呼打完之后，她们已无法像平时那样继续聊天，两人都不得不承受着无话可说的压力。阿延也不好随便发言，只好打开夹在腋下的包袱，把冈本家借来的英文幽默小品交给津田。而那枚一直被阿秀视为眼中钉的戒指，则套在阿延的指头，跟平时一样闪闪发光。

津田把那堆小书一本一本拿起来，哗啦哗啦随手翻了一遍，就把书籍放回枕畔。他根本连一行都无心阅读，更没有勇气对那堆书发表任何评论，便兀自闭嘴保持沉默。阿延又跟阿秀交谈了几句，但都是她主动提问，阿秀只做最起码的回答，声音就像从喉咙里硬挤出来似的。

阿延又从怀里掏出一封信。

“刚才临出门看了一眼信箱，刚好看到这封信，就带过来了。”

阿延的用字遣词比较严肃，态度也非常有礼，跟平日与津田相对而坐的时候比起来，就像另一个人似的。其实她心里向来讨厌这种表面的疏远，不过在他人面前，尤其是阿秀面前，这种不自然的客气也表达了她的某种无奈。

那封信正是京都的父亲寄来的，也是他们夫妇期盼已久的回音。跟上次一样，这封信也没有挂号，阿延虽没听到阿秀向她报告什么，却也早已心知肚明，信封里肯定没有任何能帮他们解决燃眉之急的东西。

津田还没拆信就先对阿延说：“阿延，听说没希望了！”

“是吗？什么事没希望了”

“听说不管我再怎么去求父亲，他也不会给我寄钱的。”

津田的语气难得充满真挚。为了向阿秀表达反抗，他已不自觉地在阿延面前变成一位平易近人的丈夫，而且他自己竟然完全没注意到这一点。但他这种毫不做作的态度倒是让阿延非常开心，回答的语调里也像在安慰津田似的充满暖意，就连用字遣词也不知不觉变回了平日的阿延。

“那也没关系啦！我们自己想办法吧！”

津田沉默地撕开信封。父亲的信写得并不长，而且字都写得很大，大到只需瞥上一眼，就能大致看懂整封信的大意。但是两个女人还是跟古代滑稽小说里描写的那样，彼此一句话也不说，只是各自将视线投向卷轴信纸。所以当津田读完信，重新卷好信纸塞进信封，随手抛向枕畔时，两个女人也都大致了解了来信内容。但阿秀还是故意问道：“哥哥，信里写了什么？”

津田有气无力地轻轻“嗯”了一声。阿秀把视线暂时转向一边，接着又问：“就像我说的那样吧？”

信里的内容确实就像她猜测的那样，但她那种“你看吧”的态度令津田非常不爽。就算阿秀现在没说这种话，刚才那番争执已让他气得不想再对阿秀说真话了。

一〇五

阿延已把丈夫的心理摸得一清二楚。她暗自忧虑兄妹俩再度发生冲突，同时也对丈夫的真意感到疑虑。平时在她眼里的丈夫，不论身居何处，都不会忘记自制，不，不仅是自制，他永远都不会忘记表现一种打从心底鄙视对方的冷漠。阿延一直深信，丈夫的这种特质里，一定隐藏着某种自己不能掌控的东西。尽管那东西对自己是个未知数，但她认为，只要弄清那是什么，她就能轻松地把丈夫抓在手里。事实上，若要根据丈夫的外在表现，给他下个简单的评语，倒也不是什么难事。他是个不随便乱发脾气的人。用英语来形容的话，甚至可说他从来不曾失去自制，既然如此，他为什么会在妹妹跟前把场面弄得那么窘迫呢？说得更确切一点，为什么会在她走进病房之前，那么露骨地跟妹妹扯破脸吵起来？不论如何，阿延觉得自己必须趁着刚退的波涛卷土重来之前，在他们兄妹之间扮演和事佬，尽量让阿秀把矛头转向自己。

“秀子也收到父亲的来信了？”

“不，是母亲寄来的。”

“是吗？信里也谈论到这件事了？”

“是的。”阿秀只回答了两个字，就不再开口。

阿延接着又说：“京都那边的花费也很多吧？而且，这件事本来就是我们不好！”

阿秀看着阿延指上的戒指，她从来都没像现在这样觉得那宝石如此耀眼。而阿延也是一副天真无知的表情，在阿秀面前展示着亮晶晶的戒指。阿秀说：“事实倒也未必如此。老人的想法就是很奇怪，所以他们才那么相信哥哥，以为那么点小钱，哥哥自己能想办法弄到。”

阿延脸上露出微笑。

“那当然，万一不行的话，总是能想出办法的，对吧，老爷？”

阿延说着转眼望向津田，并用眼色向他示意：“快说‘能想出办法’啊！”津田虽然看出她在向自己使眼色，却想不透那眼色所代表的意义。于是他又把说过好多遍的话重说了一遍：“船到桥头自然直嘛！我总觉得父亲的话讲不通。说什么要修理围墙、没收到房租，这些费用，原本就是些小钱，不是吗？”

“不见得吧？哥哥，等你有了自己的房子就知道了！”

“我们也有自己的房子啊，不是吗？”

阿延脸上浮起她特有的微笑看着阿秀。

阿秀也慷慨地露出同样和蔼的态度答道：“哥哥疑心父亲对自己要心机呢！”

“那就是你的不是了！怎么能怀疑父亲呢？父亲怎么可能要什么心机？对吧？阿秀！”

“不对！我觉得有心机的不是父亲母亲，而是另有其人喔！……”

“另有其人？”

阿延露出讶异的表情。

“对呀！我觉得另有其人，绝对没错！”

阿延重新转脸看着丈夫说：“老爷，这是怎么回事？”

“既是阿秀说的，你就问阿秀呀！”

阿延苦笑起来。接下来又轮到阿秀说话了。

“哥哥认为是我们私下向京都家里打了小报告。”

“可是……”

阿延不能再多说什么，而这句说了一半的话，也没有什么意义。阿秀看她闭嘴，便立刻乘虚而入说道：“所以他从刚才起就很不高兴呢！不过我跟哥哥本来就是一见了面就吵架，尤其现在又遇到这件事。”

“真叫人为难。”阿延叹气说道，接着又向津田问道，“不过，老爷，妹妹说的是真的？你不会真有那种不够男子气概的想法吧？”

“谁知道，反正在阿秀眼里，我就是那种人！”

“但你觉得秀子他们那样做，有什么好处吗？”

“大概是想警告我吧。我也不太了解。”

“警告什么呢？你到底干了什么坏事？”

“我怎么知道！”津田一副厌烦的表情说道。

阿延无助地看着阿秀。她那双小眼睛和眉毛似乎在说：“拜托你帮我说话啊。”

一〇六

“哎呀，还不是因为哥哥脾气太倔强了。”阿秀一面说，一面在心底更加埋怨嫂嫂。因为情势逼得她非得向嫂嫂解释不可。阿秀觉得眼前的阿延真是全世界最虚伪厚颜的女人。

“对呀，我们家这位脾气是很倔强。”阿延说完，立刻把脸孔转向丈夫说：“你真的很倔强喔！秀子说的没错。这毛病必须改一改才行！”

“我到底哪里倔强了？”

“这我就不知道了。”

“是说我一天到晚都向父亲要钱？”

“大概吧。”

“我既没要钱，也没说什么呀，不是吗？”

“也对，你是不可能开口提这种事的，而且说了也没用，不等于白说？”

“那我到底哪里倔强了？”

“哪里？问我也没用。因为我也说不清，反正倔强之处总是有的。”

“混蛋！”

阿延被骂了混蛋，脸上却很高兴地露出微笑。阿秀再也忍不住了。

“哥哥，我带来的东西，你为什么不老实地收下呢？”

“不管是‘老实’还是‘倔强’，我就是想拿也拿不到啊。因为你又没拿出来，不是吗？”

“因为你没说要，所以才没拿出来。”

“但我的感觉是，没看到你拿出来，我只好说不要。”

“可是万一你说要又不肯接过去，这种事会让我很不痛快！”

“那到底要怎么办？”

“自己心里明白吧？”

三个人陷入了短暂的沉默。

过了半晌，津田突然开口说：“阿延，你跟阿秀道个歉吧！”

阿延不可置信地看着丈夫。

“为什么？”

“阿秀的想法是，只要你道个歉，她就打算把带来的东西拿出来。”

“我没做什么需要道歉的事啊！如果你命令我道歉，那我说多少遍都是可以的，可是……”

说到这儿，阿延将一双幽怨的眼神投向阿秀，阿秀打断她的话说：“哥哥，你说些什么啊？我什么时候说要嫂嫂道歉了？你捏造这种借口，不是让我在嫂嫂跟前没面子吗？”

沉默重新降临在三人之间。津田是故意不开口，阿延是觉得没有说话的必要，阿秀则是在考虑该说什么。

“哥哥，我其实是想对你们尽点义务……”阿秀想了半天，终于开口向哥哥说。

津田立刻反问妹妹：“等一下，你想说的意思，是‘义务’，还是‘热心’？”

“对我来说，都是一样的意思啊！”

“是吗？你这样说，我就没话说了。原来如此！”

“不是‘原来如此’，而是‘正因如此’。因为我被人误会，说我背着你们在父亲母亲面前打小报告，害得哥哥嫂嫂受了这些苦，叫我背这种黑锅，心里非常难过。正因如此，我觉得应该设法凑齐那笔钱送过来，今天就是出于这番好意，特地把钱带来了。不瞒你们说，昨天嫂嫂给我打电话的时候，我是想立刻赶来的，但昨天早上家里有事，下午又因为早上的事必须去一趟银行，所以就没办法过来。那笔钱的数目原本就不多，我就觉得不必多说什么。谁知我这番心意，哥哥竟完全不能理解，现在我只想说，真的感觉很遗憾！”

阿延偷看了一眼继续保持沉默的津田。

“老爷，你也说些什么啊！”

“说什么？”

“说什么？道谢呀！感谢秀子对我们的热心啊！”

“拿这么一点钱，就要谢恩，我可不干！”

“没人叫你谢恩啊，我刚才不是说了吗？”阿秀用稍嫌尖锐的声音辩驳道。

阿延仍然保持刚才的平静语气说：“所以叫你不要那么倔强，就向妹妹道声谢嘛！如果不想欠钱的话，不拿那笔钱也行啊，那就只说谢谢吧！”

听到这儿，阿秀脸上露出讶异的神色，津田则是满脸“别开玩笑”的表情。

一〇七

三人陷入了一种诡异的气氛。事情顺势发展到这种局面，他们已注定不能转移话题。就连临阵脱逃也已经不可能了。他们只能各就其位，绞尽脑汁，设法解决面前的问题。

但是在旁观者眼里，他们的问题根本没那么严重。任何人只要能够站在远处，冷静分析他们的身份与处境就会发现，他们需要解决的，只是一些小事。就算没人指出这项事实，他们心里也很明白，但他们却无法就此罢休。因为他们背负的命定因缘，已从旁人并不了解的昔日伸出一只复杂的手，任意操纵着他们三人。

沉默半晌之后，津田跟阿秀之间展开了下面这场对答。

“如果从头就没说什么，倒也罢了，既然提起这件事了，带来的东西却没交给你就回去，我心里也不痛快，哥哥，你就收下吧！”

“你想给的话，就把钱留下吧！”

“所以请你表示一下，然后收下吧！”

“到底怎样才能让你满意？我可是完全不懂！请你干脆点，把条件说出来，不行吗？”

“我可不敢提什么条件之类的麻烦玩意儿。只要哥哥开开心心地收下就行了。也就是说，像普通兄妹之间那样就够了。然后，请你向父亲真心说声对不起，只有这样，再没别的要求了。”

“父亲那里，我很久以前就说过对不起了。你也知道的不是吗？而且我还不只说过一两次呢！”

“但我说的并不是这种形式上的道歉，而是发自你内心的悔意！”

不就是这点小事吗？津田想。什么悔意？我可从来都没后悔过。

“难道你认为我从前的道歉都是假的？我虽然缺钱，但我也是个男子汉大丈夫。请你好好想一想，我是那种随便低头的人吗？”

“但哥哥其实很需要钱吧？”

“我又没说我不要钱！”

“所以你才向父亲谢罪的吧？”

“要不然我根本没必要道歉吧？”

“所以父亲才不肯给你钱啊！哥哥没发现这一点吗？”

津田闭嘴不再说话，阿秀立刻又接着说下去。

“如果哥哥这样坚持下去，那就不只是父亲不给钱，连我也不想给你了！”

“那就别给了！我也没想向你硬要！”

“但你不是说，就算要不到，也想要吗？”

“什么时候？”

“就是刚才说的呀。”

“别乱讲！混蛋！”

“我才不是乱讲。你从刚才就在心里念着钱的事吧？就因为哥哥不够干脆，才不肯先开口。”

津田用一种险峻的目光瞪着阿秀。他的眼中闪出憎恶的光芒，毫无一丝惭愧的神色。等到他开口说话时，就连阿延都对他的意外表现大吃了一惊。因为他竭尽全力装出冷静的语气，说出一段跟她预期完全相反的内容。

“阿秀，你说得对！哥哥我现在重新向你告白。你带来的那笔钱，哥哥绝对需要！我也重新向世人宣布，你是个情深义重的好妹妹，哥哥感谢你的热心！所以请你把那笔钱放在我的枕畔吧！”

听到这儿，阿秀气得连指尖都颤抖起来，两颊布满了血色，好像血液一下子从心脏的某个部分全都流到脸上来了。阿秀的肤色原就白皙，所以充血的脸看起来更加艳丽。但她说话的用字遣词依旧没变，尽管心里生着气，脸上仍然露出微笑。突然，阿秀把一双闪亮的眼珠从哥哥身上转向阿延。

“嫂嫂，怎么办才好啊？既然哥哥说了那种话，我就把钱放下吧？”

“这个嘛，一切都随阿秀的意思吧！”

“是吗？可是哥哥说，这笔钱，他绝对需要喔！”

“是啊，他或许绝对需要，对我来说，有没有都无所谓！”

“原来哥哥和嫂嫂竟是两家人啊？”

“可惜啊，我们并没有分成两边喔！毕竟是夫妻嘛，永远都站在一边的！”

“可是……”

阿延不让阿秀说完，就打断她说：“我家那位绝对需要的东西，我早就准备好啦！”

说着，她从腰带里掏出那张冈本姑父交给她的支票。

一〇八

阿延像故意表演给阿秀看，把那张支票放进津田手里的瞬间，心里也对丈夫提出了一项要求。她会有这种想法，当然是因为刚才那段交谈，还有她自己的性格。因为她在心中暗自祈祷，期望丈夫能够完美地配合她，把那张支票接过去。最好丈夫还能给自己一个会心的微笑，然后点点头，不慌不忙地把支票抛向枕畔，或者用一句简单的感谢，表达心中的满足，再把支票放回妻子手里。总之，只要能让阿秀看到自己和丈夫之间，跟其他夫妻一样心意相通就够了。

但不幸的是，阿延的举动和支票都让津田感到太过突然，而且遇到这种情况时，他的演技也跟阿延有点差距。只见他露出惊讶的表情打量着支票，然后慢吞吞地问道：“这到底是怎么回事？”

就在他登上舞台的第一秒，那冰冷的语调，还有跟语调一样冰冷的质疑，立即十分可恶地摧毁了阿延的气势。她的期待落空了。

“没什么怎么回事呀！只是因为你需要，我就准备好了！”

阿延心里七上八下地非常不安，她担心津田还会一本正经地追问下去。如此一来，等于就把他们夫妻间没有默契的证据摊在阿秀的面前了。

“理由什么的，正在养病的人就别问了。反正你以后就会明白。”

说完，阿延还是觉得心慌难耐，不等津田开口回答，她又立刻补充说：“好，就算没弄清理由，也不要紧吧？这点钱，数目又不多，只要我想弄，不论从哪儿都能弄来。”

听到这儿，津田这才把手里的支票扔向枕畔。他是个爱钱的男人，但是对金钱并不看重。又因为爱花钱，他比任何人都更深切体会金钱的重要。而从鄙视金钱的角度来看，他心底对阿延刚才那些话，多少是抱持肯定态度的。所以他闭嘴不再多问，然而，他却连一个谢字也没向阿延表达。

阿延有点失望。她心想，就算没对我说什么，至少也向阿秀说两句泄愤的话才对啊。

这时，从刚才起就在观察另外两人的阿秀突然叫了一声“哥哥”，接着，又从怀里掏出一个漂亮的女用皮夹。

“哥哥，我带来的东西放在这儿了！”

说完，她从皮夹里抽出一个白色纸包放在支票旁边。

“就这样，放在这儿，可以了吧？”

阿秀这句话是对津田说的，听起来却像在等待阿延的回答。阿延立刻答道：“秀子，你这样，我们太不好意思了！请别为我们担心！原本是想不出法子，所以就……但现在总算没问题了！”

“但这样的话，我会觉得不痛快喔！看我还特意把钱包好，送到这儿来，别说那种话，还是收下吧！”

说着，姑嫂俩彼此推让起来，再三重复相同的台词，津田只好重新耐着性子，听她们絮絮叨叨说个不停。最后，姑嫂俩终于转脸看着津田说：

“哥哥，你还是收下吧！”

“老爷你收下吧！”

津田嘻嘻地笑起来。

“阿秀啊，你好怪喔，刚才态度还那么强硬，现在竟又低声下气求我收钱。到底哪个你才是真心的啊！”

阿秀顿时火冒三丈。

“哪个都是真心的！”

这种回答令津田感到突兀。原本打算事事都以冷笑处理的他，听到这种尖锐的语气，顿时锋芒尽失。阿延比丈夫更觉得意外。她吃惊地望着阿秀。阿秀的脸孔跟刚才一样涨得通红，但她冰冷的眼中射出的光芒，现在却不只是愤怒而已。除了惋惜、悔恨等敌意的目光外，还有某种不容忽视的东西正在燃烧。但那究竟是什么东西？除了听她亲口描述，旁人根本无从猜起。津田和阿延都被这目光震慑住了，两人都觉得自己以往的心态需要调整，于是他们毫不掩饰地等待阿秀开口说明她眼中的光芒。紧接着，他们期待的内容便从阿秀嘴里冒了出来。

一〇九

“老实说，刚才我一直在犹豫，不知这话该不该讲，但是看到哥哥那样讥笑我，我就不太甘心这样安安静静地回去。所以我想不客气地表达一下自己的想法。但我还是先提醒两位，下面要说的，跟我以往说的那些不太一样。如果你们还是抱着从前的态度听我说话，我可就有点难堪了。因为我说这些并不是担心自己遭人误解，而是觉得两位不明白我的心意！”

阿秀先用这段话作为说明的开头。津田夫妇正准备改变自己的心态，这段话给他们带来了超出预期的想象空间。夫妻俩都安静地等待阿秀说下去，谁知她又再度向他们确认：“如果我是非常认真的，两位也能稍微用心听我说吧？”

说着，阿秀那双锐利的视线从津田身上移向阿延。

“老实说，我倒不是说自己以前不认真。嗯，反正嫂嫂在这儿，大概没什么问题吧！每次我们兄妹一吵架，只要嫂嫂出面劝和，事情也就过去了。”

听到这儿，阿延向阿秀露出微笑，阿秀却没理她。

“这些话以前就想对哥哥说一说。我是说当着嫂嫂的面说哟。不料却一直没机会，就拖到了现在。所以今天趁着两位都在，就让我大胆吐露一下吧。我要说的也没别的，听好喔，就是想告诉你们，两位除了自己，从来没想过别人。只要你们觉得自己需要，不管别人多困扰，你们从来都看不见。我要说的，就只有这件事！”

听了妹妹这番批判，津田倒是能够冷静接受。因为他觉得这就是自己的特色，而且他从没怀疑过，这也是一般人的特色。但是对阿延来说，这种评语实在太出乎意料，她简直惊讶得不知说什么才好。所幸的是，不，或者该说，不幸的是，阿延还没开口回应，阿秀又抢先说下去。

“哥哥向来只知道爱自己。嫂嫂又是一心只想讨哥哥欢心。除了这些，你们眼里什么都看不见。我这个妹妹当然是不用说了，就连父亲母亲，你们也视而不见。”

说到这儿，她发现兄嫂当中或许有人会打断自己，便赶紧继续说下去：“我只是把看到的事实说出来而已，并没有指使你们该如何如何的意思。时机已经错失了。老实说，就是在今天，错过了那个时机。就是在刚刚错过的。就在你们还没发现的时候，时机一去不返。我认为万事各有因缘，一切也只好随缘了。但我根据事实推出的结论，必须说给你们听一听。”

说着，阿秀又把视线从津田转向阿延。夫妻俩都不知阿秀所说的结论是什么，两人都对那结论很好奇，所以都沉默地听着。

“结论很简单，”阿秀说，“简单到只用一句话就能说完。但我想你们可能听不懂吧。因为你们从不接受别人的好意，却又从无这种自觉。就连我在这里向你们说明，或许你们还是听不懂，所以我再重复一遍吧。我的意思就是说，生而为人，你们一天到晚只想着自己，因而失去了接受别人好意的资格。也就是说，你们已沦为不懂得感谢他人好意的那类人。或许你们觉得那也很好。或者认为自己并没有任何损失。但在我眼里看来，你们等于遭到天下最大的不幸，因为老天剥夺了你们身为人类才能享有的喜悦能力。哥哥，你说很需要我带来的这笔钱，对吧？可是你又说，不需要我送钱给你的这番好意。但是在我看来，顺序应该反过来才对。你的为人之道完全本末颠倒了！实在是大不幸啊！而且哥哥竟然还没察觉这种不幸！嫂嫂甚至认为，哥哥最好不要拿我带来的钱，你从刚才就一直千方百计叫他不要收，不要收！总之，你是想借着拒绝收钱，顺便把我的好意也拒之于千里之外。这种伎俩，嫂嫂最擅长了！嫂嫂的想法也是本末倒置！当你坦率接受妹妹的真情时，心中感受到一种人类才有的喜悦，这种感觉，不知比你现在的自得更愉快多少倍呢？但是嫂嫂对这种感觉却一无所知！”

听到这儿，阿延再也无法沉默下去了。可是阿秀比她更不甘于就此打住。阿延企图阻止她继续说下去，但阿秀用热切的语气压倒了阿延的气势，今天若不把自己想说的都说出来，阿秀是不会罢休的

一一〇

“嫂嫂有什么想说的，等会我再慢慢听你说，现在真的抱歉，请你再忍耐一下，让我把话说完。喔，我已经快说完了，不会花很多时间的。”

阿秀婉拒嫂嫂的态度显得异常沉着，跟刚才与津田冲突时比起来，几乎是完全相反的状况，她已从激昂逐渐归于沉静。对津田和阿延来说，眼前的景象实在出乎他们意料。

“哥哥，”阿秀说，“请想一想，为什么我不早点把这包东西交给你？为什么到了现在，才厚着脸皮把它放在你面前？请嫂嫂也想一想吧！”

津田夫妇根本想都不愿多想，他们早已认定阿秀这番话是在狡辩，尤其阿延心里更是这种感觉。然而，阿秀却是满脸严肃的表情。

“哥哥，因为我想用这种方式，让你更像个兄长的样子。或许哥哥会耻笑我，就凭这么一点钱？但我觉得，数目的多寡并不重要。只要有机会能让哥哥表现得像个兄长，我永远都不会放过。今天在这里，我已

尽了最大努力，但是完全失败了。尤其是嫂嫂出现之后，我的败势变得更加明显。就在那时，我作为妹妹，不得不永远放弃自己对哥哥的执着……嫂嫂，请原谅我这个晚辈，再忍耐一下，听我说下去吧！”

这时，阿延又想说些什么，但阿秀再度制止了她。

“你们的态度，我已完全了解。与其花费一两小时听你们解释，不如让我根据现在看到的状况自行判断，反而更加心知肚明。所以说，我不会再多问什么，只是，我觉得必须向你们解释自己的想法，请你们一定要听我说完。”

“这女人真是太自我中心了！”阿延在脑中自语着，嘴里却沉默无语。反正她已拥有旗开得胜的余裕，就是不开口说话，也没什么不满的。

“哥哥，”阿秀说，“请看这个。我特地用纸包好的，可以证明这是阿秀在家里准备好之后带来的，对吧？这里面包的是阿秀的用心啊！”

说着，阿秀故意举起枕畔的纸包给津田看。

“这东西就叫作好意。因为你们完全不懂其中含义，我只好亲自向你们说明。另外，就算哥哥没有做哥哥的样子，我也必须把这份好意从家里带来，其中的道理，也让我一并跟你说一说吧。哥哥，这东西到底是妹妹的‘好心’，还是‘义务’？刚才哥哥质问过我。我回答说，两者皆是。如果哥哥不肯接受妹妹的好意，妹妹仍然想要表达好意，这种‘好意’跟‘义务’有分别吗？所以我的这份好意已被哥哥扭曲成了‘义务’，不是吗？”

“阿秀，我懂了！”津田总算开口了。妹妹这段话的含义，已清晰地传进他的脑中。然而，妹妹期待的那种感情，津田心里却是一丝也挤不出来。从刚才到现在，他一直强忍厌烦，聆听妹妹的唠叨。在他看来，妹妹的做法既不热情，也不诚实，更谈不上可爱或高雅，只有惹人厌烦而已。

“我已经懂啦！别再说了！够了！”

早已不抱希望的阿秀听了这话，脸上并没有怨恨的表情，只是继续说道："哥哥，这笔钱可不是我家老爷拿出来的。当初他作保写下的字据，因为哥哥毁约，变成他得向父亲负责，如果他被迫代替父亲付钱给你，我想哥哥就算拿到这笔钱，心里也不会痛快吧。再说，我也不愿为了这种事让他心烦。所以我先把话讲清楚，这笔钱跟他无关。这是我的钱。这样的话，哥哥就能毫无怨言地收下了吧？就算不想接受我的好意，只把钱收下，总可以吧？对我来说，现在与其听你勉强表达感谢，不如你一句话也不说就把钱拿走，这样我心里也痛快些！因为现在的问题是，这笔钱已不是为了哥哥，而只是为了我自己才拿出来的。哥哥，就请你为了我，收下这笔钱吧！"

说完，阿秀便站起身来。阿延转眼望向津田，但他脸上没有任何暗示的表情。阿延只好无奈地送阿秀下楼。两人在玄关前寒暄几句，就彼此道别了。

———

如果只是在医院碰到阿秀，阿延一点也不会感到意外，但是今天碰面的结果让她感到万分意外。阿延虽然早已深知阿秀对自己有看法，却没想到自己会在这种场合变成阿秀教训的对象。事情过去之后，阿延只把这件事解释为偶发状况，而不想从过去的因果发展中，找出这次事件的必然性。用更平易的方式来表达她的心情的话，就是说，她觉得今天发生这件事，责任完全不在自己身上。换句话说，阿秀必须负起全部责任。因此，她现在心情特别平静，至少在她身上，很难看到良心内疚的模样。

今天跟阿秀见面给她带来两项收获，其一，就是见面后引起的不快。这种不愉快的感觉里，甚至夹杂了阿秀今后可能引起的某些纠葛。阿延已做好充分的心理准备，她必须摆脱那些纠葛，但先决条件是，津田必须站在自己背后撑腰，否则她没法摆脱。想到这儿，她胸中大约只有七成安心，剩下的三成是不安。她现在面对的首要问题，就是那三成的不安究竟能够减少到什么程度？至少，今天的她为了换取丈夫的爱情，或者说，为了重获丈夫的爱情，已在津田面前尽全力展现了自己的真情，对于这一点，她已累积了几分自信。

根据阿延对于津田的了解来看，阿秀造成的不愉快，可说是她最必要的一项收获，除此之外，还有另一项收获，却是在事先毫不知情的状况下，自然而然地变成了她的掌中物。当然，这项收获具备的效果是暂时的，却让她幸运地避开了丈夫投注在她身上的猜忌眼神。因为跟阿秀交手之前的津田，还有被阿秀惹得满心烦恼的津田，两者的心情或关心的目标都是截然不同的。激烈的变化出现的瞬间，阿延刚好在他眼前，又顺势扮演了助长变化的推手，这对阿延来说，等于是平白捡了一个便宜。

因为她省了一道麻烦的手续。冈本家为何非要叫她去看戏？为何她昨天非得到冈本家去一趟？譬如这类跟她有关的疑问，她都不必去向津田解释了。甚至连她原本打算主动提起的小林，她也无暇多说了。阿秀离去后，夫妻俩的脑中全都被她的事情占满了。

他们也都从对方的表情里看出这一点。阿延送别阿秀之后，重新回到二楼。她的身影悄然出现在病房门口的那一刹那，夫妻俩终于正眼看着对方。阿延露出了微笑。接着，津田也露出微笑。室内没有其他人，只有他们夫妻俩。两人的微笑都沉入对方的胸底。至少在阿延的感觉里，她好像看到了津田久未显露的昔日面影。丈夫脸上皮笑肉不笑的模样象征的是什么，她一点也不明白。但那表演性质的肌肉活动本身，却成了令她开心的纪念品，被她珍惜地埋进内心深处。

就在这时，他们的微笑突然出现变化。两人的嘴角都咧开到露出牙齿的程度，一起发出了笑声。

“吓了我一跳！”阿延说着重新走回津田的枕畔坐下。

津田倒是很平静地答道：“所以我叫你不要打电话给她呀！”

两人当然不能不谈谈阿秀的问题。

“阿秀该不是基督教徒吧？”

“为什么？”

“不为什么……”

“因为她放下钱就走了？”

“也不只是因为这样啦。”

“因为她假正经地教训人？”

“对呀！嗯，就是嘛。我还是第一次呢，第一次看到秀子说那种深奥的内容。”

“那家伙就是爱讲歪理。总之，不那样扯东扯西，乱讲一番，她是不会善罢甘休的。”

“我可是头一回见识呢！”

“你是头一回，我可不知道听过多少回了！那家伙就是有这毛病，自己又没什么了不起，却要装出高高在上的模样。还有，那死要面子的藤井叔父给她的影响，可害死她了。”

“怎么会呢？”

“怎么会？因为她待在藤井叔父身边，整天看着叔父抬杠的模样，结果她自己也变成嘴皮不饶人的家伙啦。”

说着，津田脸上露出不屑的表情，阿延也跟着浮起了苦笑。

一一二

阿延有一种跟丈夫久别重逢的感觉，心里非常高兴。因为他们之间已在不知不觉中，挂起了一层薄薄的帐幕，她觉得那层帐幕现在好像突然被扯掉了。

“我要对他倾注爱情，一定要以这种方式让他爱我。让他爱我！”阿延已经下定决心，而这项决心也敦促着她付出绝对的努力。幸运的是，努力并没有以徒劳收场，她已经得到了报偿。至少是一种分量重到足以让她对今后燃起希望的报偿。在她看来，这次跟阿秀之间出现的破绽，只能归咎为疏忽造成的意外，但这破绽现在反而变成她转败为胜的曙光，所以她才能在遥远的地平在线，隐约望见一片蔷薇色天空。而她则在那片温暖的希望里，忘掉了破绽引起的一切不快。小林残酷地留下那个形体不明的黑影，现在仍然深印在她心底，阿秀嘴里冒出那句充满疑团的话，也在她脑中隐约闪现，但这一切如今都已退向远方，至少不再令她那么痛苦。就连听到那些字句的瞬间引起的激动记忆，她也觉得不需再去重新唤醒。

“就算出现突发状况，我也能够应付。”

这时，阿延心中甚至也对丈夫生出这种信心。也就是说，她在心情上已经拥有余裕，万一碰到什么情况，总能临机应变，想办法对付过去，她甚至还有一种感觉，就算要她解决对手，也不成问题。

“对手？什么对手？”如果有人提出这种疑问，阿延会怎么回答呢？那是一个用淡墨描绘的模糊对手，是个女人，而且，是从自己这里抢走津田的爱情的人。除此之外，阿延再也说不出任何信息。但她觉得这个对手肯定隐身在某处。这次阿秀跟他们夫妻之间掀起的风波，竟然云淡风轻地恢复了平静，按照她处理事情的顺序，就该先从远处挖掘那个隐藏在津田心底的对手。

她看着快要被这计划弄得发狂的自己，心里竟有幸福的感觉。延后处理自己记挂的问题，她反而一点也不觉得心焦难耐。她想，现在对自己最有利的做法是，干脆趁此机会，把局面弄到最紧张，然后再把自己这种亲切的形象，深深刻印在丈夫的脑海里。

她刚做出决定，立刻就撒了谎，但只是个小谎。在目前的状况下，能把丈夫从物质与精神两方面拯救出来的，就是自己带来的那张支票，她对这件事深信不疑，所以小谎对她来说，反而具有重大的意义。

就在她做出决定的同时，津田拿起支票开始仔细打量。支票上的数字远比他需要的金额超出很多。但他提出质疑之前，先向阿延说了一句：“阿延，谢谢你，多亏有你帮忙。”

也就是在他这句感谢之后，阿延的谎言当场从她嘴里冒了出来。

“我昨天到冈本家，就是为了去姑父那里拿这个。”

津田露出意外的表情。当初拜托她去冈本家筹钱时断然拒绝丈夫的人，正是现在拿来支票的阿延。就在不到一星期的时间里，她这番好心究竟是从哪里突然跑出来的？津田愈想愈觉得不可思议。不过阿延是这样向他解释的：“我当然不想去啦！更何况，还是为了钱的事情去麻烦姑父。可是我也是身不由己呀，老爷。遇到关键时刻，这点勇气都鼓不起来，怎能尽到为妻的职责呢？”

“你把来龙去脉都告诉姑父了？”

“是啊，真是好难开口啊！”

阿延嫁给津田的时候，婚礼和嫁妆之类的花费，都是冈本家帮她操办的。

“而且我一向假装自己不缺钱，所以更加觉得没面子！”

津田根据自己的性格想象这种状况，心里十分明白阿延有多么难堪。

“真是难为你了！”

“老爷，只要开了口，事情自然就能办成，他们也不是没钱。只是我不好开口罢了！”

“不过，世界上像父亲和阿秀那么难搞的人物也很多呢！”

津田露出自尊受到伤害的表情，阿延像在安慰他似的说：“没什么啦。我也不是因为父亲或阿秀才去拿钱的。因为姑父原本答应给我买个戒指，但我出嫁的时候没买，上次他就一直惦记说，要补买一个。很可能就是因为这个理由，才给我钱吧。你不用操心啦。”

津田转眼看着阿延的手指。他买给阿延的那颗宝石正在她的指头闪闪发光。

一一三

两人的感情从未像现在这么融洽过。

以往为了维持颜面，津田总把自己的心武装起来，现在，他的心已在不知不觉中放松了警戒。他始终担心阿延看出父亲的吝啬，也害怕阿延发觉父亲的财力不如她所预期，会对他心生轻蔑，这两个理由使他想尽办法，用一块朦胧的纱幕遮住京都的老家，但是这份戒备现在解除了。就连他自己也没发现这种改变。因为他并没有努力或加强意志，而是由一股自然的力量把他推到这种境界。也就是说，生性谨慎的津田被自然的力量轻轻提起，然后带到了阿延期待的位置。阿延对这种结果非常欢喜。因为丈夫并没打算改变，却发生了变化，她觉得丈夫这样才不失自然。

此外，津田觉得阿延也跟自己一样。别的不说，自从他们结婚以后，两人之间总是为了钱在进行各种微妙的暗中较劲。而这些现象，主要来自下述因果关系：津田跟普通人一样，向来喜欢装阔，出于这种动机，也为了让阿延尽量给予自己较高的评价，所以他向阿延吹牛时，把父亲的财产吹得比实际情况超出很多。如果只是这样，倒也罢了，但他的缺点是，不知见好就收。他在阿延面前把自己吹成一个比现实中的自己更快活的富家少爷，只要他开口，不论要多少钱，父亲都会给他。就算没向父亲伸手，每个月的日用花费也完全无须担忧。当初结婚的时候，他在阿延面前差不多就等于立下过这种誓言。至于对财力看重的程度，聪明的他早已看穿，阿延在这方面是比他有过之而无不及。说得更极端一点，他是个连“闪闪黄金生爱情”都相信的人，所以他的心底总是怀着“必须顾及阿延颜面”的不安。而他最害怕的事情，就是受到阿延鄙视。当初之所以拜托堀先生去跟父亲说情，希望父亲每月寄钱接济自己，也是因为他这份多余的心思。即使如此，他的言行却也有古怪之处。至少他有时在阿延面前，表里非常不一。然而，阿延极其聪慧，她对丈夫的里外不一早已心知肚明，所以也难怪她对丈夫不悦。不过，阿延对丈夫的虚伪倒没有那么不满，她更痛恨的是丈夫的性格不够干脆。她只觉得丈夫对自己太客套，一直想不透丈夫为何不能像个男子汉，把自己的弱点展示在妻子面前。阿延烦恼了很久，最后，她终于决定，既然丈夫要跟自己有所隔阂，她也不必对他那么在意。阿延这种态度就像山谷里的回音，也在津田的胸中引起了反响。之后，不论遇到任何事，他们就再也无法坦诚相对。又因为双方都很客套，所以他们任何事都很谨慎，尽量避免触碰问题的核心。但是今天跟阿秀发生的冲突，很偶然地在阿延的心扉上砰然一击，敲碎了她心底的这扇门。更巧的是，阿延也没发现这件事。她从来不曾努力或决心要在丈夫面前展现自己，现在却在自然而然的状况下，解除了心底的防线。所以津田看她好像变了个人，也觉得非常高兴。

于是，夫妻俩就在这种背景下，处于前所未有的融洽状态。接着，在他们相亲相爱的气氛中，一种有趣的现象出现了。他们都很轻松地提起以往不敢碰触的问题。两人竟同心协力地开始讨论对付京都那边的善后策略。

夫妻俩的心底都生出了相同的预感。今天这场风波绝不会这么简单结束。两人的内心都被这种不安纠结着。阿秀肯定会采取什么行动吧。如果这种推测不错，她肯定会直接向京都那边下手。而这项行动自然会对他们夫妻十分不利。以上是夫妻两人一致同意的看法。接下来就该考虑最重要的对策了。但是讨论到这儿，两人的意见便出现了分歧，很难归纳出结论。

阿延首先提议由藤井叔父出面调解，但是被津田否决了。因为他很清楚，叔父叔母都站在阿秀那一边。接着，津田问阿延，冈本姑父能否担任这项任务？阿延表示反对，理由是冈本跟津田的父亲没有深交。不一会儿，阿延又想出一个更简单的方案，干脆由她直接以和解当借口，到阿秀家去找她谈谈。津田对这个办法没有强烈反对。因为就算没发生今天的事，只要两家不打算绝交，注定就得采取某种方式恢复交往。只是，两人虽然都明白这个道理，却还是希望能找出更有效的办法。谈到这儿，夫妻俩都陷入了沉思。

最后，两人几乎同时说出吉川这个名字。以目前的情况来看，吉川先生的地位，他和津田父亲的交情，还有他受过津田父亲特别请托，又对津田十分照顾……以上这些条件，都令人觉得愈想愈有利，只是，拜托吉川之前，却有个难题得设法解决。因为吉川那人很难接近，想请他出面说情，就得先说服他的夫人才行。然而，阿延对吉川夫人却很反感，她对津田的提议表示赞同之前，犹豫了好一会儿。而津田跟吉川夫人比较亲近，自认这条计策大有可为，便热心地怂恿阿延接受建议。最后，阿延也只好同意丈夫的想法。

经过了这场风波，夫妻两人气氛融洽地促膝商讨之后，各自怀着非常愉快的心情互相道别。

一一四

津田因为前天晚上没睡好，累积的疲劳让他这天晚上睡得特别熟。第二天一早，他迎着灿烂的阳光，欣赏玻璃窗外晴朗清新的景色，隔壁洗衣店不断传来浆洗衣物的声音，哗啦哗啦响个不停，引人联想秋日的风情。

“……要走就走，一起走哟，呵！呵！呵！”

洗衣店的几个男人一面唱着小调，一面很有节奏地穿插“呵！呵！呵！”的歌词，津田的脑中不禁浮起那些男人动手洗衣的忙碌身影。

不久，只见几个男人扛着白色衣物，突然从一个外形特别的洞口爬上屋顶。再从那儿爬上晒衣场，把洗好的白色衣物密密麻麻地晾在秋空之下。自从他住进这家医院之后，每天欣赏这些作业，看起来非常单调，也非常辛劳。他完全想不透这些人究竟在忙些什么。

现在，他必须好好考虑一下切身的问题。津田刚想到这儿，吉川夫人的身影就已浮现在他眼前。关于自己的未来，他在脑中描绘出的形象还显得过分模糊。每当他企图把那形象画得更清楚一点，吉川夫人的影子总是会在脑中出现。夫人向来就是左右自己前途的主角，而此时此刻，这位主角更被他赋予了特殊的意义。

理由之一，因为自从上次拜访夫人之后，他心里一直有个疙瘩。当时蜻蜓点水般地让他恢复记忆的人，正是吉川夫人。她让津田重新想起那个尘封在他跟夫人之间的秘密。津田努力抑制自己不去追问下文，他的意志却屡屡蠢动，很想继续听下去。因为他觉得，既然夫人撕掉了秘密的封条，自己就有权利去掀开那个秘密。

理由之二，因为京都家中的状况令他十分挂怀。姑且不论家里的反应是否举足轻重，但总之，这个问题迟早也会逼到自己面前来。显然，目前最好的对策，还是尽快去见夫人，然而自己的身体这种状况，四五天之内绝对无法动弹。所以他才在阿延昨天回家之前，拜托她代替自己去见夫人。尽管因为阿延不肯，他的计划终究无法付诸实行，但他现在仍然深信这个计划是最妥善的对策。

阿延究竟为什么不肯为了这件事去见吉川夫人？他很难理解，也很纳闷：她不是平时没事也很想跟夫人之类的人物攀上交情吗？他甚至把提议的动机夸大为：我这不等于特地帮她找到一个去见夫人的借口了吗？谁知阿延竟表示绝对不肯去见夫人，而津田也没有强迫她去。主要原因跟他们夫妻间的融洽气氛当然有关，另外，也跟阿延极力婉拒有关。因为她告诉丈夫，如果自己去见夫人，事情一定会被她搞砸。但她并未多做说明，只告诉津田说，如果是他自己去见夫人，肯定就能办成。津田立即提醒她，就算能把事情办成，也要等到自己出院才能去见夫人，这样岂不是会耽误正事？不料，阿延这时又说出一个令人意外的回答。她非常肯定地表示，夫人一定会到医院来探病！接着她又向丈夫提议，只要好好利用夫人探病的机会，就能以最自然、最简便的方式达到目的。

津田一面眺望晾在洗衣店外面的衣物，一面在脑中重新梳理昨天跟阿延的交谈。想了半天，他觉得夫人似乎会来探病，又好像不太可能。总之，他不明白阿延为什么坚称夫人一定会来。他试着想象那群人在剧院餐厅共进晚餐的情景，并以构思小说的方式，臆测阿延跟吉川夫人之间的对话内容。只是，阿延的预言究竟来自那段交谈的哪个部分呢？思索至此，津田不得不承认这已超出了自己的理解范围，只好暂时把疑问抛到脑后。他凭着已有的部分直觉发现一件不幸的事，那就是上天并没把另一部分直觉赐给他，而是赐给了阿延。因此，他对阿延总是有点畏惧，也没有勇气随便向她提出质疑。但他其实根本不信阿延的直觉，于是他开始思考如何能把吉川夫人请到医院来。他立刻想到了电话。要用什么方式打这个电话，才能显得既不冒犯，又不特意，并且很自然地让夫人到医院来呢？他煞费苦心地思索着。然而，这份苦心有点像是努力制造泡沫。不论他如何费力在水里搅动，那些泡沫只会一个接一个地逐渐消失。因为他是在努力实现一种不可能的幻想。待他发现这个无奈的事实时，只好独自苦笑着重新望向玻璃窗外。

不知从什么时候起，户外开始起风了。洗衣店门前那棵柳树的枝枒，随着晾在外面的白色衣物摇来摆去。紧靠树枝悬挂的三根电线，也像在迎合周围的动作似的，晃晃悠悠地来回摇曳。

一一五

医生从楼下上来的时候，看到津田满脸净是无聊的表情。待他们互相看到对方，医生立刻问道：“觉得怎么样？”接着又安慰津田说，“再忍耐几天吧。”说完，他帮津田换了纱布。

“伤口还不能随便乱碰，否则会有危险！”

医生一面嘱咐一面把紧覆伤口的纱布稍微拉开一点进行检视。看到患部还有血水渗出，医生便提醒津田要特别小心。

医生只换了一部分纱布。因为覆在重要部位的纱布若被掀开，说不定伤口还会大量出血。而患部目前既是这种状况，津田当然也不能强行出院了。

“您还是别乱动，就按照当初预定的日数，留在这儿吧！”

说着，医生脸上露出同情的神色。

“喔，再继续观察看看吧。不需要过分担心啦！”

医生嘴里虽然这么说，其实还是把津田看成一位有钱有闲的富裕患者。

“反正您也没什么亟待处理的要事吧？”

“是的，在这儿住上一星期也没问题。只是，现在临时出了点麻烦……”

“喔……不过也很快了。再忍耐一下吧！”

医生只能这样回答。或许因为门诊病人还不太多，说完，他又坐下聊了一会儿。医生谈起自己当年在一家大医院当助手的趣事，津田听了忍不住大笑起来。据说当时有位患者去世了，死因可能是因为护士给他服错了药。不久，就有人闯进医院，强迫院方殴打那名护士。津田听完觉得很滑稽。他的性格天生就跟医生说的那些人相反，听了这种故事，他只觉得那些人愚蠢至极。说得直接一点，就是他只能看到别人的缺点，然后反过来暗喜自己的优点，结果就变成他根本看不见自己的缺点。

医生结束诊疗之后，津田想到自己现在为了这点小病，还得困在这里一星期，心中不免感到悲观。或许也因为这种想法的影响，他突然觉得“现在”非常珍贵，甚至有点后悔，早知如此，应该把治疗的日程延后一些才对。

他又重新想起吉川夫人，随着思绪的转变，他渐渐觉得，与其设法邀请夫人过来，不如营造一种气氛，让夫人觉得自己必须过来一趟更好。尽管他向来鄙视阿延的直觉，但这次破例怀着某种期盼，希望阿延的直觉是正确的。

他从阿延带来的书籍里抽出了一本。津田想，看来她的用意，就是想叫我明白这里全都是来自冈本家的藏书吧。但不幸的是，他不是个懂幽默的人，书里那些铅字所代表的意义，虽然进了脑袋，却没法引起共鸣。读着读着，连脑袋也进不去的文字不断跃入眼帘。他想，反正这也不是自己的责任，然后“哗啦哗啦”随手乱翻一阵，想找几段自己看得懂的部分。不久，那段文字就在偶然的情况下出现在他眼前：

“女孩的父亲问那位青年：‘你爱我女儿吗？’青年说：‘我已经超越爱不爱的境界，我甚至愿意为令爱去死。只要能被她那令人怀念的眸子，还有温柔眼神看上一眼，我愿意立刻去死。马上从那高达六十米的悬崖上面跳下去，摔到下面的岩石上，摔成血肉模糊的肉块给您看。’女孩的父亲摇头说道：‘不瞒你说，我也是个喜欢说点小谎的人，像我家这种人丁单薄的小家庭，如果出现两个爱说谎的人，实在必须多考虑一下。’”

读到这儿，津田不禁苦笑起来，“说谎”这个字眼，从没像现在这样令他感到讽刺。他这个人不但能够暗地承认自己说谎，对于别人的谎言，也能全盘接受。他并不是厌世的人，甚至跟厌世相反，他觉得只要是为了生活，有时说谎也是必要的。以往迄今，他一直抱着这种模糊不清的人生观活着，却从来不曾察觉这件事。他只知道根据人生观行动。一旦稍微深入思考一下，他就搞不清自己的立场了。

“爱情”与“虚伪”这两个字眼，就是刚读完的那本幽默小品给他带来的暗示，他却不知该如何理解两者之间的关系。他正面对一个极重要的问题，而且心里觉得必须快点解决，但就算想出办法，如果没有实践的机会，到头来也只能在脑中空想。因为他并不是哲学家，就连自己一直奉行至今的人生观，他都无法利用正确的逻辑理论向自己说明呢。

一一六

津田把那些有的没的事情，全都翻出来胡思乱想了一番，时间就在不知不觉中过了正午。他的脑袋已经想累了，再也没有勇气继续集中思绪去想一件事。时序虽已入秋，对于形单影只躺在床上的人来说，白昼还是嫌太长了。他开始觉得时间太难打发，便又想起了阿延。他的脸皮也是挺厚的，竟在暗自期待阿延今天也会出现在自己面前。一想到自己以往总是对阿延敬而远之，他不免感到后悔，但仍轻松地以为阿延马上就会走进病房。他甚至忘了为自己辩解：对于这种自然浮现在脑中的期盼，他又有什么责任？他觉得阿延具有很多自己不能理解的特质，就像他自己的心底，也藏着阿延不知道的事实。或许也是因为那些藏在心底的东西正在远处发生影响，所以他才忘了为自己辩解吧。然而，那些藏在心底的东西，不到非说不可的时刻，又怎么会变成具体的字句出现在他脑中呢？

等了半天，阿延一直没出现，比阿延更令人期盼的吉川夫人，则根本不可能现身。津田觉得百无聊赖。这时，他觉得附近的歌声刺得耳朵很不舒服。也不知是什么人，从刚才就唱着他最讨厌的民谣小调。他忽然想起记忆中那块写着“歌谣教室”的细长招牌。那座两层建筑位于洗衣店的斜对面，二楼似乎就是练唱的教室，虽跟医院还有一段距离，歌声听来却十分震耳。但是别人做自己的事情，他也无权去制止别人，想来想去，他对自己的不满毫无办法，一心只希望自己能够早点出院。

窗外的柳树后面有座红砖仓库，屋顶下的山形墙上画着仿佛用“一”字设计的店号图徽。不知为何，“一”字的左右两端，各自从墙里突出一个巨大物体，貌似L形铁钉。津田似有意又似无意地茫然凝视那两根铁钉。就在这时，忽听一阵莽撞的脚步声传来，仿佛有人踏着阶梯砰砰砰地上了二楼。“啊哟！”津田脑中一愣。听这脚步声，他已把来人的身份猜中了七八分。

果然，他的预感立刻变成了事实，视线刚转到门口的瞬间，小林就已踏进室内，连身上那件刚到手的大衣也顾不得脱掉。

“怎么样啊？”

说完，他迅速盘腿坐在病人面前。津田只以苦笑代替招呼。一看到小林的脸孔，他就想问：“你来干吗？”

“为了这个。”小林说着，将大衣的衣袖伸到津田面前给他看。

“多谢喽！托你的福，这个冬天可以活命啦！”

小林又把自己在阿延面前说过的话，对津田重复一遍。然而，阿延并没把这句话转述给津田，所以他听了也不觉得讽刺。

“夫人来过了吧？”小林又问。

“来过啊。来看我不是应该的吗？”

“说了些什么吧？”

津田犹豫了几秒，无法决定自己该答“嗯”或“不”。他只想知道小林对阿延说了些什么。只要能让小林把他说过的那番话，在自己面前重复一遍，不论自己回答“嗯”或“不”，他都无所谓。但要怎样才能达到目的，他却一时难以判断。谁知他这番犹豫在小林的眼里，竟然变成了另一种意思。

“夫人来这儿发脾气啦？一定是的，我也猜到了。”

这下，津田就轻易地抓到了把柄，他立刻顺着竿子往上爬。

“你把她欺负得太过分了嘛！”

“没有啊，我没欺负她呀！只是玩笑开得有点过了，委屈了她！她没哭吧？”

津田有点吃惊。

“你说了什么让她流泪的事情？”

“没呀！反正我的话都是没人相信的胡说。总之啊，夫人是在冈本家那种上流家庭长大的，不知道天下还有我这种低劣之辈吧，所以遭遇一点刺激就受不了啦。要是你平日多加教导，告诉她别跟我这种混蛋认真就好了！”

“我教过她呀！”津田不甘心地反驳道。

小林听了哈哈大笑起来。“那就是缺少锻炼吧？”

津田换个话题问道：“不过你到底说了什么，怎么取笑她的？”

“这个嘛，你已经听阿延报告了吧？”

“不，她没说。”

说到这儿，两人一齐望向对方，彼此的脸上都露出企图弄清对方心意的表情。

一一七

津田想让小林说出实情，是因为他心中另有打算。他深知阿延的性格里包含着某些特质，她跟阿秀是完全相反的类型。在津田的面前，她永远坚持表现自己纯真、娴雅的一面，同样的，她也坚决不让津田任意摆布自己。尽管才能只有一种，她却能应用在正反两面。遇到不能让丈夫知道或最好隐瞒的事情，她就变成了津田完全无法招架的妻子。她表现得愈柔顺，津田愈难从她身上挖出任何信息。昨天阿延跟小林之间究竟发生了什么，他还没来得及细问阿延，就被阿秀闹得错失了良机，他不免感到无奈。不过，就算没有遇到那场意外，假设他仔细探问了阿延，她会毫不保留地和盘托出细节，并按照他期待的方式满足他的要求吗？津田心底对这个答案怀疑不已。根据阿延平日的表现来看，他觉得自己一定会被她欺瞒过去。尤其是他觉得可能会出问题的一些琐事，如果小林口无遮拦地告诉了阿延，她就非常可能在丈夫面前假装什么都不知道。至少，在津田的眼里看来，她绝对拥有足以如此表现的余裕。如果说，津田现在不得不放弃从阿延嘴里挖掘信息，那他就只能从小林身上想办法。

而小林似乎也明白津田心中的打算。

“可是我什么也没说喔。要是觉得我在撒谎，你可以再去问阿延一遍啊。其实我只是觉得那样一走了之，不太好，所以才来道歉的。但老实说，我干吗要道歉呢？连我自己都搞不清楚呢。”

小林佯装无辜地说。说完，他突然伸手从津田枕畔拿起那本念了一半的书，默读了大约一分钟。

“你还读这种书？”他带着几分轻蔑的语气问津田，一面说一面动作粗鲁地从最后的部分往前翻，不一会儿，他发现书页上用小型印章盖着“冈本”两字，便从鼻子里哼了一声。

“这是阿延拿来的啊。难怪看似一本怪书……对了，冈本先生很有钱吧？”

“这种事，我怎么知道？”

“不可能不知道吧？他们家不是阿延的娘家吗？”

“我又不是事先调查冈本家财产之后才结的婚！”

“是吗？”

这句单纯的“是吗？”却在津田心头产生异样的回响。他甚至感觉这两个字表达的弦外之音是：“你怎么可能不调查冈本的财产就结婚？”

“冈本是阿延的姑父喔！你不知道吗？他家才不是什么娘家呢！”

“是吗？”

小林又重复一遍刚才那句话，津田听了更加不快。

“你那么想知道冈本的财产，我去帮你调查一下吧？”

“嘿嘿嘿……”小林说，“没办法，人穷了，看别人有钱也不顺眼。”

津田没再理他，心里打算结束这个话题，不料小林马上又回到正题。

“不过，说真的，到底有多少钱啊？”

这种态度正是小林的特色，不论何时，他的回答都可从两种角度加以解读，如果从头就认定他是个混蛋，不去理他，倒也罢了。若是因为听了他的回答而觉得自己受到愚弄，那就会没完没了地一直被愚弄下去。事实上，津田对小林的态度始终是站在半信半疑的正中间，所以当他觉得小林可能抓到自己的弱点时，就只好想成是小林在愚弄自己。除了小心别让对方爬到自己头上去之外，也无计可施，所以他只能露出微笑说：“我去帮你借一点吧？”

“我才不借！如果能拿一点来，我倒是愿意……不！拿也不要！反正他们也不可能给我。要是真的走投无路了，啊！那就去抢吧。”说着，小林哈哈大笑起来，“要不然，我去朝鲜之前，向冈本先生提供一个有趣的秘密，跟他换点钱吧？”

津田立即把话题转向朝鲜。

“你什么时候出发？”

“还不确定。”

“不过，即将出发是不会错的吧？”

“迟早就要出发了。不管你催或不催，日子到了一定会出发。”

“我又不是催你。我是想，有时间的话，要为你开个欢送会。”津田说。因为他突然想到，万一今天无法让小林解释清楚，就先暗中预设伏笔，到时候可以利用欢送会套套口风。

一一八

不知是故意还是偶然，小林总不肯听任津田摆布，津田想谈的话题他总是虚与委蛇，或许这也是津田必须注意之处吧。小林对他提出的疑问一副爱答不答的模样，一心只想把话题扯到自己身上。而他谈起的那些事情，虽然跟津田的疑问没有直接关联，却也跟津田关系匪浅，所以津田被他弄得既烦闷又焦躁，心中不免感觉小林在故意绕圈子戏弄自己。

“我问你，吉川和冈本是亲戚吗？”小林突然问道。

津田感觉他并非因为天真无知才提出这种问题。

“不是亲戚，只是普通朋友罢了。记得这问题你以前问过嘛，不是已经告诉过你了？”

“是吗？因为那些人都跟我没什么关系，所以就不记得了。他们虽是朋友，却不是一般的交情吧？”

“你在胡说什么。”津田差点还想再加一句“你这混蛋”。

“哎呀，我的意思是说，他们是极为亲密的知己吧。你又何必发那么大的火气？”

吉川和冈本的关系确实就像小林想象的那样，而事实也仅仅如此而已。不过在两家关系的背后，若再连上津田和阿延的话，里里外外的牵连可就耐人寻味了。

“你真是个幸福的家伙，”小林说，“只要你好好珍惜阿延，绝对没错！”

“所以我很珍惜她呀！就算没有你的提醒，这点道理我还是懂的！”

“是吗？”

小林又用了“是吗”这个字眼。每次听到这个假正经的“是吗”，津田就觉得自己好像受到小林的威胁。

“不过你跟我不同，你很聪明，不会有问题。别人都以为你被阿延完全收服了呢。”

“别人是谁？”

“藤井先生和夫人嘛。”

藤井叔父和婶母会有这种想法，津田心里大致也是知道的。

“我确实是被彻底收服啦。别人会有那种感觉，我也没办法！”

“是吗？……不过，像我这种老实人，可没办法向你学习，还是你比较厉害！”

“你很老实，我很虚伪，是吧？虚伪的人很厉害，老实的人却是混蛋？

你什么时候发明这套哲学？”

“这套哲学早就发明了。告诉你吧，马上就要正式发表了。我是说，关于我去朝鲜的事。”

津田脑中突然闪过一个妙计。

“旅费都筹好了？”

“旅费，反正总能筹到。”

“已经决定由报社那边帮你付这笔钱了？”

“不是，已经决定向藤井先生借钱。”

“是吗？那挺好的。”

“一点都不好。连这种事也要麻烦先生，实在太没面子了。”

说出这种话的小林，正是厚着脸皮把妹妹阿金丢给藤井家送嫁的家伙。

“就算我脸皮够厚，若还要为了筹钱而去麻烦先生，我就太惭愧了。”

津田不知如何作答。小林却一副想找人商量的天真语气。

“你知道什么地方可以拿到点钱吗？”

“哎哟！那可没有。”津田不客气地说着，故意把脸转向一旁。

“没有喔。感觉好像应该有呢？”

“没有啦！最近景气不好！”

“那你呢？不管社会景气如何，你个人的景气永远都很好，不是吗？”

“别乱讲！”

津田的钱包现在等于空无一物，因为冈本姑父给的支票，还有阿秀留下的纸包，他都交给了阿延。好，就算那些钱还在手里，他也不想在这种状况下为小林牺牲金钱。最重要的是，情况还没那么紧急，他不认为自己需要跟小林多说什么。

奇怪的是，小林也没再进一步催逼，却突然一转话题，说起一件怪事，津田听了大吃一惊。

据说小林当天早上曾到藤井家去，他跟平时一样，在藤井家蹭了一顿午饭，接着就一直待在那里整理稿件。他正忙着工作，忽听玄关的木格门被人拉开，便立即奔去接待客人。不料竟看到阿秀站在门口。

津田听到这儿，忍不住在心底骂了一声："可恶！她竟先下手了。"但是事情还没完，小林的脑袋还装着更让津田吃惊的信息呢。

一一九

小林吓起人来确有他的独门绝招。只听他一开口，就先把津田调侃了一番："听说你们兄妹吵架了，对吧？结果阿秀东拉西扯说了一大堆，说得先生和夫人都受不了呢！"

"你就一直在旁边听着？"

小林苦笑着抓抓脑袋。

"什么话，我也不是想听才听的。哎，自然而然就钻到我耳朵里了。因为是阿秀在说，先生在听嘛。"

阿秀的性格执拗又缺乏情趣，稍微受点刺激，立即失去平日的稳重，瞬间露出凶暴的面目，跟津田的性格完全不同。不过叔父也不是省油的灯，不管碰到任何问题，叔父非得追究到底才肯罢休。像阿秀昨天的情况，叔父即使只听她口头报告，也会弄清前因后果，把道理梳理清楚。叔父从前喜欢用笔杆处理思想方面的问题，即使后来离开跟铅字有关的工作，这种习惯还是跟着他转入日常生活。现在刚好阿秀去告状，叔父又犯了老毛病，不管阿秀多么啰唆，他也愿意听下去，不仅如此，他还会提出无数疑问。有时问到最后，疑问甚至变成责问。类似的状况屡屡出现。

津田在脑中勾画着叔父跟妹妹相对而坐的模样。他甚至怀疑，当下或许已经引起一场风波了吧。不过小林就在眼前，他只好故作姿态地说："大概就是狠狠地说了一堆关于我的坏话吧？"

小林只报以一阵大笑，笑完才说："不过这可不像你啊，居然会跟阿秀吵架。”

“就因为是我，才会跟她吵啊。那家伙在堀某的面前，比在我面前客气多了。”

“原来如此！世上的夫妻吵架很常见，不过兄妹吵架要比夫妻吵架更稀松平常吧？我还没结婚，搞不清夫妻那方面的状况。但我也是有妹妹的人，对于兄妹间的关系，我倒是自认十分了解。你这人怎么回事啊？就连我这种哥哥，都从没跟妹妹吵过架呢！”

“得看是什么样的妹妹嘛！”

“就算这样，还是得看哥哥如何吧！”

“什么样的哥哥，都有可能发点小脾气。”

小林不怀好意地笑起来。

“但无论如何，现在把阿秀惹怒了可不是上策。”

“那是当然啦。谁喜欢跟人吵架？而且还是跟她那种人吵。”

小林接二连三发出笑声。每笑一阵，他的态度就变得更加放松。

“大概是不得已吧？不过这理由只适用于我，我跟谁吵架都没关系，因为我已沦落到跟谁吵都没损失的处境。吵了之后就算会有什么影响，我也不会吃亏。因为我从出生就不曾拥有过会失去的东西。换句话说，吵架引发的任何变化，对我来说都是好事，甚至可说，我反而非常期待跟谁吵架呢！但是你跟我不同啊！吵架对你绝对没有好处，而且世界上再也没有第二个人像你这么明白利害得失。你不仅非常明了，更是从早到晚根据这种关系决定何时睡觉，何时起床。就算没到这么夸张的地步，至少你始终都觉得自己必须如此。听我说喔，你啊……”

听到这儿，津田厌烦地打断小林说：“好啦，我明白了，听懂啦！你就是想提醒我，不要跟别人发生冲突，对吧？尤其是跟你发生冲突的话，我会倒霉的，所以你想给我忠告，凡事尽量稳妥处理，你就是这个意思，对吧？”

小林装出一副不知所云的表情答道："什么，跟我？我才不想跟你吵架呢！"

"我不是说已经听懂你的意思了吗？"

"懂了很好啊！为了不让你误会，我给你一个提示吧，我刚才说的是阿秀的问题。"

"这我也听懂了！"

"你说懂了，是指京都那边吧？是说他们答应的事前后不一吧？"

"当然啊！"

"可是，我告诉你，还不只这些呢！感觉还有别的事喔，你可得小心点！"

说到这儿，小林停下来看着津田的脸，想鉴定一下自己的话究竟发生了多大作用。果然，津田这时沉不住气了。

一二〇

小林当机立断，眼前就是最佳时机。

"告诉你，阿秀她啊……"小林说出这句话的瞬间，已经一把抓住了津田的心。

"告诉你，阿秀她去先生家之前，还去过另一户人家喔。那户人家是哪里，你猜得到吗？"

津田完全无法想象，至少跟这件事有关的，除了藤井家，阿秀应该无处可去。

"东京不可能有那种人家啦。"

"不对，有的。"

津田只好在脑中努力思索，猜来猜去了老半天，不论怎么想，都想不出答案。最后，小林才笑着报出那户人家的姓名。果然不出所料，津田惊讶地大嚷起来："吉川？她跑到吉川家去干吗？这跟吉川家有什么关系？”

津田觉得太不可思议了。

但如果只看吉川家跟堀家之间的联系，津田倒是不需过度猜测，就很容易理解阿秀的行为。津田结婚的时候，曾拜托吉川夫妇担任婚礼上的介绍人，任何人都知道，津田的妹妹阿秀和丈夫堀先生，都跟吉川夫妇之间维持着社交上的关系。只是阿秀为什么会为了兄妹吵架去拜访吉川家？津田却想不出理由。

“只是去拜访一下，单纯问候？”

“据我在一旁听阿秀所说的内容来看，事实好像不是这样喔！”

津田非常想听小林详细报告。但小林不仅不满足他的期待，反而还提醒他说：“可见你这个人啊，看来小心谨慎，却还是有百密一疏的地方。一个人要是整天只想着不能出问题、不能出问题，当然就会有顾不到的地方。譬如这次的事情，不就是这样？首先，以你的立场来看，没有任何惹怒阿秀的理由啊！其次，惹怒她之后，还让她跑到吉川家去，这实在太蠢了！更奇怪的是，你一开始就太轻敌，以为她不可能去吉川家，这些行为都不是你平日的作风吧？”

从事件结果来挑津田的错，对小林是件很简单的事。

“应该是因为你父亲跟吉川是朋友吧？而且你父亲曾拜托吉川对你多加关照，对吧？所以阿秀跑到他们那儿告状，也是当然的不是吗？”

津田想起住院之前，吉川曾在公司的高层主管办公室提醒过自己：“可不能让令尊操心喔。你做些什么，我没有不知道的。要是你做了坏事，我会告诉令尊喔。知道了吗？”即使现在回想起来，他还是觉得这段话不过是一种半开玩笑的训示。不过，也有一种人，可能会很严肃地把这段话解释为一种警告，那个人，就是阿秀。

“那家伙真是太荒谬了！”

荒谬并不是津田的家传性格，所以他这评语里包含着意外的成分。

"到底去吉川家乱讲了什么？对方若把那家伙的话当真，结果一定是只有她自己有好处，别人全都得倒霉，那可就糟了。"

说到这儿，比告状的直接影响更遥远、更严重的后果，已在津田脑中隐约闪现。譬如说吉川对他的信任、吉川和冈本的交情、冈本和阿延的情缘等等，都会因为阿秀的一句话，不知变成什么样。

"女人的城府就是太浅！"

一听这话，小林突然笑了起来，而且笑得比刚才任何一次都要响亮。津田突然一愣，这才惊觉自己说了什么。

"随便她怎么说都行，不过阿秀到吉川家说了些什么，要是你在叔父家听到了，就告诉我吧！"

"不知说些什么，絮絮叨叨说个没完，不瞒你说，我嫌烦，没仔细听啦！"

说到了关键部分，小林竟装作没听见，从那是非圈跳了出来。津田失望极了。但他尝到失望的滋味后不久，小林又主动跳回是非圈。

"不过啊，你再等等吧！等一下不管你要不要听，都会有人说给你听的！"

津田想，总不会是阿秀还要来这儿吧？

"不，不是阿秀，阿秀不会立刻就来。要来的是吉川夫人。没骗你喔，我亲耳听到的。阿秀连夫人来访的确切时间都说了，大概就快到了。"

阿延的预言成真了。津田想破脑袋也想设法请来的吉川夫人，竟然马上就要来了。

一二一

津田脑中连续闪过两个念头，一是关于接待吉川夫人的预先构想，他必须把即将到来的夫人招待得妥妥帖帖才行。根据他的预定计划，夫人愿意主动到医院来看他，显然最符合自己的期待，但因为夫人来访的理由当中，现在又添了新的要素，所以他的应对态度也必须随之修改。他试着想象夫人可能采取的态度，心底不由得生出几分不安。脑中出现一个被阿秀灌输偏见之后的夫人，还有一个被煽起反感之前的夫人，光是想象，他已感觉出两者截然不同。不过，津田向来很有自信。他深知自己必须经由这次见面，彻底扫除夫人对自己的偏见与反感。至少他得努力尝试一下，否则自己的未来就危险了。于是他怀着三分不安与七分自信，静候夫人来临。

另一个闪过脑中的念头是，总算找到一个理由，可以暂时移转自己对阿延的期待了。刚才他还觉得万分无聊，分分秒秒数着时间等待阿延出现，如今心底却生出了新的紧张。他预料自己即将受到一种完全陌生的刺激。阿延已经不需要了，不，应该说，阿延现在过来反而是个麻烦。更重要的是，他心中怀着一个特别的疑问，只希望跟夫人单独密谈。他暗中做出决定，必须尽量避免阿延在这里见到夫人。

只是这项决定还有个附带条件，就是他得尽快赶走小林。然而，小林嘴里说吉川夫人马上就要到了，自己却是毫无离去的意思。这家伙向来不觉得打扰别人是什么丢脸的事，有时或在某些场合，他甚至会明知故犯，或不顾一切地任意而为，完全不管别人被他弄得心焦如焚。真搞不清他是真的不懂，还是存心给人找麻烦。

津田故意打了一个呵欠。这个动作其实跟他现在的心情完全背道而驰，同时也把他的心分成了两半，一半的他正在兴奋雀跃，心不在焉地应付小林；另一半的他则明显露出想要送客的表情。但是小林根本无视他。津田再度拿起枕畔的手表看一眼，放下手表的同时，他不得已问道："你找我有什么事？"

"无事不登三宝殿嘛。不过，也不是现在非说不可啦。"

津田大致明白小林的意图了。但他现在还不想认输，却更没勇气立刻把小林赶走，所以只能闭嘴保持沉默。不料小林竟说出这句话："我也跟吉川夫人见个面吧？”

开什么玩笑！津田在心底骂道。

“你有事要见她？”

“你总是口口声声问人家是不是有事，可是人跟人见面，也不必非得有事才见啊。”

“可是她是陌生人呀。”

“就因为是陌生人，才想见一下嘛。我一直好奇不知她长什么样呢。因为我毕竟没进过富户的大门，也没跟那种人交往过，所以很想趁这机会见一见，哪怕只看一眼也好！”

“又不是看陈列品！”

“哎！就是好奇嘛！再说我闲得很！”

津田简直不知该说什么。他绝对不想让夫人看到自己有小林这种卑贱的朋友。哪天要是夫人鄙视地说：“原来你跟那种人交往啊！”自己的未来就完蛋了。

“你这家伙也太迟钝了。吉川夫人今天为什么来，你也知道的不是吗？”

“知道啊！碍事吗？”

津田只好下了最后通牒。

“碍事啊！所以趁她还没来，你快走吧！”

小林居然也不生气。

“是吗？我回去也行啊！虽说回去也没问题，但我还是把今天的来意告诉你好了，好不容易才见到你嘛。”

津田厌烦极了，忍不住自动帮他说出来意。

“就是要钱吧？别的事要我帮忙，没问题，但是钱的话，我这里可是一毛也没有！而且，请你不要像上次讨大衣那样，趁我不在跑到我家去拿。”

小林露出一脸恶作剧的笑容，仿佛在问津田：“那你说怎么办？”、津田心里也有些问题想问小林，所以觉得最好在小林出发之前，再跟他见一面。但约在医院碰面的话，又担心被阿延看到。于是他借口说要为小林举行欢送会，两人约好时间、地点之后，总算把这个讨厌鬼赶走了。

一二二

津田立即着手进行第二项防御措施。他端起床上的小型木盒，从盒底抽出家里带来的浅紫色信纸和同色信封，迅速抓起钢笔在纸上飞快地写了几个字：“今天有点要事，你别来医院了。”连一分钟都不到，这封内容简单的信就写好了。他心里很急，顾不得再看一遍，就立刻密封了。他完全没考虑到，这封写得不清不楚的信会让阿延心里产生怎样的疑虑。眼前这种状况下，他不仅心情紧张，平日的谨慎也被抛到脑后，全副精神只能集中在一件事情上。他拿着书信迅速走下一楼，把护士叫到自己面前。

“因为有点急事，请你立刻找个人力车夫，帮我把这封信送回家。”

“好的。”护士说着接过信封，打量着信封上的收信人姓名，脸上的表情好像在说：“哪有什么急事啊？”津田连车夫往返的时间都已计算过了。

“请车夫坐电车去吧！”

他很担心这封信被耽搁了。万一阿延收信之前就来医院的话，自己岂不是白忙一场。

回到二楼之后，他仍在为这件事烦恼。想着想着，他甚至觉得阿延已经离开家，搭上了电车，正往医院的方向赶来。想到这儿，很自然地，小林也跟着出现在脑中。他想，万一自己的目的还没达成，妻子苗条的身影就已从楼梯走上二楼，所有的罪过都该由小林来扛。刚才都因为他，浪费了那么多宝贵时间，最后简直是三催四请，才终于把他赶出去。他又想起刚才目送小林离去时，自己差点就要派小林去完成眼前这件大事。“不好意思，麻烦你绕到我家去一趟，叫阿延今天别来医院了。”这句话几乎脱口而出的瞬间，他大吃一惊，赶紧把话吞了回去。老实说，他甚至还暗自期待，如果眼前的人不是小林，那该多好啊。

他全身神经绷得紧紧的，“快来了吧，快来了吧……”不断唠叨的期待已经完全控制了他，就在他数着时间等候吉川夫人的同时，他交给护士的那封写给阿延的信，却无法逃避地走上未知的命运之路。

按照他的吩咐，那封信及时交给了车夫。车夫也按照护士的命令，立刻拿着信上了电车。接着，车夫在指定的车站下了车，走了几步，从马路转进那条小巷，并在一座外观雅致的二层楼房的名牌上，看到收信人的姓名。车夫便上前敲门，把手里的书信交给出来应门的阿时。

送信的过程进行到这儿，全都按照津田的计划付诸行动。但从这时起发生的一些事情，却是他写信时完全没有想到的。因为那封信居然没有立刻递到阿延手里。

不过，阿延虽然不在家，却不是他担心的那样，已经到医院去了。她自有另外的目的地，而且是像她这种聪敏的女人，充分发挥能力，利用大好时机，才能想出来的妙计。

这天从清晨起，阿延就按照惯例做事，她跟平时一样起床，一样操持家务，里里外外忙着做家事，一切都如同津田在家时。但是因为丈夫不在，时间自然变得比较充裕，所以她也享受了一个比较轻松悠闲的上午。吃完午饭之后，她到澡堂去了一趟。因为她想把自己打扮得漂漂亮亮的去医院。她花了很长的时间细心修饰之后，才怀着愉快的心情走出澡堂，全身肌肤因为刚泡过热水，看起来闪闪发亮。不料一进家门，她就听到阿时向她报告一个难以置信的消息：“堀家夫人来过了。”

阿延讶异得简直不敢相信女佣的话。就在昨天之后的今天，阿秀居然特地上门来找自己！她怎么可能这样突然来访？阿延连续向阿时确认了两三遍，甚至忍不住反问女佣，她来干吗呢？接着又责怪女佣，为什么不把她留下来？然而，女佣一问三不知，只知道阿秀临走前交代说，她刚才去了藤井家，回家的路上顺便过来看看。

阿延马上决定改变原定计划。她发现自己必须跳过医院，先到阿秀家去一趟。反正这也是津田跟自己之间说好的计划，要去实践这项约定的话，就趁现在。现在履行他们这项约定的话，可以做得很自然而且不留任何痕迹。于是她紧追阿秀之后，走出了家门。

一二三

堀家的位置大致跟医院相同方向，阿延搭上电车，到医院的前两站下了车，就地向右一转，再往前走四五百米，就到了堀家门前。

堀家的住宅距离郊外较远，几乎没有个像样的庭院，外观跟藤井和冈本家不一样。其他譬如人力车和马车的下车处，当然更不可能有了。堀家的房屋差不多可说是紧临马路而建，两层楼房跟大门之间的距离连六米都不到，而且地面铺满了石块，看不到一点泥土的颜色。

附近地区在很久以前进行过市区重划，道路都已重新改建，所以像他们附近这种宽阔的路面，在其他地方是难得一见的。尽管如此，整条街上却几乎看不到一间商店。路旁净是律师事务所、诊所、旅馆之类的建筑，因此周边地区虽然繁华，这条路上却永远都显得那么安静。

不仅如此，道路的左右两边还种满笔直整齐的柳树作为行道树。也因此，在天气良好的季节，就算市内吹起煞风景的大风，路旁随风摇曳的柳绿仍带来不少情趣。路旁这些柳树里有一棵最大的，刚好就种在堀家的围墙边上，修长的枝杈斜斜地覆在门上，造型十分优美，旁人看着都以为是堀家故意移植过来装饰房屋的。

说起堀家屋舍的其他特点，值得一提的，就是门前那个铁制的巨型天水桶[①]，这个令人联想起下町当铺或同类商店的东西，简直是个虚有其表的废物。不过旁边的堀家玄关跟这个天水桶两相对照，看起来倒是十分协调。玄关的幅度较宽，进口处只竖着细木条组成的格子屏风，并没安装完整的木板大门。

简单地说，这是一栋公认的时髦民宅，一般人只要系统性地观察一下房屋外观，就能立即判断屋中的住户从事什么职业。但这家主人与众不同。因为他自始就没对住宅花过脑筋，他天生就没有这种为小事烦恼的神经，也根本不在意别人对他家指东道西。他虽是纨绔子弟，却跟那些毫无教养的暴发户完全不同。从性格上来看，他比较没有主见，住在这种明星才会欣赏的房子里，或许不太合适。说得难听点，他是个没有自我的男人。万事都按照世俗办理，任何事都轻松看待，甚至连自己家里的固有习俗，也从未想要改进一下。按照他父母的说法，这栋由他祖父建造的房屋看起来很像传统仓库，也有点迎合艺人的品位，他却觉得相当满意。如果这也算是他的一项优点的话，那他故意不显嘚瑟的态度就必须加以褒奖才对。不过，他应该也没有得意的理由，因为他眼里的自家住宅早已过于陈旧，根本不值得他扬扬自得。

阿延每次看到堀家这栋房屋，总觉得自己跟它格格不入。即使走进屋子之后，她还是不时会想起自己跟它之间的距离。照阿延的看法，能在这栋屋里坐得稳如泰山、安适无比的人，除了堀先生的母亲之外，再无第二人。然而，堀家最让阿延头痛的，也是这位母亲大人。不，与其说是令阿延反感，不如说她是个难以对付的女人吧。她已经活在另一个时代，说得残酷点，就是说，她给人一种恍如隔世的感觉。如果这样形容还不够，也可以说她是不合时宜、生错时代……总之，可以用来形容

① 天水桶：日本房屋多为木造，容易引起火灾，所以普通人家都储存雨水的习惯。这种承接雨水的容器叫作天水桶，江户时代大都采用木桶，后来才有铁桶，现代多为塑料桶。

她的字眼要多少有多少，但是终归都是同样的意思。

再说堀先生那个人，也是大有问题。以阿延的眼光来看，这位老爷跟这个家，既和谐又不和谐，要是说得更深入一点，他那个人不论在什么样的房子里都差不多，既和谐又不和谐。所以说，从头就不理他，也无关紧要。而这种暧昧不明的感觉，刚好也反映了阿延对堀先生的好恶。老实说，阿延对于堀先生的感觉，也就是好像喜欢，又好像不喜欢。

最后该说到阿秀了，她只需一句话就能交代。在阿延的眼里，阿秀从小接受的教养，把她塑造成了最不适合堀家气氛的媳妇。用更委婉的方式从心理角度解释的话，就是说，阿秀永远都不能融进堀家的气氛。堀家母亲和阿秀并排出现在她脑中时，她总是无可避免地感到一种矛盾。但是这种矛盾带来的结果，究竟是悲剧还是喜剧，她无法轻易判断。

面对这种家庭和成员的组合，阿延经过深思，只得出一个不可思议的结论：跟这栋房屋最相配的堀家母亲，正是阿秀最感棘手的人物；再换个角度来看，跟堀家母亲完全相反类型的阿秀，也是最让婆婆痛苦的角色。

阿延拉开玄关的木格门，刺耳的铃声响了起来，也唤醒以往深藏在阿延脑中的这些想法。

一二四

阿延被人请进了客厅。昨天带孙儿去横滨走访亲戚的堀家母亲还没回来。这消息对阿延来说，倒是个意外的机会，不过这得根据看法而定，或许这机会对自己有利，也可能对自己不利。凑巧的是令她感觉说话不便的老人已被送出家门；但她必须独自跟对手阿秀周旋，这一点对她比较不利。

由于事先没弄清情况，阿延的计划在她踏进堀家大门时就被搅乱了。

以往来访的时候，每次都是梳着小髻的堀家母亲丢下手边的事情，第一个出来待客。一见了面，她总要虚情假意地问候奉承一番。但今天跟往日不同，不仅因为领先出来迎客的人变成了阿秀，就连阿延以为马上就会现身的老母，也一直不见踪影。这些意外一下子就把她根据以往经验生出的从容心态破坏了。就在这时，她一眼看出阿秀眼里的困惑。只是，她那眼神里却完全没有歉意的懊悔，只有昨日战胜的得意连带产生的羞愧。其中还隐含了些许摸不清敌人真面目的恐惧，以及不知如何摆脱眼前这种场面的一丝焦躁。

阿延投去一瞥的瞬间，立刻感觉自己今天已被阿秀抓住弱点。只是这份觉悟，是她从某个崇高的立足点突然抛下一瞥之后，才察觉出来。而她本身拥有的能力对那崇高之处却一筹莫展。既然是从遥不可及的暗处突然冒出来的东西，自己也无力制止，只好安心等待结果出现了。

阿延的一瞥果然对阿秀产生了巨大影响，只是阿秀的反应远远超出她的预料。阿延想起阿秀日常的表现，还有她昨天打破了平日的作风，以及她跟津田与自己闹翻后的处理方式，若将这些因素结合阿秀一贯的品行与性格，从旁观者的角度分析一下就能明白，阿秀无论如何是不会善罢甘休。即使阿延自觉做事很有手腕，但她还是认为，这次不掀起些大风小浪，怕是难把事情摆平了。

也因此，阿延才觉得相当震撼。因为阿秀一坐下来，就向她殷勤问候，态度比平时友好多了。阿延惊讶得不得了，几乎不敢相信自己的眼睛。她的惊疑还没消失，接着又受到对方毫不马虎的热络款待，这时，她反而觉得不太舒服。怎么会发生这么大的改变？她不免暗自惊讶，心底随即涌起一阵疑惑：这是什么意思呢？

但是等了半天，阿秀始终不向她解释这种重要的疑问，不仅如此，就连昨天在医院发生的不愉快，阿秀也是一副完全不想提起的模样。

阿延想，既然对方存心要绕开尖锐的话题，自己若是主动提起，岂不是有违常理？更重要的是，她根本不必主动去向阿秀自揭疮疤。只是话说回来，昨天的事若不做个了结，设法让双方心里都感到痛快，自己今天来找阿秀的理由就不成立了。但是看这情形，虽然还没和解，却已得到和解的结果，现在再把那些不愉快的事搬到台面上来，岂不愚蠢？

聪明的阿延不知该如何是好。两人的交谈愈顺畅，她心底愈逐渐萌发遗憾的感觉，谈到最后，她突然想从对方的哪个弱点突破，借机窥探对方的内心。这个念头跃进脑中的瞬间，富有冒险精神的阿延并非没有想到，万一这计划失败，或许就会引起危险。但她对自己的手腕很有自信。

同时，她心中还有个愿望：如果有机会的话，她想对阿秀心底某个特别的部分进行试探，在那个部分旁敲侧击，仔细倾听阿秀自然发出的心声。这个计划跟她与津田讨论决定的造访毫无关联，但是对阿延来说，这件事却比成功完成和解任务的意义更重要。

从本质上来看，阿延必须瞒着津田的这件事，跟津田必须对阿延保密的那件事，两者都有相似之处。另外，就像津田担心自己不在家的时候，小林会对阿延说些什么一样，阿延也想弄清自己不在的时候，阿秀曾对津田说过什么。

用什么话题开头呢？阿延在脑中盘算了一会儿，最后只好再次提起阿秀从藤井家回家的路上顺便来访。其实刚才一坐下来，阿延已用这件事当作开场白："听说你刚才到我们家去过，不巧得很，我到澡堂去了。"现在她只好再用提问的方式，让这个话题复活："找我有事吗？"不料，阿秀只简单地答了一句："没事。"就很干脆地堵住了阿延的嘴。

一二五

接下来，阿延打算以藤井家作为话题切入。因为阿秀说过，她今天早上去叔父家。如果把话题转向藤井，应该有助于展开交谈。不料，阿秀依然保持严重的警戒，只在必要的时刻才从警戒圈走出来，故意很殷勤地应付阿延一番。阿秀是在叔父的教养下，才长成现在的人模人样。而阿延也对这件事了如指掌。阿秀的精神层面深受叔父的潜移默化，这一点，阿延也很清楚。所以她的谈话顺序，必须从叔父的人格、生活等方面谈起，尽量聊些阿秀可能喜欢听的话题。但从阿秀的角度来看，她觉得阿延的每句话都充满了夸张与虚伪，实在想不出任何理由需要认真地跟阿延谈下去。不仅如此，同样的内容冗长又反复地持续下去，阿秀脸上也很自然地流露出不快的表情。反应灵敏的阿延立即发现自己小看了对方，便设法改变话题。这时，反倒是阿秀又喋喋不休地提起冈本家。阿延跟冈本家的关系，就像阿秀跟藤井家一样，冈本姑父在她心里的地位十分重要，但是对阿秀来说，她对冈本姑父一点亲近感都没有，完全把他视为陌生人，连带地，阿秀也只有嘴里说得好听，话语间却没有实质内容，就好比光滑的皮肤下面，缺少了最重要的血肉。不过阿秀这段礼尚往来的客套话，等于就是她为阿延亲手烹制的佳肴，阿延不得不装出非常受用地全盘照收。

不过，阿延也不是个笨女人，不至于笨到去惹阿秀不高兴，所以第二回合轮到自己开口时，阿延的态度比刚才更加讨好，并很巧妙地伺机结束了上一个话题，企图把内容转向吉川夫人。但若重复使用前一回合的手段，一味拼命地吹捧，或许又会落个无功而返的下场，所以她决定不顾世人如何评判自己的是非，抢先提出了夫人的名字。她打算先看看阿秀如何反应，再决定下一步怎么做。

阿延已经掌握的信息是，自己去澡堂的时候，阿秀从藤井家回家的路上曾经来访，但她做梦也没想到，阿秀去藤井家之前，曾经拜访过吉川夫人。她更没想到的是，阿秀是因为昨天医院那场风波，才特地到吉川家拜访的。从这件事来看，阿延几乎是跟津田一样天真，所以就像津田被小林吓到一样，阿延注定也会对阿秀的行为感到惊讶。只是，让他们夫妻受惊的过程完全不同罢了。小林是实话实说提出报告，阿秀却是别有意味的沉默，还有伴随沉默而来的微微脸红。

吉川夫人的名字从阿延嘴里冒出来的瞬间，她感觉仿佛天上落下了一滴灵药，掉在她跟阿秀之间。阿延立即检视这滴灵药的效果，不幸的是，她发现那效果对自己一点用也没有。至少，那是一种她不知如何利用的效果。这个出乎预料的结果，只给她带来一阵惊愕。所以夫人的名字从嘴里冒出的瞬间，她立刻怀疑自己可能要为失言致歉了。

但很快，第二个出乎预料的结果出现了。阿秀露出了不敢正视阿延的表情。这个结果让她不得不随即修正自己的第一印象。也是在这时，她才终于明白，阿秀脸色发红并不是因为生气。这种多年来早已看腻的表情，以往总以为只是表现单纯的羞怯，现在却令她惊讶万分。阿延终于弄清了这表情的含义。只是碍于构成那种含义的起因，她必须等待阿秀说明，否则无从判断自己的猜测是否正确。

阿延犹豫着不知如何是好，过了半晌，阿秀突然牛头不对马嘴地换了话题。这次的题目跟前一段毫无关联，内容却出奇得让阿延震惊，可算是第三个出乎意料的结果吧。不过阿延颇有自信，立刻迎敌接招。

一二六

阿秀说出了一连串令人意外的字句，最先刺中阿延耳膜的字眼，是“爱”。这个陈腐又无新意的字，像个猛然蹦出的伏兵，给阿延带来一种新鲜感，主要当然是因为这个字并没有前后文衬托，突然就像一颗单发炮似的，砰的一下跳了出来；另一个原因，是因为姑嫂俩以往从未谈过跟这个字眼有关的题目。

阿秀向来就比阿延喜欢高谈阔论。当然，得出这种结论之前，还需稍做说明。阿延是个我行我素的女人，她不喜欢与人争论，并不是因为她说不过别人，而是因为她觉得没必要。而相对的，她的脑袋里也没装多少别人灌输的知识。就连以前女学生时代常看的杂志，她现在也几乎不碰了。即使如此，她却不觉得自己缺乏知识。她的虚荣心虽然很强，求知欲却完全没被带动起来，理由也不是因为她没时间，或缺少竞争对手，而是因为她完全不觉得自己有什么不足。

而阿秀对求学的态度就跟阿延不一样。读书使她变成了今天的阿秀，读书也是阿秀的全部，至少她接受的教育告诉她，读书必须是她的一切。长期浸淫书堆的藤井叔父亲自教育阿秀，在她身上留下了“好的”与“坏的”两种奇妙的成果。她在叔父的熏陶下，学会把读书看得比自己更重要。但不论多么重视读书，她还是她，她必须跟书本分开才能生活，才能工作，所以终究还是得跟书本分开。用更恰当的方式形容的话，就是说，她没事就爱发表一些不合身份的言论。因为是为了发表而发表，所以内容都很无聊，若以她具备的反省能力来看，要等她自己发现言语无味，肯定需要花费很长的时日。从心理层面来看，她的自我意识太强。说得更浅显一点，自我意识即是自我，阿秀的那个自我偏偏喜欢从她推崇的书籍里，找些跟自己不相称的歪理，然后倚仗书中文字的力量，来支持自己的言论。于是大家就经常看到她上演一出滑稽的戏码，原本就能射出炮弹的大炮，却被她当成长刀，抓在手里四处挥舞。

阿秀这时向阿延谈起的话题，果然又是从某本杂志的文章里看来的。这本每月出刊的杂志刊登了几位名家的恋爱观。阿延其实对阿秀提出的这个话题没什么兴趣。但是当她承认自己还没读过那篇文章时，心里突然产生了好奇，当下决定根据自己的需要，好好利用这个抽象的题目。

她早已掌握了对手的弱点，也知道阿秀的理论经常沦为空谈。现在正要展开尖锐论战之前，阿秀的态度还不至于太过分，但她认为，如果只为争论而争论，倒不如从头就不接招。所以她一定要先把对手制服在地才行。但不幸的是，眼前这个对手，根本不在地上。阿秀嘴里所谓的“爱”，既不是津田的“爱”，也不是堀先生的“爱”，甚至更不是阿延或阿秀自己的“爱”。她说的“爱”，只是一种若隐若现、飘浮在空中的“爱”。

所以阿延的首要任务，必须先把阿秀那空飘飘气球般的话题拉到地面来才行。

但她立刻又发现，已经生了两个孩子的阿秀，虽然各方面都比自己更像家庭主妇，但想法却更不切实际。她嘴里虽然应着“对对对”，心里却感到焦躁万分。“你先别顾着耍嘴皮，干脆就坦诚相见，大家都拿出实力来一决胜负吧！”她很想这样告诉阿秀，同时也在暗中思索，如何才能让这位“理论家”剥掉外皮。

过了半晌，她终于想清楚了。其实也很简单，要解决眼前的问题，只有两个办法，要么牺牲阿秀，要么牺牲自己，必须两者择一，否则自己的目的终究无法达成。要牺牲对手并不困难，只要看准对手的弱点，给她一刀就行了。至于她那个弱点是否真实存在？她并不在乎。只是为了试探本能反应而施予刺激，根本无须考虑刺激的真伪。不过，这种试探却会带来相当的危险。因为阿秀肯定会大发雷霆。只是，惹怒阿秀正是她的目的，又不是她的目的，所以她才犹豫不决，不知该如何是好。

终于，她算准时机展开行动。在她付诸行动的同时，也已下定了牺牲自己的决心。

一二七

“被你这么一说，我这种人，可不知该怎么回答呢。津田究竟爱不爱我，我自己都迷迷糊糊，不太清楚。说起这种事，还是秀子幸福，因为你从头就已得到确切的保障啦。”

阿延跟津田结婚之前，就知道阿秀是靠美貌才被婆家选中的。对一般的女人来说，尤其是像阿延这种女人，肯定都会羡慕阿秀。阿延最先从津田嘴里听到这些，心底就对阿秀生出一丝淡淡的妒意，虽然那时还没见过阿秀。后来，当她明白阿秀只是个没有内涵的浅薄女子时，不禁轻声发出冷笑，甚至感到一种复仇的快感。之后，两人谈到爱情的话题时，阿延心里总是十分鄙视阿秀。虽然表面上都是满嘴的甜言蜜语，但那当然是双方共通的表面功夫，只是说给对方听的客套话而已。说得难听一点，也算是一种嘲弄。

好在阿秀并没注意到这些，而且她也不太可能注意这种事。因为别说是口才方面，就连实际的爱情经验，阿秀也根本不是阿延的对手。她从没体验过激烈的爱情，也不曾真正被人痴情地爱过，爱情的力量究竟能够猛烈到什么程度，她根本一无所知。尽管如此，她却是对丈夫感到满足的妻子。“无知是福”这句成语刚好就是用来形容她。打从结婚那天起，阿秀的丈夫已亲手为她的未来盖上了爱情的戳记，她也把这个戳记当成一纸证书，永远藏在心底。阿秀天真到这种程度，以至于听到阿延刚才那段恭维，她也就很认真地接受了。

阿秀从没体验过真正的爱情，感觉敏锐的阿延早已看穿了她的胡言乱语，但阿秀不仅毫无感觉，甚至还一派轻松地根据自己夫妻的状况，随意揣测津田与阿延的关系。这一点，只看她听完阿延的恭维后露出满脸惊讶，就很清楚了。津田爱不爱阿延，为什么变成她们讨论的话题？一个做妻子的，怎么能说出这种话？更过分的，还在小姑面前说出这种话，这究竟怎么回事？上面这些疑问，全都显露在阿秀的表情里。

事实上，阿秀一直认为，阿延要么是个刁钻女人，对眼前拥有津田的爱不懂得知足；要么就是个虚伪女人，明明把津田捏在手里，却还佯装不知。于是阿秀发出一声叹息：“哎哟！”

“嫂嫂还希望他更爱你啊？”

这种外交辞令原是迎合阿延的喜好才说的，但在眼前这种状况下，阿延当然不会对这种回答感到满意。她必须再说些什么，好借以表明自己的意图。但若要表达得更明确，这句话就得说得十分露骨：“如果津田心里除了我，还有别人的话，我当然就无法对现状满意吧？”但她立刻又发现，如果豁出一切说出这句话，不仅会毁了自己的计划，而且这种说法也太不吸引人，于是她只在嘴里应了一声："可是……"便闭上嘴不再接腔。

"嫂嫂还有什么不满意呢？"

说着，阿秀把视线聚向阿延的手指。那枚戒指正在指上毫无顾忌地闪耀光芒。然而，阿秀锐利的一瞥没对阿延造成任何影响。阿延对这戒指表现的天真，还是跟昨天一模一样。阿秀看她这样，不免着急起来。

"可是延子不是已经很幸福了吗？想要的东西，全都买了，想去的地方，也全都带你去了……"

"是啊，关于这方面，我倒是挺幸福的。"

阿延一向认为，不对外人强调自己过得幸福，等于就是暴露自己的弱点，这可不是她的作风，于是她忍不住就当着阿秀的面，说出这句平时常用的客套话。但是说完之后，对话又中断了。阿延这才想起，上次看戏的第二天，她到冈本家去，这句话曾在继子面前说过，现在竟又原封不动地对着秀子说了一遍。而阿秀脸上的表情则像是在反问阿延："这方面挺幸福的话，还不够吗？"

阿延虽然心中怀疑津田，却不愿意被阿秀看出一丝端倪。但若一直装作毫无所知，眼睁睁地遭受阿秀耻笑，又令她觉得更不甘心。所以，这时的应答需要有点巧思。阿延想，为了抵达目的地，终究还是得吃点苦头。只是她并没发现，自己的努力只是徒劳无功。于是，她的态度又在瞬间出现了变化。

一二八

阿延不顾一切向前猛跨一步。她决定抛弃受人情局限的转弯抹角，正面迎战阿秀。只是用字遣词必须说得抽象一点。她想，如果靠舌战进攻能够查出事实真相，也是个不错的方法。

"到底，一个男人有没有可能同时爱上一个以上的女人？"

阿延用这个疑问展开进击时，阿秀脑中完全没准备好关于这个问题的回答。她的知识都来自书本与杂志，而且都只跟一般恋爱有关，在眼前这种特殊场合，她那些知识根本派不上用场。但尽管腹中空无一物，她还是装模作样地思索了一会儿，才老实回答："那我可不知道喔。"

阿延不免对她生出怜悯。"你这家伙不是已经有个姓堀的丈夫吗？他就是活生生的研究材料啊。你不是朝夕都在丈夫身边看他如何对待女人吗？"阿延才想到这儿，阿秀嘴里又冒出了第二句话："我怎么会知道？我可是个女人呀。"

阿延觉得这个回答太愚蠢。如果阿秀真的像这句话所说的那样，她的感觉有多迟钝，也就可想而知了。不过阿延立刻咬住这句蠢话反问道："那你从女人的角度设想一下吧！你能想象自己的丈夫爱上其他女人的情形吗？"

"延子自己无法想象吗？"听到阿秀这样反问，阿延不禁感到讶异。

"难道我现在的处境必须想象这种状况？"

"没问题的啦！"阿秀当场提出保证。

阿延却马上又把阿秀的话重复了一遍："没问题？！"

这三个字既不是疑问也不是感叹，就连阿延自己也搞不清这三个字究竟是什么意思。

"没问题啦！"

阿秀又重复了一遍。说话的瞬间，阿延看到阿秀的嘴角隐约闪现一丝冷笑，但她立刻决定不予理会。

"秀子当然是没问题啦！当初嫁到堀家的时候，就是因为你本身有条件嘛！"

"那延子呢？不也是因为津田看中你的条件吗？"

"乱讲！你才是那样吧！"

阿秀突然不再接腔。阿延也不再浪费力气，反正一个没有宝藏的洞，再挖也是一样。

“津田对女人究竟是什么态度？”

“这种问题，当老婆的应该比我这个妹妹更清楚呀！”

阿延遭到一顿抢白，这才发现自己这问题也问得跟阿秀一样蠢。

“但是在兄妹关系里的津田，秀子总比我了解吧？”

“没错，但我就算了解，也不能提供延子参考啊！”

“当然可以用来参考。但你所指的那些，我早就知道了！”

阿延抓住关键时刻趁机下饵，阿秀果然立刻上钩。

“反正没问题啦！延子，不会有问题的！”

“虽然没问题，却会有危险！所以无论如何也要请秀子为我详细解说一下！”

“哎呀，我什么都不知道啦！”

说着，阿秀脸上忽然浮起一片红晕。她为什么要觉得羞愧呢？阿延聚精会神地揣测起来，但不论多么努力，都无法得出结论。她还记得刚才走进堀家不久，也看过这幅阿秀脸红的景象。当她提起吉川夫人时看到的那张红脸，跟眼前这张再度出现的红脸，两者之间究竟有什么关联？尽管阿延十分擅长分辨事物的异同，但从眼前的景象看不出一丝端倪。她很想把两件事勉强地连在一起，却根本找不到连接两者的线索。这种推测对她来说，也是最大的不幸。她推测两者之间必定存在着某种联系，但这两件事超出了她的理解范围。此外，两者之间的那个联系，在她看来也是一种暗示，肯定具有非常重要的意义。所以她只好继续深掘，除了挖出那个联系，也没有别的路可走。

一二九

阿延受到瞬间冲动的影响，一时无法控制自己的嘴巴，就顺口扯了一个谎。

“我已经听吉川夫人提起过啦！”

说完，她才发现自己真是大胆。于是她住嘴暂停，观察一下冒险行为会带来什么结果。只见阿秀泛红的脸上突然换上一种讶异的表情，看着阿延反问道：“哎哟！提过什么？”

“就是那件事啊。”

“那件事是哪件事？”

阿延已经无路可退，阿秀却还能步步相逼。

“骗人的吧？”

“才没骗人呢。是关于津田的事。”

阿秀突然闭嘴不再接腔，但那紧闭的嘴角却隐约浮起一丝冷笑，等那笑意更加明显地扩散到整张脸上时，阿延感觉自己好像误把沼泽当成道路，一步踏进深邃的泥泞。若不是她独有的不服输精神发挥了强烈作用，说不定她已向阿秀低头求救了。

阿秀说：“这可怪了，吉川夫人怎么可能跟嫂嫂说津田的事，究竟怎么回事？”

“是真的哟，秀子。”

阿秀这时终于发出笑声。

“应该是真的吧。没人以为是假的呀。但究竟说的是什么事啊？”

“津田的事啊。”

“所以说，到底说了哥哥的什么事？”

“那我可不能说，必须你先说才行。”

“这要求太过分了！叫我先说，不知嫂嫂要我说些什么。”

阿秀显得十分镇定，好像在说：“来吧，你怎么进攻都行。”阿延的腋下已经渗出冷汗。忽然，她把箭头一转，直接向秀子射去。

“秀子，你是基督徒吧？”

阿秀露出惊讶的表情。

“不是。”

“不是基督徒的话，应该不会说出昨天那番话吧？”

昨天和今日的她们，好像彼此交换了立场。阿秀始终展示出一种胜者的从容。

“是吗？那就算是吧！延子大概很讨厌基督徒吧？”

“不！我很喜欢！所以才在这里求你啊！请你再像昨天那样怀着崇高的胸襟，怜悯我这卑微的阿延吧！如果昨天我做错了什么，现在我就像这样，向你低头赔礼！”

说着，阿延把那戴着闪亮戒指的手放在阿秀的面前，一面说一面真的向她低头行了一礼。

“秀子，请你坦诚相告，不要瞒我，全都告诉我吧！阿延我就像这样，正在真诚拜托你，也像这样，我已经感到悔悟了！”

说着，阿延习惯性地皱起眉头，一滴眼泪从那双小眼睛里滴落在她膝头。

“津田是我丈夫，你又是津田的妹妹。就如同你看重津田一样，津田在我心里也占着极大的分量。我这都是为了津田！请你也为了津田，全都告诉我吧！津田是爱我的，就像他爱你这个妹妹一样，他也爱我这个妻子。所以说，为了津田，被他爱着的我必须知道一切！被他爱着的你，也应该为了他，把一切都告诉我，对吧？那才是身为妹妹的你对他的善意。眼前这种状况下，你就是无法对我产生善意，我也毫无怨言。但你对自己的哥哥津田还是拥有情意，愿意为他付出吧？我从你脸上的表情就能看出，你对哥哥仍有充分的情义。因为你绝不是那么冷酷的人！你就像自己昨天说过的那样，肯定是个好心人！”

说到这儿，阿延转眼望向阿秀，发现她脸上的表情出现了奇异的变化，原本的红晕不见了，显得有些苍白。她用急促得有点夸张的语气，表达了自己必须尽速否认阿延那段话的意思：“我可从没做过任何坏事！不管对哥哥还是对嫂嫂，我心里只有善意，从来没有一丝恶意！请嫂嫂不要误会！”

一三〇

阿延对阿秀这番辩驳感到意外，同时也觉得突然。她不明白阿秀为什么说这些，也不知阿秀说这段话的目的是什么，她只感到心头一震。阿秀说出这段天恩降临般的表白时，这些话的背后究竟隐藏着什么？她真想立即冲进那团迷雾。于是，阿延又很轻松地说了第三个谎。

“这些我都明白，你做过的一切，还有你心里的想法，我全都明白！所以请不要隐瞒了，全都告诉我吧！你不愿意吗？”

说这话时，阿延费尽全力从那双小眼睛挤出讨好的眼神看着阿秀。然而，原本对异性十分有效的这个动作却落了空。阿秀像是吃了一惊，马上提出令她意外的反问：“延子，今天来这儿以前去过医院了吗？”

“没有！”

“那是先到别处，然后才绕道而来吗？”

“没有，我从家里直接来的。”

阿秀这才露出放心的表情，但她什么话也没说。

阿延又紧追不舍地说：“哎，秀子你就告诉我吧。”

阿秀冰冷的眼中射出一道残酷的光芒。

“延子也太任性了！看来延子好像非要丈夫独爱自己才行呢。”

“当然啊！难道秀子觉得自己不是丈夫的唯一也无所谓吗？”

“看看我丈夫是什么样吧！”

阿秀想用这句话转移焦点。阿延却抓住阿秀的语尾，把堀先生赶到话题之外。

“不要拿堀先生相提并论。先不说堀先生如何，现在是在较量彼此的坦诚喔！不管怎么说，秀子你也不会喜欢见异思迁的男人吧？”

“不过，眼里只有自己、看不到其他女人的那种老实丈夫，世界上也没有吧？”

平日只靠杂志和书本吸取知识的阿秀，这时突然摇身一变，在阿延面前扮演起实践家的角色来了。然而，阿延现在却无暇顾及阿秀的矛盾。

“当然有啊！必须应该那样，不是吗？就算男人不愿意，毕竟已被冠上丈夫的名义。”

“是吗？哪会有这么好的男人啊？”

说完，阿秀又把含着冷笑的视线投向阿延。阿延却怎么也鼓不起勇气大声提起津田的名字，所以只能委婉地答道：“那就是我的理想。男人必须像那样才行！”

阿延竟在不知不觉中变成了理论家，就像阿秀变成了实践家一样。跟从前相比，两人所处的位置已经完全颠倒过来。但她们都毫无察觉，只知随着运势向前。所以接下来的争论，也就谈不上理论或实践，只看谁的嘴巴厉害就能获胜。

“就算是理想也不行啦！因为你那个理想变成现实的话，等于就是说，妻子以外的女人都必须失去女人的资格。”

“要到达那种境界，才能体会完美的爱情吧？若是不能达到那种境界，就永远都不会懂得什么是真正的爱情，不是吗？”

“那我就不知道啦！不过你认为自己以外的女人都不是女人，世界上唯一的女人就是你自己，这种想法太不理性了吧？”

阿秀终于不客气地直呼嫂嫂为“你”，但阿延并不在意。

“理性什么的都无所谓，只要感情上唯有我这个女人就行了！”

“你是说只把你一个人看成女人。这想法我能理解！但不准丈夫把外面的女人看成女人，你等于就是自杀喔！哪个丈夫要是能够不把外面的女人视为女人，那最重要的你，也不会被他看成女人吧？这就好比，只有自家庭院的花才算真花，外面的花都不算花，只能看成枯草。”

“我觉得把她们当成枯草也可以的！”

“你大概可以那么想，但男人不把她们当成枯草，你也没办法啊！还不如任由男人喜欢无数女人，而其中最喜欢的就是你。这样反而更让嫂嫂满意吧？因为这才算真的被男人爱上呀！”

“反正无论如何，我还是想要绝对的爱！我从来都讨厌被拿来跟别人比较！”

阿秀脸上露出轻蔑的表情。很明显，隐藏在那表情背后的意思是说：“这女人的理解力太差了！”

阿延忍不住愤愤地说：“反正我是个笨人，听不懂什么大道理！”

“我只是列举实例呀！这样说明比较容易听懂吧！”

阿秀冷冷地做出结论，阿延感到悔恨不已。刚才花了这么多心血，却什么也没问出来。她离开堀家的时候，甚至连自己离家时津田曾经派人送信给她都不知道。

一三一

阿延与阿秀对坐舌战的这段时间，医院里正在进行另一项预定计划。

津田等候已久的吉川夫人走进病房时，津田派去送信给阿延的车夫还没回来，按照时间来说，刚好是小林离开后大约过了十分钟吧。

当他听到护士报上夫人的大名时，首先感到暗自庆幸，因为夫人跟小林这两种完全不同的人种，总算没在这间狭窄的病房里相遇。其实为了达到这个目的，他将不得已地做出一些物质牺牲，不过他现在已完全无暇顾及这些。

津田一看到夫人的身影，立即就想从床上起身。但夫人在一旁制止了他，还回头望了一眼带她进屋的护士。护士的两手抱着一个花盆，夫人像征询似的问道：“这个该放在哪里？”津田抬眼打量那盆红叶，在护士胸前的雪白制服衬托下，盆景的颜色看起来非常美丽。那个小巧的花盆里，三根长度差不多的树枝拥挤地种在一起，树根周围还铺着大小刚好的石子。护士把花盆放在床间地板之后，夫人才在自己的位子坐下。

“你感觉怎么样？”

津田刚才一直观察着夫人的举止，这时，他总算弄清夫人对待自己的态度。原本他还暗自担心，不知夫人来此是否另有理由，现在听到夫人的这句慰问，等于也帮他把心底的疑惑消除了一半。只是，夫人看来不像昔日那么开朗，脸上也没有平时那种俏皮神情，总之，她走进病房时，全身似乎笼罩着一种津田从未在她身上看过的气氛。那种气氛使她看来极其庄重，也将她的雍容发挥到最高极致。津田有点震惊。不过，这种吃惊虽然是属于正面的感觉，心底却也有点恐惧。因为夫人虽未表现出对他反感，他却不知夫人的态度背后藏着什么。就算那态度的背后很单纯，他也无法预料等会谈话时，夫人心中是否会出现什么变化。夫人向来早已习惯接受逢迎，所以她纵容自己随意更改心意，也认为自己不论怎么三心二意都是可以的。津田则处于一种必须把她捧得像个女暴君的地位。如果用汉语形容，夫人的一颦一笑对津田来说，都至关紧要。尤其在眼前这种状况下，他就更需要小心应付了。

“秀子今天早上来过了。”

夫人一开口就提起阿秀登门拜访的事，那语气听来就像在会议里提出第一道议题。津田不能不接腔，在夫人到达之前，他就已经想好了回答。虽然他已知道阿秀去找过夫人，但他打算佯装不知。因为万一夫人追问：“谁告诉你的？”他可不想从自己嘴里说出小林的名字。

“喔？是吗？可能太久没见到您，心里觉得偶尔也该上门致意一下，否则她会觉得过意不去吧？”

“不！不是的！”

听完夫人的回答，津田立刻说出下面这句谎言。

“可是那家伙应该不会有什么事啊？”

“谁又能料到，她居然有事。”

“喔？”

津田只答了这个字，便静待夫人说下去。

“你猜猜看，她来干吗？”

津田佯装不懂，做出一副深思的模样。

“这个嘛，要我说阿秀会有什么事……哎！到底是什么事啊？”

“想不出来吗？”

“实在有点难猜！我跟阿秀虽是兄妹，但是性格完全不一样啦！”

津田故意多此一举地透露他们兄妹的关系。因为他想趁着问题还没出现之前，先躲在远处为自己辩白一下，也想观察一下夫人听了自己这番话，会有什么反应。

“她有点喜欢说教喔！”

一听这话，津田不禁暗喜，便趁机诉苦说：“说起这家伙的爱讲理，就连我这个做哥哥的都受不了。任何人都无法耐着性子听她说下去。所以每次跟她吵架，我都懒得计较，随她自己去说。如此一来，她就更得意了，还以为自己说得有道理，没完没了地胡说八道……”

听到这儿，夫人脸上露出微笑。津田看出那笑容确实含有同情自己的成分，却不料夫人接口说出的这段话，却跟他的想法背道而驰。

“也不至于如此吧！不过她的头脑倒是挺清楚的，不是吗？我对她印象很好哟！”

津田苦笑起来。

“当然不会傻到去您府上暴露自己的底线嘛！”

“不！秀子比较诚实喔！”

但秀子究竟比谁诚实，夫人并没说明。

一三二

津田的好奇心开始蠢动。大致情况他已经能够想象，只是现在立刻转入那个话题，却不是他所希望的。其实只要深入追问夫人跟阿秀的关系就行了。夫人今天只是顺便探病，她的真正意图，当然就是想跟津田密谈那件事。不过，夫人却有她独特的癖好。平时只要一有机会，有闲阶级的她不等别人邀请，就会把自己的脑袋钻进别人的社交圈，看看晚辈或部下是否需要帮忙，尤其是对自己喜欢的晚辈，她不仅乐意提供帮助，更随时轻松地显露自己的玩乐本性。有时她忙着完成任务而显得十分焦虑，有时又露出完全相反的态度，故意拖拖拉拉不伸手，脸上却装出一副充满兴味的表情。这时她所流露的表情，就像正在玩弄老鼠的猫儿，旁人怎么想，并不在她的考虑范围之内。她似乎认为这种行为是上位者应有的特权，她的无聊时光也才能因此充满刺激。被她挑中的对象，只能拼命忍耐。而相对的，能够熬过难关的人，肯定就能获得奖励。她以这种方式给予对方鼓励，也把自己的做法视为值得自豪的美德。至今为止，津田为了他跟夫人之间的这种默契，曾经遭到唯一的一次重大损失。不过，聪明伶俐的津田心里很明白，夫人为了这件事对他怀着极深的内疚。尽管他事事都以夫人的意旨为重，而他背地里所倚仗的，也正是夫人对他的这份内疚。只是，对他来说，这份内疚至多也只能当作以防万一的武器而已。平日里，津田仍然必须扮演猫儿面前的老鼠，任由夫人摆布。而此时此刻，夫人先得花点时间，才能厘清眼前的复杂状况。

“昨天秀子来过吧？”

“是的，来过。”

“延子也来过吧？”

“对啊！”

“今天呢？”

“今天还没来。”

“马上就要来了吧？”

津田这下答不出来了，刚刚也才写信叫阿延别来呀，而且，他还没收到回信，这也令他担心，不知是否送信的过程出了什么差错。

“不知道啊！”

“不知道她来不来吗？”

“是啊！不知道！我猜大概不会来吧！”

“太冷淡了吧？”

夫人像在嘲弄似的笑起来。

“您说我吗？”

“不！是说你们两个！”

津田苦笑了一阵。夫人等他笑完才又开口：“延子和秀子昨天在这儿碰到了，对吧？”

“是啊！”

“碰面之后发生过什么吧？就是说，比较特别的事。”

“没什么……”

“别装了！有就说有，要像是个男人，说清楚啊！”

夫人这才终于展示她独有的说话方式与特性。津田不知如何回答，只能默默观察一番，再做决定。

“秀子被狠狠欺负了一顿吧？据说是你们两个联合起来？”

“那怎么可能？是阿秀自己火冒三丈，大发脾气之后才回去的！”

“是吗？但还是有过争执吧？我说的争执当然不是说动手打架。”

“就算有过争执，也不像阿秀形容得那么夸张啦！”

“或许吧！就算小有争执，也算是吵过架嘛！”

“如果是小小的意见分歧，那倒是有过！”

“当时你们两个联手欺负秀子了吧？”

“没欺负！只有那家伙像个耶稣教徒似的大放厥词！”

“反正就是你们两个联手，对付她一个人，对吧？”

“或许可以这么说吧……”

“你看，这就不对了？”

夫人的结论既无意义又无根据，因此，津田也想不通自己哪里做错了。但在这种状况下，夫人总是用这种方式表现自己的性格，所以津田脑中也早已牢牢记住，这时绝对不可以顶撞夫人，因此他只能乖乖接受训斥。

“也不是故意那样，只是顺其自然，不知怎么搞的，就变成那样了吧！”

“不可以说‘变成那样了吧’，应该明确地说‘变成那样了’。不过请恕我失礼，你对延子实在也太娇宠了！”

听了这话，津田觉得非常不解。

一三三

津田虽然头脑伶俐，却不太知道夫人跟阿延之间的关系。尽管他对两个女人都很了解，夫人对他客气，阿延在他面前又很拘束，所以就算脑袋那么聪明，他还是搞不清两个女人的关系。他一向认为女人的话都得打点折扣，但是在判断夫人和阿延的关系时，忘了这件事。他不仅毫不疑心地听信了夫人对阿延的批评，也直接相信了阿延对夫人的评语。而她们提到对方时，永远都对彼此赞不绝口。

这两个女人之间，一直存在一种微妙且只有她们才明白的不和，迄今为止，她们都尽力不让冲突表面化，但是眼前这一刻，随着情势自然发展，两个女人彼此不和的事实也像逐渐退散的朝雾，慢慢在津田眼前显露。

津田对夫人说：“她也不是值得特别娇宠的妻子，请夫人不必多虑。”

“不对！好像不是这样喔！现在外面都是这种看法呢！”

听到“外面”这么夸张的字眼，津田露出讶异的表情。夫人只好向他解释说："所谓的外面，就是指大家啦！"

就连她说的"大家"，津田也无法明确掌握含义。不过夫人使用"外面"啦、"大家"啦之类夸张字眼的用意并不难猜。看来她似乎是想借以加深津田的印象，津田故意大笑起来。

"大家其实就是指阿秀吧？"

"秀子当然也是其中之一！"

"她是其中之一，同时也是大家的代表吧？"

"或许吧！"

津田再度高声大笑起来，但是笑声刚停，他马上发现大事不妙，因为那笑声简直就像针对夫人而发，但也来不及挽回了。他暗自觉悟，还是在夫人怪罪之前，赶快认罪赔礼吧。于是他立刻改变表情说："总之，今后我会特别留意！"

但是夫人听了这话，还是不满意。

"你以为只有秀子一个人抱持那种看法,那你就错喽！其实你叔父、婶母，都跟她看法一样呢！"

"啊！是吗？"

有关藤井夫妇的信息，显然是阿秀告诉夫人的。

"还有别人喔！"夫人接着又补充说。津田只"啊"了一声，当他转眼望向夫人的瞬间，果然，夫人说出了他预料中的台词。

"不瞒你说，我也跟大家的想法一样！"

夫人的语气里净是权威。听到这句话，津田当然不觉得自己需要鼓起勇气去反驳，但他同时又莫名其妙地感觉自己失策了。疑惑不禁油然而生。

"为什么她突然变成这种态度？她责备我不该过分娇宠阿延，话里的意思不是连阿延也一起骂了？"

这种疑惑对津田来说，是一种完全陌生的经验。陌生得令他只凭想象去体会夫人的真意都很困难。但在解决这个疑问之前，他先向夫人提出了自己的另一个疑问。

“冈本姑父也是同样的看法吗？”

“冈本不算啦！冈本家的事跟我无关！”夫人毫不在意地答道。

津田心底却不禁发出一声“咦”，接着，很自然地，他的第二个问题差点就要脱口而出：“那就是说，冈本跟你们家一向都是分道扬镳喽？”

事实上，他并不像“外面”谣传的那样，对阿延十分娇宠。究竟，这个充满误解的评价是从哪里传出来的呢？这件事说明起来颇费周折，但他脑中条理分明，就像认识自己的每条掌纹一样，他能把这件事的来龙去脉分析得一清二楚。

第一个该对这项传闻负责的，就是阿延自己。肯定是她到处宣传自己多受津田宠爱，津田对她多么百依百顺，肯定因为她不畏艰难，从最广泛的角度，全方位地尽情发挥了一番。第二个该负责的，是阿秀。她那双饱含夸张情绪的视线，助长了她对阿延的妒忌。但阿秀的妒忌根源在哪儿，津田却不清楚。“小姑子”这个名词的含义，津田也是在婚后才开始领悟，但可惜的是，好不容易弄懂了这个名词的意义，却无法详细说明。第三个该负责的，是藤井叔父和婶母。他们不是因为夸张或妒忌，而是对奢华过分厌恶。最后，就变成了这种近似误解的结果。

一三四

津田为了他自己的特殊理由，愿意让这种误解一直存在。小林其实早已识破他的企图。因为这种误解能促使冈本家向他伸出援手，他也想尽量利用冈本家的好意，为自己争取最大的利益。换句话说，他对阿延温柔呵护，等于就是在讨好冈本家，而冈本跟吉川两人的交情又是亲如兄弟。所以说，他对阿延愈好，自己的未来就愈有保障。津田自诩头脑机敏，从不放过任何有利可图的机会，所以他邀请吉川夫妇担任婚礼上的介绍人，借机让他们跟自己的婚姻挂钩。但他的头脑并不糊涂，不会认为这是自己的光荣而沾沾自喜。因为他看到荣誉之外更重要的东西。

不过，这种精打细算还只算表层的想法，再更进一步深入探究的话就会发现，底层之下还有底层。其实，情势发展到今天这种状况之前，津田和吉川夫人已因某种不足为外人道的关系而连在一起。经历了只有他们各自明白的特殊心路历程，现在他们必须采取更复杂的视线，重新审视他们在半年前建立的新关系。

说得更明白一点，津田跟阿延结婚之前曾经爱过一个女人。而当初撮合他爱上那个女人的，就是吉川夫人。这位爱管闲事的夫人整天把两个年轻人抓在手里，好整以暇地玩弄他们，时而撮合，时而离间，弄得两人一下晕头转向，一下愤怒反目，夫人则在一旁乐不可支。但津田从未怀疑过夫人的好意。夫人也曾大胆直断两人未来的命运，不仅如此，她还趁着时机成熟，企图促使两人永远在一起。但谁也没想到，就在关键的瞬间，夫人的自信竟被摧毁殆尽。如此一来，津田的踌躇志满当然无以为继，只能跟着夫人的自信一起烟消云散。而那只珍贵的小鸟一溜烟地逃走后，再也不曾飞回夫人手里。

夫人再三责怪津田，津田也对夫人心怀怨言。夫人觉得自己对这件事有责任，津田却不认为自己做错了什么。他感到彷徨无依，仿佛置身五里雾中，而且始终没弄清楚问题所在。就在这时，夫人听说阿延正在找对象。她决定挺身相助，帮助津田促成第二次恋爱。之后，她还跟丈夫一起担任婚礼介绍人，也算为这件事圆满地画了一个漂亮句号。

津田当时仔细观察夫人的举止，忍不住在心底暗叫一声“原来如此”。

“她是想对我弥补吧！”

这个念头在他脑中浮起时，他企图根据这个结论，为自己的未来拟定一套概略的方针。他一直以为，跟阿延维持美满的婚姻，是他对夫人应尽的一种义务。他甚至断定，只要他不跟阿延吵架，自己的未来肯定就有保障。

他向夫人打出第一张牌的时候就认为，自己这种想法绝对没错，谁知现在竟突然听到夫人责难阿延，虽然仅是隐约地闻到一丝硝烟味，但他心底当然会发出一声“咦”。只是在改变态度取悦夫人之前，他还是得先确认一下。

“除了怪我不该太宠阿延之外，若是觉得阿延有什么缺点，也请您不要客气，尽管告诉我吧！”

“不瞒你说，我今天来这里，就是为了这件事！”

听了这话，津田心中充满好奇，不知夫人接下来究竟会说些什么。夫人继续说道：“我想除了我之外，不会有人当面跟你说这件事，所以我才说的。但你不要以为是阿秀叫我来说的哟！还有，若是事后给阿秀招来麻烦，我可就对不起她了。听懂了吧？当然啦，阿秀的确因为这件事来找过我，是没错。但她的目的跟你想的不太一样。阿秀主要是担心京都那边几位老人家。这也没错啦，京都那位是令尊，当然不可轻慢。尤其令尊曾经那么恳切地拜托我家老爷，请他对你多加关照，就凭这一点，我对你的事也不能袖手旁观！只是，上面说的这些，都只是一些枝枝节节的琐事，真正问题是在树根上！所以我认为要先从树根开始治疗，才能产生较大的效果！非这样不可，否则这次的风波将来还会重演！再说，若只是重演倒也罢了，如果阿秀每次都跑来找我，岂不要累坏我吗？”

夫人所说的病根，显然就是暗指阿延。但那病根要怎么治疗呢？津田想，又不是身体有病，夫人虽没明指离婚或分居，也不能这么随便使用“治疗”这种字眼啊。

一三五

津田不得已开口问道：“所以说，我该怎么办呢？”

听到这么稚气的问题，夫人脸上露出慈母般的得意。但她并不直接切入正题，而只露出一脸“你说对啦”的微笑。

“你到底觉得延子怎么样？”

昨天阿秀也用相同的字句问过同样的问题。津田立刻想起昨天回答阿秀时说过什么话。但他并未多想如何回答夫人，因为他在夫人面前很自由，随便怎么说都行。说得露骨一点，他的盘算就是，不论怎么回答，反正挑夫人喜欢听的说就可以了。但他没有想到，夫人心里喜欢听的那个回答，却是完全出乎他的意料。津田一时不知如何回答，只能嘻嘻地笑着。夫人却趁势向前一步逼问：“你很疼爱延子吧？”

这个问题也是津田不曾预料的。如果他只是半开玩笑随意回答几句，倒是有很多选择。但要说出认真、负责，并让夫人感到满意的回答，就不能那么随便说出口了。对他来说，现在最凑巧又最不巧的就是，他的心理处于一种可以任意回答的状态。因为事实上，他对阿延也是既疼爱又不疼爱的状态。

夫人的神色显得越发严肃，并用不许模棱两可的语气向津田第三次提问。

“我会保守你我之间的秘密，你就直说吧。我并没有预期的答案，只想听你说说自己的想法，就只是这样而已。”

津田看不出风向，更加不知如何是好。

夫人说：“你这个人真叫人着急啊！有什么要说的，就该像个男人，痛快地说出来嘛！我问的又不是什么难以回答的问题！”

津田这时终于不能不开口了。

“倒也不是无法回答，而是问题问得太抽象了……”

“那就没办法了，还是我来说吧，可以吗？”

“请说！”

“你啊！……”夫人开口说了两个字，便停顿半晌，才又接着说下去。“真的可以让我说？我这个人口无遮拦，总是有话直说之后，又发现说错话了，说了之后又会后悔！”

“不要紧的！”

“如果说出来惹你生气，我就立刻打住。我可不想话说出口之后再三道歉，却已无法挽回，这种傻事，我不想再干了！”

“只要我不在意，就没问题吧？”

“只要你确定自己不会生气，当然就没问题啦！”

“别担心！只要是夫人说出口的话，不论真话假话，我都不会生气！请您别客气，都说出来吧！”

津田以为把所有责任都推给对方，自己就轻松了，所以向夫人做出承诺，然后用催促的目光看着夫人。而夫人则是觉得已经连续确认了好几遍，总该放心了，这才开口说道：“如果说错了，就请你多多包涵。其实，我看你并不像大家想象的那样，那么看重延子吧？我跟秀子的看法不一样，我早就看出这一点了。怎么样？我说中了吗？”

听了这话，津田并无特别反应。

“当然！所以我刚才不是说了吗，我对阿延并没有那么娇宠！”

“那不过是你嘴里客气吧！”

“不是，我是说真的！”

夫人坚决不肯相信。

“别装了！那我继续往下说喽，可以吗？”

“好啊，请说！”

“你其实心里并没把延子看得多重，表面上却装模作样，想让别人以为你非常宠她，不是吗？”

“阿延还跟您说过这种话？”

“没有！”夫人坚定地否认说，“是你自己告诉我的！是你自己的举止和态度，让我清清楚楚地看懂了而已！”

说到这儿，夫人停顿片刻，又继续说道：“怎么样？我说对了吧？

就连你为什么假装，我心里都是明白的！”

一三六

津田从未听过夫人说出这种话。夫人从他们夫妻的角度审视两人的关系时看到了什么？这种问题，津田从来不曾费神去思考。不过他现在终于注意到这个问题。他想，既然如此，为什么不早点提醒我呢？同时也暗自盘算，不管夫人是想评断是非还是发表感想，自己最好老老实实听到最后。

“请您不要客气，都告诉我吧！今后也可让我当作参考！”

夫人已经说了一半，就算津田没拜托，她也无法停下来了，所以她立刻把还没说完的话，一口气吐了出来。

“你是为了顾全我家老爷和冈本的面子，才那么惯着阿延吧？想叫我说得更清楚的话，还有更露骨的例子喔！你只是表面上装着宠她，其实心里根本不是那么回事，对吧？”

津田做梦也没想到，夫人竟观察入微到如此讽刺的细节也看到了。

“不论从我的性格或态度来看，夫人觉得我会是这种人吗？”

“会！”

津田好像被人迎头砍了一刀。他连忙询问理由。

“怎么会？为什么您觉得我是这样？”

“你也不用隐瞒啦！”

“我并不想隐瞒！……”

夫人坚信自己猜中了百分之百。津田心里却只肯承认其中的六成，所以他的回答听起来当然就有点暧昧。眼前这种状况下，他的回答显然很容易引起误解。于是夫人又重复刚才说过的话，想把津田逼近她所期待的死角里。

“隐瞒是不行的！你要是隐瞒的话，我就说不下去了！”

津田迫切希望听到夫人的下文。他唯一的选择就是听夫人把话说完，然后百分之百接受她的评断。“听我道来！”夫人又追了一句之后，才开始说下去。

“你这次的误会可大了。你以为我跟我家老爷是一边的，对吧？还以为我家老爷跟冈本也是一边的，对吧？那你可就大错特错啦。关于你结婚这件事，把冈本跟我家老爷算成一伙，倒也罢了，把我跟他们算在一起，不是太可笑了吗？你是个做学问的人，遇到这种事，怎么反而不像你了！”

津田这才弄清楚夫人的立场。但他不太了解，夫人那种立场与她所处的位置，跟自己之间到底是怎样的关系。

夫人又说：“这不是很清楚的事情吗？只有我才跟你有特别交情嘛！”

“特别交情”这个字眼蕴含着什么意义，津田心知肚明，不过，眼前重要的并不是这个字眼的意义。因为他本来就很清楚他们之间的特别交情，而且也相信自己一直都以某种适当的表现与态度，把这种感觉反应在行为上。而现在，当他正想进一步确认这种特别交情能让自己掌控夫人到什么程度时，眼前却突然出现了新问题。现在他只承认自己的误会，已不能帮他解决所有问题了。

夫人接着又抛出一句话：“我可是你的同情者哟。”

津田答道：“这一点，我从未怀疑过。我是完全信任您的，同时也要向您深表谢意！只是，您说的是什么意思？要在哪方面当我的同情者？恕我愚钝，无法体会夫人的意思。请您再说清楚一些！”

“在眼前这种状况下，我身为同情者能为你做的，只有一件事。只是你大概……”

说了一半，夫人突然转眼望向津田。她以为津田又被自己弄得焦急万分，谁知事实却非如此，于是她一改语气，突然提出一个疑问：“你会不会按照我说的去做呢？”

津田倒是没忘记用常理判断一下,他想到这个问题里牵涉好几个人，自己必须把他们统统列入考虑。但他没有勇气把自己的想法大声告诉夫人，他的态度也因而显得犹豫不决。他踌躇着不知自己究竟要不要按照夫人说的去做。

“那好吧，请说说看吧。”

“‘那好吧’是不行的。不给我一个明确的答复，我不会想说的。”

“但是……”

“‘但是’也不行！你必须像个男人，说声‘我会去做’才行！”

一三七

津田偷偷在心底捏了把汗，不知夫人究竟会叫他去做什么事。万一自己陷入那种出尔反尔的窘境，那一切都完了。他试着想象夫人碰到那种情况的反应。不论从夫人的地位或性格来看，还是从她跟自己的特别交情来判断，夫人绝对不会饶恕他。如果一辈子都不能获得原谅，他在夫人面前等于就是一具失去还魂机会的行尸走肉了。而生性胆小的他，实在没有勇气踏进毫无生还可能的绝境。

更何况,夫人可不是一般人,他很难想象夫人会给自己出个什么难题。夫人长期生活在过度自由的环境里,她的眼中几乎没有自己办不到的事。只要她开口，大部分的事情都能随心所欲。偶尔有些事办不通，她也能用自己的执拗让事情强行通过。更令人为难的是她的悠闲从容。因为她做任何事都不必彻底剖析自己的动机。不，与其说她悠闲从容，不如说她处世散漫。对他人伸出援手时，她觉得自己是遵从天意，一切行为都出自善意与无私，所以当然不会感到任何不安。她从不自省，也听不到别人的批评。就算听到了，也置若罔闻，所以事情发展到今天这个地步，也算是必然的结果。

夫人步步逼迫津田回答时，上面这些念头一直在他脑中盘旋，所以他就更加不知所措了。夫人看到他踌躇的模样，忍不住笑了起来。

“你在考虑什么深刻的问题啊？大概是担心我又要给你出什么难题吧？再怎么说，我也不会勉强你去犯罪啊。这件事，只要你想做，轻轻松松就能办成，而且对你十分有利。”

“真的那么简单？”

“是啊！简单得就像儿戏。说得更夸张一点，等于是一场逗趣的恶作剧。你就干脆地说声‘愿意’吧。”

津田觉得一切听来都充满悬疑，但继而一想“既然只是闹着玩的”，他也就有点心动了。终于，他下定了决心。

“不知究竟要我去做什么，我试试看好了。请告诉我吧。”

夫人却没有立刻说明恶作剧的内容。她取得了津田的许诺后，又把话题一转，说起另一件事。但是从各方面来看，这件事跟恶作剧扯不上任何关系。但至少是跟津田关系密切的一件事。

夫人先用下面这段对话作为开场白。

“你后来再见过清子吗？”

“没有！”

津田感到有点吃惊，不仅因为这问题问得太唐突，更因为夫人突然提起了抛弃自己的女人，而夫人自己还担负着让她逃走的一半责任呢。夫人接着说下去。

“她现在怎么样，你不知道吧？”

“完全不知道！”

“完全不知道，你也无所谓？”

“就算有所谓也没办法吧？她已经嫁给别人啦。”

“清子的结婚典礼，你参加了吗？”

“没去，就算想去，也不便露面吧。”

“给你寄来请帖了？”

“寄了。”

“你结婚典礼的时候，清子好像没来嘛。”

“是啊，没来。”

“给她请帖了吗？”

“请帖倒是寄了。”

“所以说，你们两个从此一刀两断了？”

“当然从此一刀两断！要是没一刀两断，才有问题呢！”

“也对！不过，还是得看情况吧？”

津田不太了解夫人话中的含义。而夫人也没向他说明，就岔开了话题。

“延子到底知不知道清子的事啊？”

津田说不出话来。这个问题，必须先把小林好好研究一番，才能答得出来。

夫人接着又问：“你没主动对她说过？”

“当然没说过！”

“所以那件事，延子完全不知情？”

“是啊，至少我从没跟她说过！”

“是吗？那她也太天真了！或者，她也有点发觉了？”

“这个嘛……”

津田不能不仔细想一想这个问题。但就算他想出了结果，也必须暂时藏在自己心底。

一三八

跟夫人交谈的时候，津田意外地接触到夫人心底的想法。以往他总认为，清子的事最好不要告诉阿延，这样不但对自己有利，也符合夫人的意愿，他从没怀疑过自己这种认知。但现在，他才发现事实并非如此，因为他觉得夫人似乎是想利用这件事刺激阿延。

“你心里大概总有个数吧？”夫人问。

津田更加不知如何回答，因为他对阿延的性格非常清楚。

“心里没数不行吗？”

“是啊！”

津田不懂夫人的意思，却接着回答：“如果需要的话，我也可以去跟她说……”

夫人大笑起来。

“事到如今才告诉她，会坏了大事。你必须装到底，假装不知情。”

说到这儿，夫人暂停几秒，又重新换个话题。

“告诉你我的感觉吧。延子那么聪明伶俐，我猜她一定早就有所察觉了。不过，她也不可能知道全部。而且，如果全都被她知道了，我可就为难啦！像现在这样，好像知道又好像不知道，才是恰好的最佳状态。所以我判断啊，延子现在的处境，肯定刚好就如我事先设计的那样。”

听了这些，津田只能回答一声“是吗？”，但他心想，夫人几乎没有任何证据能证明她的结论吧。不料，夫人居然提出了她的证据。

“要不然，延子不可能那么虚张声势。”

津田还是第一次听到夫人批评阿延虚张声势。听到这几个字的瞬间，他无法不感到讶异，从某个角度来看，他应该是第一个对夫人这句戏谑点头称是的人，但他现在犹豫着不敢表示赞同。夫人又满不在乎地笑了起来。

“喔，也无所谓啦！如果她什么都还没察觉出来，那就到时候再说吧，反正我办法多的是。”

津田沉默着静待夫人的下文。不料夫人不再多说，忽然又把话题转向清子。

“你对清子还有依恋吧？”

“没有！”

“完全没有？”

“完全没有！”

“这根本是男人的谎言！”

津田并不想说谎，这时他却发觉自己说的根本不是实话。

“我这个样子，看起来像有依恋吗？”

“你嘛，倒是看不出来。”

“那您怎么能断定我对她还有依恋？”

“所以啊，就是因为看不出来，才如此断定呀！”

夫人的逻辑跟一般人完全相反，听起来却找不出破绽。夫人接着又得意地解释道：“别人都以为外在表现肯定跟内心想法一致，对吧？可是我觉得，正因为内心想法不能表现出来，依恋就只能藏在心底。”

“那是因为夫人从头就有先入为主的观念，认为我还有依恋，才会这么说吧？”

“有什么理由不准我有先入为主的观念呢？”

“夫人这样主观地判断我的想法，我不能接受！”

“我什么时候主观地判断了？我并不是判断，而是说出事实。只是把关于你我才知道的那件事说出来而已。既是事实，又是我也深知的，就算能够瞒过外人，怎么可能瞒过我呢？若是只有你一个人知道，或许还有可能，但这件事是两人共有的，在双方经由讨论，决定把事实埋藏起来之前，只要我们还有记忆力，事实永远都不会消失吧？”

“那就彻底讨论一下，然后忘掉事实，怎么样？”

“为什么要忘掉呢？有忘掉的必要吗？与其忘掉，何不好好利用一下？”

“利用？我可不想再造孽了！”

“‘造孽’是什么意思？我叫你去干过那种坏事吗？”

“可是……”

“你还没听我说完，不是吗？”

津田眼中闪出好奇的光辉。

一三九

夫人等于是把津田仍有依恋的证据摊在面前，让他心服口服。津田似乎想以自愿坦白的态度，要求夫人结束两人之间的争论。不过，对于眼前讨论的这件事，夫人并不是他当初想象的那种独裁暴君。她似乎出人意料地细心观察过津田的心理状态，并在她确定稳操胜算之后，才把证据展示出来。

“虽然我再三提到依恋，可也不是在玩雾里看花的游戏哟。因为我手里掌握着确切的根据，才有把握敢说你还没死心！”

津田完全听不懂夫人的话。

“可以请您解释一下吗？”

“你希望的话，可以解释给你听啊！只是如此一来，等于就是要剖析你喽……”

“好啊，没关系！”

夫人笑了起来。

“这么听不懂人话，真叫人为难啊！明明身在其中却不自知，还需要别人向你说明，这不是有点蠢吗？”

如果自己真像夫人说的，那确实很蠢。津田感到有些不解。

“但我想不明白啊！”

“不对，你明白！”

“那就是我不自觉吧！”

“不，你也有感觉！”

“那究竟怎么回事呢？要回过头来说我隐瞒的那件事吗？”

“嗯，对呀！”

津田放弃了。既然被逼到这种处境，还想继续装蒜的话，就连他自己也觉得太不应该了。

“说我蠢也认了！我甘心接受您说我蠢，请解释给我听吧！”

夫人轻轻叹息一声。

“哎呀呀呀，你这样，就太没意思了。好不容易才精心设计了这场戏，你这关键人物竟是这种表现，简直让我白忙一场，还不如什么都别说，干脆打道回府吧！”

津田已被完全拖进迷宫。虽然他明知会被牵着鼻子走，却不能不紧紧跟在夫人的身后。他的好奇发挥了强烈的推力，他对夫人的义务感与拘束感也扮演了举足轻重的角色。他再三重复相同的要求，请夫人做出说明。

“我就告诉你吧。”夫人最后终于答应了。这时，她脸上的表情反而显得有点得意。“不过，是我向你提问喔！”夫人才刚开口，津田就被吓到了。

“你为什么没娶清子呢？”

问题突然从天而降，津田一下子愣住了。夫人沉默着凝视他，过了半晌，重新开口说道：“那还是换一种问法吧……清子为什么没跟你结婚呢？”

这回津田当场提出答复：“为什么？我完全搞不懂，只觉得不可思议，怎么想都想不出答案。”

“她是突然嫁到关家去的吧？”

“是啊，很突然！老实说，‘突然’的感觉早就过去了。现在只觉得那时心里暗叫一声‘咦’，然后蓦然回首，她已经结婚了。”

“是谁心中暗叫‘咦’？”

这问题对津田来说，简直无聊透顶。你管谁在暗叫“咦”呢？他觉得夫人真是多管闲事。然而夫人紧追不舍。

“是你觉得‘咦’，还是清子觉得‘咦’？还是你们俩都有这种感觉？”

“这个嘛……”津田不得不陷入沉思。

夫人却又抢先问道：“清子并不在乎你，对吧？”

“这个嘛……”

“你啊，不要老说‘这个嘛’，我在问你当时清子什么表情？并不是不在乎你吧？”

“好像并不在乎。”

夫人露出轻蔑的眼神看着他。

“你这个人还真是迟钝。所以是清子不在乎你，你才会暗叫一声‘咦’？”

“可能吧！”

“那当时感到‘咦’的疑问，你要怎么弄清楚呢？”

“没办法弄清啊！”

“虽然没办法弄清，其实还是满想弄清的，对吧？”

“是啊！所以我也深思过，猜想各种理由。”

“想通了吗？”

“没有！愈想愈不通！”

“所以你就不再多想了？”

“不！还是无法不想！”

“那就是说，现在还会思考喽？”

“是的。”

“看吧！这就是你的依恋啊！不是吗？”

夫人终于把津田推进自己设计的陷阱里。

一四〇

事前的准备工作已经大致就绪，接下来，必须向津田提示重点了。

于是，夫人伺机展开下一个步骤。

“既然如此，你就表现得更像个男人怎么样？”夫人一开口，就说出这种含义暧昧的句子。津田想，又来了！夫人从刚才就把“要像个男人”“不像个男人”之类的句子挂在嘴上，每听一遍，津田就在心底暗暗冷笑，同时不禁怀疑，夫人说的“像个男人”到底暗指什么。他唯一能够想到的解释就是，夫人并不是批评自己，而只是为了她个人的目的，所以再三重复这个字眼，企图逼迫津田就范。他苦笑着向夫人问道：“您说的‘像个男人’是什么意思呢？要怎样才算像个男人呢？”

“消除你的依恋就行啦！这不是明知故问吗？”

“如何消除呢？”

“你觉得怎样才能完全消除你的依恋呢？”

“那我可不知道！”

夫人突然显得意气风发起来。

“你这个人可真蠢啊！这么简单的道理，怎么不懂呢？只要见个面，当面问清子，不就行了？”

津田不知如何回答。就算必须见上一面，但以什么方式相见？在哪儿相见？又如何相见呢？这些问题都必须先解决才行啊。

“所以我今天特地到这儿来啦！”听到夫人说出此话，津田忍不住抬眼看着她的脸。

“老实说，我早就想仔细听听你的想法。刚好阿秀今天早上为了那件事来找我，我想这倒是个大好机会，就来了。”

津田还没理清自己的想法，只觉得眼前的一切都令他更加糊涂。夫人却把他的状况看得很清楚。

“不要误会哟！我是我，阿秀是阿秀，不要以为我是受阿秀之托到这儿来，就一定会帮她说话，这一点，你应该明白吧？就像我刚才说过的，我可是你的同情者喔！”

“是啊，这些我都明白！”

两人的对答到此告一段落，夫人立刻开始进行第二阶段工作，并把话题拉向正轨。

“你可知清子现在在哪儿？”

“不是在关家吗？”

“那是说她平时在关家吧！我说的是现在啦！问你是否知道她现在人在哪？是不是在东京？”

“不知道！”

“你猜猜看啊！”

津田沉默不语，似乎是觉得猜测这种事很无聊。不料，一个意想不到的地名突然从夫人的嘴里冒出来。那个相当有名的温泉地在津田脑中的记忆犹新，从东京到那里只需花费一天的时间。听到夫人提起那个地名，周围地区的景色一下子全都在他脑中浮现出来，但他也只回答了一句“是吗？”，就再也想不出该说些什么了。

夫人又亲切地说明，据说他们刚才谈论的那个人，现在正在那个温泉地静养，预定要在当地暂住一段时日。夫人甚至连她到当地静养的理由都知道。听说她去那里的主要目的，是为了流产后的调养。说完，夫人耐人寻味地看着津田露出微笑。津田觉得自己似乎明白夫人那个微笑的意思。但不论是对他还是对夫人来说，这件事在眼前都不算大事。他甚至连一句简单的评语都懒得发表，所以决定闭上嘴，乖乖扮演一名懂事的听众。就在这时，夫人决定飞速跃向第三阶段。

“你也去一趟吧！”

听到夫人这句话之前，津田的心早已蠢蠢欲动。但即使听到这句话，他还是无法下定决心。夫人再度怂恿他说：“去吧！你去了，也不会妨碍到谁，对吧？只要你不说，谁又会知道？”

“说得也对！”

"你去你的，自始就算你独自行动，不需要顾忌别人。过分的拘谨、客套只会变成负担，反而会让事情更加麻烦。再说，你生了这病，出院后到那种地方休养一下也很好。要是按照我的想法，就算只为了养病，也非常需要到那种地方去一趟。所以你这趟是非去不可的！到了那儿，不动声色，就像你是顺其自然才去的。然后拿出男人的决断，彻底斩断那份依恋吧！"

夫人怂恿着津田，最后甚至说要帮他负担旅费。

一四一

病愈后能到舒适的温泉地去疗养，而且有人帮忙负担旅费，工作也有人安排代班，这种求之不得的好事，相信任何人都会非常向往。尤其像津田这种视个人享乐为人生目标的人，更是个千载难逢的机会。他觉得自己要是白白放过就太愚蠢了。但同时，他又有所顾虑，因为这种好事必然会有附带条件，而且绝对是非比寻常的条件。

令他犹豫的心理因素其实非常明确，但他只感受到一种显著的阻力，还来不及细细咀嚼这种阻力代表的意义。不过夫人对他这种心态，比他自己看得还清楚。他虽已决定二话不说，立即接受夫人的建议，脸上又露出几分不甘心。夫人看他这种表情，便对他说："明明心里想去，又表现得那么扭扭捏捏。要让我说的话，这就是你最不像个男人的地方！"

津田听到"不像个男人"这种话，已不再感到多大痛苦。他说："或许是吧，但我还是得考虑一下……"

"就是这'考虑一下'的毛病，在你人格里面作怪！"

听了这话，津田不禁惊讶地发出一声"啊"，但夫人面不改色。

"这种时候，女人是不会考虑的！"

"那我考虑一下，岂不表示我像个男人？"

听了这话，夫人顿时露出严肃的表情。

“不准那样油腔滑调跟我顶嘴！只会用嘴皮压过别人，又怎么样？好笨啊！亏你还上过学，会做学问，竟连自己都看不清，可怜哪！怪不得清子会把你甩了！”

津田又发出一声：“咦？”夫人也不理他，继续说下去：“你要是自己不明白，我便告诉你。为什么你不想去，我可清楚得很。因为你太懦弱，不敢去见清子！”

“不是，我……”

“听我说！你是想说自己有勇气吧？可又觉得去见清子有损脸面吧？在我看来，你那种死要面子的臭脾气，才是让你懦弱的原因。你倒是说说看理由。自己那么爱摆架子，还不是因为虚荣心？说得好听，不就是肤浅的面子问题吗？若是把世间的体面、客套抛到一边，还有什么好顾虑呢？就连你新娶的妻子，还有其他人，都没人敢说什么，你却自觉做了亏心事，这等于是三餐摆在面前却不往嘴里送嘛。”

津田简直不知该说什么，夫人却絮絮叨叨说个不停。

“总之啊，是你的想法太过浪漫，才对无关紧要的事情那么执着吧。然后你的执着又化身为自负，再以意想不到的方式表现出来。”

津田不得已只好沉默静听。夫人毫不留情地剖析他的自命不凡。

“你的打算就是永远都很有风度地保持沉默，始终站在原地不动，企图这样混过去。但你内心又因为那件事一直沉浸在痛苦里。所以你就该稍微积极一点啊！可是你心里又想，只要我保持沉默，清子大概马上就会来找我，来向我说明……”

“我再过分，也不会有那种打算吧？”

“不！我是说等于就跟有那种打算一样！事实上，只要你没采取行动，别人说你什么，你也没办法吧？”

津田已经没有勇气反抗。头脑灵活的夫人趁机又向前推进一步。

“老实说，你的性格天生就是厚脸皮，而且你心里也认为，厚脸皮就是你的处世绝招。”

“怎么可能？”

“不！你就是这样！要是以为我还不知道你这性格，那可就大错特错了。厚脸皮不是很好吗？我很喜欢厚脸皮，所以才在这里劝你要像个男子汉，好好发挥一下自己的厚颜特质。因为我今天就是为了这件事，才特地赶来看你。”

“原来是叫我利用厚颜的特质啊？”说完，津田转移话题问道，“她是一个人到那里去的？”

“当然只有她一个人！”

“关先生呢？”

“关先生在这里，他来这里办事。”

听到这儿，津田终于下定决心去找清子。

一四二

只是，夫人和津田之间还有个问题没有得出结论。若不把话题拉回去，两人就谈不出结果。所以不等夫人回头，津田就先提起刚才的话题。

“假设我去找清子，您刚才提到的那件事，最后会怎样呢？”

“对了，这就是我现在正要跟你说的。依我看，再也没有比这更好的整治法了。你觉得怎么样？”

津田无法回答。夫人又追问道：“就算我下面不说，你也听得懂吧？”

即使不听夫人说明，他也大致理解她的意思。但她究竟打算如何整治阿延呢？他心里没有明确的概念。夫人发出了笑声。

“你只要装作什么都不知道就行了，其他都交给我办吧！”

“是吗？”津田嘴里应着，脑中却充满疑问。其他都交给夫人的话，等于就是把阿延的命运交到别人手里。他对夫人的手腕有点害怕，听了这话更觉得危险，心里七上八下的，不知阿延会被夫人如何修理。

“都交给您是没问题啦，只是假如您心中已经有了打算，能事先告诉我的话，我也比较方便。”

“你不必知道这些啦！对，你就等着瞧吧！我一定把阿延调教成一个更像样的妻子！”

津田眼中的阿延当然不算完美。但他觉得不满意的缺点，未必就是夫人看不顺眼的地方。夫人现在似乎把两者混而为一，并且怀着一种误解，以为只要按照自己的喜好调教阿延，必定能为津田培养出一位最合适的妻子。不仅如此，若是进一步探究夫人的内心，说不定还会得出更惊人的结论。或许夫人不喜欢阿延，所以故意设计欺负她；也可能是对阿延不满，所以想要设法打击她。所幸阿延天生不拘小节，只要她自己不觉得有错，别人或她本人都无法强迫自己反省。调教阿延……夫人竟然脸不红气不喘地说出这种话。津田始终没机会从心理层面看懂夫人跟阿延之间的纠葛，所以他并没有资格质疑夫人这句话。大致来说，他对夫人的诚意有信心，但一想到诚意可能造成的影响，他又无法不感到恐惧。

“有什么好担心的？俗话不是说‘看人做事别开口’吗？”

不管津田怎么追问，夫人就是不肯告诉他细节。她不屑地说完这句话，又用教训的语气对津田说：“那位小姐有点太自负啦！而且内心跟外表不一致！表面上倒是十分客气有礼，内心却固执得不得了！只因她聪明伶俐，才不会表现在外，但是像她这种人，大都很傲慢。类似这些毛病，都得让她改一改……”

夫人肆无忌惮地评论着阿延，正说得带劲，两人忽然听到一阵脚步声走上楼梯，接着又听到护士的声音。

“一位姓堀的女士来电话找吉川夫人。”

夫人应了一声“来啦”，立刻站起来，走到门框边，她又回头看着津田说：“会有什么事呢？”

津田也搞不清状况。夫人下楼接了电话，立刻又返回二楼嚷着：“不得了！不得了！”

“什么事？怎么回事？”

夫人神态安稳地笑着说：“秀子特地打电话来提醒我呢！”

“提醒什么？”

“据说延子刚才一直在秀子家聊天。秀子告诉我，延子回家的路上可能会绕到医院来，所以先提醒我们一下。她刚刚才离开秀子家。哎呀，万幸啊。万一正在骂她的时候进来，就会害她不好意思了！”

夫人刚刚坐下，却又立刻站起来说：“那我就告辞吧！”

她似乎觉得刚才跟津田说了那些话，现在不便跟阿延见面。

“趁她还没到，我先走一步啦！请帮我问候她。”

夫人嘱咐津田转达她的问候之后才走出病房。

一四三

这时，阿延已在前往医院的路上。

从堀家到医院得逛出了堀家大门后，先往东走一两百米，走到一个丁字形路口，从这里横跨大街走向对面。阿延走到这个转角时，一辆电车刚好从北面驶到她面前停下，从角度来说，应该是停在她的斜对面。这时阿延不经意地抬起头，向自己面前的车窗看了一眼，不料竟看到玻璃窗里的乘客当中有个女人。从她伫立的地点望去，只能看到女人的一半或三分之一的侧脸，但就凭那一眼，她立即感到心头一惊，因为脑中闪过一个念头：这不是吉川夫人吗？

过了半晌，电车又开始向前滑动。阿延还没有足够时间观察自己的猎物，车子就已飞驰而去，她只能目送电车的背影远离，然后才横越马路，朝向道路东侧走去。

周围地区全都是小巷，阿延对这附近的地理环境非常熟悉，所以她在脑中盘算着，先顺着小巷左弯右拐，最后再选一条最近的小路走向医院。然而，刚才看到电车里那个女人之后，她的脚步突然变得沉重起来。到了距离医院还差两三百米的地点，她突然决定暂时不去医院，还是先回家一趟吧。

从刚才踏出堀家大门那一刻起，她的心情就已十分沉重。她只是随口说了阿秀几句，结果却遭到一顿抢白，心中不免塞满不快的情绪。眼前的状况是，关键的大事没法弄清，自己却被一种故意渗出的气息搞得焦躁无比。先前就已隐约感到不安，现在又更上层楼，变得更加严重了。而最让她感到揪心的是她心底的疑惑：对手是否抓到或甚至正在玩弄自己的弱点？

她再把自己紧绷的神经集中在更远处，依稀察觉出某种针对自己的计谋正在秘密地进行着。姑且不论主谋者是谁，可以确定的是，阿秀必定参与其中。而且显而易见的，吉川夫人也有所牵连。想到这儿，她突然觉得很孤单，这时，她才发现自己已在不知不觉中陷进了重围，一种孤军奋战的感觉从远处向她袭来。她不禁转眼四望，但是自己可以依靠的，除了丈夫，再无他人。所以就算必须抛弃一切，她也得立刻向津田靠拢。尽管她对津田怀抱疑问，但心底还是信任丈夫。无论如何，他也是自己的丈夫，总不会是共谋者之一吧。她暗自怀着这种期待走出堀家大门后，立刻独自朝向医院的方向奔去。

就在她必须赶紧消除那个心理阴影的瞬间，路上看到的电车里那个身影，却在她心底念起了咒语。万一车里那个人影就是吉川夫人，万一吉川夫人已到医院探望过津田，万一探病之后又顺便……不管她的头脑多么聪明，也无法轻易看懂这些不容深究的事实。然而，结果只有一个。她的思绪突然从阿秀跃向吉川夫人，又从吉川夫人跃向津田。她忍不住开始把这三个人看成了三位一体的三巴纹[①]。

① 三巴纹：由三个“巴纹”组成的图形。巴纹是日本传统图案之一，形状类似逗点。一般常见的太极图就像是两个巴纹组成的图案。

“说不定他们三人能够互相传递某种我不知道的电波呢。”

她刚才还把吉川夫人当成避难所，正打算去投靠她，现在却不得不另行打算。

“既然这样，我可不能贸然跑到医院去。去了又能如何？”

她这才发现自己还没做好心理准备，就已走到了半路。接着，她又想到另一个更重要的问题。眼前这种状况下，她该用什么态度面对津田才对自己更有利。明明是夫妻，怎么搞得像去做客？她想了想，觉得不至于有人会这样责备自己，便决定先行打道回府，回家让心情平静之后再去医院，这才是上上策。这时她已经只差五六分钟路程就能到达医院了，但她仍在小巷里转身往回家的方向走去。不一会儿，她就从种着柳树的马路走到繁华布街，然后匆忙地搭上了电车。

一四四

日落西山的时刻，阿延回到家里。下了电车，又走了一百多米，一路上，寒冷的暮霭将她团团裹着。进了家门之后，她紧紧靠在火炉边，简直不想离开。她先脱下大衣，再把两手放在火上取暖。

然而刚刚才坐下，连一分钟的休息时间都没有，她就从阿时手里接到津田的书信。信中文字跟平时一样简单。她几乎只花了撕信的时间，就读完这封信，甚至完全变了一个人。只有三行文字的信，却带给她比一本书还强烈的震撼。刚从外面带回来的不安情绪，又被这封信瞬间点燃了。阿延看着眼前这封信，心脏怦怦地猛烈跳动起来。

“今天别来医院，这句话是什么意思？”

她原本该立刻出门，就算没看到这封信，也无暇多想了，于是她迅速一跃而起。刚好就在这时，阿时把膳桌从厨房端进来，一进门就被她的动作吓了一跳。

“晚饭等我回来再吃吧。”

她重新披上刚脱下的大衣，走出家门。但才走到电车大道前面，她又在小巷的转角停下了脚步。不知为何，她觉得走在这条通往医院的路上有点举步维艰。我现在这副德性，到了医院又能如何？她不禁担忧起来。

“依照老爷的性格，绝不可能老实告诉我信中含义。”

她感到十分孤单无依，只能呆呆望着面前来来往往的电车。如果搭上向右的电车，可以到医院去；向左的电车则通往冈本家。要不然，取消原定计划，干脆到姑父家去吧？她刚想到这个主意，眼前立即浮起跟这个主意有关的难题。如果到冈本家去商量自己的问题，就得说出心底的委屈。若是不把隐瞒至今的夫妻真相告诉大家，根本无法讨论对策。她必须在姑父姑母面前彻底承认自己没有眼光。但她同时又觉得，事情还没有严重到需要如此忍辱的地步。更何况，明明已经没有挽回的希望，却以疯狂摧毁虚荣心的方式来表现真诚，也是她最不屑的做法。

她时而向左，时而向右，不知何去何从。正当她在街头徘徊的此刻，津田却浑然不觉地从床上坐起来，看着护士送来的晚餐。刚才阿秀打来电话的时候，他就预知阿延马上会来，心底也暗中做好了准备。他以为吉川夫人离去后，妻子的身影就会立刻出现在病房，却万万没想到，妻子走到半路，竟然先回家了。他怀着略带失望的心情翘首以盼，一直等候到晚餐时间。或许因为早已等得不耐烦，他一看到护士走进来，立刻向护士搭讪道：“总算给我吃饭啦？自己一个人待着，一整天好难挨啊！”

护士是个身材矮小的女人，脸色不太好，还长着一张难以形容的面容，津田怎么猜都猜不出她的年纪。也许因为她整天穿着白制服，给人一种不同于一般女人的感觉。津田对这名护士总是抱着一个疑问：这女孩平时穿着的和服，是否还有肩上的皱褶[①]，还是已经拆掉了？有一次，津田

① 肩上的皱褶：和服的衣袖通常做得比较长，孩童和服为了配合儿童生长速度，事先预留较多的布料，并把多余布料在肩头缝成皱褶，日后再根据需要放开皱褶（等于放长衣袖）。和服肩上的皱褶是童稚的表现。夏目漱石小说里常以和服肩上的皱褶来表现女子略带稚气，或以此判断女子的年纪。

亲自向那名护士问过这个问题，当时她露出调皮的微笑说：“我还是见习护士。”听了这话，津田才大致猜到护士的年纪。

护士把晚餐放在津田枕畔后，并没有立刻下楼。

“觉得无聊吗？”说着，她嘻嘻地笑了起来。然后又说：“今天夫人没来啊？”

“嗯，不来了。”

津田的嘴里塞满了烤焦的面包，无法多说什么，不过护士的嘴巴却不受限制。

“但是来了其他客人呀！”

“嗯，你是说那个老太婆吧？太胖了！那位夫人。”

护士看来并不想跟着一起议论别人，津田只好继续唱他的独角戏。

“要是有年轻漂亮的女人络绎不绝来看我，我的病就能及早痊愈了。”

津田这话惹得护士发出一阵笑声。但她马上又调侃津田说：“可是每天都有女人来探病呀！来访的时间都配合得那么凑巧。”

护士似乎并不知道小林曾经来过。

“昨天来的那位夫人长得真漂亮！”

“也算不上漂亮吧！因为那家伙是我妹妹啦！长得跟我有点像吧？”

护士不置可否，只是嘻嘻地笑个不停。

一四五

护士这天算是意外捡到了便宜。因为医生患了轻微腹泻，不能像平日一样在门诊看病。他找了一位朋友代班，但那位朋友只有早上有空，下午到晚上这段时间就没来医院。

“医生今天要去别处值班，听说晚上不能来了。”

说着，护士在津田的膳桌前悠闲地坐下，一点也不像平时那么匆忙。

津田以为这下总算有个好伴来陪自己打发无聊时光了，他的嘴巴根本无法闲下来，不断开着玩笑向护士发问。

“你的老家在哪儿？”

“枥木县。”

“原来如此，听你这么一说，还真有点像那里的人。”

“你叫什么名字呢？”

“不知道。”

护士怎么问都不肯说出自己的名字。津田却感觉到一种被人抵抗的快感，又把同样的问题故意连问了好几遍。

“那我以后就叫你枥木县、枥木县，可以吗？”

“好啊，没问题！”

后来护士说她的名字开头第一个字是平假名的“つ”。

“露（つゆ）？”

“不是。”

“原来如此，不是‘露’啊。那是‘土（つち）’？”

“不是。”

“让我想一想。不是‘露’，也不是‘土’……啊哈，我知道了。是‘艳（つや）’吧？要不然，就是‘常（つね）’？”

津田一连乱猜了好几个字，护士连连摇头，脸上露出顽皮的笑容。她每笑一次，津田便追问一次，最后，好不容易问出她的名字叫作“月（つき）”，津田又拿这名字跟她开玩笑。

“原来是阿月姑娘。阿月真是个好名字。谁给你取的？”

护士没说话，突然用反问代替了回答。

“您夫人叫什么名字呢？”

“你猜猜看。”

护士故意说了两三个女人的名字，然后才说：“叫阿延吧？”

护士一下子就猜中了。其实是因为她在无意中听过阿延的名字，所以就记在心里。

“那我以后可得小心阿月姑娘哟！”

津田说得正高兴，却没想到阿延忽然出现在病房门口。护士回头看到，大吃一惊，连忙端起膳桌站起来。

“哎呀！你终于来啦。”

护士离开后，阿延在津田枕畔坐下，立即看着津田说：“你以为我不来了吧？”

“不是，那倒没有！只是在纳闷都这么晚了，怎么还不来呢？”

津田没有骗她。这点判断力，阿延还是有的。只是如果他说的是真的，整件事不是充满矛盾了吗？

“但你刚才叫人给我送信了吧？”

“对啊，送啦。”

“你信里叫我今天不要来吧？”

“嗯，因为有点不方便。”

“为什么我来了会不方便？”

津田这才发现情况不对，于是他一面注意阿延的表情一面说：“没，没什么啦。不值一提的小事。”

“但你特地派人送信给我，总是有什么事吧？”

津田打算蒙混到底。

“就是一点小事啦！干吗那么在意？你也是够笨的！”

津田本想安慰阿延一番，谁知自己这番话却带来了反效果。只见她的一双浓眉上下挑动着，然后伸手从腰带里掏出刚才那封书信。

“那你把这封信再看一遍！”

津田沉默地接过信封。

“什么都没写不是吗？”说完，连他自己都在心底否定了刚说出口的话。那封信写得很简单，却有足够理由引起阿延的怀疑。受到猜疑的津田顿时觉得自己矮了半截，不禁在心底暗暗叫糟。

“就是因为什么都没写，才来问你理由啊！”阿延说，“你就把理由告诉我吧，我都特地赶来了！”

“你是为了问理由才来的？”

“是啊！”

“特地赶来的？”

“对呀！”

阿延丝毫不为所动。津田总算明白了对手的厉害。就在这时，他很偶然地想到一个便利的借口。

“不瞒你说，因为小林来了。”

“小林”二字果然在阿延的心中发生了影响，但只有这两个字还不够。为了让阿延对这个理由满意，他还得附加一些说明才行。

一四六

“我想你不喜欢见到小林啊。因为突然想起这件事，所以才特地叫人给你送信过去。”

阿延听了这番解释，却并未露出释然的表情。津田只好继续抚慰她说：“就算你不讨厌他，我也不想让你见到那种人。更何况，那家伙来找我，是为了一件麻烦事，我不想让你知道那件事。”

“不想让我知道的事？是你们俩的秘密？”

“倒也不算秘密。”说完，津田发现阿延那双小眼睛毫不放松地打量着自己，便赶紧补充说，“又来找我借钱啦！只有这样而已！”

“被我知道有什么不好？”

“没说不好啊！我只说不想让你知道。”

“如此说来，这封信是出于‘好意’才送来的喽！”

“嗯，就算是吧！”

阿延那双始终盯着丈夫的小眼睛现在变得更小了，嘴角也露出浅浅的笑意。

“啊哟！那我该感谢你才对喽！”

津田再也装不下去了。他已失去挑选适当词句的余地。

“你不是也很讨厌看到那家伙？”

“不会啊，一点也不讨厌！”

“你说谎！”

“为什么说我说谎？”

“因为小林对你说过了什么吧？”

“是啊！”

“所以啊，我才觉得你也不喜欢看到那家伙！”

“那你知道我从小林那儿听说了什么吗？”

“那我可不知道！反正那家伙不会说什么好话。他到底跟你说了什么？”

阿延吞回已到嘴边的话，反问津田说：“小林在这儿说了什么？”

“什么也没说啊！”

“你才是说谎！是你隐瞒我！”

“隐瞒的是你吧？小林不知胡说了什么，你竟会信以为真！”

“或许我是隐瞒了你！既然你有事瞒着我，那我也只好这样了！”

津田不再说话，阿延也保持沉默。两人都在等待对方开口。但阿延比津田更快地失去了耐性。突然，她发出尖锐的声音说：“骗人！你说的全都是谎话！根本没有什么叫小林的人到这儿来过，你是为了骗我，才故意编出这种谎言！”

“我编出这种事，对自己也没什么好处吧？”

“不对！一定是为了掩饰别人来过，你才故意抬出小林这样的人。”

“别人？别人是谁？”

阿延的视线落在床间地板上的枫树盆栽上面。

“那是谁带来的？”

津田心想：“糟了！”怎么没把吉川夫人来过的事早点告诉她呢？他不禁后悔万分。其实刚才没有一见面就报告这件事，是他经过深思之后才决定的。这件事并非不能告诉阿延，但是想到自己跟夫人谈论的内容，他很自然地就觉得不敢面对阿延。于是，心虚的他认为暂时别提才是上策。

津田回头看盆栽一眼，嘴里支吾了几秒，正要说出吉川夫人的名字，阿延却先发制人问道：“吉川夫人来过了，不是吗？”

津田忍不住问道：“你怎么知道？”

“这种小事，当然知道啦！”

津田刚刚一直提心吊胆地观察阿延的神情，这时才恢复了平静。

“对啊！夫人来过了！也就是说，你的预言说中啦！”

“我连夫人搭了电车都知道呢！”

津田又吃一惊，他以为夫人或许有车在路上等候，也就没有细心留意夫人回去时搭乘什么交通工具。

“你在路上见到她了？”

“没有！”

“你怎么知道？”

阿延却以反问代替回答。

“夫人来做什么？”

津田态度轻松地答道：“这也是我现在正要跟你说的。可是被你误解，我可就为难啦！因为小林确实来过。是他先来，然后夫人才来。两人刚好一前一后，没有碰到对方。”

一四七

阿延发现自己现在比丈夫还急迫。这种情况下，自己无法压过丈夫的气焰。她看清这一点的瞬间，决定在露出破绽之前，先设法扭转情势。

“是吗？既然你这么说，就算是这样吧。反正小林来了没有，与我何干？但是，请你把吉川夫人来这儿的目的告诉我！我心里很清楚，她到这儿来，不会只为了探病！”

“但她真的不是为了什么大事才来的呀！我可要声明一下，你这么期待听到大事，等一下可能会失望喔！”

“没关系，就算会失望也不要紧，只要听你如实相告，我就放心了！”

“她本来是来探病，后来顺便谈起一些事。这样总可以了吧？”

“好吧，随便啦！”

津田轻描淡写地提了一下夫人劝他去温泉地的建议。就像阿延自有独特的攻略一样，津田的作战策略也毫不逊色，他在阿延面前轻而易举地说出一番解释，并且巧妙地避开对自己不利的部分，任谁听了都会觉得他说得直率又合理，就连阿延也无法对他非难半句。

只是，夫妻双方的心中并不笃定。阿延极想从这段简单的说明里窥出内情，津田则是绝不让她得逞的架势。这场极为和平的暗斗，只能兵分两路，分别从胆量与技巧两方面同时并进。然而，位居守势的丈夫既已暴露了弱点，采取攻势的妻子自然如虎添翼。姑且不论两人的天生资质，只从两人所处的地位来看，阿延已是不战而胜的优胜者。再从实际的是非标准来看，阿延也在竞赛开始之前就已获胜。这一点，津田心里非常明白，阿延也大致心知肚明。

战斗必须一决胜负，而胜负的关键端看双方能否迫使对方直接表露心意。只要津田愿意坦诚相对，这就是一场最简单的战争，反之，也可以说，只要他稍有一丝虚伪，世界上就再也没有比他更难攻下的城池。可怜的阿延则是硬着头皮应战，手里根本还没掌握能让津田低头的武器。除了一味逼迫对手开门，也拿不出任何办法。而在这种处境下，现在的她等于就是手无寸铁的无能之辈。

既然心战阶段已经获胜，为什么阿延却不肯见好就收？为什么非得高声唱出凯歌，她才觉得扬眉吐气？因为她现在的心境毫无余裕可言。在她眼里，再也没有比这场战斗更重要的目标。因为还有第二目标、第三目标等着她去进攻，若不现在攻下眼前的目标，后面的战役就无法进行。

理由还不仅如此，其实对她来说，胜负并不是那么重要，她的真正目标，是要弄清真相。与其战胜丈夫，她更在乎的是，消除自己心中的疑虑。她的人生目标是拥有津田的爱，为了活下去，她需要完全消除心底的疑问。这件事就是摆在她面前的最大目标。而今她在只能看到这个目标的重要，根本无暇顾及什么权宜或手段。

她必须根据事情的前因后果，倾注所有思考力与判断力深入探究。这就是现在呈现在她面前的自然[①]。不幸的是，自然比她伟大，而且在遥不可及的高处向四周无限延伸。自然所散发的公平光芒，甚至可能毫不留情地把可怜的阿延完全抹杀。

每当她随声附和一句，津田便从她身边退后一步；随声附和两句，津田便远离两步；她愈向前贴近，津田跟她就愈离愈远。伟大的自然对她那些出自渺小的自然行为不断进行冷酷的蹂躏，一步一步毫不留情地毁灭了她的目标。她虽在暗中发现了这种现象，却想不透这种现象代表的意义。她只是不断告诉自己，不该是这样。最后，她终于无法继续保持内心的平静。

“我对你这么用心，你却一点也不体谅我！”

津田露出不服气的表情说：“所以我从没怀疑过你啊！”

“那是当然的！我这样对你，还被你怀疑的话，不如去死算了！”

“什么要死要活的，不要乱用这种夸张的字眼！最重要的是，我又

---

① 自然：夏目漱石的小说里经常使用“自然”“天”之类的字眼，目前学者对于这些字眼的意义与概念并无定论，但可以确定的是，“天”或“自然”是一种超越人类“我”（亦即“我执”）的伟大存在。根据岩波书店版《明暗》的注释指出，小说里这段文字的主要目的是批判阿延的“我”，所以读者不必把这里的“自然”跟“天”画上等号。

没什么事瞒着你。完全没有！要是你觉得有，就说出来啊！这样我也可以辩解一下，或向你解释一番。你这种毫无线索的不满，叫我如何帮你？”

“线索就在你自己心里吧！”

“你只知道说这些，我可为难了！小林在你面前说了什么挑拨离间的话吧？一定没错！小林说了些什么，你说来听听。不用顾虑！”

一四八

阿延已从津田的语气和神情里清晰看透了他的心事。小林趁丈夫不在的时候来访，津田不知小林跟自己说过什么，所以他对这件事很在意，也很记挂。至于小林究竟说了什么？他完全还在状况外。所以他想要点手段，诱使自己主动表白。

这件事的背后显然有个秘密。根据她以往蓄积在心底的所有信息来看，毫无疑问，毫不矛盾，所有的信息都指向同一个答案。秘密是一定存在的，就像青天白日一样明确。同时，这个秘密也像青天白日一样，没有留下任何阴影。她只能眼睁睁地望着那个秘密，却对它一点办法也没有。

阿延在慌乱中巧妙利用仅剩的一线机智，挣脱丈夫的圈套，当场回击道：“那就跟你实话实说吧！其实，小林已把细节都告诉我了。你别想再瞒下去。你这个人，真是个大坏蛋！”

这番说辞可说编得糟糕透顶，但她说出这话的心情，却极其认真，甚至不得不用激动的语气把津田说成“大坏蛋”。

做丈夫的立刻有所反应。听完阿延这番荒唐的说辞之后，津田脸上露出退缩的表情。阿延感觉自己的大胆似乎即将奏效。虽然她已在阿秀家吃过苦头，但她丝毫不觉气馁，猛然踏出了一步，开始向津田发动进攻。

“为什么事情发展到这一步之前，没有先告诉我？”

“发展到这一步之前”这句话的含义非常暧昧。津田猜不出这句话的意思。关键人物阿延自己也不知这句话的意思。所以津田就是问她，她也无法说明。他只能含糊其词地追问道：“你不是在说我去温泉的事吧？如果你觉得我不该去，我也可以不去。”

阿延脸上露出意外的表情。

“谁会说那种不讲理的话？既然公司那边都让你去了，而且去了又对病体有益，那不是太好了吗？你以为我会无理取闹，不让你去？好蠢啊！我又不是歇斯底里。”

“那我可以去吗？”

“可以啊！”说完，阿延突然从袖里掏出手帕捂着脸，咿咿呜呜地哭了起来。接下来，只听到一连串不完整的句子，像碎片似的从抽泣声中断断续续传出来。

“我再怎么……任性……也不至于阻挠……你去疗养……我怎么会……平日里你允许我自由行动，我向来都对你心存感激……你要去外地疗养，我怎么可能阻止……”

津田这才放下心来。但阿延的话还没说完，待她这阵激动稍微平息之后，话也就说得比较流畅了。

“我可不会计较那些小事。就算我是个女人，是个蠢人，我也有自己的颜面要顾。既然是女人，就得维持女人的颜面；若是蠢人，也得维持蠢人的颜面，若是有损颜面……”

说到这儿，阿延又开始哭了起来，下面的话也说得断断续续。

“万一……如果发生了那种事……不论对冈本姑父……还是对姑母……我都颜面尽失，没脸去见他们……就算不到这一步，反正像阿秀那样，早就没把我放在眼里了……你却在一旁看好戏……一副‘毫不知情’……‘不知情’……装作什么都不知道的样子。”

津田突然问道：“你说阿秀没把你放在眼里？什么时候？今天你去找她的时候？”

津田竟然不自觉地说出惊人之语。因为阿延没告诉他的话，他应该不知道两个女人见过面。果然，阿延的眼睛一下子变亮了。

“看吧！我今天去过阿秀家这件事，你不是已经完全掌握情报了？”

“阿秀来过电话啦。”这句话并未立刻从他嘴里说出。他踌躇着不知该不该说，但时间一秒也不能等。因为他愈是吞吞吐吐，情势就会变得愈危急。他差不多已经站在悬崖边缘了。然而，就在这刻不容缓的瞬间，一个极好的借口突然从天而降。

“是车夫回来告诉我的，大概是阿时跟车夫说的。”

所幸女佣也知道阿延要赶去见阿秀。这个偶然间想到的借口刚好发挥了效果，津田这才再度放下心来。

一四九

阿延原先想用一阵乱棍击毁津田的防线，现在她只能驻足暂停。其实，丈夫也没有欺瞒自己什么。想到这儿，她有点泄气了。本来打算乘虚而入的她，无法继续进攻了。而津田就在等待这一刻，于是他向阿延说：“阿秀那样的人，她说什么也无所谓吧？阿秀是阿秀，你是你嘛！”

阿延答道：“那小林那样的人对我说过什么，也无所谓吧？因为你是你，小林是小林啊！”

“当然无所谓呀！只要你对我的信心坚定！但你一下子对我怀疑，一下子又有误解，闹得我晕头转向，可真叫人受不了，所以我也无法闭嘴忍着……”

“我也一样啦！不管阿秀怎么没把我放在眼里，不管藤井婶母对我怎么冷淡，只要你能坚持，我当然就不以为苦。但是最关键的你竟……”

阿延再也说不下去了。她并没掌握到任何明确的线索，因此也说不出明确的事实。津田便趁机反守为攻说道：“你大概是担心我会让你没面子吧？与其担心那种事，你何不放下心来，对我更信任一点呢？”

阿延突然大嚷起来。

“我很想信任你啊，也很希望放下心来！我多么希望自己能信任你，那种期待的程度，你是无法想象的！”

“无法想象？”

“对呀！你完全无法想象！如果能够想象的话，你就不得不改变自己！就因为你无法想象，才能那样装聋作哑！”

“我没有装聋作哑喔！”

“因为你既不怜悯，也不可怜我！”

“既不怜悯，也不可怜？……”

津田一时语塞，只能再三重复这句话，接着，他又补充一句，但那内容听来就像蹒跚学步的人快要跌倒的感觉。

“你说我既不怜悯，也不可怜你……就算我想也没办法啊！你只要有充分的理由，要我多怜悯、多可怜你，都没问题！可是没有理由，我又能怎么办？”

阿延紧张极了，连声音都在颤抖。

“你，你……”

津田没说话。

“求求你让我放心吧！你就想成是在帮我，拜托你就让我放心吧！我是个无依无靠的女人，只能依靠你！你要是不管我，孤苦无依的我只能当场倒下。所以说，求求你！对我说一声‘放心吧’！只要说一句就够了，请你说声‘放心吧’！”

津田答道：“没问题，放心吧！”

“真的吗？”

“真的，放心吧！”

阿延突然像爆发似的紧抓他的语尾说：“那就告诉我吧！请你跟我说一说，现在就毫无隐瞒地全部告诉我。让我彻底放心吧！”

津田惊呆了。心情开始像波浪般前仆后继来回激荡。他想，干脆毫不隐瞒地把一切都告诉阿延吧？但他同时又暗自推测，阿延只是在怀疑自己，手里并没掌握到确实证据。如果阿延已经知道了真相，她应该会拿着证据逼到自己面前来责问才对。

他觉得很可悲，但又认为自己仍有逃避的空间。道义感与得失心在他心底时而向上，时而向下，绘出两条高高低低的曲线，然后其中一条曲线里突然加上了温泉旅行的重量。实践承诺是他对吉川夫人应尽的义务，也是他必然产生的需求。犹豫半晌，他得出一个结论：至少从温泉地回来之前，还是别把真相告诉阿延比较好。

“啰里啰唆吵了半天，只会让彼此都没面子，也吵不出结果，还是别再闹了！反正我向你保证，总行了吧？”

“保证？”

“我保证啊！保证维护你的颜面，不会出问题！”

“怎么保证？”

“怎么保证？这种事也无法立下字据，只能口头发誓喽！”

阿延没有说话。

“也就是说，只要你表示一下自己相信我就行了！你只需说一句：‘出了什么事，你要负责！’然后我就回答：‘好的，我向你保证！’怎么样？我们能不能这样妥协一下？”

一五〇

“妥协”这个汉语词汇在这种场合听来似乎不太相称，但是用来形容津田现在的心情，再贴切不过了。事实上，这个词代表的最确切想法，确实存在他的心底。聪慧的阿延察觉到这项事实时，心中的激动终于渐趋平息。原本正在暗自烦恼的津田这时才松了口气，因为他正在担心，不知阿延的激情波涛是否又要卷土重来。接下来，他甚至还有余裕研究一下，如何顺势将暂停的狂涛导向相反的方向。他开始对阿延百般安抚，尽量多讲她爱听的词句。他不仅外表的态度沉着，也熟知如何临机迎合对方的心意。果然，他的努力没有白费。阿延觉得婚前的津田又难得出现在自己面前，订婚时的情景也在她的记忆中复苏。

“老爷并没有变。他还是从前那个人。”

这种想法让阿延感到满足，也完全能将津田从困境当中解救出来。一场正在酝酿的风暴总算在掀起波浪之前渐趋平息。然而，经过这场风波之后，他们的夫妻关系变得跟风波之前不一样了。就在不知不觉中，两人的关系发生了变化。

随着风波渐收，津田明白了一件事：“女人还是很容易安抚。”

他不禁暗自窃喜，没想到一场风波竟给自己带来了自信。以前跟阿延交手，他总是感到难以招架，虽然心底怀着对女人的鄙视，却又成天被她弄得不得安生。究竟是因为她的直觉，还是看似直觉为她带来的谋略，或是其他什么东西造成的影响，津田现在还无法正确剖析，不过这项事实确实存在，而且一直被他层层封锁在内心深处，至今不曾告诉过任何人。因此这所谓的事实，其实是一个秘密。然而，既是一目了然的事实，为什么他又故意把它弄成秘密？简单地说，因为他想尽量自抬身价。一方面，从爱情战争的角度来看，津田在他们夫妻生活里永远处于劣势，却又拥有一股不小的傲气。另一方面，他是为了阿延，才不得不被她征服，却又不是发自内心的臣服。因为他并不是光明正大地成为爱情的俘虏，而是经常被阿延骗得团团转。但阿延没发现丈夫的傲气受挫，她只顾着征服津田，借以获得爱情的满足。而生性好强的津田虽然深感委屈，却又每次都无力抗拒阿延设下的圈套。现在经过一夜争吵之后，他们这种特殊的关系翻转了，津田对阿延的感觉当然会随之发生变化。他从没见识过阿延这样的女人，她那种勇猛的正面攻势，看来似乎巧妙地占了上风，实际上却是如假包换地一败涂地。津田只能背负着自己的弱点四处逃窜，慢慢地才开始转败为胜。胜负的结果已经很明确了。他终于可以不把她放在眼里，却又比从前更同情她。

至于阿延这边，这场风波过后，她也发生了变化。以往从没在丈夫面前表现出这种态度的她，由于过度急于击破津田的弱点，结果反将自己从未暴露的弱点摊在丈夫面前，这件事让她悔恨不已。对于一心只想得到丈夫至爱的阿延来说，平时就认为自己得靠实力达到目的。她知道自己必须拥有见识，并以行动证明自己的见识不凡。当然，她的见识也不算丰富。丈夫的爱情在她的生命里万分重要，见识在她眼里，至多只是借以表达自己不向丈夫低头求爱的一种固执罢了。同时，见识在她眼里，也代表一种坚定的决心，如果丈夫不能像自己期待的那样热爱自己，那她就靠自己的实力达到称心如意的目的。她不断坚持并执行自己的这种决心，等于就是让自己不断处于紧张的状态。这种紧张感持续到了临界点，当然就会爆发。而精神一旦失去控制，等于就是亲手毁灭了自己的见识，这种结果显而易见。但不幸的是，她只顾着往前冲，根本没意识到这种矛盾。最后，她终于爆发了。失去控制之后，她才开始后悔。所幸自然并不像她想象的那么残酷。她虽然暴露了弱点，却也同时得到某种报偿。因为丈夫的态度出现了微妙变化。以往不论她如何努力，也从未收到一丝差强人意的效果。但他现在一步一步地朝着令她满意的方向接近。他刚才明确地说出“妥协”二字。这个词已向阿延偷偷告白了一件事：她一直拼命想要挖掘的秘密，就藏在这个词的背后。告白？阿延又很认真地在心底确认了一遍。当她发现，这个字眼确实就是接近“默认”的“告白”时，心底不禁升起一丝懊恼，同时也感到几分欣喜。于是，她不再跟丈夫作对了。因为她对津田生出一种怜悯的感觉，就像津田对她的怜悯一样。

一五一

自然比人类想象得更加冥顽，它们是不可能为了这点小事就此收手的。这场风波在机缘的顺势推动下，总算是逐渐平息下来，谁知到了下一秒，风浪又有卷土重来的趋势。

事情发生在阿延亢奋的心情渐渐平静之后。刚才经历的那场风浪已在她的心田激起反响。她有点借酒装疯似的向津田问道："你什么时候出发去那个温泉地呢？"

"我想从这里出院后马上就去。这样也有益身体！"

"也对！既然决定要去的话，还是尽早出发比较好！"

听了这话，津田总算放下心来。不料，阿延却出乎意料地问道："我也一起去，可以吧？"

原已松了口气的津田又突然紧张起来。开口回答之前，他可得好好花点脑筋。因为打从一开始，他就没打算带阿延一起去。现在拒绝她却比带她去更困难。万一拒绝的理由说得不好，不知她又会有什么反应。津田支吾着不知如何回答，就在他踌躇再三的时候，大好的时机被他错过了。阿延催问道："欸，我也一起去，可以吧？"

"我想想看……"

"不行吗？"

"也不是不行……"

津田实在不想带她一起去。这种抗拒正从心底逐渐向外扩散。但他也明白，只要阿延眼中射出一丝猜疑，一切就到此为止。老实说，他自己也经历了跟阿延一样的心路历程。刚才那场风波同样对他产生了影响，所以他只能再度利用刚才的手段。这时，他的脑中浮起"安抚"二字。"只能好好安抚。女人只要多加安抚，就会听话。"这就是他刚刚得出的结论，于是他对阿延说："你要去没问题啊！不，岂止没问题，老实说，我倒是非常希望你也一起去呢！别的不说，我一个人去，多不方便啊！有你去照顾的话，我当然觉得再好不过了！”

“哎呀，好极了！那我就一起去喽！”

“可是啊……”

阿延露出不悦的表情。

“可是怎么样？”

“可是啊，家里怎么办呢？”

“家里有阿时在，没关系！”

“没关系？你倒像小孩似的说得轻松，这可不行喔！”

“为什么？我哪里轻松了？要是只有阿时一个人看家不放心的话，我再去找别人来呀！”

说完，阿延一连说了两三个适合找来看门的人名。津田全都一一否决了。

“年轻男人可不行哟，不能让他单独跟阿时一起留在家里。”

阿延大笑起来。

“怎么会？不会出问题的！就那么短的时间！”

“不行啦！绝对不能那样！”

津田的态度很坚决，同时还露出深思的表情。

“没有适当人选吗？如果能找到一位年纪相当的老太太，就太好了！”

但不论是藤井家或冈本家，甚至其他人家，都没有这样一位适合的闲人。

“再仔细想一想吧！”

说完，津田打算就此结束话题，却没能如愿，因为阿延紧抓这个话题不放。

“想不出来怎么办？要是找不到老太太，我又非去不可，不行吗？”

“我也没说不行啊！”

“可是怎么可能有适合的老太太？这种事，不用想也知道嘛！更重要的是，如果不想让我去，你就干脆明说‘不行’吧。”

津田一下子答不出话来。而凑巧的是，这时他偏偏又想到一个极好的借口。

“当然啦，万一真的找不到人，就让阿时看家也可以啦！但把阿时一个人留在家里，还是有问题啊！因为我是从吉川夫人那里领到的旅费。如果别人以为我们夫妻俩用别人的钱一起去玩，不太好吧？”

“那你不拿吉川夫人的钱也可以啊！我们还有那张支票嘛！”

“那样的话，这个月的开支会受到影响……”

“反正还有阿秀留下的钱嘛！”

津田又说不出话来了。但他还是再次鼓起勇气冒险一冲。

“我还得借点钱给小林呢！”

“借给那种人？……”

“你说的‘那种人’，他马上就要远赴朝鲜啦，也很可怜啊！况且我已经答应了他，现在说什么都没用啦！”

阿延对借钱的事原本就不可能表示赞许，好在津田想出各种托辞，总算把场面应付过去。

一五二

接下来，夫妻之间的讨论倒是意外地顺畅，所以很快就达成了第二项妥协。津田为了遵守对朋友的承诺，决定从阿延给他的那张支票里拨出一部分，送给小林当作远赴朝鲜的盘缠。这笔钱原本说好是借给小林的，但对方若是不肯还钱，他也无法指望拿去做别的用途，换句话说，这笔钱等于就是送给了小林。当然，达成这项决议之前，阿延多多少少表现了几分不甘心。像小林这么刁钻的家伙，别说让阿延借钱给他，就算小林写下借条，求她帮忙渡过难关，她也不会发这种善心的。更何况，阿延一天到晚都想探究丈夫坚持借钱给小林的隐衷，每次被她问起，津田总会觉得心虚。

“你对那种人还这么热情相助，我真是完全无法理解！”

类似这种评语，阿延已经反复说过两三次。津田只好坚持表示，他只是为了朋友的情义。若不这样好好解释，她就会把话题扯得更远。

“所以啊，你倒是说说看。譬如从前发生过什么事，让你不能不讲义气，如果能让我明了其中原委，那张支票全部给他都没问题！”

听到这话，津田觉得在此关键时刻，无论如何也得说服阿延。不过他没有帮小林辩解，只是描述两人旧日的情谊，还有跟他们交情有关的怀旧记忆。阿延怪他不该使用“怀念”之类的字眼，他只好向阿延解释说，今天的小林已跟从前判若两人。等他看到阿延脸上露出不以为然的表情，便赶紧抬高层次，开始大谈特谈人道问题。但他所说的人道，归根究底，只是一种功利主义而已。他的行为就像是朝着自己无意中挖成的陷阱前进，而他本人不自知，有时还被阿延一推，脚底一滑，差点就要掉入陷阱。譬如下面这段话，就是他的发言里最具代表性的一段范例。

“反正他现在是走投无路啦。就因为在国内活不下去，才打算亡命朝鲜，你还是对他同情一点吧！再说，你总是拼命攻击他的人格，这样不太好啦！当然，那家伙的确不可救药，确实没出息，但你只要想想让他变成这样的原因，就不觉得稀奇了！因为他整天都在怨声载道。为什么呢？因为他没有收入。可是他既不笨也不蠢，头脑好得很呢。不幸的是，他没有受过正规教育，才沦落成现在这样。我只要一想到这儿，就觉得他很可怜。所以说，他并没做错什么，错的是整个大环境，只要我们换个角度来想就行了。总之，他是个不幸的人啊！”

津田一口气说到这儿。其实这番说辞已经够冠冕堂皇了，他却意犹未尽，还要继续说下去：“更何况，我们还得顾虑其他方面啊。像那种自暴自弃的家伙，要是得罪了他，谁知他会干出什么？他都已经到这里来公开威胁过我，说他不挑对象，可以跟任何人打架，而且还说不管跟谁打，他都能打赢。我现在要是不能满足他的要求，那家伙肯定会发怒。如果只是生气倒也罢了，但他肯定会有行动，绝对会来报仇的。而且我们还有颜面必须顾及啊！他那种人却完全不必考虑这些，万一闹起来，我们根本不是他的对手！你听懂了吧？”

说到这儿，刚才提到的人道主义早已不知跑到哪儿去了。他若是就此打住，阿延大概也只好同意资助小林，但他还在没完没了地说下去。

“再说，那家伙若只按照自己的思想倾向，去攻击上流社会或谩骂富有阶级，这也就罢了。但他不会只有这样，还会把想法付诸实际行动。也就是说，他会先从自己能下手的地方开始，慢慢逼迫对方。所以说，第一个会遭殃的人就是我。我现在左思右想，能想到的最佳对策就是先向他表达十分的热情，让他对我心怀好感，然后再帮他及早出发去朝鲜。要不这么做的话，不知哪天我就会遭殃！”

听到这儿，阿延也觉得自己不能不开口说几句：“不管小林多胡来，要是你没做过什么，根本就没有理由怕他呀，不是吗？”

结果，夫妻两人为了商议那张支票如何处理，就花了大约十分钟。但是谈妥了付给小林的金额之后，剩下的钱如何处理，两人倒是很快就达成协议。阿延要求把余额给她当零用钱，好让她随意买些自己想要的东西，津田立刻接受这个条件。而作为交换条件，阿延决定不跟津田一起去温泉旅行。至于津田的旅费，两人一致同意接受吉川夫人的好意。

寒意渐起的秋夜里，年轻夫妇之间掀起的汹涌波涛终于恢复了平静，这才暂时互相道别。

一五三

手术后，津田被迫忍耐着各种不便，所以患部恢复得不错。不，应该说，恢复得非常理想。到了手术后第五天，医生按照预定计划，把伤口周围所有的纱布都换上新的，还向津田保证说：“手术部位的状况非常好。现在只剩伤口还有点出血。里面没什么问题。”

第六天，医生又重复一遍相同的治疗法。伤口部分又比前一天更好一些。

“出血怎么样？还没停吗？”

“不，差不多没出血了。”

津田根本不懂“出血”的含义，当然也听不懂这回答的意义，他只把医生的话轻松地解释为“病愈了”，心里非常高兴。但事实并不如他想象的那样。因为他跟医生接下来的谈话刚好反映了真实情况：

“如果这次没有变好，怎么办呢？”

“那就再开一次刀。伤口会比上次浅一点。”

“真叫人担心啊！”

“不用担心，十之八九都会痊愈的！”

“您的意思是说，等到真正痊愈，还要花很多时间吧？”

“快的话三周，慢的话四周。”

“那我什么时候可以出院？”

“明后天的话，大概没问题。”

听了这话，津田心中充满感激，他决定出院后，立刻就去温泉旅行。但他又有点顾忌，万一向医生提起这个计划，医生坚决不赞成的话，自己岂不要伤脑筋？所以他决定故意隐瞒医生。不过这种轻率的做法，跟他平日的行事风格实在不太相称。尽管是出于自愿，他也明白自己的矛盾，心底不免感到几分不安。于是他又向医生提出一个无关紧要的疑问。

“您说括约肌并没切掉，为什么还要从下面塞一堆纱布进去呢？”

“因为入口周围并没有括约肌，大约在入口里面一厘米半的地方才有。手术是从下面向内斜着切掉一厘米左右。”

当天晚上开始，津田可以喝粥了。之前只靠面包果腹的他，已经忍耐了很久，现在喝到饱含水分的白米滋味，给他带来一丝新鲜的感觉。尽管他从来不懂寒夜喝粥的风雅与美味，现在却比俳句诗人更珍惜地喝着温热的清粥，那份暖意跟秋夜的寒意两相对照，简直就像天与地的差别。

吃完晚饭之后，他必须服用微量泻药协助通便。因为刚开完刀，为了便利治疗，他已经很久没有排便了。尽管当时并不觉得难过，但在排泄之后，还是感到腹中轻快了许多，连带地，心情也觉得非常轻松。肉体的病痛已经消除，剩下来要做的，就是整天躺着等待出院了。

眨眼之间，出院的日子就到了。阿延雇了人力车来接津田，他一看到阿延就说："终于可以回家了！哎！真是太好啦！"

"没那么好吧？"

"不！真的很好啊！"

"你的意思是家里比医院好吧？"

"嗯，可能吧……"

他的语气跟平时一样。说完，又想起什么似的突然补上一句："这次住院，多亏你做的那件棉袍，真是帮了大忙呢。可能因为里面的棉花是新的，穿起来好舒服啊！"

阿延笑着调侃丈夫说："怎么啦？怎么突然变得这么会拍马屁？不过，不是那样的，你弄错喽！"

阿延一面把那件受到称赞的棉袍叠好，一面向丈夫告白棉袄里面铺的不是新棉花。津田正在换和服，他拿起一条抓染花纹的绉绸兵儿带，在腰上绕了一圈又一圈，最后才胡乱地系紧。这动作对他来说十分重要，丝毫草率不得。刚才赞美棉袍里面的棉花，也只是为了讨好阿延而已，其实他心里并没那么看重这件事。听了阿延老实的回答，他也没什么反应，只答了一句："喔，是吗？"

"你那么喜欢的话，就把棉袍带去温泉吧！"

"然后，就能经常想起你对我的好！"

“不过，万一旅馆出借的棉袍比我这件更好呢？那我可就丢脸啦！”

“不会有这种事！”

“哪里！很有可能喔！不好的东西就是吃亏！到那时候啊，还说什么‘我对你的好’，早就被你忘得一干二净啦……”

阿延这话说得纯真直率，津田却没听懂她的单纯含义，反而觉得话里隐含着反讽，好像是用棉袍暗指什么。他听了不太高兴，便背对着阿延把兵儿带两端系成平结。

不一会儿，夫妻俩在护士的护送下来到玄关，人力车早已等候在门外，他们立刻坐上车子。

“再见啦！”

随着这声道别，津田纷纷扰扰长达一周的住院生活，总算画下了句号。

一五四

按照原定计划，津田出发去温泉旅行之前，必须先跟小林见面。到了约会的那天，他从阿延手里接过需要的款项，转眼笑着对阿延说：“真有点舍不得呢。被那家伙拿去这么多！”

“那就别给他算了！”

“我也不想给啊！”

“既然不想给，为什么不作罢？我帮你去回绝他吧？”

“嗯，那就拜托你吧！”

“到哪去见他？只要告诉我地址，我帮你跑一趟！”

津田搞不清阿延这话究竟是真是假，但在这种状况下，他也不难想象，若是以为说笑间就能把事情推给阿延，自己肯定是会遭殃的。阿延是个绝对言出必行的女人。她不会在乎什么守不守信，如果是代表津田去回绝小林的任务，她很有可能会主动请缨。津田尽量小心着不踩进危险区，又故意玩笑着说：“真看不出你是个有勇气的女人！”

“我也觉得自己很有勇气！只是没有机会施展雄风，不知道自己究竟多么勇敢！”

“哎哟，你说‘不知道’，我心里可明白得很，这样就行啦！一个女人这么争强好胜，让我这个做丈夫的多为难啊！”

“一点也不为难呀！女人为了丈夫表现勇敢，男人应该不会觉得为难吧？”

“当然有时也很感激啦！”津田说。他是真心想认真地回答妻子，“可是我好像从未看过你表现那种令人感激的勇敢啊！”

“那当然啦！因为我从没表现出来！你不妨深入我的心里看看！就算我表面看来是这样，心里可不像你想象的那么平静！”

津田不知如何回答。阿延却是欲罢不能。

“在你看来，我就那么无忧无虑？”

“对呀，就是啊！你看起来好像非常无忧无虑呢！”

听了这句不痛不痒的回答，阿延轻轻叹息一声说：“生为女人，好无趣啊！为什么把我生成女人呢？”

“这种话问我也没用！除了你在京都的父母，没人该被埋怨呢！”

阿延露出苦笑，嘴巴仍不肯轻饶。

“好吧！那你等着瞧吧！”

“瞧什么？”津田反问道。他似乎显得有点吃惊。

“什么都行！反正等着瞧吧！”

“我是在瞧着啊！到底瞧什么呢？”

“这种事，不到问题真正发生，我也没办法告诉你！”

“没办法告诉我？就是说，你自己也搞不清吧？”

“是啊，没错！”

“什么？好无聊！这预言简直就是空谈！”

“但这预言马上就要成真了！你等着瞧吧！”

津田从鼻孔里哼了一声。但相反地，阿延的态度愈来愈认真。

“真的呀！也不知怎么回事，最近我总觉得，哪天非得把心底的勇气全部爆发出来不可，那一天肯定会来的！”

“哪天全部爆发出来？所以说你这念头根本就是妄想！”

“不对！我可不是一辈子只爆发一次喔。反正就在最近，要不了多久，迟早要爆发一次！”

“那就更糟啦！马上要在丈夫面前显露你的勇猛，我可受不了啊！”

“不会啊，是为了你才显露的！刚才不是说了吗？我要为丈夫表现自己的勇气！”

看着阿延满脸认真的表情，津田感到自己只会一步步陷进去。他的性格不像阿延那么充满诗意。他只觉得某种怪诞的事情正从远处朝自己逼近。阿延的诗意，也就是他所谓的“妄想”，正在逐渐蠢动。他觉得十分诡异，就好像手里正在玩弄的死鸟，突然看见它开始鼓动翅膀的那种感觉，于是他立即结束了两人的谈话。

津田从腰带里掏出怀表看了一眼。

“时间到了。该准备出门了。”

说着，他站起身来。阿延跟在后面送到玄关，又从帽架上拿下一顶褐色绅士帽交给丈夫。

“路上小心！别忘了转告小林，就说阿延向他问候！”

津田没有回头，径自走向黄昏的寒风里。

一五五

津田跟小林约在东京最繁华的大街见面，那地方在大街中段不远处的路旁。他不想把小林请到家里来，免得心里不愉快，他也不想到小林的宿舍去，因为觉得麻烦。最后商定的计划是，由他挑选时间，然后到指定地点跟小林见面。

然而，约会的时间已经过了，他人还在电车里。因为他在家里更衣，向阿延要钱，还跟阿延闲聊了一会儿，所以耽搁了时间。但他对自己的迟到毫不在意。老实说，他并不想向小林表现自己多么重视诚信，相反，就算是以迟到的方式，他也想趁机消磨一下小林目中无人的锐气。不管今天他们是以欢送会或是其他名义相聚，总之，实质上，就是“给钱的”和“要钱的”齐聚一堂，既是如此，津田当然处于优势。也因此，他认为自己应该利用优势者的特权，制造紧张气氛，抢先确立主客的地位，这才是预防对手表现傲慢姿态的上策。即使不考虑利害关系，光从报复的角度来看，他也觉得这种做法很有趣。

坐在隆隆作响的电车里，津田一面看表一面盘算，说不定对那粗鲁无礼的小林来说，现在赶去都还嫌太早呢。他甚至暗自筹划，万一过早到达目的地，干脆就先到夜市逛一圈，让那贪婪无比的小林等得更着急一点。

到达车站下车后，只见眼前净是闪烁的灯火，纵横交错，络绎不绝，充分反映出都市夜生活的惊人繁华。他站在灯火中犹豫着，转进那个目的地的小巷之前，要不要先花上十分钟，伴着这些亮光散散步呢？不料就在这时，有人过来兜售晚报，他伸手推开了塞到面前的报纸，转脸四下张望，不禁立刻暗叫一声“咦”。

原以为小林一定早已等得很心急了，谁知竟看到他站在道路对面。但因他站在十字路口的一角，那个地点跟津田伫立的人行道之间，隔着一条车道，所以他们正好都看不到对方。再加上夜幕低垂，人影幢幢，还有闪烁不已的灯光，更使他们无法认出对方。不仅如此，小林也没把脸转向津田这边。他正在跟一个津田从没见过的青年讲话，从津田这边望去，只能看到那青年三分之二的脸，还有小林三分之一的脸，所以他也不怕被两人发现，便专心地驻足观察他们。那两人根本无暇顾及周围，只顾着彼此看着对方交换意见，也不知谈了多久，他们始终不曾变换姿势。

从两人的模样可以看出，他们正在讨论什么严肃的问题。

两人的背后有一面墙，可惜墙上没有窗户，所以四周并无任何强烈的光源照着他们。这时，一辆汽车发出极大的声响从南边驶来，到了十字路口，汽车正要转弯的瞬间，车前灯射出的强光照亮了两人的全身。津田这才看清了青年的相貌。一张苍白的脸跃进津田的视野，同时还看到帽子的左右下方垂着凌乱的长发，似乎已经几个月都没理发。汽车从面前驶过的那一刻，津田立刻转身向后，像要故意避开两人伫立的街角似的，朝着相反方向快步离去。

他没有特别的目的地，只是一路欣赏灿烂灯光下的每一间商店，但他眼中看到的都是属于都会的美景。唯一的变化就是每家商店都卖着不同的商品，除此之外，看不到任何复杂有趣的景致。但那些商店还是让他享受到视觉的满足。最后来到一家洋货店，他看到门口展示着一条时髦的领带，便朝店内走去，随手拿起中意的商品，放在身上比来比去。

不一会儿，眼看时间似乎差不多了，才放下手里的商品，走回原处，谁知刚刚站在路边的两个身影，已不知跑到哪儿去了。他加快了脚步，匆匆赶向约会的餐厅。店前的路面映着窗内射出的温暖灯光。这是一座红砖建筑，窗户非常高，窗上挂着乳白色印花窗帘，灯光在窗帘遮掩下，间接地射向夜空，津田从路边仰望那片亮光，脑中描绘出一间品味雅致的高级餐厅，里面还装置了暖和的瓦斯暖炉。

那家餐厅位于大型市区的角落，面积不算大，但装饰得非常幽静雅致。津田也是最近才听说这家餐厅。一位朋友告诉他，这里的食物很美味，因为老板在法国待过很长的时间，并在驻法公使家里当过厨师。他选择这里招待小林，只是因为自己已来这里吃过四五次了。

他大摇大摆地推开门走进店内。果然不出所料，小林已经到了，看来似乎非常无聊，面前摆着一份貌似晚报的读物。小林则满脸严肃地瞪着那份刊物。

一五六

小林抬眼向门口瞥了一眼，又立刻收回视线，重新落在报纸上。津田只好默默地走到小林的桌边，主动向他打招呼说："抱歉，我来晚了。让你久等了。"

小林这才把报纸叠起来。

"你不是有表吗？"

津田故意不把怀表拿出来。小林回头看了一眼正面墙上的大型挂钟，时针所指的位置，已比他们约定的时间晚了四十分钟。

"其实我也刚刚进来。"

说完，两人在桌边相对而坐。室内非常安静，因为旁边只有两桌客人，而且都是穿着讲究的贵妇。尤其是在他们桌旁大约两米之外，装置了一台瓦斯暖炉，火炉的色彩刚好给这块白色家具为主调的洁净空间，带来适当的暖意。

津田心底升起一种奇妙的对照感。不久前那个晚上，小林硬把他拉进一间奇怪的酒吧。当时的情景清晰地浮现在他眼前。那时一起喝酒的对象，现在被自己带到这家餐厅来，他不免感到有些得意。

"这家餐厅，你觉得如何？给人一种既干净又舒服的感觉吧？"

小林好像这时才注意到餐厅的环境，便放眼打量周围。

"嗯，这里大概不会有侦探。"

"反而有漂亮的美女，对吧？"

小林突然大声嚷起来："喂！那些恐怕都是艺妓吧？"

津田听了有点老羞成怒，像在斥责似的说："别乱讲！"

"哎！不见得喔。这个世界上，随时随地都有怪事呢！"

津田又把声音压得更低一点："可是艺妓不会打扮成那样啦！"

"是吗？既然你这么说，那应该不会错了。像我这种乡下人，根本不会分辨，有什么办法？我还以为只要穿着漂亮和服的女人都是艺妓呢。”

“你还是那么爱挖苦人！”

津田的脸上露出一丝不悦，小林却不以为意。

“没有，我可没挖苦你喔。事实就是因为我穷，没见识过那方面的事，我只是实话实说罢了！”

“既然如此，那就算啦！”

“就是你不肯算了，也没办法！不过我问你，事实究竟如何呢？”

“什么事实？”

“事实上，如今这个世道，所谓的贵妇跟艺妓之间，难道区别很明显吗？”

在这种善于装傻的对手面前，津田可不能像个孩子似的有什么说什么，他必须表现自己超越幼稚的一面。但他同时又很想说句什么，给小林来个当头棒喝。然而，他终究还是没说出口。并不是不想说，而是他想不出什么话能给小林当头一棒。

“别开玩笑！”

“真的不是开玩笑！”小林说着抬起眼皮，瞥了津田一眼。津田突然明白了。他本来就极聪明，所以能看出对方正在打什么主意。但他又缺少心机，无法装作视而不见。好在他懂得如何扯些不痛不痒的话，把话题岔开。而他现在必须让小林依赖自己。于是他问小林：“这里的菜肴，你觉得怎么样？”

“对我这种味觉不发达的人来说，这里的菜肴跟别处的菜肴，味道差不多一样！”

“味道不好？”

“不是不好，很好吃啊！”

“当然味道很好。因为是老板亲自烹制，可能比别家的味道好一点吧？”

“不管老板多么擅长烹调，要是做出菜肴合我这种人的口味，那可就糟啦。老板会伤心的。”

“但只要好吃就行啦！”

“嗯，好吃就行。只是，老板要是听说这种美味，跟外面十文一盘的小菜味道一样，岂不会伤心得流泪？”

听了这话，津田也只能露出苦笑。小林独自絮絮叨叨说下去。

“其实我现在才没闲工夫研究什么法国菜好吃，英国菜不好吃。只要吃进嘴的东西，我都觉得好吃！”

“可是，这样就搞不清菜肴为什么好吃了，不是吗？”

“理由嘛，再清楚不过啦！肚子饿了就觉得好吃！哪里还有其他什么理由？”

津田只好又闭上嘴。沉默继续从两人之间漫开。但是当他们都觉得自己被沉默压得喘不过气的时候，津田不得已只好再度开口，谁知话还在舌头，小林却先发制人抢先了。

一五七

“你这种机敏之人或许会觉得，像我这种鲁钝之人，各方面都必须被人轻视。这一点，我有自知之明，而且我也知道，就算被人轻视也没办法。但我也有很不得已的苦衷啊。我的鲁钝，未必是天生因素造成的。只要有钱有闲，你们等着瞧吧，看看我会变成什么模样出现在你们面前。”

小林这时已经有点醉了。他这种真假难辨的表现，似乎是想借酒装疯，发泄一下心中的郁闷。津田只好直接表示赞同，同时也顺势敷衍几句。

“你说得有理！所以我很同情你啊。你应该也明白我对你的同情吧？否则我也不用特地为你去朝鲜饯行啦。”

“多谢了！”

“哎，我可没骗你喔！老实说，前几天我还为了欢送会的事，向阿延解释了一番呢。”

小林的眉毛下面，一双眼睛闪出疑惑的目光。

“嘿嘿，真的吗？你还会在夫人面前帮我说话！看来你还记得我们从前的那点交情啊。只不过……那夫人说了什么呢？”

津田沉默着把手伸进怀里。小林的眼睛注视着他的动作，嘴里却像是有意阻止他似的补了一句：“哈哈，原来还需要向夫人解释！我说呢，难怪我觉得纳闷！”

听到这儿，津田把那只伸进怀里的手又抽了出来。“这就是阿延的回答。”他原想这样告诉小林，然后把阿延交给他的那笔钱，全数交给小林，但他现在又犹豫了。于是他重新拾起刚才的话题。

“一个人变成什么样，还是得看际遇啊！”

“我认为要看活得有没有余裕。”

津田并没有否认。

“没错，也可以说是余裕吧！”

“我从出生到现在，每天都过着濒临饿死的日子。从来不知道什么是余裕。你试想一下，跟那些从小养尊处优、随心所欲的人比起来，我跟他们之间有什么样的差异呢？”

津田脸上浮起一丝笑意，小林却是满脸认真的表情。

“其实也不用试想，眼前就有对照组，不是吗？就是你跟我。把我们俩对比一下，立刻就能看清余裕跟贫穷分别代表了什么样的生活。”

津田虽在心底微微点头，但又转念一想，现在听他说这些怨言，还有什么意义？

“相比之后，怎么样呢？我永远都会被你轻视，不只是你，就连你的夫人，还有其他所有人，统统轻视我。喔，等一下，我还没说完……这就是事实，你我都明白的事实。一切就像我刚才说的那样。不过有一件事，却是你跟夫人还不了解的。当然，就算是现在告诉你，也不可能改变你我的地位，好像说了也是白说，但我这次到朝鲜去，说不定这辈子再也见不到你了……”

说到这儿，小林显得有些激动，却又立刻诚实地补充一句：“喔，像我这种人，到了朝鲜一看，觉得跟想象的不一样，或许不喜欢那里，马上又回来了呢。”津田忍不住笑了起来。小林停顿半晌，又开口说道：“嗯，我现在要说的这些，说不定将来能在生活上给你提供一些参考，请听我慢慢道来。老实跟你说吧，就像你看不起我一样，我也看不起你呢！”

“这我知道。”

“不！你才不知道！或许只看结果，你跟夫人都知道我轻视你，但你们不明白这件事所代表的意义。为了感谢你今晚的盛情，我也投桃报李，把这层意义说给你听，你看如何？”

“好啊！”

“就算你说不好，我这种穷光蛋，也没别的东西可以投桃报李，又有什么办法？”

“所以我说可以啊！”

“你肯安静倾听吗？如果肯听的话，我就说！我是个味觉不够发达的家伙，而我现在正在开怀大吃的法国大菜，是你请的，那天晚上我拉你到那家酒吧喝酒，你嫌肮脏，但是对我来说，两家都一样美味。你看不起我，就是因为这件事对吧？其实我反而对这件事感到很自豪。我才看不起那个轻视我的你呢。听懂了吗？你能理解我的意思吗？想想看，你我之间，到底谁活得拘束？谁又活得自由？谁比较幸福？谁又遭到多余的束缚？谁的日子更安稳？谁又过得动荡不安？在我看来，你一天到晚卑躬屈膝，一点胆量都没有。自己不喜欢的东西，只知一味躲避；自己喜欢的东西，又拼命追求。为什么呢？根本没有理由！只因你过分自由，又有条件追求奢侈。从没体会过像我这种陷入绝境、听天由命的心情！”

津田原本就高高在上地鄙视小林，但他无法否认这些事实。小林的脸皮确实比自己厚多了。

一五八

小林的说教还没完，又接着说下去。这时他已看透津田的心思，便话题一转，重新提起刚才那件事。那件事，当然就是两人刚见面时一度提起过，后来又被别的事情岔开的那个话题。

“你已经听懂我所说的意思，但你好像还不能心悦诚服地接受。真矛盾啊！我也知道你不能接受的理由。第一，因为对你说这些话的人，既无身份、地位，也没有财产和固定职业，所以聪明的你觉得听了很烦。如果这番话是从吉川夫人或其他人的嘴里说出来的，就算内容更无聊，你肯定也会正襟危坐，老实地听下去。不，这可不是我的偏见，而是不争的事实！但你应该仔细想想，为什么只有我才能对你说这些。还有，请你不要忘了。如果换成先生或夫人，说到这个话题，他们也无法多说什么。为什么呢？理由只有一个。因为不管先生经历过多穷的日子，还是无法体会我那种穷。更何况他们那群人一向过得比先生更优裕呢！”

津田不晓得“那群人”是谁，只能暗自猜测，大概是指吉川夫人或冈本吧？事实上，小林只顾自己往下说，根本也没给津田留下发问的空档。

“再说第二个理由。以你目前的处境来看，我现在对你说的这些，说是忠告也行，或者只算是提供信息吧，不论怎么说都行，总之，我现在说的这番话，你一定觉得没必要对你说。虽然大脑理解我的意思，心里却无法接受。这就是你现在的状态。也就是说，你认为自己跟我之间的距离悬殊，说了也是白说，你想用这种理由逃避这个话题，不瞒你说，我的目的就是要提醒你这件事。请你听好喔！人与人之间的处境或地位相差悬殊，根本不是什么大不了的事情。严格地说，譬如拥有相似经验的十个人，他们却以十种不同的方式重复这些经验。说得更明白一点，我有我的方式，我用自己觉得最切合需要的角度去观察事物；你也有你的方式，用你觉得最适合的视角去看世界。嗯，差异仅此而已。所以说，始终处于顺境的人，万一哪天受到惊吓，陷入迷惘或遭遇挫折的话，等着瞧吧，那种人的眼珠立刻就会变色。然而，不管眼珠变成什么颜色，眼睛的位置总不会突然改变吧？我的意思是，等到你一旦有事，肯定就会想起我现在提出的忠告了。”

“我以后小心点，绝对不忘你的忠告！”

“嗯，请不要忘记。以后一定会遇到我说的这种状况的！”

“好的！我明白了！”

“不过啊，就算明白也不管用的。真可笑啊！”

说完，小林突然笑了起来。津田不明白他的意思，但还没来得及开口发问，小林却先向他说明：“到时候你就会突然明白，懂了吧？到了那时，你能不能‘啊呀’吆喝一声，当场变成另一个人呢？能否在转瞬间变成在下我呢？”

“我可不知道。”

“不是不知道，你心里很清楚啦，当然是变不了的！虽然你并不想变，但要变成我这副德性，可得痛下一番功夫呢！即使像我这么鲁钝，也得付出一番血汗，才能变成现在这样呢！”

小林满脸得意洋洋的表情让津田非常不爽。这家伙付出狗血般的心思，究竟得到了什么？津田暗自疑惑，便故意露出轻蔑的表情问道：“你告诉我这些干吗？就算我牢记在心，到时候不是一点用也没有吗？”

“应该是没用的，不过听一听总比没听好吧？”

“还不如不听呢！”

小林欣喜地把身体靠在椅背上，又发出一阵笑声。

“这就对啦！你这样想的话，就中了我的计了。”

“你说些什么呀？”

“没说什么呀，不过是说出事实罢了！但我还是向你解释一下吧。

要不了多久，等你被逼到无计可施的时候，就会想起我现在对你说的。虽然会想起来，却无法按照我说的去做。所以你就会觉得还不如不听我的忠告。”

津田露出不悦的表情。

“可恶，那到底该怎么办呢？”

“不用怎么办啊！换句话说，我对你的轻视，即将从那时开始进行报复。”

津田换一种语气问道：“原来你对我怀着那么深的敌意？”

“为什么？怎么会呢？我不但对你没有敌意，还对你深怀善意呢！但你看不起我这件事，永远都是事实吧？我现在把话说开了，同时也提醒你，站在我的角度来看，你也有被我看不起的地方，但你听了之后，仍然装出毫不在意的模样，不是吗？总之，我觉得光靠口头提醒是没用的，那就只能进行实战了。也就是说，我也是不得已，才用这种方式跟你一决胜负。”

“是吗？我知道了。你要说的，已经说完了？”

“不！怎么可能？现在才刚要转入正题呢！”

说完，小林举杯移向嘴边，一口气喝光了杯里的啤酒。津田不可置信地望着他。

一五九

小林继续发言之前，先放下酒杯，抬眼环顾着室内。带女伴同来的那桌刚刚吃完洗指碗里的水果，正从衣袖里掏出漂亮的手帕擦拭手指。那张餐桌就在小林的斜对面，桌边那个二十五六岁的女人，从刚才就不断窥视津田他们这桌。女人手里端着咖啡杯，一面望着同桌男客嘴里喷出的烟雾，一面不停地发表戏剧观感。那两桌顾客都比津田他们先到，应该比他们提前吃完离去，小林看出餐厅似乎也是按照这样的顺序在上菜，便对津田说："啊，刚好，他们还不会离开。"

津田不免暗叫一声"哎哟"，心想，小林一定是想说些什么令人不爽的话，故意要让那些人听到吧。

"喂！别再胡闹了！"

"我什么都没说，不是吗？"

"所以我才提醒你啊。你对我怎么攻击，我都能忍耐，但是批评不认识的陌生人，在这种地方，你还是谨慎点吧。"

"你胆子也太小了吧！所以你的意思就是说，不要把这里当成那种廉价的大众酒吧，对吧？"

"嗯，没错！"

"既然回答'没错'，你把我这种无赖请到这儿来，根本就是个错误。"

"随便你啦！"

"嘴上说随便我，其实心里却胆战心惊，对吧？"

津田闭嘴说不出话来。小林却得意地笑起来。

"我赢了！获胜啦！怎么样，你输了吧？"

"这样就算获胜的话，那你就去当胜者吧！"

"'但我以后会更看不起你'，你心里一定这样想吧？不过你对我的轻视，我根本一点也不在乎！"

"不在乎就不在乎吧。真是个讨厌的家伙！"

津田露出微怒的表情，小林用窥视的眼神看着他说："喂！怎么样？这下懂了吧？这就是我说的实战。就算你过着有余裕的生活，跟有钱人交往，摆出一副身份高贵的模样，但在实战里吃了败仗的话，一切只能沦为空谈，对吧？所以我刚才就告诉你，没有脚踏实地接受过锻炼的人，等于是个无用的木偶！"

"没错，没错，世界上最厉害的就是无赖和酒鬼！"

小林原本应该反驳，但他却没说话，只把那桌有女伴的餐桌重新打量一番之后说道：“那我该说第三个理由了。若不趁那女人没走之前把话说完，我可不甘心。你可听好喽，我要继续说刚才没说完的。”

津田沉默着把脸转向一边。小林却毫不在意。

“第三个理由啊，换句话说，才是我要说的正题呢。刚才我问你，那边的女人是不是艺妓，你把我教训了一顿，你是怪我像个野人，不懂得尊重贵妇，所以才斥责我的，对吧？好，那就算我是野人。因为是野人，所以分不清艺妓和贵妇。然后我就请教你，艺妓跟贵妇的不同究竟在哪儿？”

小林一面说一面又第三次把视线投向那桌的女客。刚才用手帕擦手的女人却像收到暗号似的站了起来。剩下的另一人则招呼侍者结账。

“结果竟然走了！她要是再待一会儿，可就有趣了。可惜啊。”小林目送女客远去的背影说道。“哎哟！另一个也要走了。没办法，剩下来的就只有你啦。”

说着，小林重新把脸转向津田。

“跟你说吧，问题就在这里。我根本分不清法国菜和英国菜，但我不懂装懂，错把大便当味噌，而你也懒得纠正我。因为你对这种吃饭的小事不屑一顾。但我告诉你喔，这两件事，一是味觉不发达，一是分不清艺妓和贵妇，两件事其实就是一件事。”

津田转动眼珠看着小林，好像在说“所以呢？”

“所以说，结论也只有一个。尽管你看不起我的味觉，但我觉得自己比你幸福，同样，你看不起我看女人的眼光，但我敢大胆保证，自己的处境比你自由！也就是说，一个男人愈懂得分辨女人，知道这个是艺妓，那个是贵妇，他就愈痛苦！为什么呢？因为到了最后，他会觉得这个也不好，那个也不喜欢；或者会坚持必须这样，非得那样，岂不是束手束脚吗？”

“但有人就是喜欢束手束脚，又能怎样？”

"看吧，你终于生气啦！如此看来，我说吃的，你不理我，但一说起女人，你还是忍不住不说话啊。这就是问题！现在我再来跟你说说实际的问题。"

"够了！别再说了！"

"不！还没喔！"

说完，两人看着对方一起露出苦笑。

一六〇

小林很有技巧地钓到了津田这条鱼，而津田则是因为自己另有所图，才故意上钩的。两人终于即将展开短兵相接的场面。

"譬如说啊，"小林说，"你不是对那个叫清子的女人十分倾心？有段时间，整天口口声声嚷着她是你的全部，不是吗？这还不算，你还认为对方也是全天下只爱你一个男人，可是，结果怎么样呢？"

"结果就变成现在这样啦！"

"你倒是挺淡然的！"

"不这样，还能怎么办？"

"不对！应该有办法吧？恐怕你自己心里明白，却佯装无知吧？要不然就是现在还在进行着什么，却偷偷瞒着我。"

"别胡说！你这样口不择言随便乱说，会出问题的。给我小心点哟！"

"老实说啊……"说了一半，小林又闭上了嘴，一副自己知道内情，却不肯说的模样。

津田立刻忍不住问道："老实说什么？"

"老实说，上次我已把事情的全部都告诉你家夫人了。"

津田当场变了脸色。

"告诉她什么？"

小林沉默了半晌，似乎正在细细咀嚼对方的语气和表情。不过，当他开口回答时，态度出现了一百八十度的改变。

“骗你的，其实是骗你的。不用那么担心啦！”

“我不担心！就那点小事，现在就算说出来也……”

“不担心？是吗？那我说的都是真的！其实我说的是真话，我都告诉她了……”

“混蛋！”

津田的声音出乎意料地震耳。一名端坐在椅上的女侍微微抬头看了津田他们一眼。

小林立刻借题发挥说道：“人家贵妇受惊了，你小声点吧！跟你这种无赖一起喝酒，我觉得好丢脸！”

说完，小林朝女侍望了一眼，脸上浮起微笑。女人也对他报以微笑。津田一个人也生不起气来。

小林趁机说道：“当初那件事到底是怎么回事？我也不是没有仔细问过你，你也不是没告诉过我，或许是我忘记了。反正究竟如何，也无所谓啦，到底是对方抛弃了你，还是你抛弃了对方呢？”

“这种事才是无所谓吧？”

“嗯，我当然无所谓啦。实际上我也不在乎！问题是，你不可能跟我一样，你应该很有所谓吧？”

“那当然啦！”

“所以刚才我就说了。你的日子过得太有余裕。那份余裕又让你过度沉湎于奢侈。结果怎么样呢？结果你得到自己想要的东西，又会立刻想要另一件。当你被自己喜欢的人抛弃后，也只会捶胸顿足，怨叹不已。”

“我什么时候干过那种事？”

“有啊！从以前到现在，都是如此。正是因为你的余裕，所以害你变成那样。也正是我觉得最痛快的一件事！根本就是因果报应啊，更是贫贱阶级对富贵阶级的复仇！”

“你那么想用自己的标准来评价别人，那就随你吧。我也没必要向你辩解！”

“我完全没用自己的标准下评语呀，我只是点出真实的你是什么样而已！要是你觉得不解，那我列举事实给你上一课吧？”

津田不置可否，结果只好乖乖受教。

“你当初是因为喜欢阿延才娶她的吧？但你现在对她，绝对不会感到满足吧？”

“既然世上没有完美之人，也是无可奈何的事啊。”

“嘴里说出这种借口，心里其实还想再找个更好的吧？”

“别说得这么难听！太没礼貌了！你完全就是自己嘴里所说的那种无赖汉，眼光卑劣又尖酸，言行轻率又粗野！”

“所以这些都是你看不起我的理由？”

“当然啊！”

“这样喔！那我看，只靠争论毕竟没有效果，还是得靠实战才能让你觉悟。我先把丑话说在前面，你听好喔。斗争即将展开。到时候你就明白了，自己不是我的对手！”

“不要紧！输给无赖，我很光荣！”

“好顽固！但你不是跟我斗争喔！”

“那是跟谁斗争？”

“现在斗争已在你心底展开啦！再过不久，就会以实际行动表现出来。你的余裕将会煽动你，去经历一场毫无意义的败仗！”

听到这儿，津田突然从怀里掏出钱包，把那笔事先准备的钞票推到小林面前。这笔钱原就打算送给小林当旅费，金额也是跟阿延商量之后决定的。

“我现在就交给你，收下吧！因为再听你说下去，我只会愈来愈不想实践诺言！”

小林动作仔细地摊开那几张对折的十块钱的新钞，然后计算一下张数。

“有三张啊！”

一六一

小林直接抓起刚收到的钞票，漫不经心地塞进西装内袋。他的道谢方式也显得有点目中无人，就像他轻松收下钞票一样。

“谢啦！本来是想向你借的，但你大概是打算送我吧！因为你自始就抱着轻蔑的心态，认定我没办法还钱，也不打算还钱吧？”

津田答道：“当然是送给你的。不过现在看你收下这笔钱，才感觉你根本没发现自己的矛盾。”

“喔，完全没感觉喔！‘矛盾’到底是个什么玩意儿？收了你的钱就是矛盾？”

“那倒不是！”说着，津田露出一副居高临下的表情，“哎！你想想看，那笔钱刚刚还在我的皮夹里哟，为什么眨眼之间，就跑到你的上衣内袋去了？如果你那么不喜欢小说式的婉转表达，我干脆直说好了！是谁把那笔钱的所有权一下子从我的手里转到你手里了？你说啊？”

“你呀！是你给我的嘛。”

“不！不是我喔。”

“你说的什么梦话呀？不是你，那是谁？”

“不是谁，就是‘余裕’呀！是你刚刚一直攻击的‘余裕’，给了你这笔钱。你一言不发收下这笔钱，嘴里却又拼了命地痛骂‘余裕’，但实际上，你已在‘余裕’的面前低了头。这不是很矛盾？”

小林的两眼连连乱眨一阵，然后说道：“原来是这样？如此说来，或许你说的没错！但不知为何，我觉得很可笑呢。因为事实上，我并没有像你说的那种向‘余裕’低头的感觉啊！”

“那就把钱还给我！”

说着，津田把手伸到小林的鼻子前面。小林看着他那女人一般柔嫩的手掌说："不行！不还给你！'余裕'叫我不要还！"

津田笑着收回了手。

"看吧！……"

"什么'看吧'？看来你不太了解我说'余裕叫我不要还'这句话的意思。真是一位可怜的大少爷啊！"

说着，小林转过脸，不断眺望门口的方向，并补了一句："大概快来了。"

津田正在观察小林的神情，听了这话，有点吃惊地问："谁要来？"

"也不是谁。是比我更缺少余裕的人会来。"

说完，小林直接把钞票塞进上衣的内袋，然后故意轻轻拍了一下。

"'余裕'把这个从你手里转交给我，它可不会叫我把这个再还给你，而是命令我把这个按照顺序，转送给比我更缺少余裕的人。余裕就像水一样，从高处流向低处，而不会从低处流向高处。"

津田大致听懂了小林这段话，却听不懂其中含义。他不禁陷入一种半醉半醒、不知身在何处的状态。就在这时，小林却连珠炮似的噼里啪啦又向津田说了一大堆。

"我就向'余裕'低头吧，也承认自己的矛盾，赞同你的诡辩。怎么说都行啦！我向你道谢，感谢你！"

说到这儿，小林眼中突然滴滴答答掉下眼泪。津田原本就有点吃惊，现在看到眼前突如其来的变化，心里更加不安了。他不禁想起不久前那天晚上，小林硬把自己拉到酒吧去的景象，就在皱起眉头的同时，他突然想起，如果想要利用小林，那就是现在啊。

"我干吗期待你的感谢？是你自己忘了从前吧。明明我还是跟从前一样，你却把我做的一切都朝相反的方向解释。这样我们才愈来愈难交往下去，不是吗？譬如说，上次你趁我不在，到我家去拿大衣，顺便又对我妻子说了些什么之类的事……"

说了一半，津田停下来窥视小林的反应。但是小林依旧低着头，津田完全无法猜测他的心理变化。

“无论如何，你总不该搞那种破坏人家夫妻的恶作剧吧？”

“我可不记得自己说过你什么喔。”

“但你刚才……”

“刚才是开玩笑啦。因为你嘲笑我嘛，所以我也调侃你一下。”

“也不知是谁先嘲弄谁，反正，都无所谓啦！只是，你把真实情况告诉我，不是很好吗？”

“所以我说了呀！我不记得自己说过你什么，已经跟你说了好多遍啦！你去向夫人查证一下，不就明白了？”

“阿延她……”

“她到底说了什么？”

“就是因为她什么都不说，我才烦恼呀！她嘴里不说，自己闷在心里胡思乱想，这样我既不能辩驳，也不能说明，最为难的就是我呀！”

“我什么也没说过喔。这个问题的关键，就看你以后能否扮演像样的丈夫了！”

“我嘛……”

津田刚说了一半，只听一阵脚步声逐渐靠近，紧接着，他们的桌边出现一个男人，似乎刚从门外进来。

一六二

男人就是刚才站在街角跟小林聊天的长发青年。津田认出他就是那个人的时候，心中不禁大吃一惊。但在他的惊讶里，同时又暗藏着几分对这男子的期待。简单说，他的感觉很矛盾，因为他认为这种人绝不可能出现在这里，另一方面，他也曾料想，若是有谁要来，肯定就是这个人。

事实上，刚才在车灯照耀下，津田眼底映出这名男子的身影时，他就有一种奇异的感觉。他将视线顺序从自己转向小林，又从小林转向这名青年，不论从阶级、思想、职业、服装等各方面来看，三人之间的差异都相当大。因此他只能从远处眺望那名男子。然而，相隔愈远，印象就愈深刻。

“原来小林竟和那种人交往？！”

津田脑中出现这念头的同时，又想起自己并没有这类朋友。好庆幸啊！他才得出这种感想没多久，青年就已来到桌边，所以他对待新客人的态度，也就很容易想象了。津田的表情就像是突然遇到一个形迹可疑的陌生人。

青年从头上摘下一顶皱得乱七八糟的帽子，窄窄的帽檐全都向上卷着。他拿着帽子在小林身边坐下，眼中发出一种异样的光芒，似乎已经开始对津田感到不安。那种发自神经的光芒里混合着反感、恐惧、远离人群又缺乏教养的自傲。津田愈看愈厌恶。小林转脸向青年说：“喂！把斗篷脱掉！”

青年默默地站起来，一把脱掉身上那件吊钟型长披风，扔在椅背上。

“这位是我的朋友。”

小林这才把青年介绍给津田。青年姓“原”，是一位“艺术家”，这两个关键词总算传进津田的耳中。

“怎么样？进行得顺利吗？”小林接着又向青年提出疑问。但他来不及听到青年回答，又立刻接口说道：“没办成吧？那种人，肯定是不行的。那家伙怎么可能看懂你的艺术？算了，你先安下心来，吃点东西吧！”

说完，小林把餐刀倒过来抓着刀刃，在餐桌上一阵乱敲。

“喂！给他拿点吃的来！”

不一会儿，原姓青年面前的酒杯就被斟满了啤酒。

津田在一旁默默观望两人的互动，这时他突然发现，自己该办的事情已经办完了，再继续坐下去，肯定会有麻烦，还是找个机会跟他们道别吧。不料，小林突然转脸看着津田说：“原君的画很不错喔，你买一张吧。他现在有困难，令人怜悯啊！”

“是吗？”

“你看这样如何？下星期天，让他把画送到你家请你挑选吧？”

津田吃了一惊。

“我可不懂绘画！”

“不会吧！怎么可能！对吧？原君，反正你先带去给他看看好了。”

“好啊！只要不嫌我打扰的话。”

津田心里当然觉得是打扰。

“我这种人，不论绘画还是雕刻，我可是一点兴趣都没有！还是别……”

青年露出受伤的表情。小林立即帮腔说道：“别骗人了！像你这么具有鉴赏力的人，实在世间少有啊！”

津田不得已苦笑起来。

“又在胡说……别取笑我了！”

“我说的是实话，怎么会取笑你？像你对女人这么有鉴赏力，不可能不懂得欣赏艺术？对吧，原君？只要对女人有兴趣，肯定就喜爱艺术！瞒不了别人的啦！”

津田觉得愈来愈无法忍耐。

“看来你们还有很多事要谈，我就先告辞了！喂！小姐，结账！”

女侍正要走过来，小林却大声阻止她，同时又向津田说道：“正好他绘制了一幅很不错的作品。原君刚才就是到主顾那里商讨价格，才顺路经过这里，这不是大好的机会吗？请你务必买下吧！我告诉过他，那些趁机削价、不尊重艺术家的家伙，最好不要卖给他们。不瞒你说，刚才我已在街角答应他，一定会帮他找到买家，叫他谈完之后到这儿来。所以说，你就买一幅吧！没问题啦！”

“也不给人家先看看画，就自作主张说定了，这怎么行？”

“画当然要给你看啊！……你今天没把画带回来？”

“对方说要再考虑一下，所以放在人家那里了。”

“真蠢啊！这下你的画肯定要被人家骗走了！”

听到这儿，津田总算松了口气。

一六三

两人便把津田扔在一边，专心谈论绘画。津田不时听到他们提起什么三角派①、未来派②之类的新奇名词，还有几个片假名组成的字眼，都是他从未听过的。不过他对这些原本就不感兴趣，所以等于是他主动退出谈话，而不是被他们排挤出来。除了话题无聊令他厌烦之外，还有另一件事，更叫他无法忍耐。因为他从一开始就已看出眼前这两个人，尤其是小林，对于新派艺术只是似懂非懂，却还装出很内行的样子。津田怀着这份偏见，继续观赏两人假装行家的模样。等到看出这两人的目的，大概是想让不懂谈话内容的津田心生羡慕时，津田刚被小林勉强按住的身子又想重新站起来。不料小林又拉住了他。

“马上就谈完了。我跟你一起走，再等我一下。”

---

① 三角派：即立体主义画派（Cubism），是西方现代艺术史上的一种运动与流派，于1908年始于法国。由布拉克（Georges Braque, 1882－1963）与毕加索（Pablo Picasso, 1881－1973）建立，对20世纪初期的欧洲绘画与雕塑带来革命性影响。这个富有理念的艺术流派以直线、曲线构成的轮廓、碎块堆积与交错的情调，代替传统的明暗、光线等所表达的趣味。这种技巧显然不是依靠视觉经验或感性认知，而主要依靠理性、观念与思维。

② 未来派：即未来主义画派（Futurism），发端于20世纪的一种艺术思潮。最早出现于1908年，当时是由意大利作曲家马里内蒂（Filippo Tommaso Marinetti, 1876－1944）提出的艺术运动。1911年至1915年广泛流行于意大利，并在第一次世界大战期间传布于欧洲各国。未来主义艺术家的创作兴趣涵盖所有艺术样式，包括绘画、雕塑、诗歌、戏剧、音乐，甚至延伸到烹饪领域。

“不，时间太晚了……”

“别那么不给人家面子嘛。难道让你等待原君吃完饭，有损绅士的面子吗？”

原君这时刚用叉子把色拉放在火腿上，听了这话，他停下手里插了一半的叉子说：“您请便，别客气！”

津田轻轻点头致意后，正要站起来，小林却像在自语似的又开口了：“到底把今天这顿饭当作什么？嘴上说欢送会，把我叫来，现在却丢下主客，自己要先回家了。世上就是因为有这种侮辱人的家伙，才那么令人厌恶！”

“我可没有那个意思！”

“没那个意思，就再等一下吧。”

“我还有点事！”

“我也还有事要跟你说！”

“如果叫我买画，我可不要喔。”

“不会再勉强你买画啦。别那么小气。”

“那你就快点把事情解决了吧。”

“站着不能说话，必须像个绅士坐下来才行。”

津田只好重新坐下，从袖里掏出一根烟，点燃起来。忽然，他发现烟灰缸里已经塞满了敷岛牌烟蒂，再也没有比这烟灰缸更适合用来纪念今晚的聚会了吧。他脑中偶然浮起这个念头。不到三分钟，他手里那根刚开始吸的香烟化为灰烬、烟雾和滤口，并在烟灰缸里留下一团冰凉。想到这儿，他觉得有点厌烦。

“你要说的到底是什么？不会又想向我讨钱吧？”

“刚才不是说了吗？叫你不要说那种小气话！”

说着，小林用右手揪起西装的右侧前襟，把左手伸进内袋。那只左手在西装里面动来动去，摸了好一会儿，仿佛在黑暗中寻找什么，而他的一双眼睛却始终紧盯着津田的脸孔。这时，津田的脑中突然出现一幅离奇的景象，紧接着，一种诡异的妄想也像刚抽完的那根烟冒出的白雾，轻轻从他心头飘过。

“这家伙不会是要从怀里掏出手枪来吧？难道想用那支枪对准我的鼻尖？”

戏剧性的刹那使他的预感发生轻微动摇时，他的神经末梢也在微微颤动，就像细枝被无形的风儿吹动似的。就在这时，理智已从他的心底升起，他不但冷眼旁观这场自己任意乱编的架空剧，也对荒诞的剧情嗤之以鼻。

“你在找什么？”

“哎呀，各种乱七八糟的东西装在一起，不用手指仔细地摸一阵，根本无法拿出来给你看。”

“一不小心，把刚才丢进去的钞票也掏出来，不就麻烦了？”

“不会，钞票不会有问题。因为它是活的，跟其他纸张不一样。像我这样用手一摸，立刻就能分辨出来。钞票正在内袋里面砰砰乱跳呢。”

小林一面油腔滑调地回答，一面故意把空着的左手抽出来。

“啊哟！摸不到！奇怪啊！”

说完，他又把右手伸进胸前的口袋。谁知他从那里掏出来的，只是一条皱巴巴、脏兮兮的手帕。

“干吗，你还想用那手帕变魔术吗？”

小林完全没听到津田的疑问。只见他满脸认真的表情，一面从座位上站起来，一面用两手拍着腰部两侧。接着，他突然嚷道：“喔！在这里！”

说完，他从长裤口袋里掏出一样东西，原来是一封信。

“其实，我是想让你读一下这玩意儿。因为以后暂时很难跟你碰面了，只剩今晚有这机会。我跟原君谈话的这段时间，你先读一下吧。虽说内容有点冗长，可以读一读吧？”

津田只好用机械性的动作接过了那封信。

一六四

那封信用钢笔写在稿纸上，字迹非常潦草，内容很长，大约是一般书信的两倍。收信人虽是小林，寄信人却是津田从未听过也没见过的陌生人。他审视着信封的正面与背面，心中暗自疑惑：这封信跟我有什么关系呢？但他除了不在乎的冷漠之外，同时也感到好奇，便立即伸手抽出稿纸，一鼓作气念了下去。每页稿纸印着十行，每行二十字：

我已经后悔到这里来了。你一定会觉得我这个人没有常性。不过也没办法，因为你我的性格不同。总之，请不要责备我重犯旧错，让我倾诉一下吧。当初因为叔父说，家里都是女人，他担心夜间门户不安全，希望在他银行的那段业务忙完之前，叫我住到他家去，帮他家看看门。叔父还告诉我，如果想写小说，就在他家自由写作；想去图书馆读书的话，中午可以带个便当去，下午还可以去学绘画。叔父的银行马上就要搬到东京去了，到时候他可以送我去念外语学校，还叫我不必担心自己的房子不好处理，他会给我搬家费……当初我就是被这些优越的条件吸引来的。当然，我也没有百分之百全信他的话，但我却深信，其中的部分条件应该是真的。谁知我到了这里之后才发现，他开出的条件没有一项实现，从头到尾都是谎言。叔父不仅大部分时间都住在东京，还把我当成书生使唤，从早到晚叫我做这做那，甚至在他家的客人面前称我是“敝舍的书生”。因此，为客人斟酒或洒扫回廊之类的差事，全都落到我的头上。但他至今不曾给过我一毛工钱。我原本的木屐是花了一块钱买来的，穿破之后，他只给我买了一双一毛二的。后来他又叫我全家人搬到姐姐家，说是第二天就会给我钱，但是搬完之后，他再也没提过钱的事，现在搞得我连自己家都没了。

叔父的事业全是买空卖空的投机生意。其实他口袋里一毛也没有。他们夫妻俩都极为冷酷、吝啬，我刚来的那段日子，整天饿得受不了，只好三天一次回到姐姐家去吃饭。有时家里的粮食见底了，我只好吃点烤地瓜或洋芋充饥。当然，这件事只有我自己知道。婶母是个很讨厌的女人，任何事只想着精打细算，满脑子都是光宗耀祖，一天到晚对我唠唠叨叨，冷嘲热讽，说起话来总不忘对我讽刺几句，刺得我难受极了。叔父手里没钱，却偏爱喝酒；每次到乡下去，还喜欢耀武扬威，摆出土皇帝的派头。但我深入窥见他的真面目之后才知道，他早已留下一大堆惊人的纰漏，甚至还有好几件官司正在等着他呢。每次出远门之前，因为没钱买火车票，我只好去当铺周转，或到姐姐家苦求告贷，叔父事后却不闻不问，或许他认为供我吃住，我就该自己去想办法，或者还有其他的考虑吧。

婶母可能自始就认为我是靠写稿果腹，只要一看到我拿起笔，她就指桑骂槐地说些风凉话，问我写那些东西能有什么用。看到报纸的求才栏刊出“募集事务员”广告，她会像打哑谜似的把报纸推到我面前来。

类似的状况反复出现，我简直想不透，自己当初究竟为什么到这里来。左思右想，想得连脑袋都有点不正常了。在这个家不像家的屋子里，看着他们怪异的生活，还有纷杂荒谬的家庭内幕，我觉得自己从早到晚都像活在恐怖的噩梦里，脑袋也像中邪了似的。这种事，就算说给别人听，恐怕也没人听得懂，一想到这儿，我就觉得无助，仿佛全世界只有自己一个人被恶魔掌控。我经常觉得自己快要疯了。不，我甚至怀疑自己已经疯了。脑中浮起这个疑问的瞬间，我就害怕得不得了。好像自己深陷苦不堪言的地牢里，不仅看不到阳光，就连手脚都已砍掉。因为就算我能举手动脚，四周却是伸手不见五指的漆黑。不论我如何呐喊，冰冷的厚墙都挡住我的声音，不让世人听到。现在的我是全世界仅有的一人。因为我没有朋友，就算有，也等于没有。世界上不可能存在能够聪明看懂我这种幽灵心境的人。我实在痛苦至极，才写了这封信。但我写信并非为了求助。我也明白你的处境，自始就没打算从你那里获得物质上的帮助。只要能让一部分的痛苦流进你身上的情义之血当中，稍微激起几层同情之浪，我就心满意足了。因为你的同情能让我感觉自己还是人类社会的一分子，并让我掌握到确切的证据，相信自己还活在社会上。在这座恶魔的牢笼里，我已无法再向广大的人类世界射出一线光芒了吗？我现在甚至对这个问题都感到怀疑。我打算先等一等，看是否能收到你的回信，再决定是否继续怀疑下去。

书信写到这儿结束了。

一六五

这时，刚才点燃的香烟灰烬，“啪哒”一声掉在信纸上。不知不觉中，那根香烟已烧出一寸多的烟灰。灰粉在印着蓝格子的稿纸上迸向四方，给津田的视觉造成刺激，他这才回过神来，发现拿着香烟的那只手，从刚才到现在都没动过。不，应该说，他的嘴和手不知从何时起，早就忘了香烟的存在。而他读完书信的那一瞬间，烟灰并没掉落，可见两件事之间隔着一段茫然虚无的时间。

为什么会出现这种空白呢？其实，这封信跟津田一点关系也没有。首先，他根本不认识写信的人。其次，他也不清楚那个人跟小林的关系。就连信里描述的事情，都像发生在另一个世界，跟他的地位与处境离得很远。

然而，他的感受不仅是如此而已。事实上，他刚从心底某处发出一声惊呼。以往的他，从来都只知向前看，也认为整个世界就在前方，而现在的他，却突然转头望向后方。于是，另一个跟自己完全相反的世界出现了，他不禁驻足观望。眼前那个幽灵似的东西，是他以往从未见识过的，他不断凝视着对方，心底升起一份感慨：啊呀！这也算个人吗？现在呈现在他眼前的事实是：最无缘的人，也就是最有缘的人。

想到这儿，他的思绪停在原处，继续围绕这个题目低徊[1]不已。但是想了半天，却想不出什么结论。他决定暂时根据自己的理解，算是把这封诡异的书信念完了。

津田伸手弹掉稿纸上的烟灰时，正在跟青年谈话的小林，立刻转脸看了他一眼。接着，又听到小林向对方说了一句话，似乎在为他们的谈话做出总结。

“哎，没关系啦！马上就能想出办法的，你不用担心。”

津田沉默着把信纸交给小林。小林来不及接信，就向他问道：“读完了？”

“嗯。”

“你觉得怎么样？”

津田没回答，但他觉得自己还是必须确认一下对方的意图。

“你到底为什么叫我读这玩意儿？”

小林反问道：“你认为我到底为什么给你看呢？”

“我并不认识写那玩意儿的人，不是吗？”

“当然不认识啊！”

“就算不认识也无所谓好了。但问题是，跟我有什么关系呢？”

“你是指那个人？还是这封信？”

“不论是那个人还是这封信。”

“你认为呢？”

---

① 低徊：意指从各种角度对同一件事反复观察、思考、品味。夏目漱石独创“低徊家”一词，屡次出现在他的小说，专指“喜欢对一件事反复琢磨、推敲的人”。

津田再度踌躇起来。其实他这种反应，已证明他看懂了信上的意义。说得更明白一点，他已根据自己的理解看懂了那封信，而且就是因为他自己也明白这一点，才无法立刻作答。静默半晌，他才开口说道："按照你的想法来看，这些都跟我完全无关吧？"

"我的想法是什么意思？"

"你不懂吗？"

"不懂！你告诉我吧！"

"哎！那就算啦！"

津田其实是怀疑小林又要像刚才把画塞给自己那样，把这封信塞给自己解决。小林这个人总是一意孤行，硬把物质牺牲者的角色派给自己，弄到最后，还摆出一副"怎么样，你认输了吧？"的态度，对津田来说，小林这种做法是他绝对无法忍耐的侮辱。津田想，不管贫穷的幽灵如何恐吓，我怎么可能束手就擒？而他这种发自内心的气魄，小林当然也能感觉得到。

"别这样，还是像个男子汉，把你的想法告诉我吧！"

"像个男子汉？哼！"说完，小林暂停片刻，然后才又补充说道，"我就告诉你吧。这个人，这封信，还有这封信里表达的意思，都跟你无关。但我说跟你无关，是按照世俗标准来说，懂了吧？为了不让你误解这个世俗标准，我就顺便向你解说一下。你对这封信的内容，不必负任何世俗标准所谓的'义务'。"

"这不是当然的吗？"津田反问道。

"所以我也告诉你，按照世俗标准来看，你是跟这些都无关。但你是否能把道德标准也提高一点，来看这件事呢？"

"再怎么提高道德标准，我也不觉得自己有付钱的'义务'喔。"

"我就猜你会这么说。但你总会生出几分同情吧？"

"那当然会有啊！"

“我觉得，那样就够了！因为你能产生同情，表示心里想要送点钱。但事实上，你又不想掏钱。这种纠结引起了良心不安。如此一来，我的目的也就完全达到了。”

说完，小林把那封信塞回西装口袋，又从那个口袋里掏出刚才塞进去的三张钞票，排列在餐桌上。

“来！你自己拿，想要多少，随便拿！”

说完，他抬眼看着原君。

一六六

小林的行为让津田感到非常意外。面对这突如其来的惊人之举，他尝到一种被人戏弄过头的滋味，心脏也开始猛烈跳动起来。刹那间，一种像电流般的无名物质从他全身窜流而过，除了憎恶二字，他想不出其他更适当的形容词。

同时，一丝疑云也从他聪明的大脑飘过。

“难道这两个家伙早就商议好了，所以从刚才就把我当成傻瓜在戏弄？”

想到这儿，津田忆起那两人站在街角聊天的身影、小林到餐厅后的举止、半途赶来的原君，还有，他们三人后来交谈的情景……一连串信息像字幕烟火一样，不断在他脑中旋转，转动的速度简直快到令他分不清哪个是因，哪个是果。他瞪着整齐并列在白桌布上的三张钞票，心底不禁大喊：“这就是这个无赖一手导演的狂言剧[①]精彩片段，混蛋！我才不会中你的计呢！”

---

① 狂言剧：日本戏剧流派之一。跟能剧并列日本四大古典戏剧之一。狂言是一种内容简单即兴的喜剧，通常穿插在能剧当中演出。语言方面大量运用民间俚语，并且取材民间故事，以讽刺手法尖锐批评武士与贵族。因此狂言比能剧更受庶民欢迎，逐渐发展成一种典型的民间艺术。

津田想，就算为了自己受伤的自尊，我也得先把这段丢脸的剧情翻转过来，再跟他们说再见。然而，自己现在已被逼到后无退路的不利处境，究竟要如何才能很有技巧地一举扭转局势呢？一想到这个问题，事先毫无心理准备的他就变成了彻底的无能之辈。

这时，无用的机智在他心底忙成一团，表面上却保持着相当平静的态度。不过，慌忙的心绪最后只会带来混乱的结果，并没帮他想出任何结论，满腔激愤的心情最后也只剩下激动。更不幸的是，他甚至发现，那份激动竟在不知不觉中进化成为狼狈。

就在这千钧一发之际，他又撞见了另一件意外。所谓的意外，是指青年艺术家看到小林排在桌上的钞票后产生的反应。当青年的视线落在钞票的瞬间，他眼中发出了异样的光彩，其中包含着惊讶、喜悦、某种饥渴，以及企图获得的欲望。这些感觉全都发自内心，绝不像伪装、阴谋或事先排练的狂言剧。至少对津田来说，他觉得那些感觉都是真的。

而且，接下来又发生了一件事，使他更加确信自己的判断。原君虽然看起来很想要那些钞票，却没有伸手，也没对小林的热心表现出断然拒绝的轻狂。他很客气地收回那只差点伸出去的手，脸上露出明显的痛苦表情。如果这名脸色苍白的青年真的把手伸向钞票，小林精心安排的这出狂言剧，也就被他毁掉了一半。如果小林推翻自己刚才的宣言，一毛也不分给原君，又把这几张刚从口袋里掏出的钞票收回的话，这出戏的喜剧成分就会大增。反正无论如何，结局都将朝向对津田的颜面有利的方向发展，所以他决定怀着一丝希望，暂时静观情势变化。

不一会儿，小林跟原君之间展开了下面这段对话：

“你为什么不要呢，原君？”

“这样对你太过意不去了！”

“我也一样。你这样的话，我才对你过意不去！”

“了解，多谢你！”

“坐在你面前的那家伙也一样，这下他也会觉得对我过意不去喔。”

“啊？”

原君露出完全听不懂的表情看着津田。

小林立即向他说明：“那三张钞票，全都是这家伙给我的。我才刚刚拿到手，还热乎乎的呢。”

“那就更……”

“不是‘那就更’，而是‘所以才’。所以我才毫不在意地送给你！既然我能够毫不在意，你也可以毫不在意啊！”

“这说得过去吗？”

“当然啊！若是靠我熬夜写稿，一张稿纸只赚三毛五分，像那样赚来的稿费，就算是我，也会有点舍不得呢。再说，也对不起额上滴滴答答流下的血汗吧。但是这笔钱来得轻松愉快，是‘余裕’抛向天空的善款。捡钱的人等于是帮忙做功德，你愈捡，‘余裕’就愈高兴。对吧，津田君？”

津田总算渡过了惊险的难关，小林这时向他搭讪，算是挑中了适当时机。只要他现在豪爽地点个头，今晚他们三人在此进行的这场各怀鬼胎的聚会，至少在形式上就能尽下完美的句点。津田也不想被人看到自己败退的窘态，便赶紧抓住眼前的机会。

“对啊！最好是那样啦！”

于是，经过上面这段对答之后，小林终于从三张钞票里拿出一张交给原君。剩下的两张被他重新塞回口袋时，小林对津田说：“难得‘余裕’也会从低处流向高处啊。不过从我这儿可不会再往高处流了。所以我还是得向你说声谢谢！”

三人走出餐厅，来到城河的岸边。等候电车通过的这段时间，他们一起抬头仰望广阔的星空，星光明亮得几乎可跟月光媲美。

一六七

不久，三人互道再见。

“那就告辞了！我不去车站给你送行喽。”

“是吗？来送送我也不错啊。你的老友是要到朝鲜去呢！”

“不管你去朝鲜还是中国，我可是不会去的！”

“你这人好无情啊！我出发前，找时间到府上去辞行，可以吧？”

“不必！不来也没关系！”

“不！我会去的！不去给你辞行，我心里过意不去！”

“随便你啦。但就算你去了，我也不在家喔，因为我明天就要出去旅行。”

“旅行？到哪去？”

“我需要静养一段日子。”

“原来是移地疗养，好风雅！”

“按照我的看法，这也是余裕带来的宝物。我可不能像你，我得由衷感谢这份余裕！”

“你只是拼命想证明我的提醒是废话吧？”

“如果要对你说实话，嗯，差不多就是这个意思。”

“好！那就走着瞧，看看到底谁说得对。与其让我小林给你启发，不如让你从事实当中学到教训，才能立见成效，那样反而更好呢。”

以上就是他们道别前的交谈。对津田来说，他只是用这种方式表达今晚聚餐留下的不快，以及他对小林隐忍多时的厌恶。经过这段交谈，累积在他心底的郁闷总算稍微得到发泄，至于对手临去之前说了些什么，他并不打算多想。不论是非曲直究竟如何，反正就算为了扳回面子，他也得把小林这种人的想法和主张，狠狠地从脑中扫出去。上了电车之后，津田独自在脑中描绘着温泉地的景象。

第二天一早，户外刮起了大风，疏疏落落的雨丝随风飘落地面。

“这可麻烦了！”津田皱着眉头说。

他跟平时一样的时间起床后，站在回廊尽头仰望天空。天上堆满厚厚的云层，云朵不断向前移动，仿佛是有形体的风儿。

“看情形，中午可能会放晴吧。”

听阿延的语气，似乎是赞成他按照预定计划行动。

“因为计划延迟一天，等于就要浪费一天。你还是早去早回比较好。”

“我也是这样想。”

夫妻俩都没受到寒风冷雨的影响，决定按照计划行动，只是到了出门之前，两人出现了意见相左的状况。阿延从衣柜里拿出自己的衣服，跟丈夫的西装并排放在涩纸上。津田见状连忙说：“你可以不用去啊！”

“为什么？”

“不为什么！这种雨天出门，你不是太辛苦了？”

“一点也不辛苦！”

听到阿延如此纯真的回答，津田忍不住笑起来。

“我可不是嫌你才叫你别去喔，因为对你觉得过意不去啦。我只是去一个车程不到一天的地方，还让你老远赶去送行，听起来有点滑稽吧。就连小林出发去朝鲜，我昨晚都已告诉他，不会去送他呢。”

“是吗？不过我反正在家也没什么事啦。”

“那你随意出门逛逛吧，不要紧的！”

阿延这才露出苦笑，不再表示坚持。于是，津田独自坐上人力车，离开了家门。

雨后的车站里飘浮着几许孤寂，跟站外周围的纷乱形成对比。津田一面伫立在站内候车，一面无聊地打量刚买到的二等车票。这时，一名书生模样的男人突然来到他面前，像老朋友似的向他打招呼说：“这种天气真扫兴！”

津田这才认出，他是吉川家新来的书生，不久前才在吉川家见过。上次在玄关接待津田时，他表现得十分冷淡，今天竟还摘掉头上的鸭舌帽，表现得非常有礼。津田弄不清书生究竟来做什么，便向他问道："您是……哪一位啊？要到哪里去吗？"

"不，我是来给您送行的！"

"所以我问你从哪来的？"

书生露出不好意思的表情。

"不瞒您说，夫人因为今天没空，所以派我带来这个，替她给您送行。"

书生举起手里的水果篮给津田看。

"哎呀，太感谢了！不敢当！"

说着，津田立刻伸出手，打算把篮子接过来，不料书生却不肯交给他。

"不，我帮您提上车！"

火车向前滑动时，书生无言地向津田行了一礼。"请向夫人转达我的问候。"津田向书生还礼后，走向一节乘客不多的车厢，他一面在角落缓缓坐下一面暗自庆幸："还好没让阿延来送我。"

一六八

津田从大衣内袋掏出一份报纸，这是出门之前，阿延体贴地替他装进去的，他比平时更用心地读着报纸。窗外的天色愈来愈暗，稀疏的雨丝突然下得更加紧密了，特别是从适于展望的车窗望出去，更能深切体会车外的雨势十分惊人。

雨丝上方覆盖浓密的云层，周围全是一望无际的厚云，云雨之间净是连绵不断的广阔空间。当眼前只剩下空旷的原野时，他不禁暗自把车外的荒凉景致，跟车内设想周到的各种设备对比一番。车内的环境令人舒适愉快，跟窗外的世界完全不同。他一向认为身处安逸的环境，原本就是文明人的特权，现在回想起下午被迫冒雨出门时的心情，他就感到背脊发凉。窗外的雨丝不断滴滴答答打在车窗玻璃上，雨丝打在玻璃的瞬间，立刻向四方迸裂，并在窗上留下点点水珠。他身边的男人从刚才就一直呆呆地望着窗上的雨丝，男人看起来四十岁上下，这时，他突然微微前倾上身，向盘腿坐在对面的同伴搭讪。然而，雨声夹杂着震耳欲聋的火车声，同伴听不清他讲些什么。

"雨愈下愈大呢。照这样下去，轻便铁路①会不会冲坏呀？"

男人只好提高音量，声音大到连津田也听得很清楚。

"不会，这铁路虽然名叫'轻便'，但不要紧的。这么轻易便出现故障的日子搭上这列火车，我们也是够倒霉的。"

男人的同伴答道。他是个年约六十的老人，身上穿着毛呢和服外套，头戴一顶模样奇特的无边帽。这种帽子，就是在洋货店里也难得一见。除非特地找到那种店里堆满烟草袋、南洋印花碎布、古代蜡染布之类货品的袋物屋②，才有可能定制一顶呢。听老人说话的口音，不必多问，准是个土生土长的东京人。只是身上的服装跟他那份豪迈却相去甚远，津田不仅觉得老人的豪爽与健康令他惊讶，更对他那种接近东京下町的语法感到意外。

刚才老人跟同伴交谈时偶然提到"轻便"两字，这个名词引起了津田的注意。他也要搭乘"轻便"到外地去疗养，今天下午将要坐在那辆火车里，一路颠簸好几小时，说不定，这两人也会跟自己同路吧！想到这儿，他的耳朵突然对两人的谈话变得敏锐起来。由于身边没有多余的

---

① 轻便铁路：一般所谓的小火车，轨道比正常铁路窄30厘米左右，采用小型火车头与车厢，且因为铁轨较轻，适用于坡度较陡，弯度较大的路线。据作家大冈升平在《小说家"夏目漱石"》一书中指出，夏目漱石曾于1916年1月至2月在著名的温泉地汤河原进行疗养，小说里津田前去的温泉地，就是以汤河原为蓝本，而这段轻便铁路应是行驶于小田原与热海之间的路线，当时是由"大日本轨道"负责营运。津田的乘车路线应是从东京搭乘火车前往国府津，然后换乘电车到达小田原，之后，才从小田原搭乘轻便铁路前往汤河原。今天从东京前往汤河原，已有东海道铁路可以直达，不必再像小说里描述的那样，要花费一整天时间才能到达。

② 袋物屋：专卖各种用途的小型布制用品店，商品包括烟草袋、印章袋、钱袋、手提袋等。

座位，那两人只好维持着不舒服的姿势，并把嗓门拉得很高，所以他们讲的每句话、每个字，他都听得非常清楚。

“没想到天气变成这样。早知如此，还不如延后一天出发呢！”

头戴绅士帽的男人说，他身上穿着驼绒大衣，显得非常沉静稳重。

老人立刻答道：“没事，不过是下雨而已。顶多就是淋湿，不算什么。”

“可是行李就麻烦啦！一想到轻便铁道是把行李放在露天淋雨，就叫人不安哪！”

“那就换我们去淋雨好了！把行李都搬进车厢！”

说完，两人一起发出震耳的笑声。

老人接着又说：“因为上次发生了那件意外嘛。火车走到一半，蒸汽机的锅炉破了个洞，车子不能动了，那时大家肯定都很担心吧！”

“当时是怎么开到下一站的？”

“哎呀！还不是让对面来的那班车在山里等着。然后借用了那班车的锅炉啊。”

“原来如此！可是被别人抢走锅炉的那班车怎么办啊？”

“是呀！对面来的那班被人抢走了锅炉，就不能动啦！”

“所以我问你，那班被丢下的火车结果怎么样了？总不会为了救别人，把自己困在路上吧？”

“现在回想起来，我才发觉这个问题。当时谁也没考虑到对面来的那班车呢。其实当时天也快黑了，寒气刺骨，大家都冷得发抖呢！”

听到这儿，津田总算慢慢听懂他们说些什么了。据他推测，这两人当时一定是搭乘轻便铁道，正要前往铁路两侧的三处温泉地当中的某处去玩。他想到自己等会也得换乘那条轻便铁道，而且要在车里待上两三小时，如果轻便铁道真像他们形容的那么脆弱，又碰上这种雨天，到时候真不知会遭到什么灾难呢。只是，那老人的话里也有几分东京人与生俱来的夸张。他原本正要开口向他们打听：“那条铁路真的那么不好吗？”

这时他又暗自苦笑着决定还是别多问了。接着，他又从“轻便”两字联想到清子。“就连女子单身一人都能轻便地乘车往来呢！”想到这儿，他决定不再认真去想那两人要嘴皮式的说笑了。

一六九

列车快要到达目的地车站时，三个人一直关注的天气渐渐放晴了。津田抬头望向雨势渐收的天空，看到一片流云匆匆飘过，迅速朝向火车的车尾方向飞去。一片接着一片的流云，像在追逐第一片云似的，紧密相连地向前靠拢。不久，流云飞逝的空中，终于露出一块比较明亮的天空。云层较淡的部分渐渐地愈来愈大，其中一角甚至再来阵风就能吹破，然后蓝天的光辉就会从那个缝隙里射出来。

看来老天爷对自己意外的青睐。津田怀着满腔感激下了车，又立刻在相同的车站换乘一列电车。他刚踏入车厢，就看到刚才那两个结伴出游的男人，果然不出所料，他们的目的地跟自己一样，搭乘的交通工具也一样。津田留心观察他们的手提行李，却没看到值得担心被雨淋坏的大件行囊。不仅如此，老人好像根本不记得自己刚才说过的话了。

“感谢老天！真是来对了！毕竟就该说走就走啊。你看！要是我们现在还拖拖拉拉地留在东京，肯定悔恨不已。一定只会埋怨说，哎呀！好无聊，早知如此，干脆早上出发就好了。”

“没错！不过，东京现在大概也变成这样的晴天了吧？”

“那我怎么知道，必须亲眼看到才知道啦。不然，你现在打个电话问问看？我想应该差不多。因为不管走到日本的哪个角落，这片天空始终连在一起。”

听到这儿，津田忍俊不禁。没想到老人却向他搭讪道：“你也去疗养温泉吧？刚才我就猜想，你大概是去那里。”

“为什么呢？”

“为什么？到那种地方去玩的人，只要看一眼，马上就能看出来，对吧？”

说着，他转头看着身边的同伴。“对呀！”戴绅士帽的那个人无奈地答道。

面对这位天眼通[①]老人，津田只能露出苦笑。他打算尽快结束谈话，谁知性格豪爽的老人还想继续跟他聊天。

“不过最近出门旅行，真是比从前方便多了。不管到哪里，只需动动身子就行，实在太棒啦。尤其像我们这种性急的人，简直满意得无话可说。就像这次出门吧，我们根本没带什么行李，除了我这个手提布袋，还有这位老板的手提包，其他的就只有我们的两条命啦。对吧？老板！”

被叫作老板的那位同伴只答了一声“是啊”，没再多说什么。津田想，如果连这么少的手提行李都不准带进车厢，他们所说的那个叫“轻便”的交通工具，车厢里一定挤得不得了，要不然就是秩序异常混乱。想到这儿，他觉得自己应该向他们确认一下，但又转念一想，就算问清了状况，也于事无补，便又闭上了嘴。

从电车下来的时候，津田已经看不到两个男人的身影。他独自走进车站前的一间茶屋，一面吃着午餐，一面欣赏各种各样精心设计的温泉广告图片。其中有些是照片印刷，也有些是石版印刷。这顿午餐已经比平时晚了一小时，他立即使出老饕本领，迅速地狼吞虎咽起来。然而，火车发车的时间很快就到了，他只好丢下筷子，急忙朝向轻便铁道的车站奔去。

始发车站就在刚才休息的茶屋门前。他看到眼前的车厢比一般电车狭窄得多，忍不住上上下下打量了一番。买完车票，从铁道女服务员手

---

① 天眼通：佛教所谓的“六通”之一，表示不受光源明暗的影响，能看到极远方的事物，或能透视障碍物或身体的能力。“六通”一词曾经出现在多部佛经里，亦称“神通”，意指“通达事理的能力”，主要涵盖六种能力：一为天眼通，二为天耳通，三为他心通，四为神足通，五为宿命通，六为漏尽通。

里接过零钱后，他立刻奔向车门。剪票口和月台之间的距离极短，只走了五六步，就到了登车的阶梯前方。一走进车厢，他又看到刚才坐在身边的两个男人。

“哎呀！你来得很早嘛。到这里来坐吧！”

老人说着挪动身躯，让出一个空位，刚好让津田把手里的小型毛毯铺在那儿。

“今天人不多，好极了！”

说完，老人开始向津田描述每年避暑避寒等旺季的旅游盛况。据说从年底到新年，还有七月和八月，这两段时期都有成千上万的游客赶来享受水疗。老人的语调仍跟刚才一样风趣，说了一半，他又转脸看着自己的同伴说：“上次碰到那个带女伴一起来的家伙，可真倒霉啊。首先，她屁股那么大，根本坐不下。后来又晕车，简直糟透了。车厢里的乘客都挤得像寿司里的米粒，她竟在人群里又呕又吐。太不像话了！”

老人的语气似乎根本没把旁边的年轻女人放在眼里。

一七〇

津田虽然身处“轻便”之中，但他平静的心情还是不时被这位乐观的老人搅乱。脑中不断浮现各种景象，譬如到达目的地之后碰到的各种情况，自己随机应变的模样，还有幻想中的旅馆、山峦、溪流等风景，各种情景正在脑中转来转去。这时，老人突然把他从梦中唤醒了。

“还是上次那座临时桥！动作那么慢。看吧！那些土木工人，他们是那样做工的。”

老人一张口就开始骂人，仿佛去年河川泛滥冲走的那座桥至今没有修好，全都因为铁道公司过于马虎。骂完之后，他又指着河流入海处，叫津田看岸上的一栋新屋。

“那座房屋去年也被海浪冲走了，但他们马上又造起一座新的。至少比轻便铁道的效率令人满意。”

“那是因为他们不想错过今年夏天的避暑客吧？”

“你只要在这里住上一个夏天，大致就能了解。任何事要是干劲不够的话，就没法及早办好。譬如这条轻便铁道，不就是这样？我告诉你吧，那种半吊子的临时桥还能勉强凑合，铁道公司就故意拖着，不肯重建新桥。”

津田只好听着老人漫谈世事，不时点头称“是”，等到老人暂时闭上嘴，他也闭眼琢磨自己的心事。

无数的片段影像不断在他脑中飘来飘去。其中有今晨看到的阿延，还有赶到车站送行的吉川家书生，以及书生帮他提进车厢的那个水果篮。他突然想起一个主意，要不要打开篮子，把夫人送来的水果分给那两个男人一些呢？但他立刻想到这个举动可能引起的麻烦，还有对方收下礼物后夸张致谢的鲜明形象。想到这儿，脑中的老人和绅士帽男人霎时失去踪影，紧跟着映入脑海的，是吉川夫人的丰满身影。下一秒，他的思绪又飞到跟这次水疗之旅有关的清子身上。他的心紧随着火车前进而开始前后摇荡。

他搭乘的这种车厢，实在简陋得不配称为火车。沿途的地势波折起伏，列车几度随着地形上上下下，忽而急速驶下通往海边的陡峻山岭，沿途发出嘎哒嘎哒的恐怖声响，忽而行驶在两山之间的谷底。美丽的天空下，山坡各处遍植橘子，满坑满谷净是橘色，为南方温暖的秋季带来丰收的点缀。

“那玩意儿看起来很好吃呢！”

“才不呢！一点都不好吃！不如光从这里看着比较好！”

火车再度爬上一道险峻曲折的坡道时，车身突然停下来，但附近并无车站，只有刚被薄霜染上秋色的杂木林。

“怎么回事？”

老人说着把脑袋伸出车窗。车掌和火车司机都匆匆下车，彼此交头接耳地讨论着什么。

“脱轨了！”

这个字眼传进众人耳中时，老人马上转眼看着津田和面前那个戴绅士帽的同伴。

“所以刚才不是跟你们说了吗？我就觉得一定会出什么事！”

老人的语气突然变得像个预言家，好像觉得自己又有机会耍嘴皮，显得非常兴奋。

“反正我离家之前已经喝过诀别酒，早就做好心理准备了！不过啊，现在事到临头，我又不甘心这样等死了。再说，这样坐着干等，故障也不会立刻修复，因为天变短了，人的性子也变急了，谁能这样悠闲地等下去啊……大家看怎么样？暂且下车帮忙推一下吧？”

老人说着便精神抖擞地率先跳下车去。其他人也只好苦笑着站起来。津田不能一个人坐在车里，便跟着一起下车了。走到发黄的草坪上，他跟在一名悠闲伫立的女人身后，嘴里发出“嗯嗯”的吆喝声，同时用力向前推。

“哎呀！糟糕！推过头了！”

有人喊道。列车重新被拉回来，然后又向前推。就这样推推拉拉，反复了两三次，终于把车厢拉回到轨道上。

“这下列车又误点了！托福啊，老板！”

“托谁的福啊？”

“托‘轻便’的福啊！不过，要是没遇到这种事，大家一定会很困吧！”

“难得出门来玩，太不值得了吧？”

“说得对！”

津田一路都在担心列车误点，好不容易等到火车开进一个别人告诉他的车站时，他向身边活力充沛的老人道声再见，独自走进黄昏的空气里。

一七一

眼前那片分不清是暮霭还是夜色的朦胧里，小镇的街景隐约浮现，看来就像个孤寂的梦。津田转眼审视身边闪烁不已的微弱灯光，还有光圈外围照不到光线的庞大黑影，他觉得自己确实像是身处梦中。

“我现在正朝着梦境般的世界走去。从我离开东京的那一刻起，不，更正确的说法，应该是从吉川夫人劝我进行这趟温泉之旅以前，不，要是更深入探究，应该是在我跟阿延结婚之前……就算追溯到那时，还是不够，其实应该是清子突然弃我而去的那一瞬间，我就遭到这种梦境般的诅咒。而我，现在就在奔赴那个梦境的路上。回头细想，这场梦已从以往执着到现在，再过不久，等我到达目的地的同时，应该就能彻底清醒了吧。因为这是吉川夫人提出的建议。而我既然赞成了夫人的意见，并已付诸行动，就不能不承认，这也是我自己的想法。然而，夫人说的是真的吗？我的梦真的能够一扫而尽吗？站在这梦境般恍惚的寒村之中，我真的拥有足够的信念吗？放眼四望，眼前净是矮房、窄路，路面的砂石似乎是最近才新铺的，还有那瑟缩的灯影、歪斜的稻草屋顶、拉下黄色车篷的单头马车……这种新旧不分的组合，配上凄冷、夜寒，还有昏暗的装饰，愈来愈像个梦境……朦胧的事实造成的一切感受，或许就是自己被引导至此的宿命象征吧？过去是梦，现在也是梦，未来仍旧是梦，我将带着那个梦，重新返回东京。但是事情未必就此结束。不，大概会结束。既然如此，我又何必从东京冒雨跑到这里来呢？毕竟因为自己是个傻瓜？既然现在明白自己是傻瓜，从这里就可以掉头离去啊……”

各种想法一齐涌上心头。转瞬之间，所有的事件经过、往事片段，还有推论与臆测，全都紧密地混成一团，从他心头掠过……不料，刚想到这儿，他却不能继续沉浸在自己的世界，当他自己的主人了，因为一个不知从哪来的年轻男人突然走了过来。男人走到他面前，一把抢过行李，然后一秒也不耽搁，就把他迅速拉进前面的茶屋。男人甚至不问津田要去的旅馆名称，也不问他究竟搭马车还是人力车，就连津田期待的讨好巴结，也在他从容自得的短暂忙碌中一概省略。

不一会儿，男人也不问津田的意见，就让他爬上一辆收起帆布车篷的马车，紧接着，男人说了声“打扰”，也爬上了马车，坐在前方的座位上。津田看他也跟上来，大惊问道：“你也跟我一起去？”

“是啊！我搭个便车，可以吧？”

原来，这个年轻男人就是津田即将入住的那家旅馆的伙计。

“这里竖着一面旗子。”

津田转头望去，看到驾驶座角落插着一面小红旗。但因为光线太暗，看不清旗上染印的文字。奔驰的马车带起了阵阵清风，吹得小旗奋力飘向津田的座位。津田缩着脖子，竖起大衣的衣领。

“现在夜里已经很冷了。”

伙计的座位刚好背靠车夫的背脊，所以完全吹不到风。他这番解释反而让津田觉得他有点狡猾。

道路的两边似乎全是农地，津田仿佛听到道路与田间的小河不时传来潺潺水声。两侧路旁的农田面积都很狭窄，四周围绕着山坡。

津田拉紧帽子和大衣领子遮住脸。而那遮不住的部分，只能随它承受狂风吹拂。他想借着沉默御寒的动作，故意不跟伙计说话。而那伙计似乎也觉得这样比较自在，有意不主动跟他搭讪。

半晌，津田突然灵机一动，向伙计问道：“现在客人很多吗？”

“是的！谢谢！托您的福！”

“大概有多少人？”

伙计答不出人数，像要解释什么似的答道：“很不巧，现在碰上淡季，其实没什么客人。天冷的季节，要在年底到新年那段时间，客人才比较多，夏季大约是在七、八两个月吧。碰到旺季的话，临时上门的客人就要吃闭门羹了，差不多每天都有这种事呢。”

“所以现在刚好是淡季，对吧？”

“是啊，请您安心享受假期！”

“谢谢！”

“您也是为了疗养，才远道而来吧？”

“嗯，可以这么说！”

津田跟伙计搭讪的目的，原本是想打听清子的消息，这时却说不下去了。他有些畏缩，实在无法说出清子的名字。同时也觉得，万一以后引起什么问题也挺麻烦的。于是他不再望向伙计，重新靠回马车的椅背后再度陷入了沉默。

一七二

不久，马车即将撞上一座黑色巨岩般的物体时，突然顺着岩石下方绕了一圈，津田才发现背面也有几块类似的碎石，七零八落地横在路旁。车夫从驾驶座上飞快跃下，又从马嘴里卸下马辔[①]。

一边的路旁耸立着高入云霄的大树。明亮的星空下，大树的黑影显得非常壮观，看得出那是一棵古松。猛然间，又听到阵阵奔流的水声从另一边的路旁传来。津田已经很久不曾离开都市，眼前的景色意外地使他的心情瞬间出现变化。他觉得记忆仿佛又被唤醒了。

“啊！世上竟有这等景色，我怎么都忘了？”

不幸的是，这番慨叹却不肯听话地独自消逝。他脑中立刻浮起了即将看到的清子身影。从分手到现在，已经快满一年了，他从没忘记过这个女人。老实说，像现在搭乘马车，一路摇摇晃晃赶到这里，不就是因

① 马辔：又称“辔头”“马勒”。一般是由缰绳与嚼口组成。嚼口为铁制棒状物或链状物，两端连接缰绳，赶车时放在马嘴里，便于驾驭或驯服马匹。

为执着于追逐她的身影吗？刚才坐在马车上，车夫拼命挥鞭抽打那匹瘦马，可能是担心耽误了时间吧，但他觉得很不以为然。说得不客气一点，他那颗企图追上前女友身影的心，不是跟这匹瘦马一样？如果说，这只正从鼻孔呼出粗气的可怜动物就是他的话，那个狠命挥鞭的人又是谁呢？吉川夫人？不，也不能这么轻率地做出结论。那么，毕竟还是自己喽？津田并不想把这个问题弄得太清楚，只好暂时丢开，仍旧回头思考那件更重要的事。

“我究竟为什么要去见她呢？为了把她永远记在心里？但我就是没有见到她，现在不也没忘掉她吗？那是为了把她忘掉吗？或许是吧。然而见了面，就能忘掉吗？或许可以吧。也或许忘不了吧。刚才的松影与水声，让我想起早已忘怀的山巅与溪流。那么，始终不曾忘记的她，总是在我脑中闪现的她，让我大老远从东京追来的她，会给我带来什么影响呢？”

山中的空气冰冷无比，昏暗神秘的夜色笼罩着周围的山峰，当他发现自己已被寒冷的夜色吞噬时，他不禁心生恐惧，全身一阵战栗。

马夫取下马嘴里的辔头之后，将车缓缓赶过一段横跨急流之上的木桥。桥下水流奔腾，溪水冲上嶙峋的岩石，溅起千层白沫，发出涓涓水声。不久，数点灯火映入津田的眼帘，他这才悟道：“啊，已经到了！”他甚至立即联想：“说不定，那些灯光里的某一盏，现在正照耀着清子的风姿呢。”

“那灯光就是命运之光。我除了朝向目标前进，再也没有其他选择。”

津田原本不是充满诗意的人，他没想到自己会说出这番话。但他觉得自己现在的心情，只能用这种方式才能表达。接着，他转头向伙计问道：“好像已经到啦？你们旅馆是哪一间？”

“快到了，再往前走一百米左右。”

温泉街道的道路非常狭窄，仅容一辆马车通行，似乎是故意把路修得蜿蜒曲折，很不规则，马车到了这儿，车夫再也不能挥鞭。但尽管如此，车子也只花了五六分钟，就到达旅馆的门口。由于周围净是辽阔的山峦、峡谷，小镇市街就显得更加狭隘。

旅馆里果然非常寂静，就像伙计形容的那样。这种寂寥的感觉，并不是因为夜深或房舍宽敞，主要还是因为住客太少。津田在一片寂静中，被人领进了自己的房间。他心中不禁生出感激，感谢老天赐给他偶然的机会，让他碰上这么理想的旅游季节。尽管他生性喜欢待在人群当中，现在却有不得已的理由，必须选择这间旅馆。他向膳桌对面的女侍问道：

“白天这里也是这样吗？”

“是的！”

“好像没看到什么客人嘛！”

女侍列举了一堆名词，什么“新馆”“别馆”“本馆”之类的，希望解除他心底的问号。

“这里面积这么大呀？要是弄不清建筑的位置，大概会迷路呢！”

他觉得自己必须确认一下清子是不是住在这里。但就像刚才无法向伙计提出露骨的问题，他也不敢直接询问女侍。

“像这样的旅馆，单身住客比较少吧？”

“也不一定。”

“你说的是男人吧？单身女子应该不可能一个人住在这里。”

“现在就有一位。”

“喔？那种客人，应该是为了疗养吧？”

“大概是。”

“姓什么呢？”

但是女侍不负责伺候那位女客，所以不知道姓名。

“年轻吗？”

“是啊！年轻又漂亮！”

“是吗？真想亲眼见识一下呢！”

“她去泡澡的时候，会从这个房间的外面经过，您想看的话，随时都能……”

“能看到她？那真是太好了！”

津田又问了那女人的房间位置，便命女侍撤下了膳桌。

一七三

津田想在睡前泡个热水澡，便请女侍带路。这时，他才发现旅馆真的就像女侍刚才介绍的那样，实在非常宽敞。他随着女侍转过一段意想不到的走廊，又顺着出人意料的阶梯下了楼，待他好不容易看到预期的浴池时，心中不免萌生一个疑问：等下我能否独自走回房间呢？

浴室的左右两边各有三个小型浴池，都用木板和落地玻璃窗隔成单间，另外还有一个相隔较远的大浴池，尺寸比一般澡堂的浴池大上一倍。

“这个浴池最大，泡起来很舒服。”女侍一面说，一面嘎啦嘎啦地替津田拉开毛玻璃门。隔间里一个人也没有。隔板上方装了玻璃窗，或许是为了防止热气弥漫室内。如果用日式房间来比喻，玻璃窗的位置就在门框上方到屋顶之间的“栏间”部分。两扇玻璃窗各自拉开一半，寒夜的冷气正从窗缝里直驱而入，扑向津田的身体。他正要把棉袍脱掉，阵阵寒气夹带着乡野气息向他袭来。

“哇！好冷！”

津田嘴里嚷着，砰的一下跳进浴池。

“请您慢慢入浴！”

女侍说完拉上房门，正要走出去，突然又转身走回来。

“楼下也有浴室，如果您想去那边，也可以到那里去洗。”

津田刚才顺着楼梯下了一两层楼，完全没料到这个浴池下面还有浴池。

“这里到底有几层啊？”

女侍笑着没回答，但她并未忘记自己该交代的事情。

“这个浴池是新建的，虽然比较干净，但要说温泉水的话，还是下面那个池子比较有效。真正来做水疗的客人，都是到楼下那间去洗。而且楼下的浴池还可利用水流冲击肩膀、腰部。”

津田全身都浸泡在浴池里，只露出脑袋答道：“多谢了！我下次到那边去洗，请你带我过去吧！”

“好啊！老爷您是身上哪里不好吗？”

“嗯，是有点不好。”

女侍离去后，津田一直思考“真正来做水疗的客人”这句话，想了好一会儿，还是想不透其中含义。

“我到底算不算那种客人呢？”

他希望自己是那种客人，却也不愿变成那种客人。自己究竟为什么而来，他心里非常清楚。他虽然冒雨赶到这里，内心仍有商榷的余地。他心中有犹豫，却也拥有几分余裕。余裕告诉他：“眼前还有转圜的余地。想扮演一名‘真正来做水疗的客人’，那就扮演吧。不管要不要扮演，都是你的自由。不论何时，拥有自由总是幸福的。但相对的，自由也让你永远无法做出了断，所以你才感到心有欠缺。你愿意为了内心的满足而放弃自由吗？失去自由之后，你能确实得到什么？你知道答案吗？你的未来还没来到眼前啊。尽管从前遇到那次不可思议的经验，但你在将来说不定还会经历更多不可思议的事情呢。而你现在为了弄清从前的不解，追求符合自己期待的未来，而打算放弃现有的自由，你这个人，究竟是愚蠢还是聪明呢？”

他无法判断自己是愚蠢还是聪明。任何事都得根据结果才能决定如何应对。而他却对结果怀有疑问，所以他当然会感到手足无措。

其实打从开始，他就有三条路可选。而且除了这三条路，再也没有其他选择。第一条路，永远得不出结论，但不会失去现有的自由；第二条路，就算表现得像个傻瓜，也要勇往直前；第三条路，也就是他现在期待的目标，既不变成傻瓜，也能按照自己满意的方式解决问题。

在这三条路当中，他原本是以第三条路为唯一目标，才离开东京的。但是一路行来，他经历了火车摇晃，马车颠簸，承受过山中冷气的吹拂，还在雾气蒸腾的热水里浸泡过，而现在，当他知道自己追寻的对象已经近在眼前，自己期待的计划明天就可以付诸实行的瞬间，第一条路却突然露出脸来。不仅如此，不知从何时起，第二条路也微笑着出现在他身边。这两条路来得突然，并且无声无息。原本遮住视野的雾霭，不待风来就已烟消云散，于是，在逐渐放亮的晴空下，他终于确切地看清自己的眼前。

他是个十分浪漫的男人，同时也是个非常现实的男人。但他并未发现浪漫与现实是对比的关系，所以他也就不会为了自我矛盾感到痛苦。现在的他只需做出决断。但在做出决断之前，他还是得经历一番内心的挣扎……就算当个傻瓜也行，不，我不喜欢当傻瓜。对嘛，怎么能当傻瓜呢……经过内心的纠结之后，又像三条路一样，得出了这种三段式答案了好久，思考到最后，终于知道自己该怎么做了。

大浴池里没有别人，他不断地划动双手，也不知是在洗澡还是摩擦，只听到洁净的泉水被他搅得哗啦哗啦响个不停。

一七四

这时，耳边突然传来嘎啦一声，玻璃门被拉开了。津田全副精神都集中在自己身上，早已忘了周围的一切，听到这声音，他不禁大吃一惊，忍不住抬头望向门边。雾气迷蒙中，当他看到女人的上半身出现在门口的瞬间，心脏突然发出“当啷”一声，就像警钟被敲响了似的。然而，眨眼之间产生的预感，又在眨眼之间消失了。因为出现在面前的，并不是那个真正会令他吃惊的人。

门口那女人是他从未见过的陌生人。女人的衣着很随便，似乎刚刚睡醒，若是白天的话，她应该不敢这样出门见人。平时一般女人穿小袖和服的时候，连里面长襦袢的裙边都不能露出半分，这女人却在津田的眼前大方展现长襦袢的艳丽色彩。

全身赤裸的津田像个乞丐似的蹲在浴池里，女人刚要踏进池子，一眼看到津田，便立刻退了出去。

“啊哟！失礼了！”

津田原本认为该由自己主动致歉，现在反而感觉女人抢走了自己的话。接着，又听到一阵拖鞋声从楼上走下来。穿拖鞋的人走到玻璃门前停下脚步，然后传来一男一女的交谈声。

“怎么回事？”

“里面有人了。”

“有人占用了？也没关系啊！只要不挤就行了！”

“可是……”

“那去小浴池好了，小浴池那边全都空着吧？”

“也不知阿胜在不在？”

津田很想快点出去，好让这对男女进来泡澡，但又觉得女人的态度令他不爽，因为女人似乎非要泡他这个池子不可。津田决定不管他们，重新把身子浸入浴池。他想，你们要泡就进来吧，不必客气。

他的身材颇为高大，于是他轻松地伸出长腿，一面在水里踢上踢下，一面透过清澈的泉水，得意地欣赏自己载沉载浮的下肢。

这时，耳中传来一个男人说话的声音，好像就是女人要找的那个阿胜。

“晚安！今天来得很早啊。”

男人听到阿胜说话立刻答道：“嗯，因为太无聊了，今天打算早点睡觉。”

“是喔。练习结束了？”

“谈不上练习啦。”

接着传来女人的声音：“阿胜，那边已经被别人占用啦！”

“喔？是吗？”

“还有没有其他浴池？没人用过的。”

“有的，不过可能会有点烫喔。”

津田又听到浴室开门的声音，就在他这间的对面，似乎是那个阿胜带着两人过去了。紧接着，他这边的浴池入口也发出“嘎啦”一声，有人拉开了门。

“晚安啊！”

说着，一个方脸的矮小男人走了进来。

“老爷，我帮您冲一冲吧？”

说完，男人立刻走向水龙头，用椭圆小木桶装满热水。津田只好把背脊转向男人。

“你就是阿胜吧？”

“是啊，老爷消息很灵通嘛！”

“我是刚刚听到的。”

“原来如此！对了，我还是第一次看到老爷呢。”

“我刚刚才到。”

阿胜说了声“喔”，然后笑了起来。

“您从东京来的？”

“没错。”

阿胜先用“几时离京”“几时入京”之类的字眼，打听了津田的相关信息。接下来，他除了向津田提出一大堆问题，也提供了各种信息，譬如说：老爷自己一个人来的吗？怎么没带夫人一起来？刚才那对夫妇在横滨做生丝生意，先生每天晚上都跟他夫人学唱《义太夫》[①]，这家旅馆的老板娘很会唱长呗[②]，等等。津田听他说了一堆有的没的，连跟自己无关的事也都听到了，唯有一个名字，是阿胜不曾提到的。当然，这个名字就是“清子”。不过，他只对这偶然造成的结果感到怅然，并不打算追问。老实说，他根本也没时间多想，阿胜就已叽里呱啦说完了，同时也帮他把身子冲洗干净。

“请您慢慢享受！”

说完，阿胜走出了浴室。津田望着他的背影，觉得自己已经没必要慢慢享受，便立即擦干身体，跨出玻璃门。然而，当他提着湿手巾爬上浴室楼梯，经过楼上的化妆台和穿衣镜，并在走廊上拐了一个弯之后，他就再也找不到返回自己房间的路了。

一七五

刚开始迈步向前时，他几乎没有发现任何问题。这就是刚才女侍带我来时走过的路吗？甚至连这种疑惑，也像个朦胧的梦，只在记忆里投下淡淡的阴影。但是把他踏过的走廊长度跟刚才两相对照一番，却始终没走到自己的房间门前。忽然，他停下了脚步。

“怎么回事？我该往后退？还是继续向前走呢？”

电灯照耀下的走廊十分明亮。不论要往哪个方向，都能随意前进。但他听不到一丝脚步声，也没看到碰巧路过的女侍，只好把手巾和肥皂放在地上，试着拍了拍手，就像他在家中的书房呼唤阿延时那样。但是拍完了手，还是没有任何回应。他对这间旅馆一无所知，别的不说，就

---

① 《义太夫》：净琉璃的一种。净琉璃是一种日本说唱表演的曲调，通常使用三味弦伴奏。17 世纪江户时代前期，由大阪的竹本义太夫创始。

② 长呗：原本叫作“江户长呗”，18 世纪上半期在江户地区形成的一种歌舞伎乐曲，主要伴奏乐器是三味弦，通常由数人一起演唱与伴奏，同时也采用其他乐器协奏。

连女侍休息室在哪儿都不知道。刚才他是从玄关直接进来的，而这里的玄关跟一般民宅一样，两旁种满了树木，所以像后门、厨房、柜台之类的地方，从大门进来时都看不见，等于就是秘境。

他又试着伸手反复拍了一两下，仍然没人理会。他脸上浮起苦笑，重新捡起了肥皂和手巾。这也挺有趣的嘛。他不禁异想天开，干脆顺着走廊绕上几圈，看究竟走到什么时候才能走回自己的房间。他很想体会一下这种前所未有的旅馆经验，便怀着故意冒险的心情，迈步向前走去。

走廊很快就到了尽头。旁边有一道两三阶的楼梯，他便登楼继续往上走，不一会儿，看到一间化妆室，里面并排装设了四个金属脸盆。清水正从镀镍水龙头里源源不断地流出来，也不知那水是山涧还是泉水，总之四个盆子早已装得满满的，清水溢过盆缘流向下方，看起来晶莹剔透，好似一层薄薄的透明水帘。金属脸盆里，一部分的水受到后方往前的推挤，一部分的水受到上方向下的冲击，两者都无声地承受着些微的震荡，正在微微晃动。

津田向来用惯了都市的自来水，眼前这幅景象，竟让他忘了自己身在何处。他只觉得这样太浪费了。正要伸手扭紧水龙头，却发现自己有点魂不守舍。就在这时，他看见镶着白瓷的金属盆里，流水正在卷起阵阵旋涡，忽大忽小，飘忽不定，看起来十分有趣。

四周一片寂静，就像刚才吃饭时，那位女侍向他描述的一样。不，其实听了女侍的话之后，他曾经幻想过这幅景象，只是现实比他想象的更加寂静。在这里看不到客人，一点都不奇怪，反而更该怀疑这里到底有没有人类。电灯的光辉在寂静中普照每个角落。然而电灯只发出亮光，却没发出声音，也没有任何活动。只有眼前的清水正在流动，水流激出旋涡，时而放大，时而缩小。

他立刻把视线从流水移开，不料视线却猛然撞上一个人影，他吃了一惊，连忙定睛细看。原来，化妆室旁边的墙上挂着一面大镜子，他看到的人影只是镜中的自己。那面镜子的尺寸至少跟理发店的一样大，因为悬挂位置的限制，镜子也跟理发店一样竖着挂在墙上。所以镜中不只映出了他的脸孔，就连肩膀、身体、腰部等都可从正面看得一清二楚，而且镜中人物也跟他站在一样高的平面上。他虽看出镜中人物就是自己，但却无法移开视线。虽然刚刚泡过热水，他的脸色却很苍白。就连他自己也不知为什么会这样。久未修剪的头发乱七八糟地覆在头上。又因为刚才泡澡弄湿了头发，现在整个脑袋像刷了一层油漆似的闪闪发亮。不知为何，他觉得自己这一头乱发很像暴风雨摧残后的庭院。

他原是个五官端正的美男子，脸上的肌肤非常细致，几乎细致到对男人来说有点可惜的程度。他对自己的脸皮永远深具自信。在他的记忆里，照镜子的结果总是让他再度确认这种自信，所以当他看到镜中那个异于平日的不佳形象时，心里不免有点吃惊。在他认出镜中人物就是自己之前，他首先浮起的想法是，这是自己的幽灵。他害怕极了，心中极为抗拒。于是他睁大双眼，再度审视自己的容貌，并赶紧向前跨出两步，拿起镜前的梳子，故作镇定地梳理发丝，把头发整齐地梳向左右两边。

但是放下梳子之后，梳头的任务也随之结束，他又变回刚才那个寻找房间的自己。他抬头打量化妆室对面的楼梯，看着看着，他发现那段楼梯具备一些特征。第一，那段楼梯的幅度比一般楼梯宽了三分之一左右；第二，那段楼梯造得非常坚固，就算大象走上去，也不会发出震动的声音；第三，楼梯上刷了一层透明漆，跟一般的楼梯不太一样，似乎是模仿洋房的建造法。

他虽然感到慌乱，脑中却记得很清楚，刚才绝不是从这段楼梯下来的。即使从这儿上去，也不能找到自己的房间。想到这儿，他明白自己必须再度退回原路，于是他离开镜子，转身向一旁走去。

一七六

这时，忽听二楼传来某个房间的纸门拉开后又被关上的声音。从楼梯的构造来看，这是一栋很宽敞的建筑，房间的数目应该不止一两间，而现在传进津田耳中的声音，清晰得就像在他面前，所以他立即根据这声音，判断出房间跟自己的距离。

从楼下仰望楼梯顶端，楼上的建筑结构很像一间普通餐厅，跟一般常见的餐厅没什么两样。楼梯顶端有个铺地板的大房间，且不论楼下看不到的部分有多宽，但以楼梯口的正面墙壁作为基准来推算的话，那个房间的长度至少有一块直立的榻榻米那么长。房间门外的走廊可能分别通往三个方向，或只通向左右两边。因为津田并没走上楼梯，所以只能凭想象推测。而刚才发出纸门声音的位置，正是距离楼梯最近的房间，换句话说，位置就在楼下看得见的那面墙壁背后。

津田也是寂静中突然听到纸门声，才发现楼上还有住客。不，应该说，他这才了解身边还有其他人。刚刚因为全副心思都集中在走错路这件事情上面，才被纸门的声音吓了一跳。当然只是有点惊讶而已。但从惊讶的性质来看，有点像原本以为死掉的东西又突然复活时的那种感觉。他很想立即转身逃走，因为自己找不到回房的路，他不想让人看到自己愚钝慌乱的模样；也因为他觉得自己惊惶失措，丑态毕露，是一件很羞耻的事情。

不过，接下来发生的事情就有点复杂了。当他转身正要往回走的瞬间，一个念头突然浮现在脑中："说不定，刚才开门的是女侍呢？"

转念至此，他突然又生出了胆量。既然已经体验过最强烈的惊慌，现在心底反而有了一丝余裕，他想，就算碰到其他住客，也不必在乎了。

"不管碰到谁，等下有人过来，我就向他问路。"

他下定决心之后，便伫立在那面穿衣镜前，抬眼凝视着楼上。不一会儿，果然不出所料，一阵轻巧的脚步声从他预期的墙壁后面传来。那脚步声实在太轻微了。如果不是拖鞋的薄后跟随着步子贴紧脚跟，他肯定就会忽略了这阵脚步。就在这一瞬间，他突然感到某种物体砰然撞上心头。

“这是个女人，但不是女侍。说不定……”

突然，一道灵光在他脑中闪现，当他认出那个“说不定”的人已经毫不留情地站在面前时，比刚才强烈数十倍的震撼已将他当场击倒，他呆呆地站着，连眼珠也无法转动。

同样的震撼更强烈地当场掳获了清子。她走到楼上的榻榻米房间前面时，突然停下了脚步。在津田的眼里，伫立在那儿的清子变成了一幅画，也是他对清子永难忘怀的印象之一，今生今世都会存在他的心底。

她从楼上无意间垂下视线，认出了津田，两个动作看似同时进行，却不是瞬间完成。至少津田心里的感觉是这样。从无意转变为有意，总会需要一段时间。清子经历了好几个瞬间，其中包括惊讶、不可思议、怀疑……最后才一动也不动地伫立在原处。她的姿势僵硬笔直，如果有人这时从旁边推她一把，只需一根手指的力量，她就会像泥人一样轻易倒下。

清子手里提着一条小型毛巾，看来似乎正要去泡澡。就像一般进行水疗的住客一样，大家都在临睡前泡个澡，让身体变暖起来。除了毛巾，她也跟津田一样，手里拿着一个镀镍的肥皂盒。过了很久以后，每当津田想起那个瞬间的景象，心中总是浮起一个疑问：为什么当时清子手里的肥皂盒没有掉在地上？

清子的装扮不像刚才浴室看到的女人那么随便。不过在这种温泉旅馆，住客之间都默许彼此穿着舒适一点，所以清子也充分利用这种默契，腰间并没系上正式的宽腰带，只是随意捆了一条颜色鲜艳的伊达卷[①]，表面织着漂亮的红、蓝、黄等条纹。她故意把腰带捆得很松，睡衣里面的长襦袢垂在脚背上，两只光脚直接趿着一双毛呢拖鞋。

清子的全身逐渐僵硬起来，脸上的肌肉也开始绷紧，双颊和额头的颜色愈来愈苍白。原已陷入忘我境界的津田，终于发现了这些明显的变化。

"我必须做点什么，否则她不知会变得多苍白呢。"

他决定不顾一切先向清子打声招呼。谁知他刚刚下定决心，清子却先采取了行动。只见她猛然转身，毫不留恋地就往回走。被她抛在楼下的津田也只好转身，正要返回到原先那条走廊，谁知耳中听到"啪"的一声，二楼的楼梯口那盏电灯突然熄灭了。直到前一秒，那盏灯还一直照着清子呢。黑暗中，津田又听到纸门拉开的声音。紧接着，身旁有个刚才不曾注意的小房间里，发出一阵尖锐的铃声，是针对客房呼叫发出的响应。

不久，只听一阵脚步啪哒啪哒地从走廊远处跑过来。津田在路上拦下这阵脚步的主人，也就是正要去清子房间听候吩咐的女侍。于是，他总算从一名女侍嘴里问出自己房间的位置。

一七七

这天晚上，津田睡得很不好，耳边不断听到雨户外传来"沙啦沙啦"的声音。始终无法摆脱那声响的他不禁疑惑，外面又开始下雨了吗，还是从屋旁流过的山涧呢？如果是下雨的话，屋檐上却没有声音，如果是山涧的话，水流又显得过于迟缓……在他胡思乱想的同时，脑中却烦恼着另一个更重要的问题。

---

① 伊达卷：和服没有纽扣，需要利用各种衣带捆绑固定，伊达卷通常系在正式腰带的下面，幅度较窄，长度也较短，主要用来支撑正式的腰带。

刚才一回到自己的房间，他就发现客室正中央已经铺好棉被，看起来十分暖和，应是服务周到的女侍帮他准备的。他立刻钻进棉被里，反复思索刚才偶然碰上的冒险经历。

回想起今夜的遭遇，他觉得自己简直像个梦游患者。先是在旅馆里漫无目的地到处游荡，这种行为倒还算正常。后来又在楼梯下观察寂静无声的旋涡回转，突然发现镜中的自己脸色难看，即使在不到一小时之后再近距离审视自己，他还是觉得当时的自己确实处于一种特殊的心理状态。这种心情对他来说十分稀奇，因为他很少做出违反常理的事情。现在安稳地躺在棉被里回想起来，刚才那些行为当然令他羞耻。但除了有失颜面之外，自己究竟为什么觉得羞耻？他却是怎么想也想不出任何理由。

这且不说，为什么那一刻竟会忘了清子？想到这个问题，就连他自己也觉得不可思议。

“我对她的感情竟已如此冷淡？”

他当然不能接受这个答案。因为刚才吃晚饭的时候，他还向女侍打听过清子的房间位置。

“但你并没把这件事放在心上吧？”

事实上，他在走廊上四处徘徊时，清子已在不知不觉中遭他遗忘了。不过，他连自己身在何处都不知道，又怎么可能知道别人在哪儿。

“要是事先想到这种可能，就不会那么震惊了！”

他虽然这样告诉自己，却感到已经坐失先机。回想她刚才那样转身逃走，然后关电拒绝让他上楼，接着又按铃呼叫女侍……综合考虑她这些举动，全都在表示警戒、警示，以及想要跟他断绝关系。

不过，她那时十分惊慌，惊慌程度显然比他强烈许多。或许只因为她是女性吧。对他来说，那个突发状况的背后，隐藏着他的预期，但对她来说，则是忽然出现的意外状况。可这个理由能够完全解释她的惊慌吗？难道不是因为瞬间想起从前那段复杂的经过，她才那么惊慌？

她的脸色变得那么苍白，全身神经那么紧绷。这些都让津田生出一线希望。他尽量从有利自己的角度解释当时的景象，然后又推翻这番解释，试着从相反的角度审视。他必须从有利与不利自己的角度仔细观察，再决定哪种解释比较合理。正因为可供分析的信息不多，所以他很难得出结论。即使勉强做出决断，也会马上发现根本站不住脚。因此，他的看法若是偏向某一方，自信便将随之崩溃，若是偏向另一方，幻灭的警钟就会在耳边响起。但奇怪的是，一方面，他觉得心中似乎仍然拥有自信，用他自谦的方式表达的话，则是他仍然相当自负；另一方面，他又觉得，幻灭的警钟为了挫伤他的自负，好像整天都在耳边响个不停。他虽自认公平对待两种看法，心里却总是无法排除亲疏的差别。不，应该说，亲疏远近似乎原本就是天生的两种自然属性。结果就很明白了。他对自负的感觉是既恨又爱，耳中听着警钟响起，内心却感到十分畏忌。

复杂的思绪在心中翻来覆去地纠缠不清，他根本无法安静入睡。尽管他已下定决心，任何问题都等到明天再说，结果却始终辗转反侧，无法入眠。

他从枕畔拿起火柴，打算点燃一根烟。一抬头，看到女侍已帮他把棉袍挂在衣架上，两个衣袖简单地叠在一起。这时他才想起，阿延装进皮箱里的棉袍还没拿出来。刚才是穿着旅馆准备的衣服，直接钻进了棉被。他又忽然记起自己出院时，曾经赞美过阿延帮他做的新棉袍。阿延当时的回答，如今也在他的记忆里复苏了。

“你喜欢哪件？自己比较看看吧。”

棉袍自然是旅馆提供的比较高级。即使是津田，也只要一眼就能看出铭仙布和丝绸的分别。他把两件棉袍放在一起来回打量，同时又忆起当时在妻子面前的复杂心思。

“阿延和清子。”

他自言自语地说完，突然把烟蒂塞进烟灰缸。容器的底部传来一声“兹”，听到这声音，他立刻拉起棉被盖住自己的脑袋。

他决定努力强迫自己入睡，当他的决心与努力都已累得疲惫不堪时，效果总算开始显现。他终于不自觉地走进了梦乡。

一七八

一大早，有个男人进房来拉开雨户。津田的美梦被那声音打断了，但他仍在半睡半醒的状态下，继续闭目养神。直到室外早已阳光普照，室内每个角落都亮得无法再睡的时候，他才从棉被里爬出来，但眼皮还是十分沉重。他一面刷牙一面拉开落地纸窗眺望四方，眼神仿佛刚从昨夜的梦魇里清醒过来。

客室前方的庭院意外地缺乏山野情趣。一个形状不规则的水池，是人工挖成的，周围按照一般庭园的常规，种了些矮松与踯躅，这种景色甚至连平凡都谈不上，只能用鄙俗来形容。靠近客室的位置有座假山，山上的小型瀑布从附近的山涧引来流水，瀑布冲进人工水池的瞬间，池中同时射出五六道喷泉，喷得不高，却很像在燃放烟火。原来这就是昨夜扰人入睡的原因。他不禁苦笑着打量这座做工精致的艺术品，脑中又想起比这水声更令他痛苦数倍的清子。若是更深入追究，说不定真相也跟喷泉一样令人扫兴。他想，哎呀，如果真的跟这喷泉一样无聊，我如何承受得了？

津田嘴里叼着牙刷，一手插在胸前的衣襟里，睡眼惺忪地呆站在门槛上。院里有个男人，从刚才就拿着长柄扫帚在院里清扫落叶。这时，男人走到津田面前，很有礼貌地打招呼说：“早安！昨晚您受累了！”

“是你啊！昨晚一起坐马车到这儿来的？”

“是啊！给您添麻烦了！”

“果然，这里确实就像你说的那么幽静，而且房舍宽敞，非常好！”

“哪里！如您所见，我们这里平地较少，只能把坡地分段铲平，才能建造房舍。所以整栋建筑也分成了好几层……譬如走廊，可能就像您说的那样又宽又长吧。”

“怪不得！昨晚从浴室回来的时候，我就迷路了。好丢脸啊！”

“是吗？那可真是……”

两人正在聊天，只见紧邻庭院的小山上，有一男一女正往山下走来。他们行走的那条小路贯穿树林，远远望去，感觉两人好像是在黄叶与枯枝的空隙之间穿行。那条小路修成蜿蜒曲折的锯齿状，主要是为了让行人能够轻松地登上坡度较陡的山路。津田跟伙计虽然看到那两人的身影，但是等了很久，都等不到他们出现在院里。伙计可没耐性继续干等下去，而且他原本就很势利，于是便一扭头，抛下了津田，迅速跑到山脚下，向那两个下山的人鞠躬问候。

津田这时才看清那两人的脸孔。他确信眼前这女人，就是昨晚穿着妖艳服装拉开浴室门的人。昨晚她那吓人的高耸发髻已经不见了，头上梳着日常发髻，所以津田刚看到她的时候，并没认出她就是昨晚的女人。他装出一副面对陌生人的客气态度，来回打量女人和她身边的男人，其实他昨晚已经听过男人的声音，只是没看到脸孔而已。男人的鼻下留着时髦的短须，的确就像昨夜浴室的伙计介绍过的，颇有一点生意人的派头。津田一看到那男人，立刻想起阿秀的丈夫。堀庄太郎，也可以简称为“堀家的阿庄”。另外还有个更简单的叫法，也是名字的主人经常使用的，叫作“堀庄”。津田想，就像听到“堀庄”这名字，便能想象妹夫的长相，这男人的名字肯定也是充满庶民的俗气，完全配不上他嘴上的小胡子吧。他只瞥了这对男女一眼，心底就不断冒出各种感想。之后更从嘲讽的角度深入推测，他甚至怀疑这两人根本不是夫妻。因为他们宣称，每天一早起床，吃饭之前，入浴之后，都要一起去散步。但津田觉得这些都不像正常夫妻会做的事情。他一面刷牙一面依旧站在原处，眼睛虽然望向别处，耳朵却把两人跟伙计领班的谈话听得一清二楚。

女人向领班问道：“住在别馆的太太今天有什么事吗？”

领班答道：“没有，完全没听说，您找她有事吗？”

“倒是没什么事。只是，每天清晨洗澡都看到她，今天却没来。”

“啊，原来如此……说不定还在休息呢。”

“或许吧。但我们平时都有各自的固定时间喔。我是说早上去洗澡的固定时间。”

“喔，原来是这样！”

“而且我们已经约好，今天早上要一起去后山散步。”

“那我去问问看吧。”

“不！不用！反正散步都已经去过了。我只是有点担心，不知她是否身体不好，才向领班您打听一下。”

“我想大概只是在休息吧！不然，还是我……”

“别说什么不然了，不必那么认真啦。我只是顺便问一声而已。”

说完，两人便径自离开了。津田含着满嘴牙粉踏进走廊，重新开始寻找昨晚的浴室。

一七九

但是对今晨的津田来说，“寻找”之类的夸张字眼根本派不上用场，因为他一步也没走错，就自然而然地走进昨夜的浴室，他不禁再度自责，昨晚怎么会那么蠢呢？

浴室的檐下有一扇高大的玻璃窗，秋天的朝阳从窗口射进耀眼的光芒，照得室内明亮无比。他抬眼仰望窗外，看到对面有一座既像岩石又像高墙的阴影。他的全身浸泡在温泉里，眼睛则向周围打量，看了一会儿，他才发现这座浴池的位置低于地平面。因为对面那座山崖跟自己的位置，两者的高度差距相当大。根据他的目测估计，山崖跟浴池的高度大约相差三四米。如果楼下还有一间旧浴室，那就表示，整栋建筑应该有很多层楼才对。

对面的山崖上长着一些大吴风草，可惜晨曦完全照不到，叶片不时被风吹动，叶面泛出灰色光泽，看来充满寒意。浸泡在浴池里的他，还看到了山茶花瓣随风飘落的美景。只是眼睛能看到的，只有片段的景象，因为窗户的长度只有六十厘米，超出这个范围的上下景致全都看不见。不可知的世界当然都是平凡无奇的。但不知为何，他对看不见的部分深感好奇。因为山崖边似乎飞来一只栗耳短脚鹎，突然发出一阵鸣声。但他却只闻其声，不见鸟影，内心不免感到怅然。

然而，这种遗憾其实也不值一提，老实说，他的脑中正在反复思考另一件更令他在意的事。从刚才踏进浴室那一刻起，他就无法摆脱心底那份憾意。那时，明亮的浴室里一个人影也没有，他站在那儿，好像听到室内极度的寂寥正在对他说：你想做什么，都可以随意！于是他顺序拉开左右两边那些小型浴室的房门，一间间细细查看。其中一间的门口，有一双拖鞋遗落在那儿。或许也可以说，正是因为这双拖鞋提供的暗示，他才会采取行动。而他那只顺序开门的手，快要碰到拖鞋前方紧闭的房门时，却又突然踌躇起来。他原就不是天真幼稚之人，再加上担心失礼的顾忌，也让他停下手里的动作。无奈的他只好站在门外，竖耳倾听室内的动静，却没听到一丝声响。于是他一咬牙，趁势拉开了房门。结果眼前出现的景象，却跟室外一样空空如也。就在这一瞬间，两种不同的感觉从他心底窜起，一方面觉得“啊！还好没人！”，另一方面又有点失望，觉得“很没意思”。

等他光着身子浸入浴池之后，刚才逐室检视的行动又在他心底不断地引出某种期待。他苦笑着将自己从昨夜到今晨之间的变化对比了一番。昨晚被那梳着丸髻的女人吓到时，他还显得那么天真幼稚；但到了今天早晨，尽管现在还没看到半个人影进来，他已感到一种引颈翘盼的紧张。

或许，这种心情应该归咎于那双没有主人的拖鞋吧。然而，拖鞋为什么会使他既期待又紧张呢？因为刚才起床没多久，他就听到横滨的女人跟领班谈到清子。那时他才知道，清子还没起床，至少还没来泡澡。所以他认为，清子如果要来洗澡的话，肯定现在正在浴室里，或是马上就要来了。

突然，他那双听觉敏锐的耳朵仿佛听到有人下楼的声音。他连忙停下哗啦哗啦拨水的动作。不料，那脚步声却又听不到了。或许是心理作用，他觉得那阵脚步似乎在门口停顿数秒，然后转身返回楼上去了。他开始想象各种理由。难道是自己做错了？他有点纳闷。因为刚才走进浴室时，他也模仿别人，把拖鞋放在门口。为什么没把拖鞋穿进浴室来呢？他甚至开始感到后悔。

不一会儿，他又听到浴池外传来一阵令人意外的脚步声。这时，他刚欣赏完崖上的大吴风花，还没听到栗耳短脚鹎的鸣声。他很快就把前后两次的脚步声连接起来，并轻易地得出解答：第一阵脚步的主人离开浴室后，故意向屋外走去。紧接着，门外响起了女人的声音，只是这女人的脚步声是从完全不同的方向过来的。他根据刚才从下往上看到的景观推测，那座山崖上，大概有一块面积约数坪的平地，平地后方建了一座房屋，屋门刚好跟浴室遥遥相望。因为他刚才听到的声音，就是从那个方向传来。而且他听得出来，那声音的主人，就是刚才散步回来的路上跟领班聊起清子的女人。

浴室屋檐下方的那扇玻璃窗，昨夜为了放出热气而被推开，现在则关得紧紧的，所以也就无法听清那女人在说什么。不过根据她的语气推测，有一件事是可以确定的。那就是，她正从山崖上朝着崖下讲话。照道理说，崖下的人应该也会跟她响应几句，但奇怪的是，他完全没听到崖下的声音，就连彼此应酬的普通交谈都没听到。只有崖上那女人一直说个不停。

然而，脚步声不像刚才那样暂时停顿。他非常确定，那是一双女人在庭院穿的轻便木屐，那双木屐正踏着不规则的石阶，朝向山崖顶端拾级而上。就在女人应该抵达山顶时，他这边的浴室窗口上方，微微露出女人衣摆的一角。但只是一瞥，就立刻消失了。他眼中留下的瞬间印象，只是漂亮的花纹一掀而过。而那花纹的配色，好像就跟他昨夜在楼梯下方看到的一模一样。

一八〇

津田回到客室，在早膳桌前坐下后，向一旁伺候的女侍说："横滨来的客人住在新浴室可以望见的山崖上吧？"

"是啊。您已经去参观过了？"

"没有，我只是大致猜想罢了。"

"猜得真准啊！请您过去逛一逛吧。他们家老爷和夫人都很有意思。一天到晚嚷着无聊、无聊，总说没事可做呢！"

"已经在这儿住了很久吗？"

"是啊，已经有十几天了吧。"

"就是在练习《义太夫》的那一家吧？"

"对对！您的消息真灵通啊！已经听他们唱过了？"

"还没有，只是听阿胜说的。"

对于那两人的消息，不论津田提出什么问题，女侍都毫不保留地慷慨回答，但她也很有分寸，听到津田提出敏感问题时，她就故意把话岔开。

"对了！那女人究竟是怎么回事？"

"是夫人啊。"

"是真的夫人吗？"

"对呀，应该是真的夫人吧！"说完，女侍笑了起来，"总不会是假的吧？您为什么这样问呢？"

"为什么？如果只是个普通人，她也太风雅了吧！"

女侍没有回答，却突然提起清子。

“还有一位夫人住在后面，人品非常好。”

按照客室分布位置来看，清子的房间在津田的后面，那对男女的房间位于津田的前方。这时，他总算弄清了自己的房间在他们之间，于是点头说道：“所以说，我这间刚好在他们两边的正中央啊。”

虽说是位于正中央的位置，但这种地理构造只是因为每个房间顺序都错开，建在另一间的后方，所以相邻的两个房间并非全部相连。

“那位夫人跟另外那两位是朋友？”

“是啊，交情很不错哟。”

“他们原本就认识吗？”

“这个嘛……我就不大清楚了。大概是到这里以后才认识的吧。整天相互来往，不是你来，就是我去，两边都很闲吧。昨天还一起去了公园呢。”

津田不想错过提问的时机，连忙问道：“那位夫人，为什么一个人在这儿？”

“她身体不太好。”

“她老爷呢？”

“刚入住的时候，老爷也一起来了，但又马上离开了。”

“把她一个人丢在这儿，实在太过分啦！之后没再来过吗？”

“听说最近好像又要来了。不知究竟如何。”

“夫人大概很无聊吧？”

“那您过去陪她聊聊天，怎么样？”

“我可以过去陪她聊天吗？你等会帮我问问她吧。”

“好的！”女侍答完，只顾着嘻嘻地笑，并没把津田的话当真。

津田接着又问：“那位夫人，每天做些什么呢？”

“喔，泡澡啦、散步啦、听听《义太夫》……有时也会插插花。还有，晚上经常练习书法。”

“是吗？她读书吗？”

“书也会读吧……”女侍随口答道。因为津田实在问得太琐碎，她终于忍不住大笑起来。津田这才发现女侍在笑自己，于是有点狼狈地换了个话题。

“今天早上有人把拖鞋遗忘在浴室门口了。本来我还以为里面有人，不敢进去，谁知开门一看，一个人也没有。”

“喔！真的？一定又是那位先生吧！”

女侍说的那位“先生”是一位书法家，津田记得他的署名，很多地方都挂着他写的匾额或广告牌。“喔，是吗？”津田随口应道：“已经上年纪了吧？”

“是的。是一位老爷爷。白胡子长到这里呢！”

说着，女侍把手放在自己胸前，向津田形容那位书法家的胡子有多长。

“原来如此。他还在写字吗？”

“是啊，据说是要刻在墓碑上的。字体都很大，每天一点一点地写。”

听到女侍介绍，那位书法家为了写一个墓志铭，还特地跑到这种地方来，他不禁发出赞叹。

“写那种东西，竟然这么费劲啊！外行人都以为，只需半天工夫，就能马上写出来呢！”

女侍对他这番感想没什么反应。津田却觉得心底还有更多想法没说出口。他在暗中把老人来此的目的，跟自己的目的对比了一番，又把横滨来的那对男女加入观察的行列，那两人因嫌日子无聊，借着练唱《义太夫》打发时间。接着，他又把清子也跟大家并列对比，她每天练习插花、书法，却不知理由为何。最后，女侍又告诉津田，其实还有一名客人，他不跟别人聊天，也不运动，每天就是呆呆地坐在房间里眺望远山。听到这儿，津田对女侍说：“真是各式各样的客人都有啊。现在才只有五六人，就已经这么复杂了。要是在夏天或新年，那可不得了呢！”

“全部房间都客满的话，总有一百三四十人呢！”

侍女仿佛并未听懂津田的意思，而只把自己忙季的住客人数告诉了津田。

一八一

吃完早饭，津田在床边的小书桌前坐下。他拿起女侍帮忙买来的一堆风景明信片，在每张上面写了短短一句话，然后又在正面写下收信人姓名。其中一张写给阿延，另一张写给藤井叔父，还有一张写给吉川夫人。写完了必要的几张之后，女侍送来的这些明信片还有剩余。

他精神恍惚地抓着钢笔，茫然眺望屋外几处名称跟山野极不相称的景区，什么“不动瀑布”啦、“月亮公园”啦等。接着，他又提起了笔。这次是写给阿秀的丈夫，还有京都的父母。一眨眼的工夫，就把这两张也写完了。这时他竟然写出了兴致，甚至心生一念：既然如此，干脆把剩下的都写完吧，否则岂不是太可惜了？于是最初没想到的冈本啦、冈本的儿子阿一啦……想到这儿，他又从阿一的同学联想到自家的亲戚，譬如叔父的儿子真事啦等，眼前排列出一大堆名字。唯有小林的名字，是从一开始就已想到，但是直到最后，他也不肯写。别的不说，反正他就是害怕小林发现自己在这儿，无论如何他也不想把旅行的目的地告诉小林。那家伙再过不久就该出发去朝鲜了。既然他一向自认奔放不羁，说不定现在已经抱定渡海的决心，正在火车上颠簸前进呢。但小林这家伙做事不按常理出牌，谁也不能保证他在预定出发的那天不会反悔。说不定他一看到明信片（假设津田寄给他的话），就会立刻赶来呢。

想起这位麻烦的朋友，津田感觉跟他相处，简直就像对抗阴晴不定的天气，不，说得更恰当点，他就是自己的敌人，只要一想到小林，他就忍不住耸起双肩，准备跟小林对抗。想到这儿，他脑中幻想的景象，就像冲破闸门的流水，一发不可收拾。幻想拖着他的思绪，不断向前猛冲。突然，他仿佛听到门前来了一辆马车，又听到小林从车上下来，一路高声怒骂着走进来，站在他面前。

“你来干吗？”

“没干吗，就是来惹你讨厌而已！”

“为什么？”

“没有为什么！只要你一直讨厌我，无论何时何地，我都一直跟在你后面！”

“混蛋！”

他猛然握紧拳头，挥向小林的脸颊。小林却不抵抗，当场往地下一倒，把身体摊成一个“大”字，仰卧在房间的中央。

“你打我！你这混蛋！来呀！随你打！”

简直就是一场舞台上才能看到的武打戏啊，现在却在旅馆里引起众人的瞩目。观众里，当然也有清子。如此一来，他的一切计划都泡澡了。

恍惚间，这幕比事实更清晰的幻想场景浮现在脑中时，他忽然惊醒过来。如果这场愚蠢的闹剧在真实生活中上演的话，那该如何是好？想到这儿，羞耻与屈辱的感觉隐约在他心底升起，而受到那些感觉的影响，他甚至开始觉得脸颊微微发热。

但他对小林的不满并没有升级。因为他觉得，为了别人而伤了自己的面子，甚至万一弄到不可收拾的地步，那可就糟了。这种想法根深蒂固地藏在他的伦理观底层。若是抛弃这层想法，等于就是不要面子啊。所以他把一切罪过都归咎给那个坏蛋小林。

“只要那家伙滚蛋，我还会有什么不便？”

他在心底责备着幻想中的小林，并将自己颜面尽失的责任全都推到小林身上。

他向恍如幽梦的罪人做出宣判后，立刻改换心情，重新振作起来。

先从皮夹里掏出一张名片，然后拿起钢笔，在名片背后写道："我昨夜到此静养。"刚放下笔，他又不禁犹豫起来，便加了一句："今晨听说你也在此。"写完，他又陷入沉思。

"写得这么虚假可不行。昨晚遇到她的事情，也该写一点。"

然而，想要轻描淡写地提起昨晚的事，却不是那么容易。首先，想要表达的内容愈复杂，字数当然也会变多，如此一来，一张名片就写不下了。他想尽量淡然地表达自己的想法，譬如多费周章地写封信，但是类似这种做法，他并不愿意采用。

忽然，他像想起什么似的抬头望向墙上的置物架。吉川夫人派人送来的礼物，昨天起就原封不动地放在那儿。一看到那个水果篮，他立刻从架上取下来，又在名片上写道："你的病体如何？这是吉川夫人送你的慰问品。"写完，他把名片插在篮盖上，再把女侍叫到面前来。

"这里有没有一位姓关的客人？"

女侍就是早上伺候他吃饭的同一个人。听了他的疑问，女侍大笑着说："关夫人就是刚才说过的那位夫人啊！"

"是吗？那就去找她吧。你把这个给她送去。然后问问她，如果方便的话，能不能跟她见一面。"

"好的！"

说完，女侍立刻提着水果篮踏向走廊。

一八二

等待回音的这段时间，津田就像个没放稳的摆设，坐立不定，忐忑彷徨。尤其是原该立刻返回的女侍，不像他预料的那样速去速回，害他更加不安起来。

"不会被她拒绝了吧？"

其实他会想到利用吉川夫人的名义，就是因为考虑到万一。夫人和夫人的慰问品，这两项要素，肯定有助于解除清子对负责送礼的津田所抱持的顾虑。就算清子真心不想跟他见面，或企图避免见面带来的嫌疑，然而按照礼数来说，她应该向提来水果篮的津田亲口说一声“谢谢”。他深信这是自己想出的绝佳计策，看在任何人的眼里，都不会怀疑他的动机。只是，女侍却迟迟不来，令他不免更加焦急，于是扔下手里刚点燃的香烟，走到回廊上，一会儿凝视池中的绯鲤，不知它们为何一言不发地游来游去；一会儿又蹲在檐下，伸手摸摸那只睡梦中的狗鼻子。好不容易，走廊的转角处终于传来了女侍的脚步声，津田立刻装出一副不慌不忙的表情，但他心里充满了兴奋与激动。

“怎么样啊？”

“让您久等了！我回来太晚了吧？”

“不，也不算太晚。”

“因为我在那边帮忙做了点事。”

“做了什么事？”

“打扫房间啊，然后又帮夫人梳了头。才这点时间就把发髻梳好了，算是很快的吧？”

津田以为女人的发髻不会那样三两下就能梳好。

“银杏返髻[①]？还是丸髻？”

女侍没理会他的玩笑，只顾自己笑着说：“哎，您自己过去看看吧。”

“叫我过去看看，那就是说我可以过去喽？我从刚才就一直在等回音呢！”

“哎哟！真对不起！最重要的回音竟然忘记转达了！夫人说，恭候您大驾光临！”

津田这才放下心来，一面起身，一面故意用开玩笑的语气重新确认。

① 银杏返髻：明治、大正时期流行的一种妇女发髻。脑后的发髻向左右弯成两个半圆，因形状像银杏的叶子而得名。

“真的吗？不打扰她吗？我可不想到那儿之后不受欢迎喔！”

“老爷您真是个多疑的人！看来夫人也……”

“你说的夫人是谁？关家的夫人？还是说我家夫人？”

“我说的是谁，您心里明白吧？”

“不！不明白！”

“是吗？”

津田把腰上的兵儿带重新系好，正要踏出房门时，女侍走到他身后，帮他把和服外套披上。

“是往这个方向？”

“我来带路。”

说完，女侍在前面领路。走到那面穿衣镜前面时，他脑中突然闪过昨夜四处徘徊的记忆，当时他简直就像个梦游患者。

“啊呀！就是这里！”

他忍不住叫了起来。女侍不知昨夜那些事，一脸纯真地反问：“您说什么？”

津田连忙掩饰道：“我是说，昨夜碰到幽灵的地点，就是这里！”

女侍露出疑惑的表情说：“您说笑了！我们这里怎么会有幽灵？这种事传出去的话……”

津田这才醒悟，旅馆是靠住客赚钱，这种笑话对旅馆来说不受欢迎。他很机智地抬头望着二楼说：“关夫人的房间就在这上面吧？”

“是啊，您很清楚嘛！”

“喔，那我当然知道。”

“真是天眼通啊！”

“不是‘天眼通’，这叫‘天鼻通’[①]，任何事都能闻出气味的万灵鼻！”

---

① 天鼻通：根据前面“天眼通”一词得到的灵感而自创的玩笑。

“简直跟狗一样嘛！”

这段交谈是他们上了楼梯才开始的。清子的房间就在最靠近楼梯口的位置，从距离来看，房里应该听得到他们的谈话，而他心底其实也明白这一点。

“那我就顺便表演一手，让你瞧瞧我如何闻出关夫人的房间吧。”

说着，他走到清子的门外，猛然停下脚步说：“就是这一间！”

女侍斜眼瞪着津田的脸大笑起来。

“如何？被我猜中了吧？”

“的确喔！您的鼻子可真厉害，比猎犬的还灵光！”

说完，女侍又觉得十分有趣似的笑了起来，但是房间里对门外这番嬉闹毫无反应，依然跟刚才一样寂静无声，甚至令人搞不清里面究竟有没有人。

“客人来了！”

女侍在门外向清子招呼一声，轻巧地拉开材质坚实的纸门。

“失礼了！”

津田打一声招呼之后，也走进室内。“咦？”他不禁有些意外。因为清子并没像他预期的那样站在眼前。

一八三

清子的客室有两间相连的房间。津田首先踏进那个没有床的小房间。室内有一面长方形镜台，镜框和底座都是用黑柿木做成，镜台前面放着一个条纹花布做的厚坐垫，旁边还有一座小型桐木长方形火盆，室内看来就像一般家庭的起居室，只是规模缩小了一些。屋角有一座黑漆衣架，上面随意堆挂着一件适合女性穿着的直条花纹绸衣，颜色十分鲜艳，质感看似非常光滑。

两个房间当中的纸门大大地敞开，津田看到前方的床间地上，摆着一盆貌似刚刚插好的寒菊。花盆前面相对摆放两个坐垫。垫子套着深褐皱绸的布套，上面只有一个白色圆形花纹，看起来有点像牡丹花。不论是坐垫的质地，还是准备待客的气氛，一切都显得那么庄严慎重。他还没坐下，心里就已生出这种直觉："一切都弄得如此正式。这就是一种命定的距离吧？而今正横跨在别后重逢的两人之间。"

他在刹那间发现了这项事实，心中突然非常后悔走进这个房间。

不过，这种距离为什么会出现呢？现在回想起来，这种距离当然是会出现的，只不过是津田自己忘了而已。那么，他为什么会忘了呢？仔细追究的话，或许他会忘掉也是理所当然的。

津田整个大脑都被这些感想占据了，他呆站在小房间里，没有走出去，也没在座位上坐下，只是茫然看着面前的坐垫。就在这时，身为主人的清子总算在回廊的角落现身了。津田实在想不透，她刚才一直在那个角落做什么。他也不懂为什么她偏要到回廊上去。或许是打扫房间之后，趁着等他来访的空档，在回廊上凭栏眺望满山的黄叶？就算是这样，她的表情还是有点奇怪。用最适当的字眼来形容的话，她当时的态度根本不像在迎接旧友，而更像在接见偶然来访的客人。

但奇怪的是，跟那执着于形式的死板坐垫，还有仿佛故意挡在两人中间的长方形火盆比起来，她的态度并没引起他的反感。因为那样的她跟他脑中原有的清子，两者之间并没有令人惊讶的差距。

津田印象里的清子，绝不是个器量狭小的女人。她永远都表现得雍容大方。也可以说，"迟钝"两字就是她的气质和气质形成的举止所具备的特色。津田从未怀疑过她这项特色。正因为他太过放心，结果反而遭到她的背叛。至少在津田心里，他是这样对自己解释的。但尽管如此，当时对她抱持的那种信赖，现在仍不自觉地存在心底。后来，她突然嫁给了关某，没想到那次的行动，却又快得像是飞燕翻身。不过，那次跟这次是两回事。若把两件事混在一起，脑袋会被烦恼搅得混乱不堪，而两件事若是分开来考虑的话，他就会明白甲是事实，乙其实跟甲一样，也是事实。

“那个慢郎中[1]怎么会去坐飞机？他为什么要去冒险飞行？”

诸如此类的问题确实引人生疑。但不论旁人是否感到纳闷，事实毕竟还是事实，绝对不会自动消失。

从这个角度来看，叛徒清子要比忠实的阿延幸运。假设津田今天来访，故意让他等到不耐烦的时候，才从回廊角落露面的人，不是清子，而是阿延的话，他会是什么反应？

“你别又给我搞什么花样！”

他肯定立刻会有这种想法。然而，同样的一件事，因为不是阿延而是清子做的，结果也随之发生变化。

“她还是跟从前一样迟钝嘛！”

因为他在心里认定她“迟钝”，所以即使曾被她闪电抛弃过一次，仍然只会得出这种结论。

更何况，清子也不像故意怠慢访客。因为她从回廊角落出现时，两手拎着那个津田用吉川夫人名义送去的大水果篮。虽然不知她为何那样，但从她不嫌麻烦，愿意提着那个篮子来看，显然她较晚出现并不是为了表达自己对津田的冷淡。再说，她把那么沉重的篮子提到回廊的角落，肯定曾在半途暂时放下，才重新拎过来。这种举动虽不一般，却完全符合她的作风。只因她的举止向来就有点笨拙，也有充满孩子气的一面。所幸津田早已熟知她的素行，才能从她的举止里发现这种专属清子的独特风格。

“好滑稽！这完全是你独有的滑稽动作嘛！而你竟对自己的滑稽一无所知……”

津田眼看清子提着沉重的篮子，嘴里差点冒出这句话来。

---

① 慢郎中：指医生对人命关天的病情依旧不着急。常用“慢郎中”来形容人缓不济急的性格或为人。

一八四

清子进屋后，立刻把手里的篮子交给女侍，女侍不知该怎么办，只好机械性地伸手接下，默默站在一旁。清子跟女侍进行这项单纯的动作时，津田也只好呆呆地站着。但他并不以此为苦，也没有平时碰到这种情况所产生的无聊，甚至还感受到一种轻松的滋味。他看着清子比常人慢半拍的动作，脑中只想着，这跟清子平时的表现毫无矛盾。但也因此，他对昨夜的记忆就感到更为疑惑。眼前这个动作迟缓的人，为什么昨夜那么惊慌？为什么她那时看来那么紧张？昨夜那种惊惶，跟现在这种镇定，两者之间多不协调！他感觉自己好像有生以来第一次发现了夜与昼的区别①。

他不等主人招呼，便在自己的位子坐下，然后转眼看着清子。清子则站着吩咐女侍把水果装进果盘。

“多谢你捎来礼品！”

这是清子开口说出的第一句话。她必须先向捎来礼物的人致意，才能向送礼的人致谢。津田利用吉川夫人的名义送礼时，原已做好说谎的心理准备，这时他却懒得掩饰了。

“我差点把橘子送给路上认识的老爷爷呢！”

“啊！为什么呢？”

津田觉得不管说什么都无所谓了。

“因为实在太重，简直成了累赘，不知怎么办才好！”

---

① 夜与昼的区别：指“隐藏在夜间暗处的东西”与“白天阳光照耀下的世界”之间的区别。有些学者认为，这句话解释了夏目漱石将小说取名为《明暗》的理由。或者也可以说，这句话暗示了小说的主题。漱石书写《明暗》的过程里，曾在写给芥川龙之介的信中写过汉诗的诗句：“明暗双双三万字”，并在“明暗双双”后面附加注解：“禅家常用的熟语”。另外，漱石的藏书中有一本日本僧人白隐慧鹤（1685—1768）所写的《槐安国语》，书中也有诗句：“暗里施文采，明中不见踪”，或许也跟《明暗》这个书名有关。

“你这一路上都提在手里吗？”

听到她提出的问题，津田觉得清子果然还是那么幼稚。

“可别小看我喔！我又不是你，怎么会提着这种东西在回廊上走来走去？”

清子只是微笑了一下，笑中却没有任何辩解之意。换句话说，那微笑也代表着一种余裕。原本打算说谎的津田，这时感觉更加心平气和了。

“看来你还是跟以前一样，没什么烦恼，这倒不错！”

“是啊。”

“跟从前完全没变。”

“对啊，因为还是同一个人嘛。”

听了这话，津田很想马上嘲笑她几句。这时，正把他们刚刚谈到的橘子分放在盘中的女侍，突然大笑起来。

“你笑什么？”

“因为夫人说得好可笑啊。”女侍辩解道。但一看到津田满脸严肃的表情，她不得不提出具体说明：“的确，夫人说得完全正确。任何人只要还有一口气在，永远都是同一个人，只要没有转世投胎，任何人都不可能变成另一个人。”

“但也不一定喔，因为有很多人活着就能重生呢。”

“喔？真的吗？真有这种人的话，我倒想看一眼呢。”

“想见的话，我可以给你引荐喔。”

“那就拜托喽。”说完，女侍又发出一阵咯咯咯的笑声。“又是这个吧？”

说着，她竖起食指，指着自己的鼻尖。

“老爷的这个可厉害了！刚才连夫人的房间都能闻出来呢！”

“不只是房间喔。就连你的年龄、籍贯，还有出生地，任何事都能猜中，只要有我这鼻子。”

“哇，好厉害啊。碰上老爷您，真不是您的对手呢。”

说完，女侍站起身来。但在走出房间之前，她又向津田取笑道：“老爷您一定是位‘打猎’能手吧？”

阳光充足的朝南房间里只剩下他们两人。室内突然陷入沉寂。津田的座位面向回廊，阳光迎面而来。清子则背对栏杆，阳光晒在她的背上。从津田的位置望向前方，只见层层远山彼此交叠，向阳与背阳的部分光影分明，清晰的景色似乎伸手可及。他眼里只看到满山浓淡相宜的各色红叶，还有参差其中的鲜艳阴影。但是清子那边就什么也看不见，视野也不像津田这边这么宽阔。从她的位置能看到的，只有北边的纸门，还有遮住部分纸门的津田身影。她的视线很难伸展，但她似乎并无不满。如果换成阿延的话，大概马上就得换个位子吧。然而清子稳坐如山。

她的脸色跟昨夜完全不同，比津田从前认识她的时候还要红润一些。但这也可以看成强烈秋阳直射而造成的生理反应。津田的视线从远山移到清子耳边，看到她因偶发的兴奋而被染红的耳朵，他不禁暗自感叹：她的耳朵好薄啊。可能因为位置凑巧，阳光直接射进她耳朵的皮肉当中，所以津田看到的，正好是阳光照映中的皮下血流吧。

一八五

这种场合究竟该由谁先开口呢？如果现在坐在对面的是阿延，那根本无须多想，答案是摆明的。她绝对不会给津田留下一分余裕。相对的，她对自己也绝不宽容半分。阿延天生就是这种性格，只知道随时随地想尽办法任意而为。所以津田也只好永远都处于被动地位，不断承受准备应战的紧张带来的痛苦，以及努力对抗造成的不便。

但是当他坐在清子的面前，心中却感受到一种全然不同的情趣。双方的形势在转瞬之间完全颠倒过来。用相扑来比喻的话，就是津田得先出手，她才会起而应战。也因此，坐在她对面的津田，就必须扮演积极的主动角色。而津田对这项任务也能够胜任愉快。

他是在室内只剩他们两人之后，才第一次意识到这件事。前女友留在脑中的往日记忆，也在不知不觉中苏醒。他原本预料今天这种场合会很无聊，却没想到那种无聊的感觉竟在应该出现的瞬间，突然奇妙地消失了。他悠然自得地坐在清子面前，这种心情跟那件事之前体验过的感觉，几乎没有分别。至少他自认当时跟现在的感觉，都属于同一种性质。也就是说，他又变成了从前的自己，当他们的交谈中断时，他就开始积极寻找话题。他对自己能怀着旧日的心情跟清子互动，感到一种意外的满足。

“关君怎么样了？还是像从前那么爱读书吗？后来一直没他的消息，也没再见过他。”

津田这话说得心无挂碍。但是开口第一句，就提清子的丈夫，也实在值得商榷。就算不提彼此的利害关系，或两人之间的那段感情，甚至跟那段感情缠绕不清的各种事实，光从这种话题是否自然的角度来看，也该慎重斟酌才对。然而，津田一改平日的谨慎作风，不仅一丝顾忌也没有，脑中甚至不停地涌出各种乱七八糟的话题，显然已把平时对付阿延的谨言慎行全都抛到脑后了。

显然，他现在面对的不是阿延，就算忘了说话小心也不要紧，而且他也从清子当场的响应获得了证明。只见她面露微笑答道：“是啊！多谢挂念！他还是老样子！我们俩常常背地里谈起你呢！”

“喔！是吗？我一直太忙，所以找不出时间问候大家……”

“不瞒你说，我家老爷也一样啦。最近好像闲人都活不下去了呢，所以彼此自然就疏远了。但是这也很无奈啊！自然的趋势嘛！”

“是啊！”

津田嘴里这样回答，心里却有点想用“是吗”代替“是啊”反问清子，看她会有什么反应。“是吗？只是因为这样才疏远的吗？这是你的真心话吗？”这句话此时已变成无声的句子，深深埋进他的心底。

更何况，他发现眼前的清子几乎跟从前一样单纯，不，或许只用“单纯”还是无法理解她。清子的态度里具有充分的余裕，才能跟津田一起谈论关某。另外还有一种淡然，所以跟津田谈论自己的丈夫也不以为意。她这种态度既是津田暗中期待的，当然又出乎他的意料。至今未变的女主角能跟自己重逢，这让津田感到心满意足，但她用从前那种大方的态度跟自己娓娓畅谈关某，却又让他感到不满。满足与不满的感觉因而在同一瞬间袭上他的心头。

“为什么我对她这一点不满呢？”

津田甚至连正面质问自己的勇气都没有。关某已成为她的丈夫，自己就该心怀敬意，尊重她的态度。不过，这种想法只是一种表面的虚伪辞令，只有偶尔路过的他人才会说出这种话。事实上，津田心中还有另外的想法。而这种想法的背后依靠的是“自己”做支撑。“自己”跟那些无动于衷的路人完全不同。但津田没有勇气把这个“自己”称为“我”，所以他只好暂时称之为“特殊人士”。而他所谓的“特殊人士”指的不是外行人，而是内行人；不是无知之人，而是有识之士；也不是凡夫俗子，而是学有专精之士。因此，他才会认为自己比一般人拥有更多的发言权。

既然津田对清子只是表面赞成，内心却觉得不以为然，那么，他当然会用某种方式表现自己的感觉。

一八六

“昨晚失礼了！”

津田突然试探地说。他的目的是想看看对方会有什么反应。

“我才失礼了！”

清子非常自然地迅速回答。津田从她脸上看不出任何不快，心中不免感到疑惑。

“怎么到了今天早上，这家伙就不再像昨晚那么惊慌了？”

如果是因为她失去了回忆的能力，那么自己这次的使命，不论是善终或恶果，终归都要落空了。

“老实说，让你受惊之后，我一直觉得很抱歉。”

“那你不要做觉得抱歉的事啊。”

“的确不该做！但我那时不懂，又有什么办法？我做梦都没想到你会到这儿来呢！”

“但你不是大老远从东京帮我捎来了礼物？”

“话虽不错，可是我并不知道你住在这儿，这也是事实。昨晚只是偶然碰到了你！”

“是吗？”

听清子的语气，似乎认为津田昨晚有意出现在自己面前，津田不免大惊。

“我再怎么不懂分寸，也不至于故意做那种事吧？”

“但你好像在那儿站了很久呢。”

她肯定看到津田当时彷徨的模样了。他时而观察流水从盆里溢出，时而瞪着穿衣镜，打量着镜中的自己，最后还拿起镜前的梳子开始梳头。

“那时我迷路了，不知该往哪里走，有什么办法呢？”

“是吗？说得也对！不过，我可不认为是那样！”

“你以为我躲在那里等你？别开玩笑了！就算我真的有个万灵鼻，也闻不出你泡澡的时间啊。”

“的确！说得也对！”

清子嘴里说出“的确”时的语气，充分表达了“的确”这个字眼的含义。津田忍不住笑了起来。

“你到底为什么为了那种事怀疑我？”

“这不用我说，你也该明白吧？”

“可我就是不明白呀！”

“就算不明白也无所谓！这种事没有说明的必要！”

津田问不出答案，只好旁敲侧击。

“那你告诉我，为什么我要在走廊的角落等你出现？”

“我可不能说！”

“不必客气！请你一定要告诉我！”

“我不是客气。不能说就是不能说啦！”

“但是想法就在你心里，不是吗？只要你想说，应该对任何人都能说。”

“我心里什么想法也没有！”

听到这句单纯的回答，津田顿时垂头丧气，但立刻又将话题扯得更远。

“如果没有任何想法，你的疑心又是从哪里冒出来？”

“如果我的怀疑让你不爽，那我向你道歉。这话题就到此为止吧。”

“但你已经对我有了疑心，不是吗？”

“那也没办法！对你有疑心，是事实。我向你承认了这项事实，也是事实。不论我道歉多少遍，或如何弥补，事实是无法删除的。”

“所以说，只要把事实告诉我就行啦。”

“事实不是已经告诉你了吗？”

“那只是一半或三分之一的事实。我想知道全部！”

“这真叫人为难！我要怎么回答才好？”

“这有什么为难？你就说，因为这样那样的理由，所以对你产生了疑心，这样简单一句话，就交代完了。”

清子原是满脸为难的神色，这时突然露出恍然大悟的表情说：“喔，你想听的，就是这个？”

“当然！就是因为想知道事实，才从刚刚一直啰里啰唆地缠着你啊，因为你瞒着不肯说……”

“那你早点说清楚嘛！这种事，我也没什么好隐瞒的。根本没什么理由，只是因为你本来就是会做这种事的人啊。”

“你是指我躲在路上等你？”

“是啊！”

“别开我玩笑！”

“但你在我眼中就是那种人，那又有什么办法？我既没说谎，也没造谣啊！”

“原来如此！”

说完，津田抱着双臂低下头。

一八七

过了半晌，津田重新抬起头。

“怎么我们谈话弄得好像在辩论似的！我可不是为了跟你争论才来的！”

清子答道：“我也完全没有那个意思啊！只是自然而然就变成了这样，可不是我故意的喔！”

“我也认为你不是故意的！换句话说，该怪我对你过分地追问喽？”

“嗯！对啊！”

清子脸上又浮起微笑。津田从那微笑看到她惯有的余裕时，又按捺不住自己的耐心了。

“既然已经争辩了，你再顺便回答我一个问题，好吗？”

“好啊！你问吧！”

清子的语气似已做好准备，只等津田提问了。看她这种态度，津田还没发问，就已觉得有点失望。

“这家伙，她已经忘光了一切！”

津田告诉自己，同时又想起，其实这就是清子原本的面貌。他有点不死心地问道：“昨晚在楼梯上，你的脸色不是变得好苍白？”

“大概吧。虽然我也没看到自己的脸，不知是否苍白，但既然你这么说，那一定没错了！”

“喔？所以说，我在你的眼里，还不至于句句都是谎言。谢谢！原来你也承认我看到的事实！”

“但你知道，就算我不承认，如果脸色真的变白了，我也没办法。”

“是吗？……然后，你全身都变得很紧张。”

“是啊！我自己也感觉得到，全身都绷得紧紧的。要是继续待在那儿，我说不定会昏倒呢！”

“换句话说，你很吃惊吧？”

“是啊！大吃一惊呢！”

“所以……”津田说到这儿，视线投向清子的指尖。她正低着头，细心地削着苹果皮。鲜艳欲滴的果皮随着刀刃转动，一圈一圈从苹果剥落下来，渐渐露出里面饱含水分的浅绿色果肉，看到眼前这幅景象，津田不禁想起一年多以前的往事。

“那时，她刚好也是这个姿势，给我削了一颗这样的苹果。”

不论是握刀的姿势、运指的方式，还是双肘紧靠膝盖，长长的衣袖摊向两侧，所有的细节都是当时的重现，津田却发现有一样东西是当时没有的。那就是戴在她指上的两颗美丽宝石。如果说，这东西是为了永远纪念她的婚姻，那世界上就没有任何东西，能比这闪亮的小光点更狠心地将她跟津田隔开。他凝视着她那晃动的柔指，脑子沉浸在回忆的旧梦中，眼睛却无法避开那耀眼的警戒之光。

他立刻又把视线从清子的手指转向头发。女侍曾说今早帮忙清子梳过头，没想到她梳的只是普通的厢发。只在那毫无新意的黑亮发丝表面，规规矩矩地留下几道梳齿刮过的痕迹。

津田果断地决定重拾刚才差点放弃的话题。

“所以，我想问你的问题……”

清子没把头抬起来。津田也不在意，继续说了下去。

“昨晚那么惊讶的你，为什么今早又能如此平静？”

清子回答时依然低着头。

“为什么问这个？”

“因为我对你这种心理变化不了解，所以才想问你。”

清子还是没抬头看着津田。

“心理变化什么的,这么深奥的东西我可不懂。反正我昨晚就是那样，今早又变成这样，如此而已吧。”

“你的回答只有这样？”

“是啊！只有这样。”

如果两人是在演戏，这时应该轮到津田长叹一声，但他没有毅然发出叹息的勇气。因为他觉得在这女人面前表演这一套，不会有什么效果，所以他心底还是有点抗拒这种要弄。

“可是你今天早上没在平日的时间起床，不是吗？”

听了这话，清子立刻抬头反问：“喔？你怎么知道的？”

“我清楚得很呢。”

清子瞥了津田一眼，立刻垂下眼皮。接着，一面把水果刀插进削好的果肉里一面说：“的确，你虽不是‘天眼通’，却是‘天鼻通’呢！确实很灵光喔！”

津田闭嘴不敢再说什么。因为他分不清这句话究竟是玩笑,还是讽刺，或者是清子的真心话。

这时，清子把她好不容易削好的苹果推到津田面前说：“要不要吃一片？”

一八八

津田没有伸手去碰清子削好的苹果。

“你不吃吗？难得吉川夫人特地指名送给你的喔。”

“也对！而且还麻烦你大老远拎到这里来。为了你这番好意，我不吃一点的话，太对不起你了！”

清子说着从两人之间的盘中拿起一片苹果。但是放进嘴里之前，清子又问：“不过，这事想起来还真好笑！究竟是怎么回事呢？”

“什么究竟怎么回事？”

“我可从没想过会收到吉川夫人的慰问品喔。更没想到的是，这礼物会是由你捎来呢。”

“是吧？我也没想到会有这种事。”津田的声音低得只有自己听得见。清子专注地凝视着津田的脸，眼中射出一种貌似正在等待他明确作答的目光。他对这种眼神怀着的某种特别记忆，现在又被它唤醒了。

“啊！就是这种眼神！”

两人之间曾经反复上演的昔日场景，又清晰地浮现在他眼前。当时，清子十分信赖的一个男人，叫作津田。不论大事小事，清子都向他请教；所有的疑难问题，她都期待津田帮忙解决。甚至连自己都无法掌握的未来，她似乎也想依赖津田。因此，即使目光流转，她的眼神仍然宁静。在她还愿意请教津田的那段日子里，眼中总是闪耀着信赖与和平的光辉。而他也觉得自己出生到这个世上来，就是为了拥有那份专属自己的光辉。他甚至认为，就是因为世界有了自己，那种眼神才会存在。

但他们最后还是分手了。然而，两人现在又坐到一块。津田这时才意识到，清子离开自己之后，从前的眼神依然存在，只是那双眼神象征的意义，已跟从前不同，他不禁有些感慨。

“这双眼睛，正是你的美！但你这份美，现在只会给我带来失望吗？

请你给我明确的答案！”

津田的疑问和清子的疑问，各自随着视线在空中游移、交会。过了半晌，清子率先收回了视线。津田看到她这动作，才明白他们对彼此的期待完全不同。清子从来不会那么急迫。她仿佛看开一切似的，将视线移向卧室地上那盆寒菊的花朵上。

津田既已被她的视线抛弃，只好在口头上对她紧追不舍。

“再怎么说，我也不会为了给吉川夫人当跑腿，才到这里来！”

“不会吧！所以我才觉得奇怪啊！”

“这有什么好奇怪的！本来是我自己打算要来这里的！刚好后来见到夫人，她才知道我要来这儿，所以顺便让我捎来礼物。”

“大概是吧！若不是这样，我真是怎么想，都觉得很奇怪！”

“不管多奇怪，世界上还是有很多偶发事件。对，就像你……”

“所以我已经不觉得大惊小怪啦！只要弄清原委，任何事都见怪不怪了！”

“我正是为了弄清原委才来的！”这句话差点就从津田嘴里冒出来。但清子似已不想追究他的来意，只是直接问道：“所以，你也是来养病的？”

津田用精简的字句交代了自己治病的经过。

清子又说：“不过你运气很好啊！碰到这种状况，公司还配合你的计划，让你请假。像我家老爷就很惨，每天都是从早忙到晚！”

“关君才是随性之人呢！无可救药！”

“怎么会？真可怜！”

“喔，我说的随性，是指正面的意思喔。就是说他很用功的意思。”

“哎哟，真会说话。”

津田正要开口，忽然听到一阵草履的脚步声，匆匆从楼下跑上来。津田决定沉默着观望一番。只见一名跟刚才不同的女侍出现在门口。

“横滨来的客人让我来问问夫人，中午要不要到瀑布那边去散步？”

“那就一起去吧！”女侍听完清子的答复，正要离去，却又转身看着津田说：“请老爷也一起去吧！”

“谢谢！已经到吃午饭的时间啦？”

“是的，我马上把饭端来。”

“吓了我一跳！”

说完，津田这才站起来。

他本想叫声“夫人”，但实在叫不出口，便叫了一声“清子”。

“你在这儿要住到什么时候？”

“我完全没有预定计划。如果家里来电报的话，就算是今天也得立刻回去。”

津田大吃一惊。

“还会送来那种东西？”

“那可不一定喔。”

说完，清子露出微笑。津田一面走向自己的房间，一面试图弄懂那微笑的含义。

——未完[①]

---

① 《明暗》于大正五年（1916年）5月26日至12月14日在《东京朝日新闻》和《大阪朝日新闻》连载。这部被誉为日本“真正的近代小说”还没写完，作者就因胃溃疡恶化而离世。关于这部未竟遗作的后人续写等信息，请参阅本书译者的话《〈明暗〉二三事——漱石之死及其他》。